KB274520

바이올렛

Violet

VIOLET
by
Jane Feather

Copyright ⓒ 1995 by Jane Feather
All rights reserved.

Korean Translation Copyright ⓒ 2000 by Big Tree Publishing Co.
Korean edition is published by arrangement with Bantam Books,
through Imprima Korea Agency.

이 책의 한국어판 저작권은 Imprima Korea Agency를 통한
Bantam Books와의 독점 계약으로 도서출판 큰나무에 있습니다.
저작권법에 의하여 한국 내에서 보호를 받는 저작물이므로
무단 전재와 무단 복제를 금합니다.

바이올렛

제인 페더

나채성 옮김

큰나무

나 채 성

이화여대 사회사업학과 졸업. 역서로 『사로잡힌 신부』,
『사랑의 텍사스』, 『너무도 아름다운 사랑』, 『베르사유의 전설』,
『페가수스의 전설』, 『내 마음을 사로잡은 기사』,
『꿈결처럼 다가온 사랑』, 『사랑은 연극처럼』, 『내 품안의 이방인』 외 다수

바이올렛

초판 인쇄 / 2000년 4월 20일
초판 발행 / 2000년 4월 25일

지은이 / 제인 페더
옮긴이 / 나채성
펴낸이 / 한익수
펴낸곳 / 도서출판 큰나무

등록 / 1993년 11월 30일(제5-396호)
주소 / 120-013 서울시 서대문구 충정로 3가 3-95
전화 / 02) 365-1845 · 1846 팩스 / 02) 365-1847
통신 / 천리안 큰나무북 E-MAIL / BTREEPUB@Chollian.net

값 8,500원

ISBN 89-7891-094-7 03840

베스트셀러 작가, 제인 페더가 내놓은 또 하나의 야심작!
위험한 복수의 게임에 몰입하는 스페인의 유명한 여산적 라 비올레타,
그녀가 모든 것을 걸고 사랑에 배팅한다.

여주인공 탐신은 세상에 둘도 없으리만큼 자유롭다. 어떤 일에도 거리낌이 없고 솔직하며 대담하다. 자부심과 자만심으로 똘똘 뭉쳐 있다. 또 사랑하는 사람에게 거침없이 손을 뻗어낸다. 그러면서도 결코 굴하지 않고 자신의 본 모습을 지켜나간다.

사랑스럽고 귀엽고 앙큼하면서도 때로는 미치도록 짜증스러워 욕설을 퍼부어주고 싶은 여자.

매력적인 인물이다. 어떻게 이럴 수 있을까 싶으면서도, 한편으로는 부럽기도 하다.

육체의 자유로움은 논쟁의 여지가 있지만, 마음의 자유로움만큼은 진심으로 배우고 싶다. 독창적인 상상력과 불굴의 의지 또한.

탐신의 지치지 않는 의지와 자신만만한 투지를 가슴에 새기면서, 여자와 인간으로서 승리하는 방법이 무엇일까 문득 생각하게 된다.

누구든 삶의 투쟁에서 지고 싶은 사람은 없을 것이다.

하지만 그렇게 하기 위해서는 분명 특별한 무언가가 필요하다. 나에겐 어떤 특별함이 있을까? 사소한 것이라 해도 분명 있긴 있을 텐데……. 그것을 찾아보는 건 노력해 볼 만한 일이다.

나만의 특별함으로 승부한다면 인생의 싸움에서, 그리고 사랑의 싸움에서도 이길 수 있으리라 믿는다.

새 천년도 벌써 1/4이 지나갔다. 처음 계획했던 대로 모든 일을 잘 실행하고 있는 사람도 있겠지만, 왠지 계획대로 안 되는 일이 많았던 역자는 처음 그대로의 마음으로 다시 한 번 돌아가 새롭게 이 천년을 시작하자고 다짐한다. 독자 여러분들도 새로운 마음으로 더욱 열심히, 화이팅!

나채성

프롤로그

1792년 7월, 피레네.

프랑스 국경을 뒤로 하고 론세스바예스의 스페인 마을을 향해, 작은 행렬이 가파른 산길을 오르는 중이었다. 이글거리는 태양빛을 피하기 위해 넓은 챙의 모자를 쓴 남자들이 마차 밖에서 수행하였고, 두꺼운 담요를 뒤집어쓴 것처럼 숨이 턱턱 막히는 마차 안에서는 두 여자가 좌석에 몸을 기댄 채 뜨거운 열기에 힘겨워하고 있었다.

나이 든 여인은 그 무더운 공기에도 불구하고 장갑에다 베일까지 뒤집어쓴 채 연신 부채질을 해대며 손수건으로 입가를 닦아 냈다. 다른 여인은 땀에 흠뻑 절어 축 늘어진 상태였다. 모자는 옆으로 벗어 던졌고 베일도 내던져 버린 지 오래였다. 이마에 맺힌 땀방울이 콧잔등으로 주르르 미끄러졌고, 보랏빛 눈동자는 나른하게 풀려 있었다.

"미치겠어, 이 여행이 언제쯤 끝나는 거야?"

나이 든 여자가 중얼거렸다.

젊은 여인은 대꾸하지 않았다. 오늘 아침 마차에 오른 순간부터 몇 분마다 들어야 했던 말. 뜨겁고 불쾌한 날씨임에도 핸더슨 양은 마차의 가죽 커튼을 모조리 닫아 두어야 한다고 고집을 부렸었다. 이 산길에 염소치기들 말고 누가 그들을 훔쳐보기라도 한다는 것처럼. 그래서 세실 펜할란은 그녀의 고통에 아무런 동정심도 느껴지지 않았다.

핸더슨 양의 하얀 살집이 프라이팬 위의 버터처럼 녹아내리는 상상을 하며, 그녀는 자신의 가정교사가 약간만 덜 뚱뚱했더라도 견딜 만했을 거라 생각했다.

그때 들리는 총소리와 말들의 급작스런 멈춤에, 그녀는 벌떡 일어나 가죽 커튼을 열어젖혔다.

가정교사가 비명을 질러댔다.

"산적이야! 이럴 줄 알았어. 우릴 약탈하려는 거야, 공격하려는 거라구. 저놈들은 우리 순결도 빼앗아 버릴 거야. 오, 펜할란 양, 당신 오빠가 무어라 말씀하실지……."

"내가 아직 순결하다고 오빠가 생각할지는 의심스럽군요."

세실이 창틈으로 밖을 내다보았다.

"그 생각이 틀렸다고 또 누가 말할 수 있겠어요?"

장난스런 말을 덧붙이며 그녀의 눈동자가 생기 있게 살아났다. 나른한 권태는 이미 다 사라졌다.

"오, 펜할란 양. 어떻게……."

하지만 그 말을 끝맺기도 전에 그녀는 바닥에 서서히 무너지며 기절해 버렸다.

마차문이 활짝 열렸다.

"세뇨리타, 불편을 끼치고 싶지는 않지만 나와 주시길 요구해야겠소."

위압적인 목소리가 들리는 순간, 새끼손가락에 루비 반지를 낀 손 하나가 마차 안으로 모습을 드러냈다.

세실은 그 손에 자신의 작고 하얀 손을 내려놓았다. 강한 손가락이 그 손을 감아쥐고 눈부신 햇살 밖으로 그녀를 이끌어냈다.

그녀는 구릿빛 얼굴을 올려다보았다. 독수리 같은 검은 눈동자가 그녀의 얼굴에 고정되어 있었다. 단호하고 위협적인 입술선, 목덜미께에 리본으로 묶은 긴 검은 머리.

"당신은 누구죠?"

"사람들은 날 엘 바론이라 부르지요."

그가 예의바른 척 고개를 숙여 보였다.

"아."

이 사람이 바로 아이들의 울음을 뚝 그치게 한다는 악명 높은 도적, 스페인과 프랑스 국경 사이의 산에서 호령한다는 그 남자, 그리고 세실 펜할란이 17년 동안 보아 온 중에서 가장 아름다운 생명체였다.

그 까만 눈동자를 홀린 듯 응시하면서, 그녀는 몸 속에서 이상한 기운이 피어오르는 것을 느꼈다. 오빠에게 반항하여 쫓겨나듯 오른 이 여행길에, 그녀는 예상치도 못했던 만남이 자신을 기다리고 있었음을 알게 되었다.

그녀와 시선을 맞추고 있던 남자의 눈에 빛이 번득이다가 다음 순간 불꽃으로 활활 타올랐다. 세실은 자신의 눈에도 그 불꽃이 담겨 있다는 걸 알았다. 보이지 않는 끈에 이끌리듯이 그녀가 그에게로 다가갔다. 앞발을 긁어대는 말들이나, 산적 무리에 둘러싸여 있는 수행원들, 어깨에 탄약대를 두르고 장총을 겨누고 있는 산적들은 이제 그녀의 의식에서 사라졌다.

"이리 오시오."

엘 바론이 그녀의 허리를 감아 훌쩍 밤색말 등에 태우고 그녀의 뒤로 재빠르게 올라탔다.

"나에게 기대시오. 두려워할 것 없소."

"알아요."

세실이 넓은 가슴에 등을 기대자, 그의 두 팔이 그녀를 감싸며 고삐를 모아 쥐었다.

"날 어디로 데려가는 건가요?"

"집으로."

그가 대답했다.

말이 움직이기 시작했을 때, 세실은 힐끗 뒤를 돌아보았다. 의식을 되찾은 핸더슨 양이 창 밖으로 열심히 손을 흔들어대며 무슨 말인가를 소리치고 있었다.

세실이 킥킥 웃음을 터트렸다.

"가엾은 핸더슨 양."

그녀는 경쾌하게 한 손을 들어올려 자신의 가정교사에게 작별을 고했다. 그것이 핸더슨 양을 보는 마지막이었다. 그 후 세실 펜할란을 알았던 모든 사람들은 다시는 그녀의 모습을 볼 수 없었다.

산적들이 부들거리는 수행원들과 여전히 꽥꽥거리는 핸더슨 양에게 손을 흔들어 보이고는 대장의 뒤를 따라 말을 달렸다. 마차 좌석 밑에 숨겨진 돈가방과 핸더슨 양의 순결은 그대로 남겨둔 채.

하지만 그들은 원하던 것을 손에 넣고 떠나갔다.

1

1812년 3월, 포르투갈.

부관 한 명이 다급하게 사령관실로 걸음을 옮겼다.

"들어와!"

노크에 대한 대답이 들리자, 그가 문을 열었다. 커다란 방에는 세 남자, 대령과 소령 그리고 사령관이 축축한 한기와 맞서 싸우며 벽난로의 불가에 서 있었다. 지난 닷새 동안 무지막지하게 비가 퍼부어 내려, 스페인 국경의 바다호스 마을 주위에서 참호를 파는 보병대에게 지옥과도 같은 날들을 선사했다.

부관이 경례를 올리고 책상 위에 종이 뭉치를 내려놓았다.

"정보가 입수되었습니다."

사령관 웰링턴이 책상 쪽으로 이동하여 종이를 훑어보고 나서, 코를 찡그리며 불가에 남아 있는 두 장교에게로 시선을 보냈다.

"프랑스가 라 비올레타를 붙잡았다는군."

"언제입니까, 각하?"

줄리앙 세인트 사이먼 대령이 웰링턴의 손에서 서류를 받아들며 물었다.

"분명 어제였을 거야. 코니쳇의 부하들이 그녀의 무리들을 포위했거든. 이 정보에 따르면, 올리벤자 마을 밖에 있는 전초기지에 라 비올레타가 잡혀 있다는군."

"얼마나 믿을 만한 겁니까?"

웰링턴의 묻는 듯한 시선에 부관이 입을 열었다.

"우리의 최고 첩보원이 보낸 겁니다. 방금 들어온 정보라, 확실하다고 감히 말씀드릴 수 있습니다."

"빌어먹을."

웰링턴이 중얼거렸다.

"프랑스가 그 여자를 잡고 있는 거라면, 모든 정보를 다 비틀어 짜낼 텐데. 그 여자는 여기부터 바욘느까지의 산악 지대를 죄다 알고 있어. 그 지역의 게릴라에 대해 그 여자가 모르는 거라면 알 가치도 없는 것들이지."

"그럼 우리가 그 여자를 빼내 와야겠군요. 코니쳇에게 우리가 모르는 정보를 내줄 수는 없지요."

당연한 결론이라는 듯이 대령이 말했다.

"프랑스가 왜 그 여자한테 그런 이름을 붙여 준 겁니까?"

소령이 호기심어린 어투로 질문했다.

"그 여자가 일하는 방식 때문이라더군, 아니 노는 방식. 일을 끝내면 수줍은 바이올렛(제비꽃)처럼 숨어 버리거든. 대규모 게릴라 행동 뒤에는 항상 그 여자가 숨어 있고."

웰링턴이 입을 열었다.

"그 여자는 어느 편도 들지 않아. 스페인 게릴라를 도우면서도 대가를 받아내지. 아니, 이득이 되는 약탈에만 끼어들어."

"다시 말하면, 돈만 따라다니는 계집이라는 거로군요."

대령이 불쾌하다는 듯 인상을 찌푸렸다.

"맞았어. 하지만 우리보다는 프랑스가 더 그 여자를 싫어해. 어떤 값이라도 프랑스에게 도움을 제공한 적이 없었으니까."

"지금까지는 말이죠. 이 순간 그들이 적당한 가격을 제시하고 있을지도 모릅니다."

사이먼 대령은 넓은 어깨, 두툼한 가슴을 지닌 커다란 체구였다. 황적색 눈썹 밑으로 자리잡은 새파란 눈동자, 넓은 이마로 무심하게 흘러내리는 똑같은 색조의 머리카락. 부와 특권을 지니고 태어난 남자의 자연스런 권위가 배어나왔다. 그는 기병대 장교의 외투를 걸치고 허리춤에는 육중한 장검을 차고 있었다. 그에게서는 이 좁은 공간에 머물러 있기에는 너무 거대한 에너지가 발산되었다.

"코니쳇의 설득이 시작되면 오래 견디지 못할 거야."

웰링턴이 말했다.

"그자는 악독하고 거만한 고문 기술자야. 시간이 없네. 줄리앙, 자네가 맡아 주겠나?"

"기꺼이요. 코니쳇의 먹이를 빼앗아오는 건 저의 기쁨이지요. 그리고 숨어드는 바이올렛의 게임을 끝장내 주는 것도 대단히 만족스러울 겁니다. 그 여자는 자기 배를 채우면서 너무 오래 재미를 보았으니까요."

대령의 귀족적인 얼굴에 혐오감이 스쳐 지나갔다. 줄리앙은 돈에만 움직이는 자들에게 부드럽지 않았다.

"스무 명의 군사를 데려가겠습니다."

웰링턴이 한 손을 내밀었다.

"우리가 꽃잎을 뜯어낼 수 있도록 그 꽃을 데려와 주게, 줄리앙."

"오 일 안에 돌아오겠습니다, 각하."

대령이 소용돌이치는 듯한 에너지를 뿜어내며 방을 나섰다.

5일은 단순한 허풍이 아니었다. 28살의 줄리앙 세인트 사이먼은 10년 동안 직업 군인으로 몸담아 오면서, 자신만의 특별한 방식들로 언제나 임무를 성공시켰다. 줄리앙이 결코 임무에 실패하지 않는다는 것은 당연한 사실로 받아들여졌고, 그의 부하들은 지옥불길이라 해도 그를 따라갈 것이었다.

프랑스의 전초기지는 작은 숲속에 나무 오두막과 텐트들로 형성되었다. 잿빛 하늘에서 쏟아지는 빗줄기가 나뭇가지들을 뚫고 천막을 적시며 오두막의 틈새들로까지 스며들었다.

세실 펜할란과 엘 바론의 딸인 라 비올레타, 탐신은 오두막 귀퉁이의 젖은 땅에 웅크리고 앉아 있었다. 그녀는 목에 감긴 가죽끈에 이어진 밧줄로 벽에 고정되어 있었다. 끊임없이 셔츠를 적시는 빗방울을 피하기 위해 그녀는 옆으로 살짝 몸을 움직였다.

춥고 배고픈 몸에서는 경련이 일어났지만, 그녀의 눈은 빈틈없는 탐색을 계속하였고 귀는 낮은 대화소리를 들으려 쫑긋 세워졌다. 이런 상태로 벌써 이틀째였다. 수치스런 자세와 약간의 불편함을 제외하면, 그다지 고통스럽지는 않았다.

하지만 언제 이런 부드러운 상황이 끝장날까? 그들이 언제 진짜로 시작할까? 언제 심문이 시작될까?

그녀의 말없는 질문에 대답이라도 하듯, 코니쳇 대령이 그녀에게로 어슬렁어슬렁 걸어와 한 손으로 잔인한 입술 위의 콧수염을 만지작거리며 그녀를 내려다보았다.

"이제 나에게 말해 주겠지?"

"뭘요?"

그녀의 입술이 말라붙었다. 엘 바론의 딸은 겁쟁이가 아니다, 하지만 지금부터 일어날 일이 두려워지는 건 어쩔 수 없었다.

"내 인내심을 시험하지 마. 우린 어쨌든 목적을 이룰 거야. 고통 없이도 이 일을 끝낼 수 있다구."

탐신은 팔짱을 끼고 흐르는 빗방울을 무시한 채로 벽에 등을 기대 눈을 감아 버렸다.

순간 목에 연결된 밧줄이 갑자기 홱 잡아당겨지며 그녀를 일으켜 세웠다. 남자가 다시 밧줄을 위쪽으로 잡아당기자, 그녀의 발끝이 허공으로 올라가며 숨이 막혀 왔다.

"바보같이 굴지 말라구, 비올레타. 결국 넌 말하게 될 거야. 고통을 멈추게만 해준다면 우리가 알고 싶어하는 모든 내용과 관심도 없는 내용들까지 싸그리 말하게 될 거야. 그건 너도 알고 우리도 알지. 그러니 시간과 힘을 낭비하지 말자구."

그녀는 견디지 못할 것이다, 영원히는. 하지만 한동안은 견딜 수 있다.

"롱가는 어디 있지?"

북쪽 게릴라를 이끄는 롱가. 그의 돌격부대는 나폴레옹의 군대를 혼란에 빠뜨리기도 하고, 그 군대가 행군하는 땅에 약탈할 만한 것이 남아 있지 않도록 황폐화시켜 버리는 프랑스의 골칫거리였다.

탐신은 롱가가 있는 곳을 알고 있었다. 하지만 그녀가 포로로 잡혔다는 소식이 그에게 들어간다면, 그는 미리 도망칠 수 있을 것이다. 누군가 그 소식을 전해야 할 텐데. 살아남은 그녀의 동료들은 산산이 흩어졌다, 가브리엘만 제외하고. 가브리엘은 어디에 있을까? 이 지독한 소굴 어딘가에 있으리라. 어쩌면 지금쯤 탈출에 성공했을지도 모른다. 거대한 떡갈나무 같은 남자가 평범한 인간에게 붙잡혀 있다는 것은 상상하기 힘들었다. 가브리엘이 탈출하였다면 그녀를 구하기 위해 찾아올 것이다.

밧줄이 느슨해지며 그녀의 발이 다시 땅바닥에 닿았다. 하지만 코니쳇의 손이 그녀의 셔츠 단추를 천천히 풀고 있었다.

그의 손에 단검이 들려 있는 것을 보았다. 그녀의 살갗에 소름이 돋아나며 목으로는 역겨움이 치밀어 올랐다. 그 무엇보다도 그녀는 단검을 가장 두려워했다. 코니쳇이 그걸 알고 있을까? 눈앞에서 자신의 살갗이 찢어지고 핏물이 흘러나오는 것을 보는 게 얼마나 두려운 일인지 이자가 알까? 눈앞에서 검은 점들이 춤을 추어대자, 그녀는 마지막 남은 힘을 끌어모아 온전한 정신을 유지하였다.

"가엾어라."

코니쳇이 그녀의 오른쪽 젖가슴으로 단검을 움직여 갔다.

"섬세한 살결이로군. 도적질하는 산적에게 이런 걸 기대하지는 못했는데."

칼끝이 젖꼭지 가장자리를 쓸어갔다.

"나한테 이런 일 시키지 말라구. 롱가가 있는 곳을 말해."

그녀는 아무 말도 하지 않았다. 마음에서 촛불이 깜박이는 이 오두막을 떼어내려, 차가운 칼날을 느끼지 않으려 애쓸 뿐이었다.

"넌 롱가가 있는 곳을 말하게 될 거야. 그 다음에는 과다라마 산맥 정상을 통과하는 길을 알려줄 거고. 너와 너의 친구들이 애용하는 그 길 말이야."

여전히 그녀는 입을 열지 않았다. 뒤에서 한 남자가 그녀의 몸을 벽 쪽으로 돌려세우고 밧줄을 팽팽히 잡아당겨 더 높은 벽에 고정시켰다. 등에 닿는 단검을 느낄 수 있었다. 볼 수 없다는 것이 더 지독했다. 칼끝이 그녀의 등으로 천천히 미끄러져 내리는 동안, 그녀는 긴장한 채 첫번째 상처가 나는 순간을 기다렸다. 아주 천천히 괴롭히겠지, 핏물이 흘러내릴 때까지 작게작게 살점을 베어 낼 것이다.

문득 이상한 냄새가 풍겨왔다. 숨이 목까지 차올랐다. 죄어진 가죽끈과 두려움 때문일까…… 아니다, 연기 때문이다. 시꺼먼 검은 안개가 문틈으로 스며들고 있었다. 질식할 듯한 연기.

코니쳇이 욕설을 중얼거리며 문으로 휙 돌아섰다.

다급하게 나팔소리가 울려퍼지고 다음 순간 혼란이 시작되었다. 온 방을 가득 채운 연기 속에서 홀연히 나타난 검은 차림의 남자들이 칼을 빼어들었다. 날카로운 총소리가 외침소리와 어우러졌다. 또한 고통스런 비명소리도.

그때 기적처럼 벽에 걸린 밧줄이 풀어졌다. 갑자기 풀려 버린 긴장에 탐신은 털썩 무릎을 꿇고 내려앉았다.

"일어나! 빨리 움직여!"

남자의 목소리가 들리며 그녀의 손목에 묶인 밧줄도 풀려나갔다.

탐신은 자신의 행운을 의심하고 있을 시간이 없었다. 연기로 인해 눈이 따끔거리고 숨이 차올랐다. 남자의 다그치는 손길을 피해 발치에 희끄무레하게 반짝이는 자신의 셔츠를 집어 올리고, 소매에 팔을 끼워 넣은 다음 팔뚝으로 입과 코를 막으며 앞으로 걸음을 옮겼다. 거친 손이 등에 닿으며 문 쪽으로 그녀를 밀어댔다.

바깥이라고 더 나을 것도 없었다. 오두막들 전체에서 검은 연기가 뭉게뭉게 솟아올랐고, 남자들이 이리저리 달리며 소리치고 있었다.

다시 나팔소리가 들렸을 때, 그녀를 밀어대고 있던 남자가 고함을 쳤다.

"육 군단은 나를 따르라."

다음 순간 그녀의 발이 공중으로 붕 떠오르는가 싶더니 그가 그녀를 안아들고 비와 혼란과 파란 군복의 프랑스 군인들 사이로 달려나갔다.

스무 마리의 말들이 기다리고 있는 공터로 검은 외투의 남자들이 모여들었다.

줄리앙은 그녀를 말등에 훌쩍 던져올리고 곧장 그 뒤로 올라탔다.

"가브리엘! 가브리엘을 찾아야 해요."

탐신이 소리를 지르며 옆으로 몸을 움직여 땅바닥에 날렵하게 착지했다.

줄리앙은 생각할 겨를도 없이 말에서 뛰어내려 어둠 속으로 달려가는 여자를 뒤따라갔다. 여자가 몇 미터 나아가기도 전에 그의 손이 그녀의 손목을 움켜잡았다.

"빌어먹을! 도대체 어딜 가려는 거요?"

탐신은 불빛이 깜박이는 어둠 속에서 그의 거대한 형체만을 볼 수 있었다. 그의 말투가 그녀의 머리털을 솟구치게 했지만, 그가 누구이든 대단한 빚을 졌다고 생각하며 매서운 대꾸를 간신히 눌러 참았다.

"그렇게 불편한 상황에서 구해 준 점 대단히 감사드려요. 하지만 이젠 내가 알아서 할 수 있어요. 난 가브리엘을 찾아야 해요."

불편한 상황이라고! 반은 벌거벗긴 채로 목이 뒤틀려 가며 단검의 고통에 직면해 있었던 것이 그저 불편한 상황이라고! 그리고 그녀는 마치 그의 행동이 지극한 애타심 때문이거나 혹은 우연의 일치였던 것처럼 감사하다고 말했다. 다른 때였다면 줄리앙은 이 말도 안 되는 착각에 웃음을 터트렸을지도 몰랐다.

어디선가 하늘로 폭죽이 터져오르고 한 방의 총소리가 혼란스런 공기를 내갈랐다. 그들 뒤의 공터에서 부하 한 명이 다급하게 고함을 쳐댔다. 지금은 라 비올레타와 실랑이할 때가 아니다. 뿌리쳐대는 그녀의 손목을 그가 더욱 힘껏 움켜쥐었다.

"착각하신 모양이군."

그가 다른 한 손으로 검은 망토를 풀어내며 말했다.

"당신은 이제 우리 영국 군대의 손님이오, 아가씨. 우리의 호의가 꽤나 만족스럽다는 것을 알게 될 거요."

그의 망토가 활짝 펼쳐져 몸부림치는 그녀의 사지를 완전히 감싸 버렸다. 그녀의 신랄한 욕설소리도, 그가 그녀를 품안에 안아 들고 가슴으로 머리를 짓눌렀을 때 자취를 감추었다.

남자는 품에 안긴 짐에 전혀 방해받지 않는 듯이 말등으로 훌쩍 뛰어올랐다. 명령이 떨어지자, 검은 차림의 남자들이 말을 몰아 어둠 속으로 빨려 들어갔다.

탐신은 몸부림쳐 봤자 아무 소용 없다는 것을 재빠르게 깨달았다. 그녀를 감고 있는 팔은 쇠끈과도 같았고 말의 속력도 너무 빨라 뛰어내리는 것은 자살이나 다름없었다.

그녀는 몸의 긴장을 풀어내고 열심히 머리를 굴렸다.

'영국이 나에게 무얼 원하는 것일까? 아마 프랑스와 똑같은 것이겠지. 그들도 똑같은 수법을 쓰려 할까? 망할 놈의 군인들, 어떤 군복을 입었든지 간에 똑같은 짐승들이야.'

언제든 말은 멈추게 될 것이니, 그때를 위해서 에너지를 비축해 두는 편이 나으리라. 일단 단단한 땅에 발을 대고 나면 이 거만하고 독단적인 영국인 장교는 라 비올레타의 재치와 재빠름에 상대가 되지 않을 것이다. 그녀는 이 지역을 손바닥 보듯이 훤히 알고 있었고, 궁지에서 빠져나가는 데 일가견이 있었다.

기마부대가 과디아나 강둑에서 멈춰 섰다.

"중사!"

"네, 대령님."

검은 옷차림의 형체 하나가 무리에서 빠져나와 대령에게로 달려왔다.

"새벽까지 여기서 야영해야겠소. 이 망할 놈의 비를 피할 만한 곳을 만들어 보자구.”

작은 관목들로 지붕이 반쯤 덮인 오두막과 임시 마구간이 만들어지자, 대령은 포로를 품에 안은 채로 오두막에 들어섰다.

대령은 품안의 형체를 힐끗 내려다보았다. 덜 냉소적인 남자라면 충분히 안심시킬 수 있을 만한 호기심어린 시선으로 라 비올레타가 그를 살펴보았다.

“이젠 어떻게 하실 건가요? 날 내려주시겠어요?”

“도망가지 않겠다고 약속할 텐가?”

그녀의 눈에 조롱 섞인 번득임이 나타났다.

“당신은 산적의 포로 선서를 받아들일 건가요, 대령님?”

“내가 그래야 하나?”

그녀가 큰 소리로 웃어댔다.

“대답을 아는 건 나구요, 알아내야 할 사람은 당신이지요, 대령님.”

분명 이 산적은 자신의 안전이 그의 호의에 달려 있다는 것을 잊어버린 모양이다.

“경고해 줘서 고맙군. 기억해 두겠소.”

그가 메마르게 대꾸하며 작고 초라한 공간을 둘러보았다.

“코니쳇이 만들어 준 그 개끈을 이용해 볼 수도 있겠지.”

탐신이 날카롭게 몸을 곧추세웠다. 이 남자는 조롱할 만한 상대가 아니다. 다른 태도를 취해야 한다.

“그럴 필요는 없을 거예요.”

그녀의 눈이 부드럽고 회유적으로 변했다.

“부디 절 내려주세요, 대령님. 사방에 당신 부하들이 깔렸는데 내가 어떻게 도망칠 수 있겠어요?”

‘배우 기질이 다분하군, 라 비올레타.’

줄리앙은 마음속으로 미소지으며 생각했다. 그는 연약한 소녀

같은 표정에 속지 않았다.

"기꺼이 당신을 내려주겠소. 하지만 약간의 예방조치를 취한다 해도 날 용서해야 할 거요. 중사, 밧줄을 가져오시오."

탐신은 자신의 어리석음에 저주를 퍼부었다. 이 대령은 그녀가 예상했던 것처럼 우둔한 멍청이는 아닌 것 같았다.

"앉으시지요, 세뇨리타."

비단처럼 매끄러운 목소리로 대령이 제안했다.

탐신은 바닥에 몸을 접고 앉아 젖은 벽에 등을 기댔다.

'끔찍이도 익숙한 자세로군. 난 프라이팬에서 불길로 옮겨진 거야.'

그녀는 목에 감긴 가죽끈에 밧줄이 걸리기를 험악하게 기다렸지만, 다행스럽게도 그는 그녀의 발목을 한데 묶은 다음 그 밧줄의 끝부분을 자기 허리춤에 잡아맸다. 포로를 효과적으로 제한하면서도 자신은 작은 공간을 움직여 다닐 수 있을 만한 길이로.

두 손이 자유로우니 망토자락을 풀어낼 수도 있고, 이 날카로운 눈매의 대령이 잠시 경계를 게을리 하거나 잠든 틈을 타서 발목의 밧줄도 풀어낼 수 있으리라. 그녀는 목에 걸린 혐오스러운 개끈을 풀어 가능한 멀리 던져 버렸다.

이제 오두막 안에는 작은 불길이 타올랐다. 대령은 빵 한 덩이와 차가운 고기를 꺼내들고 식사를 시작했고 중사는 차를 만든 다음 다른 남자들과 합류하기 위해 밖으로 나갔다.

"코니쳇에게 무슨 정보를 주었소?"

그가 갑자기 입을 열었다.

탐신은 어깨를 으쓱이고 눈을 감아 버렸다. 웬일인지 평소의 반항심이 다 사라져 버려 아이처럼 울고 싶은 기분이었다. 차 한 잔을 마시고 싶었다, 음식보다도 더. 혀가 데일 듯한 그 뜨겁고 강한 차 한 잔을 위해서라면 사람이라도 죽일 수 있을 것 같았다.

“아무것도.”

“그들이 막 심문을 시작하려던 것 같더군.”

“왜 날 붙잡아 두는 거죠? 난 영국의 적이 아니에요. 난 프랑스가 아니라 게릴라를 돕고 있다구요.”

“당신에게 이득이 생기는 한 말이지.”

그의 목소리가 채찍처럼 터져나왔다.

“애국자인 척하지 말라구. 라 비올레타의 관심이 어디에 있는지는 우리 모두 알고 있소.”

“그게 당신과 무슨 상관인가요?”

그녀는 배고픔과 피로도 잊어버리고 격렬하게 다그쳤다.

“난 당신들한테 아무 피해도 입히지 않았어요. 영국군을 방해하지도 않았구요. 당신들은 신이 보내준 영웅인양 내 나라를 온통 짓밟고 다니지요. 있는 대로 잘난 척하며 스스로를 만족스러워하면서……”

“입조심하시오!”

대령이 눈을 번들거리며 벌떡 일어났다.

“이 빌어먹을 나라에서 지난 사 년간 영국인의 피가 강물처럼 넘쳐흘렀소. 당신네들이 해야 할 일을 하느라고, 나폴레옹의 손에서 당신과 당신네 나라를 구하느라고. 난 이 비참한 땅에서 수많은 친구들을 잃어버렸소. 내 말 알아듣겠소?”

탐신은 머리 위로 우뚝 솟아오른 위압적인 형체에 움츠러들지 않으려 노력했다. 그가 갑자기 그녀의 앞에 쪼그려 앉아 턱을 붙잡았다. 분노가 그의 새파란 눈 속에서 이글거렸다.

“영국이 여기에 남는 것은 자기들의 이유가 있기 때문이죠.”

그녀도 그의 눈길에 지지 않으려 안간힘을 쓰며 되받아쳤다.

“나폴레옹이 스페인과 포르투갈을 접수한다면 영국도 살아남을 수 없으니까요. 그는 영국과의 교역로를 폐쇄할 테고, 그럼 당신들은 다 굶어죽게 되니까요.”

그들은 둘다 그 말이 아무것도 보탤 것 없는 진실임을 알고 있었다. 침묵이 흘렀다.

줄리앙은 처음으로 그녀를 자세히 살펴보고 있었다. 옥수수 수염 같은, 태양빛을 듬뿍 머금은 머리카락은 거칠고 짧게 잘려 이마로 몇 가닥 흩어져 내렸으며 숱 많은 속눈썹 아래에는 아몬드 모양의 눈에 묘한 분위기의 보랏빛 눈동자가 자리잡고 있었다.

“제기랄, 제비꽃과 비교한 게 괜한 말이 아니었군.”

그가 팽팽한 침묵을 깨뜨렸다.

“하지만 가시가 있어.”

그의 손가락에 힘이 가해지며, 한순간 그의 입술이 그녀의 입술 위에서 헤매다녔다. 그들 둘만이 이 우주의 시간과 공간에 존재하고 있는 듯한 느낌. 그의 입술이 닿았을 때, 그녀는 비에 젖은 살갗에 매달린 그 따뜻하고 사향내나는 어둠 속으로, 뺨에 닿는 수염과 그의 확고한 입술의 세상으로 미끄러져 들어갔다.

갑자기 황홀경에서 벗어나며, 그녀가 고개를 홱 돌리고는 그의 뺨에 따귀를 갈겼다.

“개자식!”

그녀의 목소리가 떨려나왔다.

“포로를 강간할 셈인가요, 대령 나리? 그런 건 당신네 졸개들이나 하는 일인 줄 알았는데, 알고 보니 자기 상관에게 배운 것이로군요.”

그 급작스런 격분과 증오에, 그는 잠시 멍하니 그녀를 응시하며 무의식적으로 얼얼한 뺨에 손을 올렸다. 그러더니 갑자기 그녀의 얼굴을 두 손으로 감싸쥐고 다시 입술을 눌렀다. 이번에는 그녀의 입술을 뭉개 버리고 머리가 벽으로 젖혀질 정도의 난폭한 키스였다.

그에게서 풀려났을 때, 그녀는 어두운 웅덩이 같은 눈동자와 창백한 얼굴로 미동도 하지 않았다.

"앞으로는 강제와 합의적인 키스를 혼동하지 말아야 할 거요."

그가 굳은 목소리로 내뱉었다. 그의 분노는 여자에게뿐 아니라 자신에게로도 향해져 있었다. 도대체 이게 무슨 짓인가? 군대와 연결된 여자는 결코 건드리지 않는다는 규칙을 정해 놓지 않았던가.

"다시 그 따위로 날 모욕한다면 결과는 책임지지 못하오."

줄리앙이 일어서서 그녀를 내려다보았다. 이제서야 그녀의 눈 밑에 그려진 피로의 그림자를 알아차렸다. 이 여자는 이틀 동안 프랑스군의 포로였다. 마지막으로 먹은 게 언제였을까? 잠이나 제대로 잤을까?

그녀의 모습은 마치 상처 입은 꽃을 연상시켰다.

'맙소사! 감상적인 얼간이가 되어 버린 거냐.'

그가 역겹게 자신을 나무랐다. 하지만 불가로 등을 돌리며 머그잔에 차를 부었다.

"받으시오."

그녀가 떨리는 손으로 잔을 받아들었다.

차가운 양고기를 두텁게 올린 빵까지 건네주고 나서, 그는 불길을 보살피는 일에 관심을 돌렸다.

불길 위로 두 손을 비비다가 문득 비가 멈췄음을 알아차렸다.

7일 동안 쉴새없이 퍼붓더니, 마침내 그 무모한 빗줄기가 그친 모양이다. 지붕이 없는 쪽으로 그가 하늘을 올려다보았다. 구름 사이로 희미하고 뿌연 광채가 나타났다. 날씨가 좋아지면 바다호스의 포위 공격을 재촉해야 하리라. 도시를 포위하고 있는 것은 대단히 고약한 작업이었고 군인들은 동요하며 짜증스러워했다. 이 일이 하루 빨리 끝난다면 모두들 기뻐하리라.

그가 어깨 너머로 탐신을 바라보았다. 그녀는 텅 빈 머그잔을
바닥에 내려놓고 다시 망토에 몸을 만 채 눈을 감고 있었다.
'가시 달린 제비꽃치고, 무척이나 연약하고 무기력해 보이는
군.'
하지만 세인트 사이먼 대령은 밤새도록 잠들지 않으리라 결심
했다.

2

탐신은 두 시간 후에 깨어났다. 이 상황까지 오게 된 과정이 선명하게 머리에 되살아났다. 다만 어떻게 그런 키스 사건이 일어났는지에 대해서는 이해되지 않았다. 그건 말도 안 된다. 그녀는 제복을 입은 모든 군인들을 혐오하고 경멸했다. 그런데도 정당한 이유 없이 이 누추한 곳에 그녀를 포로로 붙잡아 둔 남자와 키스를 해버렸다. 그뿐만 아니라 그 키스를 즐겼다. 자신의 즐거움에 충격을 받아 그에게 지나치리만큼 강하게 보복을 가했던 것이다.

그녀는 눈을 뜨고 살짝 영국 대령을 바라보았다. 어깨에 담요를 두르고 고개는 가슴까지 축 늘어져 있었다.

그 웅크린 남자에게 시선을 고정시킨 채, 그녀의 두 손이 더듬더듬 발목의 밧줄을 찾아 내려갔다. 발을 움직이지만 않는다면, 밧줄의 긴장감이 그대로 남아 있기만 하면, 저 남자는 밧줄 반대편의 변화를 느끼지 못할 것이다.

"그런 생각은 하지도 마시오."

그가 고개를 들어올렸다. 새벽빛 속에서 그의 눈동자는 날카롭고 빈틈없었다. 잠들어 있었던 거라면, 저 남자는 고양이처럼 자는 모양이라고 탐신이 험악하게 생각했다.

하지만 그녀는 무슨 뜻인지 이해하지 못한 척, 태연하게 하품을 하며 두 팔을 쭉 뻗었다.

"화장실에 좀 가야겠어요. 그 정도는 괜찮겠죠?"

"반대할 이유는 없겠지."

그가 온화하게 대꾸하며 자리에서 일어났다. 그리고는 밧줄을 살짝 잡아당겼다.

탐신은 나지막이 욕설을 중얼거리며, 깡충깡충 그의 뒤를 따라 밖으로 나섰다.

구름 한 점 없는 하늘이었다. 지평선의 태양이 빨간 공처럼 달아오르고, 공기 또한 상쾌하고 신선했다. 새들의 지저귐 속에서, 군인들은 불길 위로 냄비를 데우고 말들을 보살피는 중이었다.

그들은 캠프에서 벗어나 강가로 갔다.

"저 바위 뒤가 좋겠군. 난 이쪽에 있겠소. 당신이 저 뒤로 돌아갈 정도로 밧줄이 여유가 있으니까."

"도대체 나한테서 원하는 게 뭐예요?"

그녀가 짜증스레 다그쳤다.

"웰링턴이 당신과 얘길 하고 싶어하오. 그래서 난 당신을 엘바스의 사령부로 데려가려는 거요."

"포로로 말인가요? 단순한 대화를 원하는 거라면 왜 밧줄까지 필요할까요?"

"라 비올레타가 영국 군사령관의 초대를 받아들였을까? 자, 어서 서두릅시다."

그가 성마르게 바위 쪽으로 손짓해댔다.

탐신은 움직이지 않았다. 이 영국 대령은 너무도 자신만만하다, 다른 군인들과 똑같이. 그녀가 잠시 강을 응시하다가 입을 열었다.

"난 목욕을 하고 싶어요. 며칠 동안 진흙탕 속에 앉아 있었던 느낌이에요."

"목욕?"

그 갑작스럽고 황당한 요구에 줄리앙은 허를 찔린 듯이 그녀를 응시했다.

"말도 안 돼. 물이 얼음장처럼 차갑단 말이오."

"하지만 햇살은 따뜻해요. 난 평생 이런 강물에서 목욕했어요."

그녀가 애원하는 시선을 보냈다.

"그게 무슨 해가 되겠어요, 대령님?"

그녀가 셔츠를 잡아 빼내며 짧은 머리를 긁어대고는 그 손을 내밀어 보였다.

"난 지저분해요. 이 손 좀 보세요. 머리에도 때가 잔뜩 끼었고요. 당신네 사령관을 만나야 하는 거라면, 적어도 나에게 약간의 자존심은 지킬 수 있도록 허락해 줘야 하지 않겠어요?"

이 여자가 지저분하다는 것은 줄리앙도 부인할 수 없었다. 그의 임무는 단지 그녀를 엘바스로 데려가는 것, 하지만 그 임무에 방해되지 않을 정도의 요구는 들어 줄 수 있다.

"꽁꽁 얼어 버릴 텐데. 하지만 당신이 굳이 원한다면 허락하겠소, 이 분 동안만."

"고마워요."

그녀가 신발을 걷어차 내고 기대감어린 시선으로 그를 바라보았다.

"밧줄을 풀어도 될까요? 물에 젖으면 참을 수 없게 팽팽해질 거예요."

“좋소. 하지만 달아나려 한다면, 그때부터 엘바스까지 내 등자에 묶여 걸어가야 할 거요.”

그녀의 눈동자에 분노가 스쳤지만, 그것은 금세 사라졌다. 그녀는 어깨를 으쓱이고는 밧줄을 풀어낸 다음 바지를 벗어 한쪽으로 던져놓고 속옷과 셔츠만 걸친 채로, 강을 향해 몸을 돌렸다.

갑자기 줄리앙은 그녀에게서 뿜어지는 에너지를 감지해 냈다. 그녀의 긴장된 몸에 결의와 의지가 다져지고 있는 것 같았다.

“잠깐.”

그는 얼른 그녀의 팔을 붙잡고 강물과 반대쪽 강둑을 바라보았다. 이 여자가 반대편까지 헤엄쳐 갈 수 있을까…… 가능성이 적긴 하지만 불가능한 일은 아니다. 이 여자는 라 비올레타이지 않은가.

“나머지 옷도 벗으시오.”

“뭐라구요! 모두 다? 당신 앞에서?”

“그렇소, 모두 다. 아무리 당신이라 해도 발가벗은 채 강둑을 내달리지는 않겠지.”

“내가 저 강둑까지 헤엄칠 수 있을 것 같은가요?”

그녀의 눈이 순진하게 휘둥그래졌다.

“너비가 족히 팔백 미터는 될 거예요, 소용돌이도 강하고. 내 수영 솜씨는 그 정도로 탁월하지 않답니다.”

“내가 그 말을 믿지 않는다 해도 용서하시오.”

그는 흔들림이 없었다.

“목욕하고 싶으면, 맨 몸뚱이로 들어가시오. 그게 아니라면, 바위 뒤에서 볼일이나 보고 캠프로 돌아가야 할 거요.”

그녀의 얼굴에 분해 하는 표정이 스쳤다. 순간적이었지만, 그는 그것을 보았고 자신의 판단이 옳았음을 알았다. 라 비올레타는 도망칠 궁리를 하고 있었던 것이다.

탐신이 몸을 돌려 셔츠 단추를 풀기 시작했다.

'지독히도 눈치 빠른 자식이로군.'

강 건너편까지 헤엄치는 것은 그리 어려운 일이 아니었고, 머지 않은 곳에서 도움을 청할 농가를 발견할 수도 있었을 것이다. 흠뻑 젖은 셔츠와 속바지 차림으로 나다니는 것은 그렇다 쳐도, 홀딱 벗은 몸으로 다니는 것은 전혀 다른 문제였다.

도움될 만한 것을 찾아 강둑을 슬금슬금 훑어보며 그녀는 방법을 찾아헤맸다. 이 지역은 비교적 평지에 풀들이 자라는 흙길이니, 출발만 제대로 한다면 바람처럼 달릴 수 있을 것이다. 90미터쯤 떨어진 지점에 관목과 덤불의 작은 언덕이 있다. 그곳에 다다를 수만 있다면, 그녀는 사냥개를 피하는 여우처럼 교묘히 숨을 수 있을 테고 영국 군인은 그녀의 영토에서 라 비올레타를 찾을 수 없을 것이다.

그녀는 셔츠와 속바지를 벗어 잘 개켜서 바위 가까운 평지에 내려놓았다. 그것이 줄리앙에게 다소 이상한 행동으로 느껴졌지만, 미처 그 이유를 분석하기도 전에 그녀가 그에게로 돌아섰다. 다리를 약간 벌리고 허리춤에 양손을 올린 채, 로켓이 달린 은목걸이 외에는 아무것도 걸치지 않은 몸으로.

"만족스러운가요, 대령님?"

그의 시선이 날씬하고 탄력적인 몸을 훑어 내려갔다. 연약해 보인 것은 작은 체구 때문이었을 뿐, 옷을 다 벗고 나니 운동선수처럼 단단하게 단련된 몸이 드러났다. 봉긋한 젖가슴과 완만하게 펼쳐진 엉덩이, 배 아래쪽의 보송보송한 부분까지 한눈에 들어왔다.

너무나도 유혹적인 몸이었다. 그의 숨결이 빨라지고 밀려드는 흥분과 싸우느라 콧구멍이 벌렁거렸다. 스스로를 이런 상황으로 밀어넣다니, 자신이 미쳤음에 틀림없다. 아니, 애초에 왜 그녀에게 목욕을 허락했단 말인가? 하지만 일은 저질러졌고, 이미 늦어 버렸다.

감정을 추스르느라 안간힘을 쓰면서, 그는 그녀의 얼굴로 시선을 들어올렸다. 그녀도 불편해 하는 것을 보니 조금쯤은 위로가 되었다. 그녀의 도전적인 자세는 약간 흐트러졌고 시선 또한 옆으로 돌아가 있었다.

"대단히 만족스럽소."

그녀의 표정이 분노로 바뀌며, 그에게 다시 한 번 따귀를 갈기려는 듯 한 걸음 다가섰다. 그의 눈이 그녀의 행동을 파악하고 차가워졌다.

'그런 짓을 하면 후회하게 될걸.'

탐신은 그 메시지를 읽어냈다. 그를 후려갈기고 싶은 충동이 재빨리 사라지고, 자신이 지금 시간을 낭비하고 있다는 걸 떠올렸다. 계획이 완전하게 세워진 마당에 이런 감정 싸움을 일으키는 건 쓸데없는 짓이다. 그녀는 한마디 대꾸도 없이 몸을 돌려 강으로 걸어갔다.

줄리앙은 물을 마주하고 선 그녀의 모습을 지켜보았다. 뒷모습 또한 앞모습과 마찬가지로 자극적이라고 꿈꾸듯이 생각하였다. 그녀가 발끝을 들고 두 팔을 올리더니 빠른 물살 속으로 말끔하게 다이빙해 들어갔다.

그는 강가로 옮겨가 그녀의 머리가 수면에 떠오르기를 기다렸다. 강물은 강하게 흘러내렸으며 150미터쯤 아래에는 거칠게 포말을 일으키는 역류까지 있었다. 물총새 한 마리가 번개처럼 물속으로 잠수했다가 반짝이는 은색 물고기를 입에 물고 날아올랐다. 하지만 라 비올레타의 흔적은 없다, 마치 물 밑에서 사라져 버린 것처럼.

그의 목이 놀라움으로 죄어들었다. 그녀가 저 밑의 검푸른 해초에 엉켜 버린 것일까?

잠수한 채로 건너편 강둑까지 헤엄쳐 갈 수 있을까? 그의 눈이 말끔하게 개어진 옷가지를 돌아보았다. 바위 옆의 땅바닥에 놓인 그대로였다. 그의 시선이 다시 강물의 수면을 훑어보았다. 아무것도 없다, 아무런 흔적도. 그녀가 물 속에 뛰어든 지 얼마나 지났을까? 몇 분은 족히 되었으리라.

그는 더 이상 생각할 것도 없이 부츠를 벗어던지고 검이 매달린 벨트를 풀 위에 내려놓은 후 바지와 셔츠를 내던진 다음 그녀가 다이빙해 들어간 곳 가까이로 첨벙 뛰어들었다.

그의 머리가 물 위로 떠올랐다. 눈 덮인 산에서 흘러내린 얼음물에 이가 달그덕거렸다. 이런 물 속에서는 누구도 2분 이상 견디지 못하리라. 그는 머리에서 물을 털어내며 매끈하기만 한 수면을 응시했다. 아무것도 없다.

그가 다시 잠수해 들어가 갈대숲을 헤치고 다녔다. 눈을 부릅뜨고서 해초에 걸려 있을 머리카락을 미친 듯이 찾아보았다.

탐신은 첨벙소리가 들리자마자 바위 옆쪽의 수면으로 고개를 내밀었다. 추위로 인해 온몸이 부들거렸지만, 그녀의 눈에는 승리감이 번득였고 새파란 입술에도 미소가 그려져 있었다. 그녀의 어머니는 영국인의 소위 기사도 정신에 대해 수도 없이 조롱했었다. 이 영국 대령도 분명 예외가 아니었다.

그녀는 바위 옆으로 숨어 강둑으로 올라서서는 비 맞은 개처럼 몸을 털어댔다. 그리고는 살그머니 옷가지를 집어올렸다.

줄리앙은 숨을 쉬기 위해 다시 물 위로 떠올랐다. 온몸이 마비되는 것 같았다. 더 이상 물 속에 있으면 안 될 터이지만, 다시 한 번 더 찾아보아야 했다. 잠수할 준비를 하며 강둑 쪽을 힐끗 쳐다보았을 때 바위에 연한 그림자 같은 것이 나타났다가 사라졌다. 형체도 없는 번득임뿐이었지만, 그는 그것이 무엇인지를 담박에 알아차렸다.

그의 분노한 괴성이 평화로운 아침 공기를 뚫고 메아리쳤다. 마도요 한 마리가 그 비슷하게 비명을 질러댔고, 들오리떼는 갈 대숲의 둥지에서 푸드득 날아올랐다.

탐신은 욕설을 중얼거리며 신발을 집어들고 작은 덤불 숲이 있는 언덕으로 내달리기 시작했다. 옷 입을 겨를도 없이 그저 젖은 가슴에 끌어안았다. 들켜 버린 것이 유감스럽긴 했지만, 그는 아직 강둑으로 헤엄쳐 나와야 하니 그녀에게 충분히 유리했다.

그러나 학창 시절 달리기 선수였던 줄리앙은 긴 다리로 성큼성큼 그들 사이의 거리를 좁혀 갔다. 얼간이처럼 속아넘어간 자신에게, 자신을 바보로 만들어 버린 여자에게 분노하며 미친 듯이 달렸다. 지금껏 한 번도 맡은 임무에 실패한 적이 없었다, 이 조그맣고 앙큼한 도적 계집에게 그 기록을 깨게 할 생각은 추호도 없었다.

오르막길을 오르면서 탐신의 숨결은 거의 흐느낌처럼 터져나왔다. 젖은 이끼에 발자국소리가 잠겨들었음에도, 뒤쫓아오는 추적자를 느낌으로 감지할 수 있었다. 그가 점점 더 가까워진다. 마지막 힘을 모아 비탈 위로 몸을 던지는 순간 땅에 솟아 있는 뿌리들에 발이 걸려 버렸다.

무릎 꿇고 쓰러지며 내지른 그녀의 짜증스런 외침은 이내 놀란 비명소리로 바뀌었다. 줄리앙이 몸을 내던져 그녀의 발목을 움켜쥐었던 것이다. 그녀가 필사적으로 다른 쪽 발로 그를 걷어찼지만, 턱에 발길질을 당하면서도 그는 결코 손을 풀어 놓지 않았다. 튼튼한 나무 뿌리를 붙잡고 늘어지던 그녀의 손가락이 풀어지며 나뭇가지와 작은 돌멩이들 위로 배와 젖가슴이 긁혀 내려갔다.

"망할 자식!"

그녀가 몸을 홱 돌려 그의 얼굴을 할퀴려고 손톱을 치켜들었다.

"날 바보로 만들 셈이었나, 응? 교활하고 앙큼한 것! 빌어먹을!"

그가 얼굴로 달려드는 두 손을 움켜쥐고 머리 위로 밀어올렸다. 다른 손으로는 그녀의 턱을 잡아 꼼짝 못하도록 고정시켰다.

탐신은 몸을 비틀어대며 두 발로 그를 걷어차려 했지만, 그가 그녀의 허벅지 위로 육중한 무게를 실어 단단하게 걸터앉자 그녀는 꼼짝도 할 수 없었다.

"망할 자식! 저리 비켜."

"안 돼."

그녀가 그를 노려보고 있다가 대령의 턱이 떡 벌어질 정도로 다양하고 상스런 욕설을 내뱉었다. 3개 국어를 넘나들며 닳고닳은 군인들조차도 기가 질릴 정도의 욕설을 악을 써대며 외쳤다.

"닥치라구, 이 여자야!"

그가 생각할 수 있는 건, 이 지독한 욕설의 흐름을 멈추려면 입을 막아야 한다는 것뿐이었다. 그는 그녀의 입술로 자신의 입술을 내리눌렀다.

그의 입술 밑에서 탐신의 욕설이 중단되었다. 작살에 꽂혀 뭍으로 올라온 물고기처럼 그녀의 몸이 요란하게 들썩거렸다. 온몸이 화끈거리고 몸 속의 피는 부글거렸으며 질끈 감은 눈 속엔 빨간 안개가 치밀어올랐다. 그의 혀가 살아 있는 생명체처럼 그녀의 입 속에서 움직여댔다. 그녀의 혀도 그에 화답하듯이 요동하기 시작했다.

모든 것이 뒤죽박죽 엉켜 버렸다. 분명히 격한 분노가 자리잡고 있었는데, 대단히 야만스러운 또 다른 정열도 섞여 들었다. 그의 한 손은 여전히 그녀의 팔을 머리 위로 붙잡고 있었지만, 턱에 놓였던 다른 손은 그들의 몸뚱이 사이를 비집고 들어가 젖가슴을 애무하며 젖은 배로 미끄러져 갔다. 그녀의 사타구니가 위로 솟구치며, 허벅지는 몸 속으로 밀려드는 열띤 탐색에 한껏 벌어졌다.

그의 손가락이 그녀의 몸에서 헤매다니고 그의 육체는 그녀의 몸 속에서 움직여댔다. 불꽃이 팍팍 튀기는 어떤 공간에 들려 올라간 듯, 그들 주위에 불길이 너울대는 듯한 순간, 그녀의 몸은 더 이상 형체와 한계도 없이 그 거대한 불길에 활활 타올랐으며 한치의 오차도 없이 완벽하게 그의 몸으로 빨려 들어갔다.

줄리앙이 서서히 정신을 차렸다. 처음에는 등에 닿는 따뜻한 햇살, 그 다음에는 밑에 놓인 부드러운 육체를 인식하였다. 그가 그녀의 얼굴을 내려다보았다. 살갗은 약간 달뜬 상태이며 눈은 감겨지고 입술 또한 살짝 벌어진 채였다. 그의 한 손은 여전히 그녀의 손목을 그러쥐고 있고 다른 손은 그녀의 몸 옆에 놓여 있었다. 지금 방금 무슨 일이 일어난 걸까? 그때 햇살 따뜻하던 등에 차가운 무언가가 닿았다.

볼 수는 없었지만 그것이 검이라는 것을, 등뼈를 날카로운 칼 끝이 누르고 있음을 알았다. 목덜미 솜털을 곤두서게 하는 낯선 자의 거친 숨결을 느낄 수 있었다.

"기도나 해둬. 삼십 초 내로 넌 조물주에게 돌아가 있을 테니까."

줄리앙은 평생 처음으로 진짜 두려움을 맛보았다. 전쟁터에서의 죽음은 전적으로 운명의 문제이다. 하지만 이것은 잔인하게 서서히 집행되는 사형이었다. 그는 다가오는 죽음을 바꿀 만한 어떤 말도, 어떤 행동도 할 수 없었다. 이 여자의 허벅지 사이에서 죽게 된다면 얼마나 우스꽝스러워 보일까? 얼마나 조롱거리가 될까?

"안 돼!"

그의 밑에 깔려 있던 여자가 무아지경에서 벗어나 눈을 뜨고는 다급하게 소리쳤다.

"가브리엘, 안 돼! 난 괜찮아, 가브리엘. 내가 원하지 않은 일은 아무것도 없었어."

줄리앙은 그녀를 코니쳇에게서 구출했을 때 말에서 뛰어내리며 불렀던 이름이 바로 가브리엘이었던 것을 떠올렸다. 그 가브리엘이 그녀를 찾아낸 모양이었다.

"넌 붙잡히고 싶은 사람치고는 너무도 빠르게 달아나던데, 꼬마야."

칼끝의 목소리에는 의심이 가득하였고 칼날도 여전히 줄리앙의 등에 닿아 있었다.

탐신은 재빠르게 생각을 굴렸다. 자신도 이해하지 못하는 일을 어떻게 설명할 수 있을까.

"너무 정신이 없어서 생각할 수는 없지만, 내가 원하지 않은 일은 아무것도 없었다는 건 진심이야."

줄리앙에게 영원처럼 느껴지던 침묵이 우렁찬 웃음소리로 깨어졌다. 차가운 금속이 그의 등에서 떨어져 나갔다.

"그럼 이 용감무쌍한 남자는 누구지?"

"좋은 질문이야."

가브리엘이 나타난 지금 탐신은 훨씬 더 유리한 입장이 되었고, 조금쯤 복수해 주고 싶다는 생각이 대단히 유혹적으로 다가왔다.

"우린 아직 공식적으로 인사를 나눈 적이 없어. 하지만 웰링턴 부대의 대령이라는 건 알아."

줄리앙은 언제 벗어던졌는지 모르는 속바지를 끌어올리면서 아무 말도 하지 않았다. 그것이나마 입은 것이 덜 무기력한 느낌이었지만, 큰 차이는 없었다. 등뒤에 있던 사내는 떡갈나무 둥치

같은 팔다리에, 울퉁불퉁한 근육의 거대한 체격이었다. 술을 즐기는 듯 약간 불그스름한 얼굴이었지만, 눈동자만큼은 날카로웠다. 그리고 양날의 거대한 칼을 부엌칼 다루듯이 쉽사리 놀려댔다.

"공식적인 소개를 바란다면, 옷이나 입은 후가 낫겠소."

줄리앙이 무미건조하게 대꾸했다.

"너도 뭣 좀 걸치라구, 꼬마야."

거인이 줄리앙에게 시선을 고정시킨 채로 지시했다.

"대령이 옷 입는 동안 난 몇 가지 토론을 해봐야겠어."

탐신은 옷가지를 걸쳐입으며 대령과 얘기하는 남자를 힐끗힐끗 바라보았다. 이토록 충동적으로 정열에 빠져들다니…….

그녀는 누구도 감당 못할 어머니의 충동적인 성격과 부모님의 혈관 속에 흐르는 깊은 정열을 고스란히 물려받았다. 또한 그런 육체적인 갈망에 있어 너무 얌전떨 것 없다고 배워 왔다. 성인들 사이에 일어나는 평범한 사건으로서 죄책감 없이 만족을 구해야 한다고. 하지만 엘 바론이나 세실이 이번 일에 찬성할 것 같지는 않았다. 적과의 동침이지 않은가.

군인들은 모두 적이다……, 그녀의 적. 다시 비명소리와 역겨운 피냄새가 진동하는 것 같았다. 그녀의 아버지는 여러 나라의 군복을 입은 남자들 한가운데 서 계셨다. 악랄한 탐욕과 피에 취한 자들의 일그러진 얼굴 한가운데에. 커다란 칼이 이리저리 베어냈음에도 군인들은 끊임없이 밀려들었다. 몇 개의 총알이 그의 몸으로 파고 들어갔다. 몸의 구멍구멍마다 철철 피를 흘려내면서도 그는 그대로 서서 몇 명의 몸뚱이들을 더 쓰러뜨렸다. 그리고 그녀와 가브리엘은 산 위에서 무력하게 그 모습을 지켜봐야만 했다.

세실은 그늘 속에 누워 있었다. 남편의 자비로운 총알을 받아들여 사랑하는 남편의 품속에서 최후를 맞이했다. 엘 바론의 아내는 버려진 군인들의 겁탈 대상이 될 수 없었다. 그의 딸 또한 어머니와 똑같은 죽음을 맞이했으리라, 그 끔찍한 날 그녀가 가브리엘과 산으로 사냥을 나가는 대신 푸에블라 데 산 페드로에 남아 있었다면.

그녀는 눈을 깜박이며 분노와 슬픔을 마음 뒤편으로 밀어넣었다. 그날로부터 그녀는 자신의 무리를 이끌었다. 학살을 피한 자들과 그들에게로 합류한 다른 자들 모두 엘 바론의 딸을 기꺼이 따라주었다. 그들은 함께 게릴라들을 돕고 프랑스를 괴롭히고, 영국과는 직접적인 대적을 피하면서 얻을 수 있는 대가들을 챙겨왔다. 그 악마 같은 개자식 코니쳇의 함정에 걸리기 전까지는.

하지만 지난 일은 지난 일, 과거의 일로 울부짖어 봤자 아무 소용도 없다. 현재의 상황이 가장 중요하다. 얻어낼 만한 이득이 있을 것이다. 찾기만 하면 언제든 이득은 있는 법이니까.

그녀는 바지 허리춤으로 셔츠를 밀어넣고 신발과 스타킹은 손에 든 채로 두 사내에게 걸어갔다.

대령의 파란 눈동자가 고정되자, 탐신의 가슴이 괜시리 두근거렸다.

'다 지난 일이야.'

그녀는 자신에게 중얼거렸다. 그 미친 광기의 시간은 지나갔다. 현재 상황과는 아무런 관련이 없다.

3

　줄리앙은 소풍이라도 나온 사람처럼 신발과 스타킹을 손에 들고 걸어오는 여자를 바라보았다. 도대체 저 여자와 무슨 일이 벌어졌던 거지? 그녀에게 쉽사리 속아 버렸다는 상처난 자존심과 분노가 다른 무엇인가로 변했다. 단순한 욕망보다 훨씬 더 강하고 위협적인 무언가로. 그는 그녀의 나긋나긋한 몸 안에서 모든 현실감각과 의무와 목적을 잊어버렸다.

　그것으로 포로를 놓칠 뻔했고 거의 목숨까지 내어줄 뻔했다. 바보 같은 자식, 미친 자식.

　"줄리앙 세인트 사이먼 경이자 육군 대령이라는군."

　다가서는 탐신에게 가브리엘이 입을 열었다.

　"꽤나 귀족적인 신사야. 네가 이자에게 약간의 빚을 진 것 같긴 하다만, 이미 대가를 치렀다고 해야겠지."

　탐신이 그 신랄한 말에 얼굴을 붉혔다.

　"저쪽에서 일어난 일은 우리가 할 협상과는 별도야."

“협상이라구?”

줄리앙의 눈썹이 휘어졌다.

“그게 무슨 뜻이지, 바이올렛? 아, 용서하시오. 다른 이름으로 불러야겠지, 우리가 공식적인 소개를 하고 있는 거라면…….”

그들 사이에 긴장감으로 불꽃이 튀기는 것 같았다. 머리 속으로는 모든 기억을 쫓아내려 노력하는데도, 그의 몸에는 여전히 그 기억이 남아 있었다.

“난 탐신이에요.”

그녀가 어깨를 으쓱였다.

“탐신이라, 콘월 이름이군.”

“어머니가 지어 주신 거예요. 콘월 이름인지 당신이 어떻게 알죠?”

“나도 콘월 사람이니까.”

그가 대꾸했다. 그녀의 눈에 갑작스런 번득임이 일어나는 걸 보았다, 마치 촛불을 켠 것처럼.

“당신이요?”

그녀가 무심한 척 반응하였다.

“내 어머니의 가족도 콘월의 귀족이랍니다.”

“이런, 콘월의 귀족이 스페인 산적의 침대에서 무얼 하고 있었을까?”

“입조심해, 레이디를 모욕하면 가만 있지 않겠다.”

가브리엘이 칼을 들어올리며 불길하게 한 걸음 다가서자, 줄리앙은 주제를 바꾸는 것이 현명하리라 판단했다.

“협상이라고 했던가, 바이올렛?”

지금 상황에서는 그 이름이 더 적당할 것 같았다.

“빌어먹을 군인과는 협상할 것도 없어. 가자구, 꼬마야.”

“아니야, 가브리엘. 기다려.”

탐신이 그의 팔을 잡으며 천천히 말을 이었다.

"우린 코니쳇에게 받을 빚이 있어."

그녀의 눈동자에 번득임이 일어나며 입술이 살짝 뒤틀렸다. 그녀를 함부로 대접한 일은 내버려 둔다고 쳐도, 코니쳇은 그녀의 동료들을 죽였다. 그 일에 대해서는 대가를 받아내야 한다. 이 영국 대령과 그의 부하들이 코니쳇을 약간 골려주는 것을 도와줄 수 있으리라.

"이 영국인 나리께서는 사령관과 날 대면시키고 싶대. 난 웰링턴이 하는 말을 기꺼이 들어 줄 생각이야. 그 이상은 약속하지 않을 거고. 하지만 물론 거래 조건이 있지."

"무슨 조건?"

"당신의 약속을 받고 싶어요, 콘월 남자로서의 맹세."

왠지 그 마지막 말에 지독한 경멸이 담겨 있었다.

"날 강제하지 않겠다는 약속. 난 기꺼이 따라가겠지만 내가 원할 때 떠날 거예요."

"내가 약속해 준다면, 당신 자유 의지로 나와 같이 가겠다는 거요?"

"한 가지 작은 조건만 들어 준다면요."

"그 조건이란?"

탐신의 미소가 밝아지며 눈동자는 춤을 추었다.

"코니쳇의 견장."

가브리엘의 웃음소리가 우렁차게 터져나왔다.

"이런, 넌 지브롤터의 원숭이보다도 더 응큼하구나."

"어때요? 당신에게는 스무 명의 군인이 있어요. 가브리엘과 나도 합류할 거예요. 우리가 힘을 합하면 프랑스 대령의 견장쯤 빼앗을 수 있을 거예요."

줄리앙은 경악에 젖어 있었다.

“이봐, 여긴 놀이판이 아니라 전쟁터라구.”

탐신의 입가에는 장난스런 미소가 서려 있었지만, 굳어진 턱과 눈동자의 칼날 같은 번득임이 확고한 의지를 보여주었다. 그녀의 얼굴에서 웃음기가 사라졌다.

“그건 나도 알아요, 대령님. 견장이 떨어진 불명예스러운 군복을 입고 부하들 앞에 서게 될 때 코니쳇도 장난이라 여기지 않을 거랍니다.”

그건 틀림없이 깔끔한 복수였다. 그런 굴욕감은 거만한 코니쳇에게 삼키기 힘든 약이 되리라. 하지만 어떻게 그런 사소한 목적에 부하들을 내돌릴 수 있단 말인가?

줄리앙은 물끄러미 강물을 응시하였다. 웰링턴에게 5일 내로 꽃잎을 뜯을 수 있도록 라 비올레타를 데려가겠노라고 약속했다. 지금 출발한다면 넉넉히 기한 내 도착할 수 있다. 그의 부하들은 바다호스의 포위공격에 가담해야 한다. 이 시시한 복수 게임은 그들에게 시간과 정력 낭비일 뿐이다. 하지만 동의하지 않는다면? 그는 라 비올레타를 놓치게 될 것이고 처음으로 실패했다는 보고를 올려야 할 것이다.

그런 일은 자존심이 허락하지 않았다. 상황은 간단했다. 저 여자가 카드를 손에 다 쥐고 있으므로, 그에게는 놀아나는 수밖에 선택의 여지가 없다는 것. 그리고 솔직히 코니쳇을 골려주는 것이 재미있을 것 같기도 했다. 코니쳇 부대는 아직 캠프를 복구하느라 정신이 없을 것이다. 민첩하게 그 일을 마무리지은 다음 쉬지 않고 달려간다면 약속된 시일에 엘바스로 돌아갈 수 있을 것이다.

“좋소.”

그가 체념한 듯 어깨를 으쓱였다.

“내키지는 않지만, 당신이 카드를 쥐고 있으니. 하지만 우리와 합류할 거라면, 당신은 내 지휘를 받아야 하오. 동의하겠소?"

탐신은 고개를 흔들었다.

"아뇨, 대령 나리. 가브리엘과 난 자유로운 게릴라로서 움직일 거예요. 우린 밤에 그를 기습해야 할 거예요."

대령이 반대하기도 전에 탐신은 계속해서 말을 이었다.

"그는 자정쯤 잠자리에 들기 전에 보초들을 점검해요. 우린 매복하고 있다가…… 쓱싹하면 돼요. 그것으로는 그가 한 짓에 대한 충분한 복수가 안 되겠지만, 난 그리 앙심 깊은 사람이 아니랍니다."

그녀가 낄낄거리며 웃었다.

"내가 그자에게서 포로를 빼앗아오고 캠프에 불을 질렀잖소. 그 정도면 충분할 텐데."

줄리앙이 중얼거렸다.

"하지만 그건 내 복수가 아니었어요. 날 데리고 나온 건 당신 임무였을 뿐, 코니쳇이 나와 내 동료들에게 한 짓과는 상관없어요."

줄리앙이 짜증스레 태양을 힐끗 올려다보았다.

"당신들이 탈 말이 문제군. 바이올렛, 당신은 나와 같이 타면 될 것이오. 하지만 저 남자의 무게를 견딜 만한 말이 우리에겐 없소."

"그런 걱정은 마쇼. 난 내 말을 탈 거니까. 이 꼬마 말도 저쪽에 묶여 있소."

가브리엘이 태평하게 미소지으며 언덕을 가리켰다.

"세자르를 데려왔어? 그 애를 거기서 빼낸 거야?"

탐신이 흥분하여 소리치며 그에게 입을 쪽 맞췄다.

"어떻게 해냈는지는 모르지만 당신은 그야말로 기적이야, 가브리엘. 어서 가보자."

그녀가 대령을 돌아보았다.

"조금 후에 당신 야영장에서 만나기로 해요."

줄리앙은 이러지도 저러지도 못하고 망설였다. 여자를 보낼 수도 없고, 그렇다고 막을 수 있을 것 같지도 않고…….

그녀가 새침하게 턱을 치켜올렸다.

"난 분명히 약속했어요. 날 의심하는 건가요, 대령 나리?"

지난 밤 그녀가 산적의 포로 선서를 받아들일 거냐고 그에게 물었을 때 그는 믿지 않기로 결정했었다. 지금에 와서 이 자만심 가득하고 돈밖에 모르는 산적을 믿어야 할 이유가 무엇이란 말인가?

"내가 믿든 말든 무슨 차이가 있겠소."

줄리앙은 그 말만 하고는 발길을 돌려 걸어갔다.

"네가 무슨 짓을 하는지 알 수 있다면 좋겠다, 꼬마야."

강둑을 따라 걸음을 옮기면서 가브리엘이 입을 열었다.

"엘 바론이라면 군인들과 거래하지 않았을 거야. 웰링턴 사령부로 들어가지도 않을 거고."

"그들에게 원하는 정보를 준다고는 말하지 않았어."

"그자들이 너에게 쥐어 짜내지 않을 거라고 어떻게 장담하지?"

"난 그 대령 나리가 약속을 지켜줄 거라 믿어. 게다가 나한테 계획이 있어. 이 대령 나리는 쓸모가 있을 것 같아, 그의 도움을 받을 수만 있다면."

"뭐에 쓸모 있다는 거야? 어떻게 도움을 받아낼 건데?"

탐신이 씨익 웃어 보였다.

"모든 건 때가 있는 법이야, 가브리엘."

만족스럽지는 않았지만 그는 체념하며 입을 다물었다.

탐신은 이제 미래를 계획할 때가 되었다고 생각했다. 푸에블라 데 산 페드로의 학살 현장을 보았을 때, 그 다음 코니챗에게 붙잡혔을 때 그녀의 과거는 끝이 났다. 이 영국 대령이 그녀의 미래와 엉켜 있다. 물론 코니쳇에게 복수하는 일에도 그의 도움이 필요하긴 했지만, 더 커다란 계획이 그녀의 마음에 형성되기 시작했다.

정확한 장소, 정확한 시기에 나타난 콘월 남자. 그가 그녀의 뜻대로 이용당해 줄지는 알 수 없었지만, 하여튼 코니쳇의 일을 처리한 후에 엘바스로 가면 그 답을 알 수 있으리라.

4

6시간 후 그들은 코니쳇의 캠프 근처에 도착했다.

"곧 어두워질 테니 그때 접근해야 할 거예요."

탐신이 그의 옆으로 말을 달려왔다.

"먼저 가브리엘이 아직 코니쳇이 그곳에 남아 있는지 정찰하고 올 거예요."

"우리 측에서 정찰을 나갈 거요. 우린 외부인의 정찰 내용을 근거로 행동하지 않소."

탐신이 어깨를 으쓱였다.

"좋으실 대로. 하지만 어떤 영국인보다 가브리엘이 훨씬 더 나을 걸요."

"물론 당신 마음대로 생각할 권리는 있겠지."

줄리앙이 부하들에게 따라오라는 신호를 보내자, 그들은 마을을 둘러싼 숲으로 달려들어갔다.

'거만한 당나귀!'

탐신은 짜증스레 고개를 흔들며 그 뒤를 따랐다. 그들은 어두운 숲속 공터에서 멈춰 섰다. 대령이 낮은 목소리로 지시를 내리자, 두 명의 병사가 말에서 내려 덤불 속으로 사라졌다.

가브리엘은 상관할 것 없다는 듯이 포도주부대를 꺼내어 빨간 액체를 입 속으로 쏟아부었다.

"마시겠소?"

줄리앙의 시선을 알아차리고 그가 부대를 내밀었다.

"고맙소."

줄리앙이 기꺼이 받아마시고 부대를 돌려주는데 탐신이 중간에 가로채 벌컥 들이켰다.

그녀가 목을 젖히자, 줄리앙은 그 우아한 목선을 홀린 듯이 바라보았다. 포도주를 삼키는 목의 움직임, 벌어진 입 속으로 쉼없이 흘러드는 루비색 액체. 그녀의 짧은 머리카락은 어둠 속에서 거의 백금처럼 반짝거렸다. 거대한 말 위에 앉아 장총과 탄약대를 메고 한 손으로는 고삐를 모아 쥔 모습이 거의 야만족의 처녀 같다고 그는 생각했다.

그러면서도 꽃과 같은 섬세함이 있었다.

그는 짜증스레 머리를 흔들어대며 그녀에게서 시선을 뗐다.

채 한 시간도 되지 않아 정찰 나갔던 병사들이 돌아왔다. 그들은 코니쳇 부대가 아직 캠프에서 철수하지 않았다고 보고했다. 하지만 보초는 두 배로 증원시켰다고 했다.

습격은 쉽지 않을 것이다. 줄리앙은 눈살을 찌푸렸다. 한낱 개인적인 원한 때문에 부하들을 잃고 싶지는 않았다.

"중사, 병사들과 이곳에서 기다리며 만약의 경우를 대비해 지원할 준비를 하시오."

그가 탐신에게 시선을 돌렸다.

"당신과 가브리엘은 나와 같이 행동합시다. 우리 셋이서만 이 일을 해낼 거요."

탐신은 잠시 생각해 보았다. 그가 거래 조건을 어기는 것 같지만, 다이아몬드처럼 차갑게 굳어진 눈동자와 딱딱하게 긴장된 입술을 보건데 이것이 얻어낼 수 있는 최선인 듯했다. 가브리엘과 필적하지는 않지만 대령의 힘 또한 강하다는 것을 이미 경험으로 알고 있었다. 또한 적어도 그의 부하들이 그들의 퇴각을 엄호해 줄 것이다.

그녀는 고개를 끄덕이고는 말에서 내려섰다.

그들은 덤불 속으로 기어들었다. 체격에 어울리지 않게 나무들 속으로 녹아들 듯이 움직이는 가브리엘, 풀잎 하나 건드리지 않는 것처럼 거의 날아가는 탐신에 비해 게릴라식 전투에 익숙지 않은 줄리앙은 자신이 서툴기 그지없는 황소가 된 기분이었다.

그들은 캠프에서 50미터쯤 떨어진 곳에서 멈춰 섰다. 보초들이 순찰을 돌고 있어 더 이상 들키지 않고 다가가는 것은 무리였다.

"화장실은 어떨까요?"

탐신이 눈동자를 반짝이며 속삭였다.

"거기서 그를 기다리는 거예요. 코니쳇은 습관의 동물이죠. 매일밤 열한 시쯤 코냑 한 잔을 들고 화장실에 들러요."

"화장실이 어디에 있는지 아오?"

줄리앙의 질문에 그녀가 고개를 끄덕였다.

"그곳 이용을 허락받았죠, 하루에 두 번."

그 불편함과 수치를 기억하며 그녀가 성난 목소리로 속삭였다.

"어디지?"

"중앙 캠프에서 좀 떨어져 있는 곳이에요."

"앞장서시오, 바이올렛."

그가 지금까지 끼어든 미친 놀음들 중에서도 이번 것이 가장 황당무계했다. 이 스페인 산적은 복수를 하는 데 있어서 풍부한 상상력을 지닌 것 같았다. 코니쳇이 처하게 될 곤경은, 오늘 아침 정열적인 여산적의 허벅지 사이에서 붙잡힌 자신의 모습만큼이나 우스꽝스러울 것이다.

그들은 최대한 몸을 낮춰 기어갔다. 순간 줄리앙의 발밑에서 잔가지 하나가 뚝 부러지며 그 소리가 밤의 침묵 속에 메아리쳤다. 재빨리 탐신은 두 손으로 입을 감싸고는 후꾹후꾹 쏙독새 소리를 냈다. 가브리엘이 탐신의 재치를 칭찬하듯이 고개를 끄덕였고, 줄리앙은 자신의 서툰 행동에 속으로 욕설을 퍼부었다.

연기와 타다 남은 잿더미에서 풍기는 내음이 아직 공기중에 맴돌고 있었다. 숲은 너무나도 적막했다. 초승달빛이 나뭇가지 사이에서 섬칫하리만치 밝게 스며들었지만, 가브리엘과 탐신은 배를 땅에 대고 덤불 속을 능숙하게 미끄러져 갔다. 줄리앙도 그들의 뒤를 따랐다. 어딘가에서 흐릿하게 오물 냄새가 풍겨왔다.

"장교들의 화장실은 여기서 좀더 떨어져 있어요."

탐신이 바람결 같은 목소리로 속삭였다.

"그곳은 천막으로 덮여 있죠, 자기들은 일반 병사와는 다르다는 것처럼 특별하게요."

그때 짧은 외침소리가 근처에서 터져나왔다. 재빨리 그들은 가시덤불 밑으로 납작 엎드렸다. 긴장된 몇 초가 지난 후 탐신이 빼꼼이 고개를 들어 덤불 너머를 살펴보았다. 순간 캠프에서 또 다른 외침소리가 들리자, 대령이 그녀의 머리를 땅바닥으로 내리눌렀다.

"우릴 본 게 아니에요."

그녀가 그의 손아귀에서 벗어나려고 머리를 흔들어대며 격하게 중얼거렸다.

"보초를 바꾸는 거라구요."

"당신 머리는, 빌어먹을 횃불 같다구."

그가 그녀의 귀에 대고 내뱉었다.

"손수건으로 가리시오."

탐신은 목에 맨 검은 빛 손수건을 풀어내 머리 위로 둘러 묶었다. 마치 초보자라도 되는 것처럼 훈계를 듣는다는 것이 짜증스러웠지만, 그의 말이 맞아 반박할 수가 없었다.

"삼 분마다 이 구역을 순찰하는군."

가브리엘이 속삭였다. 대령과 탐신이 실랑이를 벌이는 동안, 그는 보초의 행동을 관찰했던 것이다.

"한 명씩 건너가기에 충분해."

"내가 먼저 갈게요."

탐신이 말했다.

"안 되오. 당신은 중간에 가시오. 그래야 당신이 붙잡히는 경우, 우리가 양쪽에서 공격할 수 있소."

"당신 둘에게 똑같은 일이 생긴다면요?"

"코니쳇이 원하는 건 당신이오. 간신히 빼내온 사람을 다시 저곳으로 돌려보내고 싶지는 않소. 이 말도 안 되는 변덕에 끼어든 것만으로도 충분히 지독하오."

탐신은 한순간 고민했다. 아무 대꾸 없이 달려나가 버린다면 그가 막을 방법은 없으리라. 가브리엘은 따라올 것이고, 이 빌어먹게 거만한 대령의 도움이 없어도 둘이서 충분히 일을 처리할 수 있다. 하지만 그의 말이 옳았다, 자존심이 상식과 싸움을 벌이다가 상식이 승리를 외쳤다.

그녀는 험악하게 눈살을 찌푸리며 덤불 뒤에 쭈그려 앉았다. 보초가 자리에 돌아왔다가 다시 걸어갈 때 줄리앙이 가브리엘에게 고갯짓을 해보이자, 거인은 앞으로 달려나갔다. 맨땅에 달라붙은 듯 바짝 몸을 숙였지만 한동안은 달빛 아래 소름 끼칠 정도로 환하게 그의 온몸이 드러났다. 하지만 별탈 없이 어둠 속으로 다시 잦아들었다.

뒤에 남은 두 사람은 미동도 없이 기다렸다. 보초가 또다시 왔다가 걸어갔다. 탐신은 대령의 신호를 기다리지도 않고 낮게 몸을 숙여 달려간 다음 어둠 속으로 사라졌다.

줄리앙은 이제 혼자 남아 자신의 순서를 기다렸다. 더 이상 자신이 왜 이 일을 하고 있는지는 생각지 않았다. 일단 시작한 이상, 성공하는 것만이 최대 관심사였다. 기다렸던 순간이 닥치자, 그는 숨은 곳에서 빠져나와 달렸다. 엉덩이에 부딪혀대는 검에 신경 쓰다가 하마터면 돌부리에 발이 걸려 넘어질 뻔했다. 빌어먹을, 영국 기마부대의 장교가 게릴라보다 더 걸리적거리다니.

"여기에요."

탐신의 목소리가 어둠 속에서 들려오자, 그는 장작더미 뒤에 숨은 두 사람 옆으로 털썩 내려앉았다.

"안으로 들어가요."

탐신이 앞으로 움직이려 했지만, 다시 줄리앙의 손이 그녀의 팔을 붙잡았다.

"아까와 똑같은 순서요."

그녀는 말없이 동의했다. 가브리엘이 나무들 사이로 달려가 천막이 쳐진 장교용 화장실 뒤로 사라졌다.

"이젠 당신."

이 영국 대령은 자기가 대장인 줄 착각하는 모양이다. 하지만 지금은 싸울 시간이 없었다. 탐신은 코니쳇에게 복수할 생각만 하며 빠르게 움직였다.

정확히 11시에 코니쳇이 한 손에 코냑잔을 들고 오두막에서 빠져나왔다. 그는 잠시 하늘을 올려다보았다. 비가 그쳤으니 영국의 포위공격이 빨라질 것이다. 그의 군대는 이 지역을 방어하기엔 너무 인원이 적었다. 하지만 라 비올레타만 잃지 않았다면, 지금쯤 몇몇 게릴라 무리들을 휩쓸어 버렸을 테고, 그들이 이용하는 산길을 지도로 만들어 프랑스에 지대한 공헌을 할 수도 있었을 것이다.

그의 계획은 거의 대성공을 거둘 뻔했다. 상관에게 칭찬받고 계급까지 올라갔을 텐데. 그러면 끔찍한 여름이 닥치기 전에 이 빌어먹을 땅에서 벗어날 수도 있었을 것이다.

눈살을 찌푸린 채로 말없이 주위를 돌아본 다음 그는 화장실 쪽으로 발걸음을 옮겼다.

천막의 휘장을 열고 들어가 나무 판때기 위에 편안하게 자리를 잡으려던 순간, 옆쪽의 천막이 조그맣게 찢어지는 걸 발견했다. 무언지도 모른 채 멍하니 바라보고 있는 동안, 천막이 휙 베어지며 라 비올레타의 조그만 얼굴이 그의 눈앞에 나타났다.

"안녕, 코니쳇 대령."

상냥함과는 거리가 먼 미소로 그녀의 하얀 이가 드러나며 번득였다. 그리고 그 손에 들린 단검이 그의 목을 지긋이 눌러 왔다.

"우리 사이엔 아직 끝나지 않은 일이 있지. 소리치지 마."

그의 작은 움직임을 놓치지 않고 그녀가 부드럽게 덧붙였다.

"입 벌리는 날에는, 여기 있는 내 친구가 네 머리통을 하늘로 날려보내 줄 거야."

그제서야 코니쳇은 여자 뒤에서 그를 응시하고 있는 가브리엘을 알아차렸다. 찢어진 천막 틈으로 총부리가 불쑥 들이밀어져 있었다.

"빌어먹을."

그가 칼 끝을 피하려 애쓰며 바지춤을 잡아 올리고자 필사적으로 더듬거렸다.

"보기 좋은 광경은 아니군. 그렇지, 대령?"

미소 띤 얼굴이지만, 여자의 눈동자는 보라색 돌처럼 차갑고

무자비했다. 목이 따끔하는가 싶더니 코니쳇의 하얀 군복깃으로
빨간 핏방울이 흘러내렸다.

칼끝이 위쪽으로 움직여 턱밑의 부드러운 살갖을 눌렀다. 코니
쳇의 목이 꿈틀거렸다. 옷을 입으려는 노력도 포기한 채, 그의 이
마에 땀방울이 송글송글 맺혔다.

"옛말에 '심은 대로 거두리라'라는 말이 있지, 대령. 또 복수의
달콤함에 대한 애기도 떠오르는데."

칼끝이 그의 살갖 위에서 원을 그려갔다.

그가 거칠게 중얼거렸다.

"빌어먹을, 해치울 생각이라면 어서 끝내라구."

그녀가 고개를 흔들었다. 하지만 무슨 말을 하기도 전에, 줄리
앙이 어둠 속에서 성마르게 입을 열었다.

"이봐! 생쥐라도 붙잡은 고양이 같군. 어서 해치우고 여기서 나
가자구."

키 큰 영국인이 오른손에 칼을 들고 나타나자 코니쳇은 얼이
빠져 버렸다.

"용서하시오, 코니쳇. 하지만 이걸 좀 떼내야겠소."

숨 돌릴 사이도 없이 그의 칼이 두 번 휙휙 바람을 가르더니
금실로 꼬인 견장을 오물통 속으로 첨벙 떨어뜨렸다.

"단추도."

라 비올레타가 요구했다.

줄리앙이 한숨을 내쉬었다.

"미안하군, 코니쳇. 하지만 난 이 앙심 깊은 계집과 거래를 했
다오."

다시 그의 칼이 번득이며, 하나씩 하나씩 나폴레옹의 독수리가
그려진 금단추들이 견장을 따라 오물통으로 빠져 들어갔다.

코니쳇의 눈알은 금방이라도 튀어나올 듯 휘둥그래졌고 턱은

일그러졌다. 하지만 미처 정신을 차리기도 전에 그의 방문객들은 찢어진 천막 뒤로 사라져 버렸으며 그는 갑자기 그 냄새나는 공간에 홀로 남겨졌다. 천막의 구멍과 뜯어진 군복만 아니었다면, 끔찍이도 굴욕적인 꿈을 꾼 것으로 믿을 수도 있었으리라.

그가 바지를 홱 잡아 올리며 소리질렀다.

"내…… 내……."

그리고는 밖으로 뛰쳐나갔다.

사방에서 남자들이 몰려들고, 화가 머리끝까지 치민 코니쳇은 바지 허리춤을 더듬거리며 단추가 사라져 버린 튜닉을 풀어헤친 채로 고함쳐댔다.

탐신, 줄리앙, 가브리엘이 숲속으로 뛰어드는 순간, 맨 먼저 가브리엘의 모습이 사라졌다.

"우린 흩어져야 해요. 그래야 붙잡힐 위험이 적어요."

탐신이 전속력으로 달리며 소리쳤다.

"당신은 내 눈앞에 있어야 해."

대령이 그녀의 손목을 움켜잡았다.

"난 약속을 지켜요!"

"그래도 당신을 놔줄 순 없소. 자, 달리라구!"

차가운 대답을 끝으로, 그들은 전속력으로 내달리기 시작했다. 자신들이 일으키는 소음이나 흔적에 대해서는 신경 쓰지 않았다. 지금은 속도가 가장 중요했다.

탐신이 숨을 헐떡이며 낄낄거렸다.

"코니쳇이 부하들에게 그 일을 어떻게 설명했을까요?"

"그만하고 숨을 아끼라구."

하지만 줄리앙도 입술 양끝이 저절로 올라갔다. 평소에는 흠잡을 데 없이 말끔하던 대령이 속바지와 풀어진 튜닉 차림으로 변소간에서의 일을 설명하는 모습을 떠올리자…….

총알 하나가 그들의 머리 위로 쉬잉 날아갔다. 갑자기 웃고 싶은 생각이 사라져 버렸다. 그들은 군인들이 기다리고 있는 공터 가까이로 접어들고 있었지만 총탄소리 또한 점점 귓전에 가까워졌다.

탐신이 옆으로 방향을 돌리더니 대령을 끌어당겨 빽빽한 덤불 속으로 밀고 들어갔다. 옷가지가 찢기긴 했지만 그곳에 기적처럼 작은 틈새가 나 있었다. 다음 순간 그들은 공터로 튀어나왔다.

기마부대가 공터를 빠져나가는 찰나, 프랑스 병사 몇몇이 모습을 드러냈다. 하지만 그들은 말 탄 도망자들을 걸어서 추적할 수 없었으므로 유유히 사라지는 먹잇감을 지켜보고 있을 수밖에 없었다.

5

　줄리앙은 언제나처럼 한쪽으로 비켜나 말을 달리는 가브리엘과 탐신을 바라보았다. 무슨 얘기를 하는지 들리지 않았지만, 그들의 몸짓으로 보아 언쟁을 하는 듯했다. 여자는 격렬하게 손짓해댔고 거구의 가브리엘은 바위처럼 완고하게 고개를 흔들어댔다.

　이제 엘바스의 사령부에 도착하기까지 2시간 남짓 남았다. 줄리앙은 공언한 대로 딱 5일만에 그 제비꽃을 데려가고 있다. 하지만 유감스럽게도 꽃잎을 내줄 준비가 된 순종적인 포로가 아니라, 원기왕성하고 결의에 차 있는 망아지였다.

　줄리앙은 눈살을 찌푸렸다. 어떻게 하다 포로를 놓치게 되었는지, 무슨 이유로 협상에 동의했는지 어떻게 설명해야 할까? 진실을 밝히는 것은 너무도 굴욕적이었다. 이 여산적이 강둑에서의 광기에 대해 입 다물어 주기만을 바라는 수밖에 없었다.

　문득 거인과 여자가 그에게로 다가왔다.

"내가 떠나 있는 동안, 당신이 이 꼬마를 책임져 주시오."

가브리엘이 퉁명스레 말하며, 은근히 위협하듯이 육중한 칼자루 위에 손을 올려놓았다.

"떠난다고? 어디로?"

"그건 당신이 알 바 아니오. 당신은 이 꼬마를 책임지기만 하면 되오."

줄리앙이 어이없다는 듯 고개를 흔들었다.

"나더러 라 비올레타의 행동에 책임을 지라는 거요? 이보시오, 난 나의 한계를 알고 있소."

"내 행동에 대해서는 내가 책임져요."

탐신이 성마르게 입을 열었다.

"내 안전에 대해서도. 가브리엘, 잔소리꾼 할망구처럼 굴지 말라구."

"엘 바론이 너의 안전을 '내' 손에 맡겼어."

거인의 입술이 노새처럼 완고해졌다.

"그리고 네가 이 장난질을 할 생각이라면, 난 내가 옳다고 느끼는 대로 네 아버지와의 신의를 지킬 거야."

그가 줄리앙을 노려보았다.

"영국인 대령, 이 아이 머리털 하나라도 다치면, 내가 당신 머리통을 어깨에서 떼어 버릴 거요."

탐신이 못 말린다는 듯이 하늘을 쳐다보았다.

"영국 사령부에서 난 아무 탈도 없을 거야, 가브리엘."

"그렇소, 그 점은 내가 보장하지."

줄리앙은 가브리엘의 험악한 위협은 무시하기로 했다.

"사령부의 손님으로 있는 한은. 하지만 그녀가 엘바스 밖으로 나간다면, 내 책임이 아니오. 난 유모가 아니거든."

탐신이 딱 잘라 말했다.

“난 유모나 보디가드 따위 필요 없어요. 어서 가라니까, 가브리엘. 빨리 떠날수록 더 빨리 돌아올 수 있잖아.”

“내가 돌아올 때까지 엘바스에서 떠나지 않겠다고 약속할 테냐?”

“알았어.”

그녀가 부드럽게 그의 뺨을 매만졌다. 그녀의 눈빛이 따뜻해졌다.

“걱정 마, 난 아무 일 없을 거야. 이 일이 어쩔 수 없다는 거 알잖아.”

가브리엘이 한숨을 내쉬었다.

“누가 널 말리겠냐, 꼬마야.”

그가 한 손을 들어올리고 말을 돌려 달려나갔다.

그 뒷모습을 물끄러미 응시하는 탐신에게 대령이 물었다.

“그가 어디로 가는 거요?”

탐신은 어깨를 으쓱였다.

“뭣 좀 가지러요. 사령부에 거의 다 온 모양이죠?”

가브리엘의 여행에 대해 그녀는 더 이상 말할 생각이 없는 듯했다.

방어벽 밖의 참호를 돌아가자, 폭격소리가 귀청을 찢을 듯이 울려퍼졌다. 탐신의 말이 고개를 젖히며 발을 높이 쳐들었다. 무의식적으로 줄리앙은 그 말의 고삐를 잡아 주려 손을 뻗었다.

“손 치워요!”

그녀가 난폭하게 소리치고는 짐승의 귀에 부드러운 말을 중얼거렸다. 말이 진정되자 그녀의 눈이 다시 대령에게로 날아와 꽂혔다.

“내가 말도 못 다스리는 멍청이라도 된다는 듯이 내 말고삐를 잡으러 들다니!”

"미안하오, 누이와 말을 탈 때 항상 그랬기 때문에."

그는 탐신의 격한 반응에 움찔했다.

"난 당신 누이가 아니에요."

"이런 상황에서는 그게 다행스럽군."

자신도 모르게 그가 장난스레 중얼거렸다.

탐신은 한동안 그를 노려보고 있다가 까르르 웃음을 터트렸다.

"맞아요, 대령님. 가증스러운 산적에게도 지켜야 할 미덕은 있는 법이죠."

그의 얼굴에서 즐거워하던 표정이 즉시 사라졌다.

"그 사건에 대해서는 다시 말하지 맙시다."

그의 굳어진 얼굴을 힐끗 쳐다보며 탐신이 심술궂게 미소지었다.

"포로와 놀아났다는 걸 사령관에게 알리고 싶지 않은 거로군요."

"그렇소, 빌어먹을!"

"그럼 그런 일이 다시 생기길 바라지도 않는 건가요? 실망스러워라. 난 또 즐기고 싶은데."

"미안하지만 난 싫소."

그가 말의 방향을 돌려 중사에게 지시를 내렸다.

"우린 여기서 볼일이 있으니, 다른 병사들을 이끌고 부대로 돌아가시오."

"알겠습니다."

중사의 명령소리에 따라 병사들은 말을 달려갔다.

탐신은 생각에 잠겨 있었다. 대령이 진실을 말한 것은 아니리라. 그 폭발적인 환희를 경험하고 나서 그 누가 다시 원하지 않을 수 있겠는가. 어머니는 사랑행위라는 것은 먹이를 주면 줄수록 더 욕구가 자라는 법이라고 말씀하셨다. 그때 아버지는 집어

삼킬 듯이 어머니의 얼굴을 응시하고 있었고.

그들은 작은 다리를 건너 마을로 들어섰다. 자갈 깔린 거리에
는 초록색 튜닉을 입은 사격부대와 진홍빛 튜닉의 보병대, 기병
대 병사들이 북적거렸다. 부관들이 건물 사이를 서둘러 뛰어다녔
고 배급물자를 실은 짐마차들이 덜그럭덜그럭 굴러갔다.

말들을 마부의 손에 맡긴 다음, 줄리앙은 탐신을 데리고 나무
건물 뒤쪽의 계단으로 성큼성큼 걸어갔다. 계단 위의 문을 열자
테이블에 앉아 있던 부관 한 명이 산더미 같은 서류더미에서 눈
을 들어올렸다.

그가 자리에서 일어나 경례를 올렸다.

"이 여자를 지키고 있게."

대령은 짤막하게 지시하고는 정면의 문을 노크한 다음 사령관
실로 들어갔다.

"무사히 코니쳇의 손에서 여자를 빼냈군. 별 문제는 없었나?"

사령관이 그를 맞이하며 포도주를 건넸다.

"적어도 그 시점까지는 괜찮았습니다."

웰링턴은 그 묘한 대꾸에 눈썹을 들어올렸지만 더 이상 캐묻지
는 않았다.

"프랑스에 얼마나 불었다던가?"

"아무 말도 안 했습니다. 우리가 때마침…… 아주 정확하게 도
착했거든요. 사상자 한 명 없이 빠져나와 몇 시간 후에는 임시
캠프를 세울 수 있었습니다."

대령이 말을 멈췄다. 이제 가장 까다로운 부분을 설명해야 했
다.

"다음날 아침, 여자가 생리적인 욕구를 호소하길래 제가 캠프
너머의 강으로 데려갔습니다. 제 허리띠와 그녀의 발목을 밧줄로
묶어 놓은 상태였지요."

그가 포도주를 들이켰다.

"그 여자한테는 거구의 보디가드가 있었더군요. 우리가 혼란을 일으킨 사이 코니쳇의 캠프를 빠져나와 우리를 따라왔던 모양입니다. 제가 여자를 기다리고 있을 때 그자가 달려들어서……."

웰링턴이 더 이상 말할 필요 없다는 듯 한 손을 흔들었다.

"그렇군. 그가 자네의 무기를 빼앗았나?"

줄리앙이 유감스레 고개를 끄덕였다.

"전 빌어먹을 얼간이였습니다."

'제가 얼마나 멍청했는지 아신다면…….'

그가 마음속으로 생각했다.

"그래도 여자를 데려오지 않았나?"

"여자가 떠나고 싶을 때 풀어 준다는 약속을 해야만 했습니다. 하지만 그 여자는 적당한 값에 정보를 팔 것처럼 말하더군요."

"어떤 정보?"

"아직 들은 바는 없습니다."

"여자를 들어오게 하게. 무슨 말을 할지 들어보자구."

"그런데 그 여자는 사령관님이 예상하신 그대로가 아닙니다. 반은 영국인인데 어머니가 콘월 귀족 가문 출신이라고 하더군요. 그녀는 그렇게 주장하고 있습니다."

웰링턴이 휘파람을 불었다.

"영국의 양갓집 규수가 악명 높은 산적의 침대에 들었다는 건가? 믿어지지 않는군."

줄리앙은 어깨를 으쓱이고는 문을 열었다.

"바이올렛."

탐신이 앉아 있던 창턱에서 내려와 문으로 다가오자, 웰링턴이 살짝 고개를 숙여 인사했다.

"나에게 할 말이 있다고 들었소."

"가격만 적당하다면요."

"바라는 게 뭐요?"

탐신이 고개를 흔들었다.

"죄송하지만, 전 협상을 시작하기 전에 좀 쉬고 싶어요. 사령관님이 무슨 정보를 원하는지도 알지 못하구요."

그녀가 힐끗 줄리앙을 바라보았다. 그의 숨이 넘어갈 정도로 관능적인 암시가 담긴 눈길이었다.

"대령님이 저에게 숙소를 찾아주실 수 있겠지요?"

갑자기 그의 몸이 그녀에 대한 기억으로 노래를 불러댔고 뜨거운 피가 온몸에 빠르게 내달렸다.

'이 여자한테 중독될지도 모르겠어.'

그녀에게서 떨어져야만 한다. 저 위험스런 보랏빛 눈동자에서, 날렵하고 앙증맞은 몸뚱이에서.

여자를 데려오는 그의 임무는 끝났다. 웰링턴이 어떻게 협상하든 그가 알 바 아니었다.

"난 이만 부대로 돌아가 봐야 하오."

줄리앙은 싸늘하게 말하며 돌아섰다. 순간 여자의 몸이 흔들거리더니 무언가 의지할 것을 찾아 손을 허우적댔다.

"아니, 무슨?"

그가 엉겁결에 그녀를 안아들었다. 그의 넓은 가슴에 작고 연약한 몸이 기대어 왔다.

탐신은 눈을 감고 만족감을 숨기기 위해 그의 튜닉에 얼굴을 묻었다. 영국 남자들의 어리석은 기사도 정신에 대한 어머니의 말은 역시 과장이 아니었다. 그녀는 엘바스에 머무는 동안 줄리앙을 곁에 두고 싶었고, 그 목적을 달성하기 위해서라면 약간의 계략쯤은 마다하지 않을 것이다.

"피곤할 뿐이에요. 미안해요…… 기절할 것 같아요."

힘없는 대답이었다.

"불가로 오시오. 포도주 한 잔 마시면 기운이 날 거요."

웰링턴이 걱정스레 말하며, 탐신이 줄리앙에게 부축받아 불가의 의자에 내려앉는 동안 포도주를 잔에 따랐다.

갑자기 줄리앙은 불에라도 데인 듯 그녀의 등에서 손을 떼어냈다. 이 작은 악마가 또다시 술책을 부린 것이다. 그는 벽난로 위에 한 팔을 기대고 서서 축 늘어진 여산적을 냉소적인 시선으로 바라보았다.

"당장 숙소를 찾아드려야겠군. 내가 샌더슨에게 지시해 놓겠소."

웰링턴이 서둘러 문을 열고 나섰다.

"무슨 짓을 하는 거요? 난 그런 연기에 속지 않아, 바이올렛."

대령이 나지막이 다그쳤다.

탐신이 상처받은 표정으로 시선을 들어올렸다.

"무슨 말인지 모르겠군요. 난 침대에서 자본 지가 언제인지 기억나지도 않아요. 너무나 피곤하다구요."

충분히 일리 있는 말임에도 그는 여전히 의심이 가시지 않았다.

"샌더슨이 방금 병원 옆에 있는 숙소를 구해 놨소."

두 손을 비비며 웰링턴이 불가로 돌아왔다.

"시중 들어줄 여자도 있다는군. 푹 쉬고 나서 식사하러 오시오, 아가씨."

호의적인 태도였지만 그의 눈동자는 날카롭고 영민했다.

"잠시 후에 우리 서로 도움이 될 수 있는 방법을 애기해 봅시다. 줄리앙, 자네가 안내해 드리고 저녁 시간에 다시 모셔오게."

"전 부대로 돌아가 봐야 합니다, 각하."

"그래…… 그래, 물론이지. 나중에."

더 이상 빠져나갈 도리가 없었다. 줄리앙은 한숨을 내쉬고 탐신 쪽으로 고갯짓을 해보였다.

"이리 오시오."

그녀가 다소 불안정하게 자리에서 일어났지만, 이제 줄리앙의 기사도 정신은 사라져 버린 것 같았다. 벽난로 옆에 서서 냉소적인 시선으로 바라볼 뿐이었다. 그래도 탐신은 만족스러웠다. 이 순간의 목적은 달성했으니까. 웰링턴은 그녀에게 적대감보다는 연민을 보여주었고, 줄리앙도 여전히 그녀 옆에 남아 있지 않은가.

그녀가 다시 연약한 미소를 지으며 웰링턴에게 감사를 표한 다음 비틀비틀 문으로 걸어갔다. 그러나 문이 닫히고 밖으로 나서자마자 그녀의 태도는 순식간에 돌변했다. 그녀가 줄리앙을 바라보며 찡긋 윙크를 보냈다.

줄리앙은 날카롭게 숨을 들이쉬고는 부관에게 휙 돌아섰다.

"중위, 그 숙소가 어디요?"

"브라간사라는 미망인 집인데, 병원 옆의 벽을 석회도료로 칠한 곳입니다. 사람을 보내 애기해 놨으니 기다리고 있을 겁니다."

줄리앙은 아무 말 없이 성큼성큼 계단을 내려가 거리로 나섰다. 탐신은 거의 달리는 듯이 서둘러 그의 뒤로 따라붙었다.

"좀 천천히 가요. 난 정말 피곤하다구요."

"그런 수법은 다른 숙맥들에게나 써먹으라구. 당신이 무슨 수작을 부리는지 모르지만, 나하고는 상관없소. 당신을 빨리 떼어내는 것만이 내 소원이오."

"성질머리하고는."

탐신이 중얼거렸다.

"내가 무슨 짓을 했다고 그래요? 정말 이상하군요. 하지만 심술이 날 때마다 투덜거려야만 하는 사람들도 있지요. 그런 사람에 대한 얘기는 들어 봤어요. 다행히도 난 그런 사람과 만날 기회가 별로 없었지만……."

"얘기 다 끝났소?"

그가 두서없는 재잘거림을 막아냈다.

탐신은 어깨를 으쓱이고, 피곤하다는 주장이 무색하리만치 민첩하게 웅덩이를 피해 걸어갔다.

"저기 왼쪽에 있는 집이 맞겠군요. 석회칠을 한 집은 저곳뿐이니까."

게릴라들의 모습에 익숙해 있는 브라간사 부인은 탐신의 행색에 그다지 놀라워하지 않았다. 그녀가 처마 밑의 작은 방으로 그들을 안내했다.

침실의 쾌적함에 대한 미망인의 수다를 가로막으며 탐신이 입을 열었다.

"아주 좋군요. 하지만 지금 저에게 필요한 건 침대와 뜨거운 물이랍니다."

여자가 물을 가지러 아래층으로 내려가자, 창문가에서 거리를 내다보고 있던 줄리앙이 무뚝뚝하게 입을 열었다.

"난 이만 가봐야겠소."

"오, 그렇게 서둘지 말아요."

탐신이 그의 앞을 가로막으며 문 앞에 기대어 서서는 장난스럽게 미소지었다.

"왜 이렇게 점잖을 빼시죠, 대령 나리? 우리에겐 시간이 있어요, 침대도 있구요."

"난 그럴 마음이 없소. 비키시오."

그가 거칠게 내뱉었다.

그녀는 고개를 흔들며 총을 침대 위로 던져 버리고 능숙하게 탄약대를 풀어냈다. 그녀의 손이 허리춤으로 옮겨가자, 그는 오직 눈만 살아 있고 나머지 몸은 돌 속에 갇혀 꼼짝 못하듯 바지를 벗고 셔츠 단추까지 풀기 시작한 여자를 지켜보고만 있었다. 작고 완벽한 젖가슴이 드러났고 장밋빛 봉우리가 새침하게 솟아올랐다. 그녀가 그의 얼굴에 시선을 고정시킨 채 천천히 그에게로 다가섰다.

그의 두 손이 젖가슴을 감싸고는 뽀얀 살결 밑에 숨겨진 섬세한 파란 핏줄을 응시했다. 그녀의 목에서 맥박이 빠르게 고동치며 은목걸이가 바르르 떨렸다.

탐신은 움직이지 않고 그의 손길을 받아들였다. 그의 두 손이 갈비뼈를 지나 날씬한 허리에 펼쳐졌다가 뒤쪽으로 미끄러지며 속바지의 허리춤 속을 파고들어 탱탱한 엉덩이에 닿았다.

"빌어먹을."

조용하고 어두운 방 안에 그의 쉰 목소리가 울려퍼졌다.

"빌어먹을, 나한테 무슨 짓을 하는 거요?"

"당신이 나에게 무슨 짓을 하는 거냐고 해야겠죠."

그의 두 손이 그녀의 엉덩이를 움켜쥐고 자신의 사타구니로 바싹 잡아당겼다.

순간 나무계단을 올라오는 육중한 발소리가 그의 황홀경을 부서뜨렸다. 새파란 눈동자에서 정열의 안개가 사라지면서, 그가 화들짝 손을 떼어냈다. 그리고는 물단지를 들고 오는 미망인을 지나 폭격소리가 끊이지 않는 오후 햇살 속으로 성큼성큼 빠져나갔다.

그는 마구간에서 말을 빼내어 자신의 텐트와 부하들이 기다리고 있는 캠프로 달려갔다.

미쳐 버린 게 틀림없다. 그 여자는 탐욕스럽고 간교하며 전혀 여자답지 않다. 그런데도 그의 존재를 뿌리째 흔들어 버렸다.

탐신은 악마에게 쫓기기라도 하듯 성큼성큼 걸어가는 그의 모습을 창가에서 지켜보았다.
"용기가 없으시군요, 대령 나리."
그녀가 혼잣말로 중얼거렸다.
"뭘 두려워하는 거죠? 난 아니겠죠, 물론?"
입가에 작은 미소를 그리며 그녀는 미망인에게로 몸을 돌렸다.

6

“우리 손님은 어디 있나, 줄리앙?”

사령관이 물었다.

“샌더슨에게 데려오라고 했습니다.”

줄리앙이 대답하고는, 저녁 식사를 위해 모여든 다섯 명의 남자들에게 아는 체를 하고 셰리주를 한 잔 받아들었다.

“저…… 실례합니다, 각하.”

샌더슨 중위가 문가에 나타났다.

“뭔가?”

웰링턴이 성마르게 시선을 돌렸다. 부관은 혼자였다.

“라 비올레타가…….”

“여자가 도망갔나?”

줄리앙이 술잔을 콰당 내려놓으며 다그쳤다.

“아니, 아닙니다. 잠이 들어 버렸습니다. 세뇨라 브라간사가 아무리 불러도 일어나질 않습니다.”

"그럼 자게 놔둬야 할 것 같군."

웰링턴이 안심하며 부드럽게 말했다.

"하, 그 여자는 잠든 게 아닙니다. 수작을 부리는 거지요. 오분 내로 제가 데려오겠습니다."

그가 방에서 성큼성큼 걸어나갔다.

세뇨라 브라간사는 홍수 같은 포르투갈어와 손짓으로 대령을 맞이하였다.

줄리앙은 계단 밑을 막아서며 그 가엾은 소녀를 깨우는 건 못할 짓이라고 떠들어대는 여자를 옆으로 밀치고, 한 번에 두 개씩 계단을 뛰어 올라갔다.

동그란 창문으로 스며드는 달빛이 아기처럼 두 손을 머리 옆 베개 위에 올린 채 잠들어 있는 탐신의 침대 위에 내려앉았다.

줄리앙은 문을 닫고 침대 옆으로 걸어갔다. 잠든 얼굴이 놀라우리만치 젊고 순수해 보였다. 풍성한 속눈썹은 광대뼈에 살포시 닿아 매끄러운 피부 위로 쭉 뻗어나갔다. 하지만 완고한 입술과 단호한 턱선은 잠든 와중에도 부드러워지지 않았다.

"탐신?"

의식하지도 못한 채 그는 처음으로 그녀의 이름을 불렀다.

그녀의 속눈썹이 바르르 떨리더니 입술 사이로 잠에 취한 듯한 작은 소리가 새어나왔다. 하지만 그 빠른 반응에 그는 잠든 게 아니라는 것을 절대적으로 확신했다.

"일어나시오, 탐신. 이런 식으로 날 속이진 못하오."

그녀의 눈이 번쩍 뜨이며 관능적인 보랏빛 눈동자가 그를 올려다보았다. 그를 빤히 쳐다보며, 그녀가 재빠르게 발을 올려 이불을 걷어차 내고는 달빛 속에 몸을 드러냈다. 그리고는 눈썹을 치켜올리며 두 손으로 사르르 몸을 매만져 갔다.

착각할 수 없는 초대의 몸짓.

줄리앙은 그 철면피 같은 행동에, 그 관능적인 나신에 숨을 삼
켰다. 의지력을 다해 그 유혹과 싸우다가 마침내 그의 목소리가
터져나왔다.

"오 분 주겠소, 그때까지 식사하러 갈 수 있도록 옷을 입지 않
으면, 있는 그대로 당신을 끌고 나갈 거요."

그는 휙 몸을 돌려 방에서 나가 버렸다. 마치 악마의 손길이
뒤에서 끌어당기기라도 한다는 듯이 거의 달리다시피.

탐신은 침대에서 일어나 기지개를 켰다.

'이상한 일이야, 영국 대령은 전혀 예상치 못한 반응을 보이고
있어. 남자들은 그런 유혹을 거부하지 않는 법인데. 특히나 지금
의 그는 자제할 이유가 전혀 없잖아. 그가 내 계획을 짐작할 리
도 없고.'

친절한 집주인 여자가 그녀에게 깨끗한 속옷과 스타킹, 셔츠를
내어 주었다. 또한 가죽 바지의 흙까지 털어 주고 낡은 부츠를
윤기가 나도록 열심히 닦아주었다. 지난 며칠만에 가장 말끔한
모습으로 그녀는 계단을 뛰어 내려갔다.

"자, 대령 나리, 준비 다 됐어요."

그녀는 방금 전 침실에서 아무 일도 없었다는 듯 천진난만하게
미소지었다.

"배가 아주아주 고프네요. 당신네 사령관이 진수성찬을 준비해
두셨으리라 믿어요."

줄리앙은 아무 대꾸도 없이 자갈길을 빠르게 걸어갔다.

그들이 들어가자 방 안에 있던 남자들이 동시에 고개를 돌렸
다.

"아, 바이올렛. 푹 쉬었으리라 믿소."

웰링턴이 그녀에게로 다가왔다.

"감사합니다. 아주 잘 잤어요."

"여러분, 라 비올레타를 소개해 드리겠소."

사령관이 그녀의 허리에 한 손을 감아 이끌었다.

탐신은 미소와 고갯짓으로 대응했다. 굳이 그의 손길을 굳이 뿌리치지는 않았다. 이 남자의 바람기에 대해서는 익히 들어 왔고, 자신의 목적에 도움이 될 수 있다면 기꺼이 그의 관심을 받아들일 생각이었다.

줄리앙은 한쪽에 멀찍이 서서 음울하게 셰리주를 홀짝이며 남자들에게 둘러싸인 작은 여자를 지켜보았다. 라 비올레타는 관심의 중심이 되는 방법을 알고 있는 게 분명했다. 남자 같은 차림새와 짧은 머리에도 불구하고, 그녀에게서는 여성적인 매력이 발산되었다. 도대체 저 여자의 목적은 무엇일까? 영국 사령부의 남자들을 홀리기 위해 온 것은 아니지 않은가.

"이리 와서 내 옆에 앉으시오."

웰링턴이 자신의 오른쪽에 탐신을 앉히고 나서 상석에 자리잡았다.

"자, 뭐가 있나? 이 양고기가 좋겠군. 내가 덜어드리리다. 당신을 뭐라고 불러야 할까? 바이올렛, 또는 라 비올레타? 아니면 다른 이름이 있소?"

그가 몇 개의 고기 조각을 그녀의 접시에 놓아주었다.

"제 본명은 탐신이에요. 바이올렛, 비올레타는 게릴라들 사이에서 알려진 이름이지요."

그녀는 두 손으로 고기를 잡아 하얀 이로 뜯어먹고는 손가락을 쪽쪽 빨고 포크를 들어 감자를 집어올렸다. 그녀는 배고픈 짐승처럼 아무 거리낌 없이 허기를 채웠다. 그녀의 식탁 예절이 그리 불쾌하진 않다 해도 격식을 갖추었다고는 할 수 없었다.

"당신 어머니가 영국 출신이라는 말을 들었는데, 사실이오?"

카슨 소령이 물었다.

"맞아요."

탐신이 손가락의 부스러기를 털어내고 목에 걸린 로켓을 매만졌다.

"이건 제 어머니 거예요. 아마 할머니한테 물려받은 걸 거예요."

"그분이 어떻게 스페인에 오게 되셨소?"

"마드리드에 있는…… 친지를 방문중이었대요. 그 여행중에 내 아버지의 품속으로 사라진 거죠."

바구니에 담긴 사탕과자를 집어올리며 탐신이 미소지었다.

"그 다음에는 떠날 생각이 없어졌구요, 죽을 때까지."

그녀의 얼굴에 순간적으로 그림자가 스쳤다. 하지만 아주 찰나적인 표정이었으므로 줄리앙 외에는 아무도 알아차리지 못했다.

음식이 치워지고 포도주병이 나오자, 남자들은 편안하게 시가를 피우기도 하고 포도주를 돌렸다. 탐신이 산적이니 경계해야 한다고 생각하는 사람은 아무도 없는 듯했다.

그녀가 사령관의 손에서 포도를 받아먹었을 때, 줄리앙은 이 우스꽝스러운 짓거리를 견딜 만큼 견뎠다고 결론내렸다. 그의 부하들이 참호에서 기다리고 있고, 그에게는 할 일이 있다. 그는 의자를 뒤로 밀어내며 일어섰다.

"전 이만 부대로 돌아가야겠습니다. 바이올렛, 당신 사업이 잘 되길 바라겠소."

마치 다시는 만나지 않을 사람 같은 인사이다.

"저도 그러길 바래요. 내일 아침에 뵙죠, 대령님."

"난 이곳에 올 일이 별로 없을 것 같소."

그가 사령관에게 고개를 숙여 인사하고는 따뜻한 사령관실을 벗어나 자신의 싸늘한 텐트로 발길을 재촉하였다. 이제 지긋지긋한 임무는 끝났다. 더 이상 그녀의 인생과 연결될 일은 없을 것이다.

탐신은 닫힌 문을 응시하며 눈썹을 들어올렸다.

'이곳에 올 일이 없을 거라고? 잘못 아셨는 걸요, 대령님. 그렇게 쉽게 빠져나가진 못할 거예요.'

"자, 탐신 양. 우리 사업 얘기로 넘어가 볼까요?"

웰링턴이 불쑥 말했다. 관대하고 쾌활하던 모습은 실질적이고 냉정한 모습으로 바뀌었다.

"우리에게 팔 정보가 있다고 했소? 그 정보의 값으로 당신이 바라는 건 뭐요?"

탐신이 고개를 저었다.

"우선 사령관님께서 사고 싶으신 걸 말씀해 보세요."

웰링턴이 자신의 요구사항들을 열거해 갔다. 그 지역 게릴라들의 암호와 비밀 캠프, 게릴라들만이 아는 산 속의 비밀 통로 지도. 또한 게릴라들의 무장 정도 등등이었다.

유심히 듣고 있던 탐신이 입을 열었다.

"많기도 하군요. 하마터면 잠들 뻔했어요."

"그리 많지는 않은 것 같은데."

"그래요. 하지만 난 게릴라들을 위험에 빠뜨릴 만한 정보는 팔지 않아요."

"하지만 당신도 프랑스와 우리의 차이점을 알 거요. 우린 당신 친구들에게 해를 끼치려는 게 아니라 협조를 해주려는 거요."

"그럴지도 모르죠. 하지만 내 친구들은 대단히 독립적이라 누구의 도움도 쉽사리 받아들이려 하지 않아요."

그녀가 자리에서 일어났다.

"환대해 주셔서 감사합니다. 내일 아침에 다시 뵙겠어요."

7

 다음날 아침, 탐신이 햇살 가득한 부엌에서 야채와 허브 정원을 내다보며 아침을 먹고 있을 때, 샌더슨 중위가 나타났다.

 "안녕하세요."

 쾌활한 미소를 지으며 그녀가 빵을 든 손으로 의자를 가리켜 보였다.

 "커피 드실래요? 세뇨라가 맛있는 커피를 만들어 두었답니다."

 "괜찮습니다. 사령관님께서 당신을 모셔오라고 하셨습니다."

 "다 먹고 나서요. 기다리는 동안 당신도 커피 한 잔 드세요."

 샌더슨이 어쩔 수 없이 의자에 내려앉았다.

 "오늘 아침 줄리앙 세인트 사이먼 대령이 사령부에 오셨나요?"

 "아닙니다, 세뇨리타. 그분은 부대에 계십니다. 오늘밤 공격에 가담해야 하거든요."

 탐신의 등줄기로 전율이 흘러내렸다. 오늘밤이라고? 내일 아침 얼마나 많은 남자들이 죽어 있을까? 줄리앙도 그 중 하나가 될까? 그녀의 뱃속으로 차가운 응어리가 번지기 시작했다.

그녀가 벌떡 자리에서 일어났다. 더 이상 밝은 기색을 찾아볼
수 없었다.

"가죠, 중위님."

웰링턴은 무뚝뚝한 태도로 그녀를 맞이하며 서두도 없이 곧장
본론으로 들어갔다.

"정보의 대가로 바라는 게 뭐요, 바이올렛?"

탐신이 차가운 미소를 지어 보였다.

"세인트 사이먼 대령이 있는 앞에서 말하겠어요."

"뭐라고? 그게 무슨 헛소리요?"

"헛소리가 아니에요. 제 조건을 들으면 그 이유를 아시게 될
거예요. 대령이 도착할 때까지 전 숙소에 가 있겠습니다."

짤막하게 고개를 끄덕이고 나서 그녀는 방을 나가 버렸다.

"도대체 저 여자와 세인트 사이먼 사이에 무슨 일이 있는 거
지?"

웰링턴은 생각에 잠겨 창문에서 벽난로까지 몇 번을 왔다갔다
했다. 줄리앙은 더 이상 바이올렛과 관련되고 싶지 않다고 분명
히 밝혔다. 저 여자가 요구했다고 해서 그를 불러들이는 것이 공
평한 일일까?

하지만 그는 정보를 손에 넣고 싶었다. 바다호스가 함락되고
나면 그들은 다시 북쪽으로 진군해야 할 테고, 바이올렛이 알고
있는 정보는 그 행군에 지대한 도움이 될 것이다.

이번 기회를 놓친다면, 언제 다시 그런 기회가 오게 될지 아무
도 알 수 없다.

"샌더슨, 세인트 사이먼 대령에게 가능한 빨리 사령부로 들어
오라고 하게."

"네, 각하."

부관이 달려나갔다.

줄리앙은 산 비센테 요새의 공격 방법을 동료들과 상의하는 중이었다. 그의 부대가 공격에서 중추적인 역할을 하는 건 아니었지만, 프랑스군의 힘을 분산시키기 위해 측면공격을 담당해야 했다.

텐트들 사이로 황급히 달려오는 연락병의 모습에 줄리앙은 펼쳐진 지도 위에서 눈을 들어올렸다.

"죄송합니다, 대령님. 사령관님께서 가능한 한 빨리 사령부로 오시랍니다."

줄리앙은 눈살을 찌푸리며 일어났다. 전투가 임박한 이때에 그를 부대에서 불러낼 만큼 중요한 일이 무엇이란 말인가? 그의 머리 속에서 경고의 빨간 깃발이 나부꼈다.

라 비올레타!

무슨 일인지는 모르지만, 분명 그 여산적이 뒤에 있다.

'빌어먹을, 날 체스판의 졸처럼 마음대로 움직일 수 없다는 걸 똑똑히 가르쳐 주리라.

"도빈! 내 말 가져와!"

그가 고함치며 텐트 안으로 사라졌다가 금세 허리에 칼을 차고 다시 나타났다. 그는 성마르게 도빈의 손에서 고삐를 낚아채고는 안장 위에 훌쩍 뛰어올랐다.

부글거리는 분노를 간신히 눌러 참으며 줄리앙은 사령부가 있는 엘바스로 말을 달려갔다. 다리 옆의 바위에 앉아 있는 탐신의 모습은 그의 화를 진정시키는 데 전혀 도움이 되지 않았다. 그녀는 그를 기다리고 있었다. 이 호출을 그녀가 조종했다는 것이 더욱 분명해졌다.

탐신은 그의 불쾌한 기분을 짐작했으므로 가능한 한 매력적인 미소를 지으며 일어섰다.

"안녕하세요, 대령 나리."

그가 들은 척도 않고 지나가려 하자, 재빨리 그의 앞길을 가로막았다.

"만나게 되어 반가워요. 이곳에 올 일이 생긴 모양이죠?"

줄리앙은 고삐를 움켜쥐며, 그녀의 셔츠 위로 올라 있는 하얀 목을 졸라대는 상상에 빠졌다……. 아주 천천히 조여 주는 거야.

"타시오! 우린 목적지가 똑같지 않나?"

그가 짜증스레 손을 내밀었다.

그녀는 얌전떨 것도 없이 그의 손을 붙잡고 냉큼 그의 안장 앞으로 올라앉았다.

"네, 그런 것 같군요."

쾌활하게 대꾸하면서, 그녀는 얇은 셔츠를 통해 자신의 열기가 전해지도록 그에게로 지긋이 등을 기댔다.

"같이 가는 게 편리하겠어요."

"뭐든 당신 편리한 대로 해야 직성이 풀리지 않나?"

"나에 대해서 아직 잘 모르시는군요."

"하, '아직'이라고? 당신과 만나는 건 이번으로 끝이오."

그녀는 까탈스러운 아이를 대하는 것처럼 그의 말에 전혀 신경 쓰지 않는 것 같았다. 줄리앙은 그녀를 안장에서 내던져 버리고 싶은 충동을 가까스로 눌러 참았다.

"오늘밤 공격이 있다죠?"

문득 그녀의 목소리가 진지해졌다.

"당신을 부대와 오랫동안 떨어져 있게 하고 싶지는 않아요. 이 일은 오래 걸리지 않을 거예요."

"그 말을 들으니 안심이군. 하지만 나 때문에 서둘 건 없소. 당신의 즐거움을 위해서라면 바다호스 공격도 기다려 드려야겠지."

탐신이 휙 몸을 돌렸다.

"그렇게 심술부리지 말아요. 당신에게 어울리지도 않는다구요."

그의 턱이 떡 벌어지며 무심결에 말의 옆구리를 발로 걷어찼다. 말이 갑작스레 내달리자 걸터앉아 있던 탐신이 휘청거렸다.

"젠장할, 빌어먹을!"

줄리앙이 재빨리 그녀의 등을 붙잡고 말을 진정시켰다.

"입 좀 다물라구. 알겠소? 그래야 세상이 다 편안해질 거야."

"알겠습니다, 대령 나리."

탐신이 새침하게 중얼거리고는 다시 그에게 몸을 기댔다.

줄리앙은 갑자기 웃고 싶어지는 이유를 알 수 없었다. 이런 상황에서 이 무슨 미친 충동일까. 하지만 그녀의 장난기는 그에게서 반응을 이끌어낸다.

그들이 사령관실로 들어서자, 웰링턴이 책상에서 벌떡 일어났다.

"잘 됐어, 둘이 같이 왔군. 미안하네, 줄리앙. 하지만 라 비올레타가 이 협상에 자네도 있어야 한다고 주장해서 말이야."

"그런 걸로 짐작은 했습니다, 각하."

줄리앙은 탐신을 노려보며 대꾸했다.

"자, 이제 당신이 원하는 대로 됐으니 시작하시오. 난 오늘 아침 돈독 오른 비열한 산적을 즐겁게 해주는 것보다 더 중요한 일이 많은 사람이오."

탐신은 그 과격한 말투에 신경 쓰지 않았다.

"네, 두 분이 바쁘시다는 거 알아요. 하지만 일이 이렇게 된 건 내 탓이 아니에요. 난 당신의 안내를 받아 여기에 왔답니다. 기억하시죠, 대령 나리?"

"당신 때문에 시간이 지연되었지. 자, 원하는 게 뭐요?"

줄리앙이 딱 잘라 말했다.

탐신은 어깨를 으쓱이고 의자에 털썩 내려앉아 다리를 꼬고는 그 위로 두 손을 마주 잡았다.

"좋아요. 본론으로 들어가죠. 당신들이 원하는 정보를 주겠어요, 게릴라들의 무장 정도만 빼고. 그건 내가 말할 수 있는 내용이 아니에요. 당신들에게 엘 바론이 이용했던 산 속 비밀 지름길 지도도 그려주겠어요. 대단히 좁고 눈에 안 띄겠지만, 그건 당신들이 직접 찾아봐야 할 거예요. 내가 아는 한 프랑스는 그 길을 알지 못해요."

"좋아, 좋아. 아주 유용하겠어."

웰링턴이 두 손을 비벼댔다.

줄리앙은 문에 기대어 팔짱을 낀 채 냉소적으로 탐신을 바라보고 있었다.

"그럼 당신이 우리에게 원하는 것은 뭐요?"

탐신은 무릎께를 내려다보며 손가락을 비비꼬다가 고개를 들어 줄리앙을 바라보고 나서 웰링턴에게 시선을 돌렸다.

"제가 원하는 건…… 세인트 사이먼 대령이에요."

무덤과 같은 침묵이 방 안에 내려앉았다. 두 남자는 의자에 앉아 있는 여자를 멍하니 응시했다. 정신이 돈 것 같아 보이지는 않는데.

"무슨 헛소리야."

마침내 줄리앙이 찢어진 걸레 같은 목소리로 침묵을 깨뜨렸다.

"그게 아니라면 폐하의 군대를 놀리는 걸 테고."

그가 성큼성큼 그녀에게 걸어와 의자 손잡이를 두 손으로 붙잡았다. 그리고는 아주 천천히 입을 열었다.

"장난은 이제 그만하시오. 그렇지 않으면 쇠창살 안으로 집어던져질 거요."

"내 말 끝까지 들으세요."

포악하게 번들거리는 그의 눈길에, 그녀는 움츠러들지 않으려 노력했다.

"한번 들어보세, 줄리앙."

사령관이 대령의 분노를 가로막았다.

"하지만 경고하건대, 이 일이 만약 허튼 수작이라면 당신을 포장지에 싸서 인사말까지 곁들여 코니쳇에게 보내 버릴 거요."

대단히 불유쾌하고 소름 끼치는 위협이로군.

탐신은 침을 꿀꺽 삼키고 입을 열었다.

"내 어머니는 영국 출신이에요, 콘월 지방이죠. 당신처럼요, 대령님."

"그게 나와 무슨 상관이오?"

"음, 난 당신이 내 어머니의 가족을 찾는 걸 도와줄 수 있을 거라 생각했어요."

그녀가 목걸이를 풀어 웰링턴에게 내밀었다.

"여기 어머니와 아버지의 그림이 있어요. 이 로켓은 가문 대대로 물려진 거예요. 이 로켓과 어머니 그림으로 그들을 찾을 수 있을 거예요. 어머니는 대단히 명망 높은 가문의 일원이었던 것 같아요."

웰링턴이 그걸 살펴보고 나서 줄리앙에게 건넸다. 줄리앙은 받아들지 않고 쳐다만 보면서, 콘월의 귀족 가문들을 머리 속으로 떠올려 보았다. 콘월의 절반을 차지하고 있는 세인트 사이먼가와 펜할란가가 가장 영향력 있는 가문이다. 펜할란가를 생각하자 자신도 모르게 입술이 뒤틀렸다. 그 자작은 무모하게 야망을 추구하는 인물이었지만, 역겨운 두 조카 녀석들에 비하면 그나마 봐줄 만했다.

"증명할 만한 문장도 없잖소."

"하지만 어머니의 그림이 있어요. 그 안을 보세요."

웰링턴이 뚜껑을 열었다. 안의 여자는 의심할 여지없이 탐신의 어머니였다. 그녀와 놀라울 만큼 닮은 여자가 똑같은 로켓을 목에 걸고 더없이 행복하게 미소짓고 있었다. 줄리앙이 그것을 받아들어 뒤에 적힌 서명을 읽어보았다. 활기 넘치는 필체로 간단히 세실이라고만 적혀 있는데 날짜는 불과 3년 전이었다.

탐신은 6개월 전 부모님이 돌아가셨으며 코니쳇의 매복에 당해 동료들마저 죽거나 흩어졌다고 설명했다. 가브리엘을 제외하면 그녀가 세상에 혼자뿐이라는 것도.

비록 부모님이 어떤 식으로 죽음을 맞이했는지에 대해서는 설명하지 않았지만, 여전히 냉담하고 짜증스레 동정심 하나 보여주지 않는 줄리앙과는 달리 웰링턴에게는 그녀의 호소력이 전달된 것 같았다.

"전 어머니의 가족을 찾고 싶어요."

두 손을 비틀며 그녀는 사령관에게 떨리는 미소를 지어 보였다.

"이 세상에는 저에게 관심 가져줄 사람이 한 명도 없어요. 저의 존재를 알게 된다면, 그들은 절 받아 줄 거예요. 약간의 어려움은 있겠지만."

줄리앙은 코웃음이나 욕설 비슷한 소리를 내며 사령관과 시선을 교환했다. 이 여자는 영국 사교계에 대해 아무것도 모르고 있다, 그들이 얼마나 폐쇄적이며 자존심이 강한지.

"그들에게 어떻게 당신을 소개할 셈이오? 그냥 걸어가서 '전 당신의 사촌이에요'라고 말하려는 거요?"

"아뇨, 그런 식으로는 안 될 거예요. 그들은 있는 그대로의 날 받아들이지 못할 거예요. 난 사교계에서 어떻게 행동해야 하는지 알지도 못하고, 정말 세실이 말해 준 것을 빼고는 영국에 대해 아는 게 없어요. 게다가……."

햇살에 그을린 두 뺨에 섬세한 홍조가 떠올랐다.

"약간의 어색한 부분도 있고…… 세실과 엘 바론은 적절하게 결혼을 하지 않은 것 같아요, 사회적인 눈으로 볼 때. 어머니의 가족들이 그 사실을 안다면 저의 권리를 인정하지 않을 거예요."

웰링턴이 콧잔등을 긁어댔다.

"세뇨리타, 난 얘기가 어떻게 흘러가는지 모르겠구려. 세인트 사이먼 경이 어떻게 당신을 도와줄 수 있다는 거요?"

"아, 그건 간단해요."

탐신의 서글프던 얼굴이 금세 밝아졌다.

"영국의 레이디처럼 행동하는 법을 배우는 데 육 개월 이상은 걸리지 않을 거예요. 그러니까 대령님이 저와 같이 영국으로…… 콘월로 가서 제가 배워야 할 것들을 가르쳐 주셨으면 해요. 그 다음엔 어머니의 가족을 찾아볼 거예요. 누군가 이십 년 전 스페인으로 여행하다가 사라진 숙녀에 대한 얘기를 아는 사람이 있을 거예요. 어머니가 스페인의 귀족과 결혼해서 날 낳았고, 난 어머니가 돌아가실 때 영국의 유산에 대해 들었다고 말할 수도 있겠죠. 대령님이 내 아버지와 잘 아는 사이였는데 고아가 된 저를 보호해 주기로 하셨다고도 말할 수 있을 거예요. 그리고 어쩌면……."

"됐소, 그만하시오!"

대령이 손을 흔들어댔다.

"그렇게 터무니없이 날조된 이야기는 내 평생 들은 적이 없소."

"하지만 그렇게 얘기하면 도움이 될 거예요."

탐신이 고집스레 주장했다.

"당신은 육 개월만 나에게 내주면 돼요, 대령 나리. 전 돈이 충분하니까 당신에게 경제적 부담까지 지우지는 않을 거예요. 한정

된 시간 동안 당신의 도움을 바라는 것뿐이에요. 달리 부탁할 사람이 없어요."

"말도 안 돼! 난 이미 당신에게 내 시간을 충분히 허비했소."

"그럼 난 더 이상 할 말이 없어요."

탐신이 자리에서 일어났다. 완고하게 굳어진 턱과 씩씩한 목소리에서 조금 전의 쓸쓸한 고아의 모습은 찾아볼 수 없었다.

"시간 낭비하게 해드려서 죄송해요, 사령관님."

웰링턴에게 고개를 숙여 보이고는, 뒤도 돌아보지 않고 방에서 걸어나갔다.

"한번 생각해 보게, 줄리앙. 육 개월이면 그리 무리한 요구도 아니잖나."

웰링턴이 천천히 입을 열었다.

"저더러 가정교사 노릇을 하라는 겁니까?"

"영국에 있는 동안 자넨 나를 위해 가치 있는 일을 해줄 수 있네. 누굴 보낼까 걱정하던 참이었어. 육 개월이면 그리 긴 시간이 아니네. 여기 일들이 얼마나 느리게 진행되는지 알지 않나. 자넨 즉시 돌아올 수 있을 걸세."

사령관이 이 믿을 수 없는 임무를 맡기려 한다는 것을 깨닫자 줄리앙은 할 말을 잃어버렸다.

"전 이만 가보겠습니다."

그는 몸을 돌려 방을 나와 버렸다.

휘몰아치듯이 계단을 달려내려 세뇨라 브라간사의 집으로 성큼성큼 걸어갔다. 그 집의 바로 문 앞에서 탐신을 찾을 수 있었다.

"대령 나리, 저에게 더 하실 말씀이 있으신가요?"

그녀가 한쪽 눈썹을 치켜올리며 그를 맞이했다.

"난 아직 시작도 하지 않았소."

허세를 부리면서도 줄리앙의 무시무시한 얼굴에 탐신은 오그라들었다. 그가 그녀의 허리를 감아 짐짝처럼 안고 집 안으로 들어갔다. 순식간에 그들은 탐신의 작은 방에 도착했다. 문이 쾅 그들의 뒤로 닫혔다.

"제길! 이 망할 여자 같으니 나한테 이런 짓을 하게 놔두지 않겠어!"

그의 한 손이 그녀의 목을 감아쥐고 턱을 홱 들어올렸다.

"날 억지로 끌고 가지는 못해. 당신은 음흉하고 간교한 산적에 불과해. 내 인생에서 당신은 지금 이 순간을 끝으로 영원히 사라질 거요, 내 말 알겠나?"

탐신의 생각이 열심히 달음박질쳤다. 이 난폭한 태도 밑바닥에는 절망의 목소리가 있었다. 그는 뭘 두려워하는 걸까? 어떻게 해야 그의 도움을 얻어낼 수 있을까? 사령관의 명령? 그는 그녀의 정보를 대단히 필요로 한다. 하지만 웰링턴이 장교에게 의무 이상의 것을 강요하지는 않을 것 같다. 남은 건…… 대령은 그녀를 두려워한다, 그를 설득할 수 있는 그녀의 힘을.

그는 여전히 거칠게 그녀를 붙잡고 있었다. 하지만 그녀의 손은 자유롭다. 그녀가 교묘하게 그의 몸을 감싸안았다.

"음탕한 여자 같으니!"

그가 펄쩍 튕겨오르며 그녀의 손을 밀쳐냈다.

"당신이 날 너무 세게 안고 있어서 이러는 게 자연스러운 것 같았을 뿐이에요!"

대령이 경악하고 있는 틈을 이용해 그녀는 다시 그에게로 다가섰다.

"난 그냥 제안하는 거예요, 대령 나리."

그 커다란 눈동자에 그는 풍덩 빠져 버릴 것 같았다. 너무나도 도발적인 미소에 발밑의 땅이 꺼져드는 것 같았다.

그녀가 한 손을 들어 그의 입술을 가볍게 매만졌다.

"당신은 너무 엄격해요. 긴장 푸세요, 난 즐거움을 제안하는 것뿐이에요. 강둑에서 우리가 얼마나 황홀했는지 기억해 봐요. 원할 때마다 그렇게 할 수 있으면 얼마나 좋을지……."

"창녀! 자기 몸까지 팔아서……."

"아니에요."

그녀의 눈에서 유혹적인 광채가 사라졌다.

"난 몸을 파는 게 아니에요. 내가 파는 건 오직 정보뿐이에요. 난 당신에게 상을 주려는 거라구요."

"도적질하는 사생아 계집에게 시중 들어준 상이로군!"

"어머나! 당신은 쥐며느리 같은 기사도 정신을 가졌군요! 난 정직하고 애정어린 욕망으로 사랑을 나누자고 제안한 건데……."

"애정어린 욕망이라!"

그가 짧게 웃음을 터트렸다.

"그런 표정은 어디서 끌어낸 거요? 내가 그런 얼굴에 녹아 버리는 숙맥인 줄 아나?"

줄리앙은 한동안 미동도 없이 서 있었다. 그의 시선이 눈앞의 날렵한 몸매를 서서히 훑어갔다. 그녀에게는 성난 에너지와 함께 단호한 의지가 있었다. 그를 설득하기 위해 자기 몸까지도 이용하려는 것이다. 그래, 이 여자는 자기의 의지대로 모든 것을 움직일 수 없다는 것을 배울 때가 되었다.

"애정어린 욕망이라고?"

그의 두 손이 허리띠로 옮겨갔다.

"나에게 증명해 보시지, 바이올렛."

그가 허리띠를 풀고 창문 밑 테이블에 칼을 내려놓았다.

"뭘 기다리는 거요?"

방 한가운데 미동 없이 서 있는 탐신을 그가 힐끗 바라보았다.

“옷 벗으라구.”

계획대로 된 것 같기는 하지만, 무언가가 잘못되었다. 하지만 이왕 시작한 일이니 이대로 물러설 수는 없었다. 탐신은 부츠를 걷어차 내고 재빠르게 옷을 벗었다.

벌거벗은 대령이 두 발을 벌리고서 그녀의 앞에 섰다.

“당신의 그 애정어린 욕망이란 걸 보고 싶군. 하지만 난 시간이 별로 없으니, 당신의 기술이 효과적이어야 할 거요.”

탐신의 눈이 가늘어졌다.

“만족스러울 거예요, 대령 나리.”

그녀가 그에게로 다가들었다.

직감적으로 그는 순간적인 위기를 감지했다. 그녀의 무릎이 그의 사타구니에 매서운 강타를 날리는 순간, 그는 피한다고 옆으로 살짝 몸을 틀었다.

“이런 제기랄!”

그가 고함을 쳤다. 그녀의 강력한 일격에 맞은 허벅지가 후끈거렸다. 그 일격이 목적을 완수했다면 어떻게 되었을까, 눈앞이 아찔했다.

“감히 날 그런 식으로 모욕하다니!”

그녀도 고함을 질러댔다.

“당장 나가요! 세상에 남은 남자가 당신 하나뿐이라 해도 당신한테 손끝 하나 대지 않을 거예요.”

“하, 그러신가? 애정어린 욕망은 다 어디로 가고?”

그가 그녀의 허리를 감아 안고 침대 쪽으로 다가갔다.

“빨리도 사라졌군, 그렇지 않나?”

탐신은 침대로 털썩 떨어지면서 그의 흥분된 몸을 알아차렸다. 이 남자는 격렬해. 그녀도 마찬가지였다. 그의 살갗이 닿아오자, 그녀의 몸이 얼얼해지기 시작했고 뱃속에서 흥분이 꿈틀거렸다.

그는 새파란 눈을 약탈자의 굶주림으로 번득이며 그녀의 허벅지 사이로 무릎을 밀어넣었다.

"애정 부분은 그래요."

탐신이 메마른 입술을 축이며 중얼거렸다. 곧이어 그의 손이 그녀를 찾아들었다. 악기를 연주하듯이 부드럽고 세차게 애무하며 그녀가 그의 손길 밑에서 노래부를 때까지 쉴새없이 돌아다녔다. 그녀의 흐느끼는 신음소리가 방 안에 가득했을 때, 그가 그녀의 엉덩이를 잡아 올려 깊숙이 파고 들었다.

줄리앙은 격렬한 환희에 휩싸여 그녀의 얼굴을 응시한 채 몸을 움직였고, 그녀의 눈동자에도 만족감이 번들거렸다.

그가 미소지었다. 그녀도 미소를 되돌려 주었다. 그의 리듬에 맞춰 몸을 움직이는 동안 깊고 뜨거운 기쁨이 몸 안 가득 들어차고 혈관 속에는 달콤한 꿀들이 흘러내렸다. 조금 전 서로를 잡아 죽일 듯이 싸웠다는 사실은 생각나지도 않았다.

그의 눈이 번쩍이며 그녀의 입술을 덮었다. 그의 혀가 그녀의 혀와 엉켜 붙으면서 그의 동작이 점점 더 빨라졌다. 엉켜 붙은 몸과 똑같이 그들의 신음이 한데 섞여 환희와 격정의 노래를 불렀다.

탐신은 마침내 황홀한 구름에서 떨어져 땅으로 내려앉았다. 그녀는 땀에 젖은 줄리앙의 등을 어루만졌다. 그에게 짓눌려 있는 젖가슴 사이에도 땀이 맺혀 있었다.

그가 마지못해 몸을 떼어내며 거친 숨결로 그녀의 옆에 털썩 드러누웠다. 그런 다음 일어나 앉아 침대 밖으로 다리를 내리고, 누워 있는 그녀를 돌아보았다. 함께 나눈 기쁨을 인정하는 것처럼 그녀의 배에 손을 지긋이 누르고는 그가 몸을 일으켜 세웠다.

탐신은 말없이 누워 그가 옷 입는 모습을 지켜보았다. 그 적나라한 욕망과 감미로운 만족이 과연 그의 결심을 바꾸게 했을까.

그렇지만 아무런 흔적도 나타나지 않았다. 그가 허리띠를 묶고 침대로 돌아와 그녀에게 살짝 입을 맞췄다.

"몸조심하시오. 나중에 가브리엘에게 안부 전해 주고."

문이 닫혔다.

줄리앙은 그녀의 예상보다 더 끈질기게 저항하고 있었다. 탐신이 창문으로 걸어가 그의 모습을 내려다보았다. 바다호스의 공격이 끝날 때까지는 그녀의 공격도 잠시 중지되어야 하리라.

저렇게 잘난 척하는 남자라면 내일 아침에도 살아 있을 거야, 틀림없이.

8

그날 오후, 탐신은 엘바스 밖으로 말을 달려갔다. 전사들의 캠프에서 자란 그녀는 그저 쓸모 없는 구경꾼으로 앉아 있을 수만은 없었다. 남자들이 무리지어 무기를 점검하고 과거 전투에서의 경험담을 교환하며, 어쩌면 이 세상 마지막이 될 수도 있는 식사로 배를 채우고 있었다. 군대 캠프에 낮게 깔려 있는 흥분을 느낄 수 있었다.

어둠이 내리면서 낮 동안의 총소리와 포탄소리가 희미해지고 대기중에는 소름 끼치는 정적이 감돌았다. 장교들이 텐트에서 나와 낮은 목소리로 지시를 내리자 남자들이 움직이기 시작했다. 깜깜한 밤, 달빛마저 무거운 구름으로 가리워졌다.

탐신은 캠프 밖의 작은 언덕으로 올라갔다. 파수대의 불빛이 바다호스의 방어벽 위로 흔들거릴 뿐, 어둠을 이용해 움직이는 군대의 이동에 대해 알고 있는 듯한 기색은 어디에도 보이지 않았다.

　하지만 프랑스는 공격이 있을 거라는 걸 알고 있을 것이다. 정확히 언제일지, 어떤 방식일지는 모른다 해도 자신들의 방어벽을 지키기 위해 숨죽이고 기다릴 것이다.

　갑자기 폭풍전야의 고요가 천둥치는 함성소리로 깨어졌다. 영국 군대가 방어벽에 오르기 위해 달려드는 사이, 박격포의 우르렁소리가 터지기 시작했다. 총소리 사이사이로 비명소리가 터져나왔고 낭랑한 나팔소리가 계속해서 사람들을 독려했다. 그 순간 하늘로 불덩어리들이 치솟았다.

　그 번쩍이는 불빛 속에서 탐신은 작은 언덕 뒤편에 선 웰링턴 사령관을 볼 수 있었다. 탐신은 망설이는 세자르를 재촉하여 사령관 주위를 감싼 군인들 쪽으로 다가갔다. 부상자들의 비명소리와 죽음의 신음소리가 더욱 가까워졌으며 또다시 나팔소리가 전진을 재촉하자 남자들은 사다리에 기어오르다가 총탄의 저항에 부딪혀 죽음의 연못으로 툭툭 떨어져 내렸다.

　남자들이 말을 달려와 사령관에게 전투 상황을 보고해 왔지만 언제나 실패했다는 소식뿐, 병사들은 점점 지쳐가고 열 명에 하나꼴로 죽어 넘어졌으며 장교들 또한 사다리 위에 올랐다가 저항군의 손에 파리처럼 도살당했다. 절망적인 보고들을 받으면서 웰링턴의 얼굴은 화강암처럼 새하얘졌다.

　땅으로 쉴새없이 불길과 불타는 몸뚱이들이 던져지고 있었다. 이 지옥에서 누가 살아남을 수 있을까. 그녀는 남자들이 왜 이런 짓을 하는지, 왜 이런 학살에 가담하는지 알 수 없었다. 이성적인 논리로는 이해가 불가능했다. 그녀의 생각과 감정은 마침내 줄리앙 세인트 사이먼의 이름으로 집중되어 갔다. 끝나지 않는 노래의 후렴구처럼 그녀의 머리 속에서 그의 이름이 계속해서 맴돌았다. 그의 이름만이 유일하게 붙잡을 수 있는 현실이었지만 그가 어디에 있는지, 이 시체더미 밑 어딘가에서 고통으로 비명을 내

지르며 다른 자의 핏속에 숨이 막혀 가는지, 아니면 이미 싸늘한 시체로 변해 있을지에 대해서는 생각하지 않으려 안간힘을 썼다.

영원히 계속될 듯한 살인적인 혼란의 와중에 또다시 장교 하나가 질풍처럼 말을 달려 사령관 앞에 멈춰 섰다. 사령관에게 짧게 보고를 끝내고 나서 그가 몸을 돌려 선언하였다.

"여러분, 픽톤 장군이 성을 접수했소."

웅성대는 환호소리를 뒤로 하고, 탐신은 천천히 성벽을 향해 움직여 갔다. 그들이 승기를 잡았다지만 이미 지독한 대가를 치른 후였다. 시체들이 산처럼 쌓였고 여기저기서 고통의 신음소리들이 울렸다. 피로 미끈미끈해진 사다리에는 잘려나간 사지와 시체들이 여전히 달라붙어 있었다.

줄리앙은 살아남았을까? 지금 이 순간 그가 살아 있다는 것은 불가능할 것 같았다. 하지만 그녀가 그런 생각을 하고 있을 때조차, 성벽 안에서는 승리의 외침과 요란스런 나팔소리가 계속 울려퍼졌다. 바다호스가 마침내 함락된 것이다.

세자르가 피냄새와 그 새로운 소리들에 머리를 쳐들며 격하게 앞발을 땅에 긁어댔다. 탐신의 손길에 진정되긴 하였지만, 여전히 두려움으로 떨어대었다.

"그래, 여기서 나가자구나."

그녀는 엘바스로 돌아가기 위해 방향을 돌렸다. 하지만 몇 미터 가기도 전에 초록색 튜닉을 입은 남자가 미친 듯이 그녀에게 손짓해댔다. 부서진 턱에서 피가 흘러나오는데도 그 턱을 부여잡고서 자기 뒤쪽의 어둠을 되풀이해서 가리켰다.

탐신이 재빨리 말에서 내려 목에 매고 있던 손수건으로 남자의 턱을 싸매주었다. 자신이 도와줄 수 있는 일에서 움츠러들지는 않았다. 그녀가 자신의 피를 보고 거의 기절할 뻔했다는 것은 가브리엘만이 아는 수치스런 비밀이었다.

"말에 타세요. 내가 데려가 드릴게요."

남자가 고개를 흔들며 다시 뒤쪽으로 손짓했다. 말하지 못하는 입을 대신해 그의 눈빛이 호소력 있게 빛났다. 뒤쪽의 어둠 속에서 그녀는 허벅지에 피를 철철 흘리며 신음하는 한 남자를 찾아냈다.

"내 친구…… 그를 병원으로 데려가시오. 난 틀렸소……. 그를 도와주시오."

"그 사람은 당신을 두고 떠나지 않을 거예요."

그녀가 그에게 고개를 숙이며 부드럽게 말했다.

"당신 허리띠를 지혈대로 써야겠어요. 말에 오를 수만 있으면, 즉시 의사에게 갈 수 있어요."

그 남자의 생존 가능성이 희박하다는 걸 알았다. 무덤에서 빠져나온 사람처럼 이미 잿빛으로 변해 버린 얼굴. 하지만 친구는 그를 남겨두지 않을 것이고, 그녀는 그런 의리를 이해했기 때문에 지체없이 움직였다.

초인적인 힘으로 턱이 부서진 남자가 자신의 동료를 번쩍 안아 세자르의 등에 올려 태웠다.

하지만 병원 텐트들은 그야말로 아수라장이었다. 탐신이 지나가는 남자의 소맷자락을 움켜잡았다.

"환자를 데려왔어요. 그들을 돌봐주세요."

"저기 내려놓으시오. 조금 있다가 보겠소."

"한 사람은 응급처치가 필요해요. 난 병원 텐트 앞에서 죽게 하려고 여기까지 그들을 데려온 게 아니라구요."

"무슨 일이오?"

피 묻은 가운을 걸친 의사가 그들 옆에 멈춰 섰다.

"응급처치가 필요한 두 남자를 데려왔어요. 그런데 이 얼간이는 그들을 내버려 두라고 말하는군요."

의사가 놀란 얼굴로 눈을 깜박였다.

"당신은 누구요?"

"내가 누군지는 사령관이 알고 있어요. 육 군단의 세인트 사이먼 대령이 나의 친구예요, 친한 친구. 내가 이 얼간이와 실랑이하고 있는 동안 저 밖에서 남자들이 죽어가고 있다구요. 그들을 도와주세요."

의사가 강요에 못 이겨 세자르의 등에 매달려 있는 두 남자를 살펴보았다.

"한 명은 심하지 않군. 두 번째 텐트로 옮겨가시오. 이 사람은 희망이 별로 없어……. 다리를 잘라 내야겠는걸. 이봐, 들것 가져와."

"우리가 해야 할 일이 있는 것 같구나, 세자르."

탐신은 안장 위로 올라타 다시 부상자들을 찾으러 나갔다.

줄리앙은 기적적으로 살아남아 성벽 안의 광장에 서 있었다.

"대령님! 무사하군요."

그의 부관, 프랭크 프로비셔가 달려왔다. 모자는 어디론가 사라지고 튜닉은 찢어졌으며 한쪽 눈썹에서는 핏줄기가 흘러내리고 있었다.

줄리앙이 그의 손을 부여잡았다.

"난 괜찮아, 하지만 팀이 죽었어."

"디어본도 죽었습니다. 조지 캐슬턴도……. 아, 너무나 많은 사람들이……. 군인들은 지금 포악한 분위기입니다. 사령관이 허락한다면, 시우다드 로드리고 때보다 더 험악하게 휩쓸어 버릴 것 같아요."

"그들은 호랑이처럼 싸웠어. 동료들이 도살당하는 걸 보았지. 사령관은 그들의 복수를 허락할 거야."

두 남자는 어두운 하늘을 말없이 올려다보았다.

탐신은 몇 시간의 노동에 지쳐 버린 세자르를 마구간에 들여
놓고 숙소에서 잠에 곯아떨어졌다. 5시간 동안 숙면을 취한 후
깨어났을 때 무슨 일인가 벌어지고 있다는 감각에 창문을 내다보
았다. 그늘진 곳에 서서 담배를 뻐끔대는 두 농부 외에는 거리가
텅 비어 있는 듯했다. 바다호스 쪽에서 떠들썩한 불협화음들이
전해져 왔다.

피리와 드럼소리에 섞여나는 아우성과 비명소리들.

그녀는 가슴 위로 팔짱을 끼며 부르르 몸을 떨었다. 이런 소리
들은 전에도 들은 적이 있었다.

그녀의 발이 머리의 명령도 받지 않고 혼자서 바다호스 쪽을
향해 걸음을 옮겨갔다. 미친 짓이라는 걸 알면서도, 무언가가 그
녀를 도시 안으로 들어가라고 재촉해대고 있었다.

몇몇 군인들이 가게에서 약탈한 물건들을 한 가득 안고 그녀를
지나쳐 달려갔다. 골목골목에서 술 취한 노랫소리들이 들려왔으
며 비명소리 위로 총소리와 분노 섞인 웃음소리들이 터져나왔다.
찢어진 옷을 입은 수녀 한 명이 교회 밖으로 뛰쳐나오자, 튜닉과
셔츠를 풀어헤친 남자들이 소리치며 그 뒤를 따라갔다.

탐신의 머리 속에 끔찍한 기억이 되살아나며 분노가 활활 타올
랐다. 단검을 빼어들었다. 여기저기서 장교들이 최악의 상황을 막
기 위해 애쓰고 있었지만, 술과 승리에 취한 군인들은 이성의 한
계를 넘어서 있었다.

거리에서 경매가 진행되고 있었다. 단 위에 올라 있는 물건은
젊은 소녀. 두 명의 장교들이 중지시키려 했지만 술 취한 스무
명의 야만인들에게 밀려나고 말았다. 탐신은 그 소녀가 계란만한
루비에 팔려 낄낄대는 웃음소리 사이로 덩치 큰 남자의 품에 떨

어지는 것을 보았다.

그 남자가 자신의 상품을 움켜잡고 군중들을 밀치며 광장으로 나아갔다. 탐신은 그를 따라갔다. 이제 그녀의 격렬한 분노는 이 사건에 집중되었다. 그녀가 모든 야만행위들을 막을 수는 없다 해도, 이것만은 막을 수 있다.

탐신은 발걸음을 빨리 하며 단검보다 더 쓸만한 무기를 찾아헤맸다. 한 가게 앞에서 주사위 놀이를 하는 두 남자 옆에 총이 놓여 있었다. 탐신은 그 총을 낚아채 다시 달려 내려갔다.

남자가 소녀를 광장 한가운데 즐길 심산으로 내려놓았을 때, 탐신이 달려들어 총의 개머리판으로 그자의 머리를 후려갈겼다. 남자가 고함을 지르며 공격자를 휙 돌아보았다.

탐신이 뒤로 물러서며 그자의 가슴에 총을 겨누었다.

"이 죽일 놈, 어린 소녀를 겁탈하는 게 그렇게도 자랑스럽냐? 그 짓거리 다 끝내고 나서 뭘 할 참이었어? 네 친구놈들한테 팔 생각이냐?"

소녀는 무릎을 꿇은 채 몸을 떨며 웅크려 있었고 남자는 귀 뒤에서 피를 흘리며 넋나간 듯 그녀를 쳐다보았다.

"도망쳐!"

탐신의 다급한 외침소리에, 소녀가 비틀비틀 일어나 미친 듯이 주위를 둘러보다가 달리기 시작했다. 그 순간 남자가 정신을 차리고 뒤쫓아 달려갔다. 탐신이 그의 발을 걸어 넘어뜨리자, 그자는 성난 황소처럼 머리를 흔들어대며 일어났다.

이 소란을 구경하기 위해 남자들이 모여들기 시작할 무렵, 줄리앙과 프랭크가 광장 안으로 들어섰다. 눈물을 흘려대며 맨발로 달음박질치던 소녀가 줄리앙과 부딪혔다. 장교의 군복을 알아채고는 그녀가 쫓기는 새끼사슴처럼 몸을 떨며 그를 부여잡았다.

"맙소사!"

줄리앙은 낄낄대는 군인들에게 둘러싸여 있는 탐신의 금색 머리채를 알아보았다. 소녀의 안전을 프랭크에게 넘긴 다음, 그가 칼과 권총을 휘두르며 남자들 안으로 달려들었다.

탐신이 한 남자의 손아귀에서 몸부림치고 있었다. 총을 빼앗기자 허리춤에서 단검을 빼내어 휘둘러댔다. 줄리앙이 공중으로 권총을 발사하며 탐신의 한 손을 움켜잡았다. 그리고는 끈질기게 붙잡고 늘어지는 반대편 남자의 손바닥을 칼로 살짝 베어 버렸다.

고통에 찬 비명소리가 울려퍼지자 남자들 사이에서 흉악한 웅성거림이 번지기 시작했다. 줄리앙은 칼과 권총을 모은 다음 감자부대처럼 탐신을 겨드랑이에 끼워 안았다.

"저리 비켜. 이 여자는 내 거야."

그가 몸부림치는 탐신을 짐짝처럼 안고 소리치자, 살벌한 분위기가 순식간에 술 취한 남자들의 낄낄거리는 웃음소리로 변했다. 그들은 장교에게 외설스런 농담을 던지며 기꺼이 뒤로 물러났다.

"날 내려놔, 이 자식아!"

발과 손이 땅에 닿지 않는, 마치 짐짝과도 같은 모습으로 옮겨진다는 건 용서할 수 없는 일이다. 그 누구도 그녀를 이런 식으로 다룬 적은 없었다. 그녀의 분노는 거의 살인적인 수준으로까지 솟구쳐 올랐다.

"안 돼, 멍청한 여자야."

줄리앙의 분노도 탐신과 마찬가지로 격렬했다.

"대체 여기서…… 이 아수라장에서 뭐하는 거요? 내가 미쳤지. 그자들에게 당신을 남겨 두었어야 했어."

탐신이 그의 종아리를 힘껏 깨물어 버렸다.

"이런 빌어먹을!"

그가 그녀를 훌쩍 위로 들어올려 사냥터에서 잡은 멧돼지처럼 양쪽 어깨로 매달아 손목과 발목을 모두 붙잡았다.

탐신의 입에서 하늘이 창백해질 정도의 욕설들이 터져나왔지만, 줄리앙은 아랑곳하지 않고 성큼성큼 광장 밖으로 걸어나갔다. 이 여자가 대체 무슨 목적으로 이곳에 왔단 말인가? 이 혼란을 틈타 욕정을 채우려는 게 아니라면…….

줄리앙은 프랭크가 소녀를 보호하고 있는 곳에 다다라서야 탐신을 땅으로 내려놓았다. 소녀가 울음을 터트리며 탐신에게 달려들어 그녀의 몸을 끌어안고는 감사의 말을 되풀이했다. 그제서야 줄리앙은 상황을 알아차렸다. 탐신은 소녀를 구해 주고 있었던 것이다.

"이…… 기생충만도 못한 자식……, 더러운 악당! 시궁창에나 어울릴…….."

"입 다물어!"

방금 전의 거친 행동을 사과해야겠다는 대령의 생각은 저 멀리로 날아가 버렸다.

"내가 구해 주지 않았으면, 당신도 큰일당할 뻔했다고!"

"불결하고 역겨운 돼지."

그녀의 목소리가 바르르 떨리더니, 갑자기 그 보랏빛 눈동자에 눈물이 반짝거렸다.

"군인들은 하나같이 쓰레기들이야. 짐승보다 더 지독한 야만족들. 짐승들도 이런 식으로 행동하지는 않아. 자기 동족을 해치지는 않는다구!"

더 이상 말을 잇지 못하고 그녀는 몸을 홱 돌려 부서진 문 쪽으로 달리듯이 걸어갔다.

줄리앙이 그녀의 뒤를 쫓아갔다.

"탐신!"

"날 내버려 둬요!"

그녀가 고개를 옆으로 돌리며 그를 밀어냈다. 눈물 방울이 지저분한 뺨을 지나 입가로 떨어졌다. 혀로 얼른 눈물을 핥아먹었는데도, 눈물은 계속해서 떨어져 내렸다.

줄리앙은 그녀에게서 들은 욕설들을 다 잊어버렸다. 자신이 이 여자를 얼마나 싫어하는지도 잊어버렸다. 마주칠 때마다 이 여자 때문에 얼마나 화가 났었는지도 잊어버렸다. 그녀의 슬픔만이 느껴질 뿐이었다.

"이 도시에서 나갑시다. 군인들이 만족할 때까지는 누구도 막을 수 없을 거요."

그가 그녀의 어깨에 손을 올려 몸을 돌려세웠다.

"날 내버려 둬요!"

하지만 아까보다는 독기가 빠진 목소리였다.

줄리앙이 고개를 저었다.

"안아서라도 데려갈 거요."

"망할 자식."

눈물이 하염없이 흘러내리자, 그녀는 짜증스레 소맷자락으로 눈을 닦았다. 그러자 굴뚝 청소부처럼 얼굴에 새카만 얼룩이 번져 버렸다. 그가 그녀의 허리를 감아 이끌어갈 때 그녀는 저항하지 않았다.

"당신이 소녀를 구했소."

그가 위로하려 애쓰며 입을 열었다.

"수많은 사람 중 한 명일 뿐이죠! 그들은 수녀들을 겁탈하고 교회를 더럽히고 총검으로 남자들을 죽여요. 전에도 그랬죠."

마지막 말은 거의 알아들을 수도 없을 정도로 낮은 목소리였지만, 줄리앙은 나팔소리처럼 분명하게 그녀의 고통을 느낄 수 있었다.

도시 밖에서는 지친 포르투갈 병사들이 죽은 자들을 위해 구덩이를 파고 있었다. 수레마다 쌓인 시체들이 이제 곧 그 안으로 던져질 것이다.

탐신의 공격이 다시 시작되었다.

"당신들은 모두가 똑같은 악당들이에요. 무슨 권리로 이런 짓을 하는 거죠? 무자비하게 사람을 죽이고……."

"나폴레옹에게 물어 보시오, 펠리페에게 물어 보라구. 그가 졌다는 걸 알고 빨리 항복했다면, 수천 명의 생명이 살았을 거요. 우리 탓이 아니란 말이오."

"아뇨, 군인들은 다 똑같아요. 잔인하고 포악하며……."

"전쟁 때문이오. 전쟁이 인간을 짐승으로 만들지. 당신 아버지도 마찬가지 아닌가? 황금을 차지하려고……."

"내 아버지에 대해서 말하지 마, 영국놈아!"

그녀가 단검을 높이 치켜들었다.

"당신이 내 아버지에 대해 무얼 안다는 거야? 당신 같은 저능한 영국 군인이!"

"날 위협할 생각은 마시오."

줄리앙이 그녀의 손목을 비틀어 단검을 땅으로 떨어뜨렸다.

"당신에게 공격당하는 건 이제 지긋지긋해."

그가 그녀를 휙 밀치고는 돌아섰다.

"난 당신한테서 손떼겠소. 어디든 마음대로 가라구. 내 눈에 띄지만 않으면 돼."

그가 캠프를 향해 성큼성큼 걸음을 옮겼다. 하지만 몇 미터 가지 못하고 힐끗 뒤를 돌아보았다.

고개 숙여진 탐신의 얼굴에서 눈물이 방울방울 바닥으로 떨어졌다. 그녀는 그가 떠나는 것도 알지 못했다. 처음으로 푸에블라 데 산 페드로에서의 학살이 생생하게 되살아나고 있었다. 전에는 죽음에 맞서싸우는 아버지와 평화롭게 누워 있는 어머니만을 기억하려 했었지만, 이제 그 나머지 것도 모두 다 떠올랐다. 죽어 널브러져 있는 아이들, 겁탈당한 여자들, 고통스레 신음하는 남자들, 하늘까지 치솟아오르는 불길. 그녀와 가브리엘은 멀리 떨어진 언덕에서 아무것도 하지 못한 채 그 광경을 지켜보았다. 3일 후 야만인들이 건물을 불태우고 남은 자들을 학살하고 전리품을 챙겨 떠났을 때, 그들은 마을로 내려와 세실과 엘 바론의 시신을 땅에 묻었다. 다른 사람들을 위해서는 구덩이를 팠다, 여기서와 똑같은 구덩이를. 두 사람만으로는 죽은 자들 모두를 위해 무덤을 팔 수 없었다.

"갑시다, 여기 있으면 안 돼."

줄리앙이 부드럽게 그녀를 일으켜 세웠다. 흐느낌으로 떨리는 몸을 안아 자신의 텐트로 데리고 들어갔다.

"그 일에 대해 얘기해 보시오."

그가 조용히 말했다.

9

탐신은 뜨끈한 목욕물 속에 누워 줄리앙에게 감정을 내보인 것
이 잘 한 짓인지 고민하고 있었다. 그럴 생각이 아니었는데…….
하지만 어쩌면 이 일이 그녀에게 유리하게 작용할 수도 있을 것
같았다.

대령은 그녀의 이야기에 마음이 움직인 게 분명했다. 부드럽게
위로해 주며, 그녀의 이야기가 끝나고 눈물이 말라 버렸을 때 차
한 잔을 내주기까지 했다. 그리곤 아무 말도 없이 그녀를 안아주
었다. 그 무엇보다도 그의 침묵이 고마웠다, 그녀의 고통을 달래
주기 위해 어색한 위로의 말을 건네려 애쓰지 않은 것이.

그녀는 물에서 나와 세뇨라 브라간사가 가져다 준 깨끗한 물로
몸과 머리를 헹궈냈다. 그녀의 셔츠와 속옷은 세뇨라가 깨끗하게
세탁해 주었지만, 입을 만한 상태라고는 할 수 없었다. 새옷이 필
요했다. 엘바스의 가게에 새옷들이 가득 차 있긴 해도, 가브리엘
이 돌아올 때까지 그녀는 일전 한푼 없는 가난뱅이였다. 하지만

가브리엘이 돌아오면 옷을 살 필요도 없어질 것이다, 그녀의 소지품들도 다 같이 가져올 테니까. 물론 보물도 함께, 살인자들에게서 숨겨놓았던 아버지의 유산.

어쩌면 줄리앙에게 약간의 돈을 빌릴 수 있을지도 모른다. 그것이 다시 그를 만날 수 있는 핑곗거리도 될 테고.

그녀는 낡은 옷가지를 걸쳐 입었다. 옷에 묻어 있는 핏자국은 어쩔 수 없었지만, 적어도 머리와 몸은 깨끗해졌다. 얼룩덜룩한 유리에 자신의 모습을 비춰 보며 그리 나쁘지는 않다고 생각했다. 마치 실컷 울고 과거를 이야기한 것이 곪아 있는 종기를 짜내 버린 것처럼 약간의 개운한 느낌마저 들게 했다. 또한 줄리앙이 그 공격에서 살아남았다는 기쁨과 안도감도 있었다.

세뇨라가 준비해 둔 푸짐한 양배추 수프와, 감자, 매콤한 소시지를 깨끗하게 먹어치우고 나자, 무슨 일이든 감당할 수 있을 것 같은 자신감이 되살아났다. 탐신은 세자르를 타고 대령을 찾으러 캠프를 향해 출발했다.

하지만 탐신이 캠프로 향하는 동안, 줄리앙은 병원을 방문한 후에 다급한 호출을 받고 사령관실에 불려 들어가 있었다.

"줄리앙, 라 비올레타와 관련된 일 말일세. 생각 좀 해봤나?"

"생각할 시간은 없었지만, 제 대답은 똑같습니다. 그런 일에 동의할 수는 없습니다."

웰링턴은 눈살을 찌푸리며 뒷짐진 채 방 안을 걸어다녔다.

"우리에겐 그녀의 정보가 필요하네, 줄리앙. 여름에 프랑스군을 스페인에서 몰아내고 가을쯤 프랑스로 진군해 갈 거야. 우린 그 산악 통로를 알아야 해, 게릴라들의 움직임도 알아야 하고. 바이올렛의 정보가 그걸 가능케 해줄 걸세."

"그건 부인하지 않습니다. 하지만 제 영혼이 아닌 다른 것으로도 그녀의 정보를 살 수는 있을 겁니다."

“이런이런, 과장하지 말게! 자네는 단지 육 개월의 시간만 내주면 돼, 그뿐이라구.”

“전 그 간교하고 돈독 오른 산적의 게임에 놀아나지 않을 겁니다. 각하께서 충분한 돈을 제안하신다면, 그 여자는 눈 한 번 깜박이지 않고 내장이라도 내어줄 겁니다.”

“글쎄, 난 의심스러운걸. 그 여자가 원하는 건 한 가지뿐이야.”

사령관이 달래듯이 말을 이어갔다.

“그녀는 어머니의 가족을 찾아낼 수 있을 걸세. 하지만 좀더 그럴 듯한 모습으로 나타나는 게 낫겠지. 더 설득력 있고 더 호소력 강하게 말이야……. 그렇지 않겠나?”

“글쎄요.”

웰링턴이 그를 힐끗 바라보았다.

“자네가 싫다면 할 수 없는 일이지. 자네와 의논하고 싶은 일이 또 하나 있네.”

과연 사령관이 포기한 걸까? 줄리앙은 의심스러웠다.

“정부가 이 전쟁에 얼마나 회의적인지는 자네도 알 걸세. 그들은 우리가 승리의 중요성을 과장한다고 생각하지. 우리가 너무 많은 병력과 재원을 쏟아붓는다고 생각해. 의회에 우리 입장을 정확히 설명해 줄 사람이 필요하네. 믿을 만하고, 정부가 존중할 만하며 직접적으로 전투에 대해 설명할 수 있는 사람.”

“그 일을 저에게 맡기시려는 건가요?”

“자네가 안성맞춤이지. 지금까지 혁혁한 공을 세운데다가 보고서에 자네 이름이 자주 언급되었으니, 자네는 정부에 잘 알려져 있을 거네. 자네 말이라면 그들도 믿어 줄 거야.”

웰링턴이 언급하지는 않았지만, 세인트 사이먼 가문이 영국의 유서 깊은 귀족 중 하나이며 엄청난 재산을 소유하고 있다는 것도 빼놓을 수 없는 장점일 것이다.

줄리앙이 창가로 걸어가 눈살을 찌푸리며 거리를 내려다보았
다.

"여름 진군이 시작되려는 이때에 절 보내시려는 거군요. 앞으
로 몇 개월 후면 전투가 있는데 저더러 부대원들을 저버리라는
겁니까?"

"런던에서 해야 할 일도 대단히 중요하네, 세인트 사이먼."

웰링턴의 목소리에서 친근함이 사라지고 사령관으로서의 명령
조로 바뀌었다.

"자네 부대를 대신 맡을 대령은 충분하지만, 이 외교적인 일을
처리하는 데는 자네보다 더 적당한 인물이 없어. 자네가 없는 동
안 부대는 오코너에게 맡길 것이네."

사령관이 말을 멈췄다가 은근하게 덧붙였다.

"자네는 돌아오는 즉시 준장 계급장을 달게 될 걸세."

줄리앙의 가슴이 두근거렸다. 준장에서 장군까지 올라가는 건
길지 않다. 30살쯤 장군 자리에 앉겠다고 다짐하지 않았던가. 하
지만 의회에서의 매끈한 말솜씨와 정치적인 수단이 아니라 부대
를 승리로 이끌면서, 전쟁을 통해서 그 자리를 얻어낼 생각이었
다.

"그럼 저에게 런던으로 가라는 명령을 내리시는 겁니까?"

"정확하네, 대령."

줄리앙이 창가에서 몸을 돌렸다.

"그럼 다른 일은요?"

"아, 어차피 자네가 영국에 가니까 그 여자도 함께 데리고 가
는 게 낫겠지."

"데려다주는 것뿐이라면 간단합니다. 하지만 바이올렛이 요구
하는 건 그게 아니잖습니까? 그 여자는 가정교사를 원하고 있습
니다."

웰링턴이 낄낄거렸다.

"참으로 뻔뻔스런 여자야, 그렇지?"

줄리앙이 한숨을 내쉬었다.

"그 점에 대해서는 동의해야겠군요, 각하."

"그 일을 맡아 주겠나?"

"그 여자에게 적당한 집과 가정교사를 찾아주겠습니다. 영국으로 데려가서 괜찮은 숙녀를 한 명 붙여 주고, 전 이 개월 안에 이리로 돌아오겠습니다."

웰링턴이 어깨를 으쓱였다.

"바이올렛에게 그렇게 얘기해 보세. 그녀가 받아들인다면, 나로서는 반대할 것 없지. 내가 원하는 건 그녀의 정보니까."

"그녀를 데려오라고 하겠습니다."

줄리앙은 방 밖으로 나가 샌더슨에게 지시를 내린 다음 돌아왔다.

5분 뒤, 샌더슨은 라 비올레타가 숙소에 없으며 말을 타고 나갔다는 소식을 전해 왔다.

"여길 떠난 걸까?"

웰링턴이 대령에게 묻는 듯한 시선을 들어올렸다.

"아닙니다, 그렇게 쉽게 포기할 여자가 아니지요. 게다가 자기 보디가드한테 엘바스에서 기다리겠다고 약속하는 걸 들었습니다."

줄리앙이 자리에서 일어났다.

"제가 찾아오겠습니다."

그녀는 어디로 간 걸까? 설마 무모한 짓을 저지르지는 않겠지만 워낙 독특한 여자니 걱정을 떨칠 수가 없었다. 그는 자신이 왜 이토록 그녀를 걱정하고 있는지 알 수 없었다. 사실 그게 가장 짜증스러웠다. 그 여자는 그의 인생과 일을 혼란 속으로 던져

넣었고, 그의 육체적 반응뿐 아니라 감정까지도 쉽사리 조정했다. 그런데도 그는 그녀의 안전에 대해 확신이 필요했다.

그는 자신의 텐트 밖에서 그녀를 찾아낼 수 있었다.

"이제야 오셨군요, 대령 나리."

그녀가 햇살 같은 미소를 지어 보였다.

"당신에게 부탁할 일이 있어서 찾아왔는데 안 계시더군요. 도빈이 친절하게 차까지 대접해 주었답니다."

그는 퉁명스레 입을 열었다.

"사령관이 당신과 애길 하고 싶어하오. 나하고 같이 갑시다."

전혀 부탁하는 것처럼 들리지 않았지만, 탐신은 미소지으며 장난스레 대꾸했다.

"당신과 같이 가는 건 저의 기쁨이지요, 대령 나리. 제가 여러 번 분명히 밝혔던 것처럼요."

줄리앙의 입술이 가늘어지며 눈에서는 파란 불꽃이 일었다.

그녀는 세자르의 등에 올라탄 후 한쪽 눈썹을 들어올렸다.

"전 준비됐어요, 대령님."

줄리앙은 여전히 부글거리는 표정으로 대꾸도 없이 말을 움직여 나갔고 사령관실에 도착할 때까지 한 번도 입을 열지 않았다.

"안녕하세요. 저에게 하실 말씀이 있다고 들었어요, 사령관님."

탐신이 창턱에 걸터앉아 건방진 방울새처럼 고개를 갸우뚱거리며 빈틈없는 시선으로 바라보았다.

"당신에게 제안할 사항이 있소. 대령이 설명해 줄 거요."

그녀의 반짝이는 시선이 대령에게로 옮겨갔다.

"열심히 들을게요, 대령 나리."

줄리앙이 억양 없는 목소리와 무표정한 얼굴로 자신의 제안을 설명하였고, 탐신은 집중해서 귀를 기울였다. 그의 말이 다 끝나자마자 그녀가 대답했다.

"오, 안 돼요. 그럴 수는 없어요."

그 차가운 거절의 말에 두 남자가 멍하니 그녀를 쳐다보았다. 줄리앙이 입을 열었다.

"왜 안 된다는 거지?"

"단순한 가정교사는 제가 원하는 것을 가르쳐 줄 수 없어요. 내 어머니의 가족은 귀족이에요. 그러니까 난 사교계 상류층의 방식을 알아야 해요. 가정교사들은 그런 걸 모르잖아요. 난 지체 높은 가문에 대해 모든 걸 알아야 해요, 사소한 매너나 재치 있는 말솜씨, 또 상류층만이 아는 옷차림새도 배워야만 해요. 그리고 가정교사가 어떻게 날 가족들에게 소개해 줄 수 있겠어요? 누군가 흠잡을 데 없는 사람이 날 보증해 줘야 한다구요. 웰링턴 공작님의 친절한 보호에 대해서도 설명해야 하구요."

그녀가 웰링턴 사령관 쪽으로 고개를 돌리고는 힘없는 미소를 지어 보였다.

"그 말은 일리가 있군, 줄리앙."

줄리앙은 사령관의 단호한 시선 속에서 분명한 메시지를 읽어냈다. 그가 창턱에 앉아 무심한 듯 손톱을 살피고 있는 탐신에게 획 돌아섰다.

"빌어먹을! 교활하고 음흉한 계집!"

아무래도 돈을 빌리는 건 나중으로 미뤄야겠다. 탐신은 시선을 들어올리며 애교 있게 미소지어 보였다.

"귀찮게 굴지 않을 게요, 대령 나리. 약속해요, 착한 제자가 되어 당신의 가르침을 잘 따를게요."

줄리앙은 전혀 그 말을 믿지 않는다는 표정이었다. 웰링턴이 말울음소리 같은 웃음을 터트렸다.

"아무래도 꽉 붙잡힌 것 같군, 줄리앙. 크리스마스 거위처럼 꼼짝 못하게 됐어."

줄리앙이 탐신에게로 걸어가 그녀의 머리 양쪽 창에 손을 대며
낮게 속삭였다.

"당신 능력보다 더 많은 걸 원하고 있는 건지도 모르오, 바이
올렛. 난 당하고만 있지 않을 거요."

"난 당신의 무엇이라도 감당할 수 있을 것 같은데요, 대령 나
리."

그들의 시선이 뒤엉켰다. 적대감과 도전, 하지만 앞으로의 게
임에 대한 야릇한 흥분도 담겨 있었다.

줄리앙이 몸을 일으켜 세우고 아무 감정도 없는 목소리로 선언
했다.

"당신 요구를 받아들이겠소, 바이올렛. 이젠 당신 쪽 거래조건
을 지키시오."

"좋아요."

웰링턴이 기록을 위해 샌더슨을 부르자 그녀는 그들이 원하는
정보를 말하기 시작했다. 줄리앙은 벽난로 옆의 의자에 앉아 여
산적의 말 속에 거짓의 흔적이 있는지 알아내려 열심히 귀를 기
울였다. 그 정보의 진실성은 오직 그녀의 말에 의존하는 수밖에
없었지만, 그는 꽤나 믿을 만하다고 생각했다. 뱀장어처럼 교묘한
여자이긴 해도, 자신의 입으로 공평한 게임을 하겠다고 말했고
일단 그렇게 말한 이상 그걸 이행할 여자이다.

그렇지만 내가 왜 그녀를 믿어 줘야 한단 말인가, 그는 알 수
없었다.

과다라마 산악 비밀 통로 지도를 자세히 그린 후에야, 탐신이
몸을 쭉 뻗으며 아픈 등을 주물럭거렸다.

"다 된 것 같군요."

웰링턴이 만족스럽게 고개를 끄덕였다.

"아주 좋아. 고맙소."

"즐거웠다고 말하지는 못하겠어요."

탐신이 솔직하게 대꾸했다.

"하, 그래도 당신은 원하는 것을 손에 넣었잖소."

줄리앙이 코웃음을 쳤다.

"맞아요."

'이젠 펜할란에게 복수할 길이 열렸다.'

"가브리엘이 도착하자마자 출발할 건가요?"

"빠를수록 좋겠지. 우리 계약서도 작성해야 하오."

그가 아직 테이블에 앉아 있는 샌더슨에게 손짓했다.

"계약 기간은 육 개월이오. 1812년 4월 7일, 오늘부터 시작해서 10월 6일에 끝나오. 당신의 목적이 이루어지는 것과 상관없이."

샌더슨이 바쁘게 서류를 작성하고 나서 탐신에게 서명하라고 서류를 내밀었다.

서류에 사인하면서 그녀가 중얼거렸다.

"대단히 형식적이군요. 누가 보면 당신이 날 믿지 못한다고 생각할 거예요, 대령 나리."

줄리앙은 대꾸할 가치가 없다는 듯 할 일이 다 끝나자 성큼성큼 문으로 걸어갔다.

"어머나."

탐신이 그의 뒤를 따라 계단을 내려갔다.

"여행이 시작되진 않았지만 오늘부터 계약이 시작되었으니까, 당신에게 한 가지 부탁해도 괜찮겠죠? 음, 돈 좀 빌려주실래요? 물론 가브리엘이 돌아오면 바로 갚겠어요."

그가 걸음을 멈추고 믿을 수 없다는 눈길로 그녀를 바라보았다.

"나한테 제일 먼저 바라는 것이 돈이란 말이오?"

"옷을 좀 사야 해요. 지금 입고 있는 것들은 다 너덜너덜해졌거든요. 가브리엘이 돌아오는 대로 갚겠다니까요.”

그는 잠시 눈살을 찌푸린 채 바라보고 있다가 천천히 고개를 끄덕였다.

“좋소. 계약이 오늘부터 시작이니, 당신은 지금과 다른 옷을 입어야 할 필요가 있겠군. 그런 가게는 내가 알고 있지.”

그가 뒤도 돌아보지 않고 힘차게 걸어갔다.

탐신은 머뭇거렸다. 그의 눈 속에 무언가 마음을 불안하게 만드는 것이 있었다, 전혀 친절하다고 할 수 없는 번득임. 하지만 어깨를 으쓱이며 그의 뒤로 달려갔다.

“같이 가주실 필요까지는 없어요, 대령 나리.”

“그런 식으로 부르지 마시오.”

“왜요?”

“그런 말투 마음에 들지 않소.”

“아하, 그럼 뭐라고 불러야 하나요?”

“대령이면 족하오. 아니면 세인트 사이먼 경이나.”

탐신의 얼굴이 찌푸려졌다.

“육 개월간의 관계에 그건 너무 형식적인 것 같은데요.”

“우리 사이는 관계라고 말할 수도 없소.”

“그냥 줄리앙이라고 부르면 어떨까요?”

“그건 내 친구들이 부르는 이름이지, 당신이 사용하기엔 적당치 않소.”

딸랑딸랑 벨소리를 울리며 그가 숙녀용품 가게의 문을 열고 들어갔다.

탐신이 다시 문 앞에서 머뭇거렸다.

“난 속옷도 사야 할 거예요. 정말로 당신이 옆에 있어 줄 필요는 없어요, 대령 나리.”

줄리앙은 대꾸하지 않고 그녀의 손을 잡아 가게 안으로 이끌었다.

하얀 모슬린 에이프런을 두르고 머리에는 검은 베일을 쓴 여자
가 걸어나와, 방문객의 계급을 살짝 살펴보고는 알랑거리는 미소
를 지어 보였다.

"어서 오세요, 무얼 도와드릴까요?"

줄리앙이 햇살 비치는 곳으로 탐신을 밀어냈다.

"이 여자는 속부터 죄다 갈아입어야 하오. 차라리 지금 입은
옷을 다 벗어 버리고 처음부터 시작하는 편이 나을 것 같소."

탐신이 서둘러 입을 열었다.

"아니, 잠깐만요. 난 새 속옷하고 셔츠하고 스타킹이 필요해요.
여기엔 바지가 없는 것 같으니, 그건 다른 곳에서 구해 볼게요."

대령은 그녀의 말을 무시하고 놀란 세뇨라에게 침착하게 말했
다.

"속옷, 슈미즈, 페티코트, 실크 스타킹, 드레스…… 간단한 디자
인으로 보여주시오."

"무슨 말을 하는 거예요? 여기서 여자옷을 입고 다닐 수는 없
어요."

탐신이 짜증스레 항의하였다.

"어째서? 다른 여자들은 다 입고 다니는데."

"하지만…… 하지만…… 당신이 무슨 생각을 하는지 알 수가
없군요."

"마지막으로 페티코트를 입은 적이 언제요?"

"한번도 없어요. 세실도…… 아니, 그녀는 가끔 입었죠. 하지만
그건 사랑놀음의 일부일 뿐이었어요. 치마는 실용적이지 않아요."

"당신이 하려는 게임에는 실용적이오. 오히려 필수불가결하다
고 해야겠지. 이 게임은 당신이 먼저 시작했소, 내 가르침을 받아
들이겠다고 약속했잖소. 오늘부터 당신은 여자옷을 입는 거요."

“하지만…… 우린 리스본까지 말을 타고 달려야 할 거예요. 여자옷을 입고 어떻게 그럴 수 있겠어요?”

“다른 여자들처럼 하면 되지, 마차를 탈 생각이 없다면.”

“오, 말도 안 되는 소리 말라구요.”

그녀가 문으로 휙 돌아섰다.

“가브리엘이 도착할 때까지 어떻게든 견뎌보겠어요. 그가 내 옷들을 가져올 거예요.”

줄리앙이 그녀의 팔을 붙잡아 돌려 세웠다.

“우리 계약을 취소하고 싶소, 바이올렛?”

탐신의 눈이 번쩍 타올랐다.

“계약을 깨고 싶으신가요, 대령님?”

“내 쪽에서는 아니지. 하지만 난 분명히 경고했소, 당신이 내 지시에 따라야 한다고. 그게 마음에 들지 않으면, 언제든 계약을 취소해도 좋소.”

탐신은 분개하며 입술을 깨물었다. 그는 그녀 쪽에서 항복하고 떨어져 나가길 기다리고 있는 것이다. 그의 무엇이라도 감당할 수 있다고 말하지 않았던가. 이건 첫번째 장애물이다. 어차피 받아들여야 할 거라면 빨리 받아들이는 게 낫다. 다만 아직 라 비올레타의 모습을 버릴 준비가 되어 있지 않았다. 영국에 도착한 후에도 시간은 충분할 테니까.

“어떻소?”

줄리앙의 질문에, 탐신은 마음을 결정하고 야멸차게 그의 손을 뿌리쳤다.

“어려울 거 없죠.”

그녀가 셔츠의 단추를 풀기 시작했다.

“어머나…… 어머나!”

세뇨라가 놀란 비명을 외치며 다급하게 칸막이 뒤쪽으로 손님을 몰아갔다.

탐신은 옷가지를 벗어가면서 하나하나 칸막이 너머로 던져냈다. 신발, 스타킹, 속바지, 셔츠, 바지가 바닥에 툭툭 떨어져 내렸다. 그 동안 세뇨라는 대령의 허락을 받기 위해 속옷들을 내어 보이고 있었다.

"실크나 면 중에서 어떤 걸 좋아하오?"

줄리앙이 칸막이가 있는 쪽으로 묻자, 탐신이 구석께에서 고개를 쑥 내밀었다.

"실크. 하지만 프릴이나 리본 달린 건 싫어요. 자꾸 걸리적거리니까."

"이걸 입어 보시오."

그가 크림색 실크 슈미즈를 던져주고는 속바지로 관심을 돌렸다.

"속바지도 실크를 좋아하겠군."

탐신이 다시 소리쳤다.

"아뇨, 면으로요. 프릴이 달리지 않은 걸로."

"그건 어렵겠는걸. 이게 제일 단순한 디자인인데, 분홍색 리본이 달려 있소."

"어휴!"

허벅지 위까지 올라오는 슈미즈만 걸친 채로 탐신이 칸막이 뒤에서 빠져나왔다.

"어디 좀 봐요."

"어머나 세상에."

세뇨라가 머리에 한 손을 올리며 신음했다.

성인군자라도 저항하지 못할 건강하게 빛나는 여신의 몸매였다. 탐신의 몸이 그를 살짝 스치며 카운터에 기대어 섰다. 줄리앙의 손이 그녀의 허벅지로 미끄러들었지만, 그녀는 모르는 척 계

속해서 하늘하늘한 실크와 면 속옷들을 뒤적여 갔다. 그의 손이
슈미즈 밑으로 들어가 동그란 엉덩이 위로 기어올랐다. 탐신이
그의 얼굴에서 발끝까지 훑어보고는 씨익 미소지었다.

그는 자신의 숨결이 다소 거칠어진 것을 의식하였다. 이 여산
적의 마법에 저항하려던 결심은 다 어디로 갔단 말인가? 그는 있
는 힘껏 그녀의 등을 꼬집어 주고 나서 세뇨라에게 형식적인 시
선을 돌렸다.

"드레스도 보여주시오, 세뇨라. 작은 게 있을지 모르겠군. 이
아가씨한테는 아이옷이나 맞을 것 같은데."

탐신은 유혹적인 게임에 대한 관심을 모조리 잃어버렸다. 하지
만 화를 내려고 몸을 돌렸을 때 그들은 이미 가게 뒤쪽으로 옮겨
가 얘기를 나누고 있었다. 그녀는 비교적 장식이 없는 속바지와
면 페티코트에 실크 스타킹, 가터를 집어들고 칸막이 뒤쪽으로
들어가 버렸다.

줄리앙이 소매가 봉긋하게 올라오고 보라색 허리띠가 가슴 밑
부분에 매여 있는 크림색 드레스를 집어들었다.

"이게 괜찮겠군."

칸막이 밖으로 나오던 탐신이 그 드레스를 살펴보더니 코를 찡
그렸다.

"너무 얇아요. 금방 찢어져 버릴 거예요."

"찢어지지 않도록 당신이 조심해야지."

그가 그녀의 머리 위로 드레스를 뒤집어씌웠고 세뇨라가 고리
와 단추, 허리띠를 묶어 주었다.

탐신은 치맛자락을 픽픽 걷어차며 몇 걸음 옮겨 보았다.

"이렇게 발에 휘적휘적 감기는 옷을 입고 어떻게 걸을 수 있
담?"

"대개의 여자들은 별로 어려워하지 않는 것 같던데. 익숙해지

면 나아질 거요.”

줄리앙은 어쩔 수 없다는 미소를 지으며 그녀를 살펴보았다. 탐신이 대단히 불편해 하는 모습이긴 해도, 그 드레스는 놀라울 만한 변화를 일으켜 주었다. 엉덩이와 가슴의 굴곡을 강조하며, 쇠꼬챙이 보다 더 연약해 보이던 몸매가 호리호리해 보였다.

“미나리 꽃이군. 딱 그 모습이야. 더 이상 제비꽃이 아니라 미나리 꽃이오.”

탐신이 역겨운 표정으로 긴 거울에 자신의 모습을 비추어 보았다.

“하나님 맙소사. 우스꽝스러워. 마을 사람들이 다 놀려댈 거야.”

거울 속으로 그녀가 줄리앙을 노려보았다.

“당신이 여자처럼 보인다고 해서 누가 비웃겠소?”

“내가 날 비웃을 거예요.”

“차차 익숙해질 거요. 당신과 내가 이 계약으로 묶여 있는 한은 계속 그런 옷을 입어야 할 테니.”

10

줄리앙이 드레스에 맞는 새 구두를 구하기 위해 나가 있는 동안, 탐신은 가게 뒷방에 앉아 치맛단이 줄여지길 기다리고 있었다.

완전히 한방 먹었어. 대령이 날 놀려먹을 수 있는 무기를 손에 넣은 거야. 하지만 계약을 취소할 마음이 없다면 그를 즐겁게 해 주는 것도 괜찮으리라.

그녀는 수선을 끝낸 드레스를 입고 다시 한 번 거울을 들여다 보았다. 전혀 자신처럼 보이지 않았다. 마치 머리가 다른 몸뚱이에 붙어 있는 것만 같다. 하지만 더 이상 대령에게 만족감을 줄 생각은 없었다. 새옷 입은 걸 즐거운 척하리라. 그녀를 비웃는 사람이 있다면, 오히려 그녀가 그들을 비웃어 줄 것이다.

줄리앙이 새끼사슴 가죽 구두를 들고 들어왔을 때, 탐신은 햇살 같은 미소로 그를 맞이하며 상냥하게 발을 내밀어 보이고는 구두가 아주 예쁘다는 칭찬까지 곁들였다.

줄리앙은 미심쩍어하는 얼굴이었지만, 그녀는 계속해서 가게 안을 걸어다니며 너무나 편안하다고 떠들어댔다. 그리고는 자신의 더러운 옷가지와 부츠를 싸달라고 세뇨라에게 부탁했다.

"부츠만 싸시오. 나머지는 필요 없소."

대령이 끼어들었다.

"당신 앞에서는 입지 않을게요, 대령 나리. 하지만 난 그것들을 간직하고 싶답니다."

그가 어깨를 으쓱이며 바지 주머니에서 지갑을 꺼내들었다.

"잘 계산하세요, 대령 나리. 당신에게 신세지고 싶은 마음은 없으니까요."

"걱정 마시오, 미나리."

"그런 식으로 부르지 말아요."

탐신의 사근사근하던 표정이 깨어졌다.

"그럼 당신도 날 대령 나리라 부르지 마시오."

아무래도 만만치 않은 적수를 만난 것 같아. 탐신은 문으로 향하며 생각했다. 좁은 거리에 저녁 햇살이 긴 그림자를 만들었고, 서늘한 바람이 그녀의 드러난 팔뚝에 부딪혀 왔다. 얇은 옷감이 파르르 흔들리자, 벌거벗고 있는 느낌이었다.

"이게 필요할 거요."

줄리앙이 그녀의 어깨에 실크 망토를 걸쳐주었다.

"감기에 걸리면 안 되지."

"난 한 번도 감기에 걸린 적 없어요."

"그때는 이렇게 비실용적인 옷을 입지 않았을 테니까."

"오, 맞아요. 이건 너무나 비실용적이고 우스꽝스럽고 지독한 옷이에요."

그의 낄낄거리는 웃음소리를 듣고서야 그의 수법에 걸려들었다는 걸 깨닫고는, 탐신은 치맛자락을 퍽퍽 걷어차며 성큼성큼 걸음을 옮겨갔다.

돌부리에 걸린 치맛자락을 휙 잡아채는 그녀의 모습에 줄리앙이 얼른 팔을 붙잡았다.

"탐신! 그런 식으로 걷는 게 아니오. 치마와 페티코트를 한 손에 잡고 옆으로 끌어당기는 거요. 이렇게."

그가 두 손가락으로 무릎의 바지자락을 잡아당기며 시범을 보여주었다.

"알겠소?"

"글쎄요, 다시 한 번 봐야 할 것 같아요."

"간단하다구. 옷감을 옆으로 잡아당기기만 하면…… 빌어먹을!"

탐신이 허리를 굽히며 까르르 웃음을 터트리자, 그의 손이 찰싹 엉덩이를 내리쳤다.

그녀가 한껏 치맛자락을 들고 코를 치켜든 채 하늘을 바라보며 발을 내딛었다.

"이렇게 하면 되나요, 대령 나리?"

"그렇게 걸어가다간 시궁창에 빠지고 말 거요, 미나리."

탐신이 인상을 찌푸리며 자세를 고쳐 잡았다. 대령 나리라는 호칭은 다시 쓰지 말아야 할 것 같다.

"이젠 내 팔을 잡으시오. 다른 손으로 땅에 끌리지 않도록 치맛자락을 들어올리고 앞을 잘 보면서 걸어가면 되오."

그런 자세로 넓은 거리를 걸어가면서, 탐신은 혹시라도 아는 얼굴을 만나게 되지 않을까 두려워하며 주위를 둘러보았다. 내 모습이 얼마나 바보 같아 보일까?

"이런, 저기 가브리엘 아닌가?"

다른 사람일 리 없는 거대한 형체가 거리의 모퉁이를 돌아오고 있었다. 그 뒤로는 두 마리의 짐말과 여러 개의 솥을 걸친 여자를 태운 노새가 바짝 따르고 있었다.

탐신이 대령의 팔을 뿌리치고 치마를 바짝 들어올린 채 거리를 달려갔다.

"가브리엘, 빨리 도착했네!"

"두말하면 잔소리지."

가브리엘이 태평스레 말에서 내려섰다.

"아이쿠, 꼬마야. 너 뭘 입고 있는 거냐?"

"이것도 내 계획의 일부야. 우스워 보이지? 나도 알아. 하지만 대령이 고집을 부려서. 나중에 얘기해 줄게."

가브리엘이 대령을 바라보았다.

"이 꼬마를 잘 보살핀 것 같소."

"물론이오, 쉽지 않은 일이었지만."

"쉬웠을 리 없지."

가브리엘이 노새로 다가가, 탐신과 열심히 재잘거리고 있는 여자를 땅으로 내려주었다.

잔뜩 둘러싼 두건과 숄을 벗자 건포도처럼 작은 눈동자와 온화해 보이는 둥그런 얼굴, 펑퍼짐한 몸매가 나타났다. 그녀가 탐신을 끌어안으며 폭포수 같은 말을 쏟아내었다. 그들의 수다가 너무 길어지자 가브리엘이 앞으로 나섰다.

"그만들 하라구. 난 이것들을 어디다 챙겨놔야 해. 길 한복판에 놔두는 건 안전치가 않아."

줄리앙이 가브리엘에게 제안했다.

"말들은 세자르가 있는 마구간에 넣고 세뇨라 브라간사의 집으로 가서 빈 방이 더 있는지 알아보면 될 거요."

"그래, 세뇨라의 집이면 좋을 거야."

탐신이 말하고는 앞으로 깡총 움직여 갔다. 줄리앙이 재빨리 그녀에게 다가붙었다.

“저 여자는 누구요?”

“호세파, 가브리엘의 여자예요.”

“그의 아내인가?”

탐신이 입술을 오므리며 생각에 잠겼다.

“당신이 어떻게 생각하느냐에 따라 다르겠죠. 그녀는 내가 어렸을 때부터 가브리엘과 함께 살았어요. 내 유모이기도 했구요. 내 하녀나…… 당신들이 뭐라 부르는지는 모르지만 하여튼 그런 사람으로 나와 같이 영국에 갈 거예요. 귀족 처녀는 그런 사람이 한 명쯤 있어야 되는 거 아닌가요?”

“감탄스런 통찰력이로군. 가브리엘도 우리와 같이 갈 거요?”

“물론이죠. 그는 절대로 내 곁을 떠나지 않을 거예요.”

“아직 이 일에 대해서 모르는 것 같던데.”

“아직은요. 오늘밤에 설명할 거예요. 그는 지금 보물에 대한 걱정이 너무 커서, 그게 안전해질 때까지는 긴장을 풀지 못할 거예요.”

“보물이라고?”

“내 유산이죠. 나의 계획을 위해 쓰여질 돈 말이에요, 대령님. 내가 당신에게 경제적 부담을 주지는 않을 거라고 했잖아요.”

“그…… 보물이란 게 도대체 어떤 거요?”

“한평생 산적으로 지낸 사람의 열매지 뭐겠어요? 금, 은, 보석에 금화와 프랑. 한재산은 족히 되죠.”

“맙소사! 습격한 무리들이…….”

그녀의 얼굴이 굳어졌다.

“물론 그들은 그걸 찾으려고 했죠. 엘 바론의 엄청난 재산에 대해 들었으니까. 하지만 아버지는 멍청이가 아니에요. 그와 가브리엘만이 숨겨진 장소를 알고 있었어요.”

“그렇군.”

"우린 군대와 함께 여행하게 되나요?"

"아직은 생각해 보지 않았소. 하지만 보호할 병사들이 많은 게 나을 것 같군."

리스본까지 그런 짐을 지키며 가야 하다니. 그는 눈살을 찌푸렸다. 포르투갈이 영국의 우호국가라고는 해도 산 속에는 산적들이 숨어 있지 않은가.

"아니에요, 가브리엘은 군인들을 좋아하지 않아요. 그러니까 같이 갈 인원은 가브리엘에게 맡기는 게 나을 거예요. 그는 때때로…… 예측할 수 없게 되거든요, 특히나 술을 마셨을 때는."

"그건 무슨 뜻이오, 예측할 수 없다니?"

"불 같은 성질이라는 뜻이에요."

대단히 완곡한 표현이긴 하지만, 사실대로 말한다고 도움될 건 없겠지.

"빌어먹을."

언제나 신경 쓰이게 하는 여자에다가, 말로 다할 수 없는 보물에다가, 술주정뱅이 거인까지 데리고 여행해야 하다니.

그들은 곧 브라간사의 집 앞에 도착했다.

"난 이만 가보겠소. 준비가 되는 대로 연락하지."

"그게 언젠데요?"

"연락하겠다니까. 당신은 승마복과 여자용 안장을 준비하시오."

그가 홱 몸을 돌렸다.

"가브리엘, 리스본까지 그걸 보호할 자들은 당신이 구할 거요?"

"리스본? 우리가 그리로 가는 거요? 그럼 쓸모 있는 놈들을 구해 봐야겠군. 난 어서 이 물건들을 내려놔야겠소. 길거리에 놔두는 건 마음이 놓이지 않으니까."

가브리엘이 짐말에서 무거운 상자를 번쩍 어깨에 들쳐메는 것을 지켜보다가 줄리앙은 고개를 내젓고는 사령부 쪽으로 걸음을 옮겼다.

탐신은 그의 뒷모습을 바라보며 눈살을 찌푸렸다. 그는 언제나 그녀에게서 떨어지고 싶어 안달이 난 사람 같다. 이렇게 가볍게 밀려나는 건 싫은데…….

그녀가 거리에서 돌을 걷어차고 있는 소년 한 명을 소리쳐 불렀다.

"애야! 저 대령님 보이지?"

그녀가 줄리앙의 뒷모습을 가리키자, 소년이 고개를 끄덕였다.

"쫓아가서 저녁 시간을 어디서 보내는지 알아봐. 나한테 돌아와서 애기해 주면 일 크루사도를 줄게."

소년이 씨익 웃으며 달음박질쳐서 자신의 목표물이 들어간 사령부 밖에 진을 치고 자리잡았다.

어두워질 때까지도 대령은 나오지 않고 하인들만이 열심히 음식 쟁반을 사령부 안으로 날라 들어가자, 소년은 다시 미망인의 집으로 달려와 부엌문을 노크했다.

촛불 켜진 부엌으로 고개를 빼꼼이 들이밀자 탐신이 의자를 밀치고 일어났다.

"돌아왔구나. 대령은 어디에 있니?"

"사령부에서 식사하고 있어요, 세뇨리타. 거기서 아직까지 나오지 않고 있어요. 난 한 번도 문에서 눈을 떼지 않았어요."

"잘 했구나. 가브리엘, 크루사도 있어?"

가브리엘이 주머니에서 은동전 하나를 꺼내 소년에게 던져주었다.

"무슨 짓을 꾸미는 거냐, 꼬마야?"

탐신이 씨익 웃으며 올리브를 입 안으로 쏙 집어넣었다.

"나한테 좋은 생각이 있어. 삼십 분 후에 사령부에 가서 대령을 데려와 줘."

30분 후, 가브리엘이 사령부로 이어진 계단을 올라갔다.
"안에 세인트 사이먼 대령 있소?"
"계시긴 하지만, 지금 식사중이오. 당신은 누구요?"
샌더슨 중위가 방문객의 건달 같고 초라한 행색에 오만한 표정을 지었다.
"그건 당신이 알 바 아니야. 난 대령을 데리러 왔소."
가브리엘이 문으로 다가서려 들자 샌더슨이 의자에서 벌떡 일어났다.
"안 되오! 안으로 들어갈 수 없소."
가브리엘이 중위의 멱살을 움켜잡고 공중으로 끌어올렸다.
"이러지 말라구. 당신이 들어가서 대령을 불러주겠나, 아니면 내가 직접 들어갈까?"
샌더슨이 대답 대신 경비병을 고함쳐 부르자, 가브리엘은 그를 의자 위로 툭 떨어뜨렸다.
"아무래도 내가 직접 들어가야겠군."
두 명의 보병이 숨가쁘게 달려왔을 무렵, 가브리엘은 이미 사령관실 안에 들어서 있었다.
"식사를 방해해서 죄송합니다, 사령관님. 난 세인트 사이먼 대령을 데리러 왔소. 우리 꼬마가 그를 급하게 찾거든."
"꼬마란 라 비올레타를 말하는 겁니다."
줄리앙이 의자에 등을 기대고 포도주잔을 나른하게 만지작거렸다.
"무슨 일이라던가, 가브리엘?"
"몰라, 그냥 당신을 데려오라고만 했소."
줄리앙이 남은 포도주를 마셔 버리고 자리에서 일어났다.

"전 이만 실례하겠습니다, 여러분. 레이디를 기다리게 하면 안 되겠지요."

조롱하는 듯한 어조로 한마디하고는 그가 남은 사람들에게 고개를 숙여 보인 후 방을 나섰다.

미망인의 집에 도착했을 때, 줄리앙은 작은 복도에서 잠시 머뭇거렸다.

"그녀는 어디 있소?"

"위층에. 난 정원에서 파이프나 피워야겠소."

가브리엘이 성큼성큼 사라져 버리자, 줄리앙은 나지막이 욕설을 중얼거렸다. 탐신이 또다시 수작을 벌이고 있는 거다.

그는 짜증스레 나무 계단을 올라가 거칠게 문을 두드렸다. 낮은 대답소리를 듣고 안으로 들어섰을 때, 그는 문지방에 멈춰 서고 말았다. 믿을 수가 없었다. 동그란 창문으로 달빛이 스며드는 그 방은 알라딘의 동굴 같았다. 활짝 열린 상자들 밖으로 보물들이 휘황찬란한 빛들을 뿜어냈다. 반짝이는 실크, 고급스런 벨벳, 짙푸른 에메랄드, 눈부신 다이아몬드, 검붉게 빛나는 루비, 초록색의 터키석 등등.

그가 멍하니 그 광경을 지켜보는 사이 침대 쪽에서 낮은 웃음소리가 들려왔다. 천천히 침대 쪽으로 고개를 돌리며 그는 한순간 미친 꿈속에 사로잡혀 있는 거라 생각했다.

침대 위에는 황금이 덮여 있었다, 아니 침대가 아니라 탐신의 몸 위에. 금화들이 달빛 속에서 빛을 발하며 그녀가 숨을 들이쉴 때마다 짜르르 경쾌한 소리를 내며 움직였다.

"맙소사, 이런 세상에! 대체 지금 뭐하는 거요?"

"아무 거나 골라 보세요. 당신은 보상받을 자격이 있어요."

그의 얼굴이 분노로 달아올랐다.

"나에게 마치 하인처럼 돈을 주겠다는 거요?"

"보상이라니까요. 당신 마음에 드는 걸로 골라 보라구요."

그가 침대로 다가들었다.

"나에게 도적의 돈을 챙기라는 말이오? 정말 이런 모욕은 생전……."

"그렇게 결론부터 내지 말아요."

그녀가 상자 속의 보석 중 하나처럼 눈동자를 반짝이며 미소지었다. 그의 시선이 홀린 듯 밑으로 훑어 내려갔다. 금화로 쌓인 봉긋한 젖가슴의 형태, 그 틈에 살짝 고개를 내밀고 있는 장밋빛 봉우리, 배꼽에는 수줍은 에메랄드가 하나 자리잡았다.

"황금이 싫으면 그 밑을 보세요. 더 매력적인 게 있을지도 모르죠."

그녀가 살며시 다리를 벌리자 둔탁하게 빛나는 황금 속에서 다이아몬드가 눈부시게 반짝거렸다.

"당신…… 당신……."

그는 말을 잇지 못하였다. 다이아몬드가 황홀하게 초대하고 있는 그녀의 검은 계곡을 내려다볼 뿐이었다.

그가 침대 옆에 무릎을 꿇고 손가락으로 살며시 젖가슴의 금화들을 쓸어낸 후 고개 숙여 오똑한 젖꼭지를 혀로 핥아내렸다.

그리고는 아주 천천히, 하나씩하나씩 바닥으로 금화를 내려놓으며 그녀의 몸을 드러내 갔다. 차츰 드러나는 그녀의 살갗 위에 그의 입술이 뜨거운 낙인을 찍었다.

그녀는 가만히 누워 있는 게 점점 더 힘들어졌다. 그가 분노와 욕망이 뒤섞인 폭발적인 정열로 금화들을 다 쓸어내리라 예상했었는데, 이 절묘하게 느릿한 노출과 뜨거운 키스는 더더욱 그녀의 피부를 달뜨게 만들고 혈관 속으로 피가 용솟음치게 했다.

그가 배꼽의 에메랄드를 치워내고는 혀로 허벅지와 종아리, 발까지 불타는 흔적을 남기며 움직여 갔다. 발가락을 하나씩 입에 넣어보고 발바닥에까지 그의 혀가 닿자, 그녀는 마침내 신음을 흘리며 몸을 꿈틀거렸다.

그녀의 발을 두 손으로 잡은 채 그가 위쪽으로 시선을 들어올렸다. 어둡고 촉촉한 그녀의 계곡에서 다이아몬드가 윙크해대고 있었다.

"마녀로군."

탐신은 살포시 미소지었다. 이 남자는 꿈속에서나 만날 수 있는 그런 연인이다. 줄리앙이 몸을 일으켰다.

그녀는 세상의 모든 시간을 소유한 듯, 그녀만큼 열정에 휩싸여 정신없지는 않은 듯한 줄리앙이 옷을 벗는 모습을 굶주린 시선으로 응시하였다. 마침내 그가 발가벗은 모습으로 서자 그녀는 그의 흥분된 몸을 탐욕스레 쳐다보았다.

그가 입술을 격렬하게 내리덮으며 그녀의 뜨겁고 향긋한 입 속으로 혀를 들이밀었다. 그녀는 정열적으로 그의 목을 끌어안고 입술을 벌리며 자신을 활짝 열어주었다.

그가 입술을 떼어내고 천천히 그녀의 몸에 감긴 보석들을 매만져 갔다. 그리고 아주 천천히 그녀의 허벅지를 벌려 가장 은밀한 부분에 자리잡은 보물을 드러냈다.

"여기가 진짜 보물 동굴이로군."

11

"이 여행의 목적이 뭐냐, 꼬마야?"

탐신은 구름 한 점 없는 하늘로 거대한 날개를 퍼득이며 비상하는 독수리를 바라보았다.

"우린 세드릭 펜할란에게 복수하러 가는 거야, 가브리엘."

그녀의 입술이 굳어지고 눈동자도 단호해졌다.

"우린 펜할란의 다이아몬드를 되찾을 거야. 그건 내 어머니의 몫이라구. 이젠 내 것이고."

가브리엘은 가죽부대를 들어올려 포도주를 쭉 들이켜고는 그녀에게 내밀었다.

"엘 바론이 이 복수를 원한다고 생각하냐?"

"당연하지. 세실은 자기 오빠한테 유산을 도둑맞았어. 그자는 또 세실을 죽이려 했다구."

그녀가 가죽부대를 기울여 메마른 목구멍으로 차가운 액체를 들이부었다.

"엘 바론은 복수하겠다고 맹세했어. 두 사람이 얘기하는 걸 여러 번 들었어."

가브리엘이 눈살을 찌푸렸다.

"엘 바론은 네 어머니의 가족에게 큰 원한을 갖고 있었지. 하지만 그 복수를 너에게 맡길 생각은 없었을 거야. 그리고 세실도 항상 오빠의 계획이 틀어져 버렸으니 복수 같은 건 필요 없다고 말했잖아."

"세드릭은 자기 동생을 제거하고 정당한 그녀의 유산을 가로채고 싶어했어. 그건 성공했지. 엘 바론은 그 잘못을 돌려놓을 생각이었어. 그가 할 수 없게 되었으니, 이젠 내가 해야 돼. 그자는 동생의 납치와 죽음을 사주했던 죗값을 치러야만 한다구."

가브리엘이 혀를 쯧쯧 찼다.

"네가 그 가문의 일원이라는 걸 어떻게 증명할 셈이냐?"

"로켓과 초상화가 있어. 내가 그녀의 딸임을 증명할 만한 세실한테 받은 서류도 있고. 그리고 자신의 진짜 이름이 셸리아라는 말도 해줬어. 세실이라는 이름이 더 예쁘다고 생각한 후로는 오빠가 셸리아라고 불렀을 때 절대 대답도 하지 않았대. 펜할란에게 그 말만 하면 다른 증거는 필요 없을 거라고 했어. 그 사실은 둘만 알고 있는 일이니까."

가브리엘이 고개를 끄덕였다.

"그런 말까지 해줬다면 그녀는 복수에 대해 전적으로 반대하지 않았던 모양이군."

"그래. 하지만 그녀는 자기 걸 돌려받는 거라고 표현하더군."

탐신이 낄낄거렸다. 세실의 우아한 표현 방식은 언제나 엘 바론을 재미있게 했다.

"나에겐 그녀의 납치를 증명할 만한 서류가 있어. 그게 신문에 알려지면 그 오빠라는 자에게 심각한 타격이 될걸."

“공갈협박까지 동원하려는 거냐, 꼬마야?”

“아니, 난 세드릭 펜할란의 배신을 온 세상에 알릴 생각이야. 하지만 그러려면 우선 내가 신뢰받을 수 있는 모습으로 나타나야 해. 그래서 대령이 필요한 거야. 저명한 귀족의 보호를 받으며 사교계에 나타난다면, 내 이야기가 뜬금없이 불쑥 나타난 여자의 얘기보다 훨씬 더 믿을 만해질 거야. 진실이 밝혀지면, 다이아몬드는 나의 것이 돼, 정당한 내 유산이니까.”

“대령은 이 일에 대해 어느 정도 알고 있는 거냐?”

탐신이 산허리를 힐끗 바라보았다. 사나워 보이는 6명의 수행원들 맨앞에서 대령이 말을 달리고 있었다.

“아무것도 몰라. 펜할란에 대해서도, 다이아몬드, 세실의 납치사건에 대해서도 전혀 몰라. 그와 웰링턴은 단지 고아인 내가 외로워서 가족을 애타게 찾는 것쯤으로 생각해.”

가브리엘이 고개를 젖히며 코웃음을 쳤다.

“그놈들이 너의 얘기에 홀딱 넘어가 버렸군! 어리석은 녀석들.”

“세실은 항상 영국 남자의 기사도 정신이 대단히 쓸모 있는 약점이라고 말했어. 난 콘월에서 날 든든히 지지해 줄 기반이 필요해. 그럴 듯한 사교계 데뷔도 필요하고. 대령의 가문 후광이라면 둘다 차지할 수 있어.”

“나 같으면 대령을 다룰 때 아주 조심하겠다. 그는 농락당하는 걸 좋아하지 않는 남자라구.”

“하지만 난 그를 농락하는 게 아니라 이용할 뿐이야.”

“어느 쪽이든 그는 좋아하지 않을 거다.”

탐신도 그 점에 대해서는 동감이었다.

“그는 자세한 내용까지 알 필요 없어. 일단 할 일이 끝나면 난 영국에 남아 있지 않을 거고, 대령은 전쟁터로 돌아갈 수 있게 된 걸 다행스러워할 거야.”

"네 말이 맞길 바란다, 꼬마야."

탐신은 그저 어깨를 으쓱이며, 뒤돌아보는 대령에게 번쩍 손을 흔들어 보였다.

줄리앙은 그 손짓을 아는 척도 하지 않았다. 험악한 수행원들과 같이 하는 여행은 전혀 즐겁지 않았다. 외눈박이가 이끄는 건달 패거리들. 물론 탐신의 보물을 효과적으로 지켜낼 것처럼 보이긴 하지만.

다시 시선을 들어올렸을 때 탐신이 그에게로 말을 달려오고 있었다.

"외로우신가요?"

그녀가 깔끔하게 말의 속력을 조절하며 옆으로 다가섰다.

"당신과 가브리엘은 꽤나 진지한 토론을 하는 것 같더군."

"아, 그에게 나의 계획에 대해 자세히 설명해 주던 참이었어요. 지금까지는 시간이 없었거든요."

"그렇군. 그가 당신 계획을 두 손 들어 열렬히 환영해 주던가?"

"그렇지 않을 이유가 있을까요?"

대령의 냉소적인 어조에 탐신의 목소리도 다소 거칠어졌다.

"아, 전혀 없겠지. 그는 몇 년 동안의 인생과 고향을 내팽개치는 데 어려움이 없을 테니까. 어려움이 있었다 해도 당신이 원하는 대로 따랐겠지."

탐신의 얼굴이 빨갛게 달아올랐다.

"무슨 말인지 알 수가 없군요."

"왜 그러시나, 잘 알 텐데. 당신은 무언가를 원하면 집요하게 얻어내잖소. 가브리엘은 충성심 때문에 당신의 곁을 떠나지 못할 테고, 당신은 양심의 가책도 없이 그 점을 이용하잖소."

"당신 정말 지독한 사람이군요! 그런 말을 하다니 정말 지독해!"

"나 또한 당신 계획에 휩쓸려 버렸다는 사실을 잊은 모양이군. 당신은 내 입장이나 감정에 대해서는 털끝만큼도 생각하지 않았소."

탐신은 눈물이 터져나려는 것에 놀라워하며 입술을 깨물었다. 이틀 전 그 황홀한 저녁 시간 이후로 그들은 거의 만나지 못했다. 대령이 여행 준비와 부대의 지휘권을 다른 자에게 넘기는 일을 처리하느라 바쁠 것임을 알았으므로 탐신은 더 이상 그를 유혹하려 들지 않았다. 하지만 엘바스를 출발할 때 그는 음울하고 무뚝뚝했다. 조용히 생각할 시간을 주면 기분이 바뀔 거라 믿고 가브리엘과 같이 말을 달린 것이었는데, 그의 분노는 전혀 사그라들지 않았다.

그녀가 눈을 깜박이며 세자르를 앞으로 재촉하였다. 처음에는 천천히, 그 다음에는 빠르게. 세자르가 고개를 치켜들며 좁은 길을 질풍처럼 내달려갔다.

"탐신!"

줄리앙이 소리쳤다. 세자르가 산허리의 가파른 길로 휙 돌아서자 심장이 목까지 튀어오를 지경이었다. 그녀가 순식간에 시야에서 사라져 버렸다.

"꼬마한테 기분 나쁜 말이라도 했소?"

가브리엘이 그의 옆으로 다가왔다.

"저 여자는 몰상식하고 고약해. 저런 식으로 달리다가는 말다리가 부러지든지 자기 목이 부러지고 말 거요."

"그런 일은 없을걸. 둘은 서로를 아주 잘 알고 있거든. 그나저나 그 애한테 무슨 말을 한 거요?"

"진실 몇 가지, 아주 오랫동안 참아두었던."

가브리엘이 포도주부대를 건네며 고개를 끄덕였다.

"그 애는 잘 못 했다는 말을 듣는 걸 싫어하지. 엘 바론하고 똑같소. 특히나 자기가 틀렸을 때는."

그가 낄낄거리며 뒤쪽의 행렬을 살펴보았다.

"어두워지기 전에 숙소를 마련해야겠소. 어두운 곳에서 매복당하는 건 딱 질색이야."

그들은 30분 동안 탐신의 흔적을 찾으며 말을 달렸다. 가브리엘이 그다지 걱정하지 않는 것 같았기에 줄리앙도 애써 걱정하지 않는 척했다.

'난 어떤 심한 말이든 할 수 있는 권리가 있다. 그 여자 때문에 이런 시기에 부대를 떠나야 하지 않았는가.'

바다호스에서 가장 심각하게 약탈을 일삼은 몇 명이 처형당했고, 장교들은 이제 어지러워진 병사들을 어떻게든 다시 규합시켜야만 했다. 이렇게 고약한 때에 부대를 떠난다는 사실 때문에 그는 오늘 아침부터 내내 심술이 나 있었고 원한을 터트릴 기회를 놓치지 않았던 것이다. 그런데 웬일인지 그 분노도 그녀에 대한 걱정을 가라앉혀 주지 못했다. 그녀의 모습이 다시 나타났을 때는 안도감이 번지는 걸 부인할 수 없었다.

"몇 킬로미터 전방에 마을이 하나 있어. 짐승들을 넣어둘 마구간하고 물건을 넣을 헛간도 있고."

그녀는 대령의 시선을 피해 가브리엘에게 말을 건넸다.

"우린 어떤 숙소를 쓸 수 있소?"

대령이 물었다.

"헛간과 건초 창고. 아마 벌레가 득실거리는 농부의 집보다 거기가 더 깨끗할 거예요."

식량은 충분히 실어놓았으니 산 속의 차가운 밤을 피할 수 있는 잠자리만 있으면 될 것이다. 그는 고개를 끄덕이며 그녀가 여전히 의기소침해 있다는 것을 알아차렸다. 그런 거친 말에 영향을 받다니…… 간교한 산적에게는 어울리지 않는데.

"앞으로는 그런 식으로 사라지지 않길 바라겠소."

"날 별로 환영하지 않는 것 같았으니까요."

"환영받으리라 생각했소? 당신 때문에, 난 최악의 시기에 부하들을 떠나와야만 했소."

탐신이 입술을 잘근잘근 깨물다가 중얼거렸다.

"내가 이 여행에서…… 그리고 나중에…… 당신을 즐겁게 해주기 위해 노력할게요."

줄리앙은 믿을 수 없다는 표정으로 그녀를 쏘아보았다. 그녀의 걱정스런 눈동자는 솔직하고 또 순진했다. 이 여자는 정말 자신이 무슨 짓을 했는지 모르는 걸까? 어떻게 사회적인 책임감도 배우지 못하고 어른이 되었을까? 그는 깊이 숨을 들이쉬고 실패할 걸 뻔히 알면서도 충고를 해보았다.

"당신의 보상은 물론 즐겁소. 하지만 이건 그런 문제가 아니오. 사람을 당신 뜻대로 조종하고 당신의 몸과 다양한 매력을 제공해준 것으로 모든 게 다 잘 됐다고 생각할 수는 없는 일이오."

"하지만 육 개월뿐이에요."

완전히 실패다! 그는 머리를 흔들며 포기했다.

"더 얘기해 봤자 소용없겠지. 어차피 이런 상황에 처하게 됐으니 난 계약한 조건을 지킬 거요."

탐신은 마을이 나타날 때까지 그의 옆에서 조용히 말을 달렸다. 6개월 정도는 대령의 인생에 아무런 영향을 미치지 않을 짧은 기간에 불과하다. 하지만 그 6개월이 그녀의 인생에는 아주 중요한 의미가 있다.

이 분명한 사실을 왜 대령은 모르는 걸까?

그들 일행이 마을에 도착하자 누더기를 걸친 꼬마들이 오두막에서 밀려나와 손을 흔들어댔다. 여자들은 문가에 서서 얼굴만 내밀었고 남자들도 비쩍 마른 닭들이 있는 농가 안마당에 한 명씩 모습을 드러냈다.

탐신이 비교적 남들보다 더 말끔해 보이는 한 남자를 가리키며 설명했다.

"저 사람이 제일 연장자예요. 그가 외양간과 헛간을 우리에게 빌려 줄 거예요."

가브리엘이 말에서 내려 그에게 다가갔다.

"저 사람은 나하고 협상하지 않아요, 여자옷을 입었기 때문에. 게릴라처럼 입고 있었으면 평등하게 대접해 주었을 텐데."

탐신의 불평에 대령은 어깨를 으쓱일 뿐이었다.

"안에다 바지를 입긴 했지만, 이런 상황에서는 불리하기 짝이 없다구요."

"익숙해질 거요. 영국 사교계 여자들은 남자처럼 행동하지 않소. 그들에게 받아들여지고 싶다면……."

"엘 바론은 모든 면에서 세실을 평등하게 대접해 줬어요."

"그럼 보기 드문 남자였군."

그가 땅으로 내려선 후 탐신이 혼자서 뛰어내리기 전에 얼른 부축해 주었다. 관능적인 기억으로 머리를 빙빙 돌게 만드는 그녀의 체취와 느낌에는 마음의 문을 꼭 닫아건 채.

"여자들은 어떤 행동을 할 때 남자의 도움을 받게 되어 있소. 말에서 내리거나 탈 때, 마차에서 내릴 때, 의자에 앉을 때 모두다."

"하! 내 다리에는 아무 문제도 없는 걸요."

"그렇다 해도 남자들의 예의에 감사할 줄 아는 법을 배워야 하오."

탐신은 역겹다는 표정이었다.

"물론 당신이 모든 걸 취소하고 싶지 않다면."

그가 태연스레 덧붙였다.

탐신은 아이처럼 혀를 쏙 내밀어 보였고 대령이 웃음을 터트리자 더욱 격분하며 호세파가 있는 쪽으로 달려가 버렸다. 그는 손바닥에 장갑을 툭툭 쳐 먼지를 털어내며 마을을 둘러보았다.

"양쪽 거리 끝에 보초를 세워 두면 습격에 대비할 수 있겠군."

그에게 다가서던 가브리엘이 산허리를 힐끗 올려다보았다.

"그래도 언제나 공격할 방법은 있는 법이지. 헛간 앞에도 보초를 세워야 하오. 아마도 나와 당신이 서야겠지."

"우리 물건에 대해서 누가 알겠소?"

"소문이란 도깨비불처럼 번지기 마련이오. 우리가 뭘 갖고 있는지 아무도 모를 수도 있지만, 지금쯤 우리가 경계한다는 것을 알고 훔칠 만한 게 있을 거라고 생각할 수도 있소."

"조심한다고 나쁠 건 없겠지."

줄리앙이 시선을 돌렸을 때 호세파와 탐신은 이미 헛간 뜰로 식량을 옮기는 중이었다. 탐신은 짜증스레 투덜거리며 승마복의 치맛자락을 걷어차 내다가 갑자기 멈춰 서서는 손에 든 짐을 땅으로 내려놓고 치마의 고리를 풀러 버렸다.

그는 못 본 척하고 보물을 내려놓는 일에 신경을 쏟았다.

저녁 식사 후 마을 남자들이 찾아와 가브리엘과 포도주를 마시며 주사위 놀이를 하기 시작했다.

개울에서 설거지를 마치고 돌아온 호세파는 마당의 남자들을 보며 투덜투덜대더니 담요를 펼쳐 깔고는 여러 장의 숄을 몸에 감싸고 드러누웠다.

탐신이 낄낄거리며 속삭였다.

"가브리엘이 술 취했을 때를 대비해서 근처에 있으려는 거예요. 호세파가 간섭하려 들면 그는 물론 펄펄 뛰며 고함치겠지만요."

줄리앙은 별들이 파노라마처럼 펼쳐진 하늘을 올려다보았다.

산 정상에서는 서늘한 바람이 불어들고 있었다.

"당신은 건초창고 안에서 자는 게 낫겠소."

"당신은요?"

탐신이 작은 어깨 위에 묵직한 담요를 의외로 쉽게 들쳐메며 물었다.

"나도 어디선가 자야겠지."

"다락방에 우리 두 사람의 잠자리를 만들 수 있어요. 건초 위에서 자면 아늑할 거예요."

어둠 속에서 하얀 이를 드러내며 그녀가 미소지었다.

"빌어먹을, 무슨 생각을 하는 거요?"

그가 나지막이 다그쳐댔다.

"어서 가서 자라구. 난 가브리엘과 할 얘기가 있소."

걷어채인 강아지 같은 그녀의 얼굴에서 몸을 돌려 그는 소란스런 패거리들에게 걸어갔다.

"나에게 볼일 있소, 대령?"

"두 시쯤 내가 교대해 주겠소."

"그러라구. 그때쯤 난 부자가 되어 있을 거요."

그가 주사위를 굴리며 좋은 점수가 나오자 낄낄거렸다.

"오늘밤은 아주 잘 굴러간다니까."

남자들이 너털웃음을 울려대는 동안, 마을의 연장자라는 남자가 가브리엘의 잔에 포도주를 채워 주었다. 그 술에는 독한 브랜디까지 섞여 있는 듯했다. 아무래도 모두들 나가떨어지겠는걸.

줄리앙은 잠들지 말아야겠다고 결정했다. 4년간 전쟁을 치르면서 잠들지 못한 밤은 수도 없이 많았다. 하루쯤 더해진다고 문제될 건 없다.

헛간 안에서는 세 명의 수행원들이 코를 골며 잠들어 있었다. 줄리앙은 건초창고로 이어진 사다리 옆에 앉아 망토를 여몄다.

그리고 30분쯤 후 탐신이 깊은 잠에 들었을 거라는 판단이 들자 조용히 사다리를 기어올라갔다. 동그란 창으로 스며드는 달빛이 탐신의 연한 머리카락과 고르게 오르락내리락하는 가슴을 보여주었다.

그는 창가로 다가가 안뜰을 내려다보았다. 가브리엘과 그의 술친구들을 분명히 볼 수 있었다. 평화롭고 흥겨운 광경이었다.

그가 잠든 여인을 슬쩍 돌아다보았다. 어떻게 저 거칠고 특이한 여자를 영국 사교계로 들여보낼 수 있을까, 자신들의 가문과 혈통을 중시하고 지극히도 뻣뻣한 태도의 콘월 귀족들을 어떻게 설득할 수 있단 말인가? 이 여산적을 영국 귀족 처녀로 만든다는 것은 미치광이 꿈 같은 이야기였다. 그런 기적을 일으키려면 6개월보다 훨씬 더 많은 시간이 필요하리라. 그리고 자신보다는 더 기적적인 선생이 있어야 할 것이다.

뭐, 어차피 성공시키겠다고 장담하지도 않았다. 하지만 그는 실패한다는 걸 참을 수 없었다. 지금까지 단 한 번도 실패한 적이 없었으니까.

그가 음울하게 다시 안뜰 쪽으로 시선을 돌렸다. 사그라져 가는 모닥불과 그 주위의 남자들을 얼마 동안이나 지켜보았을까. 문득 헛간 뒤쪽에서 스치며 다가오는 검은 그림자가 그의 시선을 끌어당겼다. 불빛 때문에 잘못 본 걸까 의심하며 눈을 깜박이는 순간, 가브리엘이 벌떡 일어나 괴성을 질러대며 곤봉을 휘둘러대기 시작했다.

줄리앙이 권총을 빼들고 사다리를 내려갔다. 사다리 밑의 건초더미에는 세 명의 수행원들이 미동도 없이 잠들어 있었다. 세차게 그들을 걷어찼지만 드르렁소리만 울릴 뿐이었다. 그 옆에 팽개쳐진 단지 안에는 브랜디와 함께 무언가 다른 것이 섞여 있었다. 하얀 분말 같은 것.

가브리엘은 그들에게 술 마시는 걸 금지시켰지만, 누군가가 약을 탄 술을 가져다 준 것이다.

그가 안뜰로 달려나갔다. 같이 술 마시던 남자들에게 둘러싸여 있는 가브리엘이 곤봉을 휘두르고 있었다. 분명 그들이 걱정했던 사태는 마을 밖이 아니라 안에서 찾아온 듯했다. 땅바닥에 다른 수행원 한 명이 드러누워 있었다. 길 양쪽에 세워 둔 보초들도 마찬가지일 거라는 건 확인하지 않아도 뻔했다.

하지만 가브리엘을 술에 곯아떨어지게 할 목적이었다면 그들은 잘못 짚어도 한참 잘못 짚은 것이다. 그는 성난 사자와도 같았다. 줄리앙까지 가세하여 무기를 휘둘러대자 남자들이 슬슬 물러나기 시작했다. 그때 갑자기 탐신이 한가운데로 뛰어들어 활활 타는 횃불을 한 녀석의 얼굴로 들이댔다. 그자가 얼굴을 부여잡으며 손에 든 칼을 떨어뜨렸고, 재빨리 그녀는 칼을 집어들어 휘둘렀다. 성난 호세파도 치명적인 무기처럼 빗자루를 찔러댔다.

기세가 꺾인 남자들이 꼬리를 말고 도망치자, 그들은 상처입은 수행원들을 가까스로 말에 태우고 서둘러 그 마을을 빠져나갔다.

12

탐신은 갑판 위의 삐그덕거리는 소리를 들으며 누워 있었다. 흔들거리는 침대가 대서양을 미끄러져 가는 함선의 움직임과 뒤섞여 마치 끊임없이 흔들리는 요람 안에 누워 있는 것 같았다.

이른 아침의 평화로운 정적은 아래쪽 선실의 선원들을 깨우는 갑판장들의 날카로운 호각소리로 산산이 부서졌다. 갑판 위로 오르는 발소리들과 함께 커다란 호령소리가 계속 터져나왔다.

"빨리 움직여! 빨리!"

배에서 3일을 보낸 후라 탐신은 이런 아침의 일상적인 소음에 익숙해졌지만 호세파는 아직도 적응되지 않는 듯 불평을 늘어놓았다.

탐신은 무릎을 끌어안고 앉아 눈살을 찌푸렸다.

"오늘이 월요일인가요?"

"아마 그럴 걸요."

4월의 마지막 월요일. 탐신의 뱃속으로 스멀스멀 불안감이 기어들었다. 코니쳇에게 붙잡힌 것이 3월 28일이었고, 그때 거의 달 거리가 끝나가던 참이었다. 그런데 이미 예정된 시간보다 5일이나 늦어지고 있었다. 살며시 젖가슴을 만져 보았다. 특별한 느낌은 없다. 그 동안 줄리앙과 세 번의 황홀한 관계를 가졌다. 처음에는 너무 급작스럽게 정열이 불타올라 결과를 생각할 겨를이 없었고 그 후의 두 번도 분위기를 깨고 싶지 않아 아무런 대비도 하지 않았다.

그녀는 아직 걱정할 필요는 없다고 자신을 안심시켰다.

겨우 5일 정도 늦어졌을 뿐인걸.

"빌어먹을."

그녀는 우울하게 바닥으로 내려서서, 달거리가 시작되었기를 기대하며 화장실로 들어갔다. 아무런 흔적도 없다. 하지만 낙심하며 방으로 돌아오면서도 그녀는 아직 희망을 버리지 않았다. 어쩌면 오늘 시작될지도 몰라. 항상 규칙적인 편은 아니었잖아? 그녀는 몸을 닦은 다음 바지를 입고 그 위에 승마복을 걸쳤다. 대령의 규칙을 어기지 않으면서도 자유롭게 움직일 수 있도록.

옆방에서 라티머 해군대령과 줄리앙의 목소리를 들을 수 있었다. 라티머는 자신의 침실을 여자들에게 내어주고 사무실에 해먹을 설치하여 줄리앙과 함께 방을 사용하고 있었다.

탐신이 아침 식사를 들기 위해 그 방으로 들어서자 선장이 의자를 손짓하며 인사를 보냈다.

"잘 잤소, 라 비올레타?"

줄리앙은 음식에서 시선을 들어올리고 간단하게 고갯짓만 했다, 잘 아는 사이라고 할 수 없는 형식적인 인사. 그때 그가 의자를 밀고 자리에서 일어났다.

"난 갑판을 둘러봐야겠소."

탐신이 눈살을 찌푸렸다. 그녀가 나타나는 순간에 그는 언제나 할 일이 생각나는 모양이다. 선장과 함께 저녁 식사할 때만 제외하고……. 그때도 그는 그녀에게 두 마디 이상 건네지 않았다. 그녀는 자리에 앉아 선장의 시중을 드는 소년, 사무엘이 전해 주는 접시를 받아들었다.

"언제쯤 비스케이만을 지나게 되나요, 선장님?"

"운이 좋다면 오늘 저녁쯤. 배로 여행하는 기분은 어떻소, 탐신 양?"

"잘 모르겠어요, 전에는 배를 타본 적이 없어서. 하지만 전 쓸모 없는 노약자가 아니랍니다."

"그 점은 충분히 짐작이 가오."

라티머 선장이 씨익 웃어 보였다. 줄리앙에게 이 여자에 대해 대략적인 설명만을 들었을 뿐이지만, 그 나머지를 추측해 내는 게 그리 어렵지는 않았다. 대령은 그녀를 콘월에 있는 친족에게 데리고 가는 중이라고 했고 그 임무를 전혀 달가워하지 않는 듯했으나, 왠지 두 사람 사이에는 단순하지 않은 긴장감이 도사리고 있었다.

"비스케이만은 폭풍우가 없어도 거칠기로 악명이 높은 곳이지오. 그곳에 가면 배여행이 어떤 것인지를 확실하게 알게 될 거요."

그녀는 미소지으며 맛있게 커피를 들이켰다. 임신하면 적어도 아침에는 어떤 음식이 아주 싫어진다고 하던데……. 하지만 아직까지 그녀는 언제나처럼 식욕이 좋았다.

식사를 마치고 나서 갑판으로 올라가 보았다. 갑판장의 호각소리가 들리자, 젊은 소위 세 명이 3미터 높이의 돛대 꼭대기로 기어올랐다. 탐신은 부러운 시선으로 그들을 올려다보았다. 저 위에서 보는 광경은 얼마나 멋있을까. 치마만 벗어던진다면 그리 어려워 보이지는 않았다.

"그런 생각은 꿈도 꾸지 마시오."

그녀의 뒤에 줄리앙이 서 있었다. 그가 그녀의 마음을 꼭 짚어 낸 게 이번이 처음은 아니었다.

"내가 무슨 생각을 하는지 어떻게 알아요?"

그가 천천히 미소를 지어 보였다.

"미나리 아가씨, 당신 표정은 책처럼 읽기 쉬울 때가 종종 있다오."

"그런 식으로 부르지 말라구요."

그가 웃음을 터트렸다. 아름다운 아침이 그의 씁쓸함을 다소 달래 준 걸까?

"당신 머리에 햇살이 비칠 때면 만져 보고 싶은 마음이 굴뚝 같아지지."

그의 손바닥이 그녀의 머리 위에 닿았다.

"내가 어렸을 때, 오 월 축제날 마을의 여자아이들은 턱 밑에 미나리꽃을 대곤 했소. 금빛이 나타나면 그날이 다 가기 전에 애인을 만들 수 있다고들 했지."

탐신은 그가 왜 갑자기 친절하게 대하는 것인지 알 수 없었다. 다시 돛대 위에 올라간 사내들에게 시선을 돌리며 그녀의 마음은 오늘 아침의 불안한 생각으로 되돌아갔다. 임신했으면 어떻게 하지?

줄리앙이 그녀의 긴장된 표정을 알아차렸다.

"무슨 고민이라도 있소?"

아무 관심 없다고 스스로 되뇌이면서도 그는 그 질문을 하고야 말았다.

탐신은 잠시 그의 눈동자를 쳐다보다가 다시 돛대를 올려다보았다.

"손가락 빨고 앉아만 있는 게 지겨워서 그래요. 저 위에 나도 올라갈 수 있는데, 아니면 더 쓸모 있는 일을 할 수도 있는데.”

그녀의 예상대로 그 거짓말이 먹혀들었다. 전적으로 거짓말도 아니었지만.

“당신이 저 돛대에 발가락 하나라도 대는 날에는 그 순간 우리 계약은 끝나는 거요, 영원히. 알아듣겠소?”

“언제나처럼 분명히 알아듣겠군요.”

그가 선장에게로 가기 위해 몸을 돌리는 순간 돛대 위의 사내가 소리쳤다.

“오른쪽 전방에 배 한 척이 보입니다.”

선장이 지시를 내렸다.

“그 배의 정체를 알아봐!”

배 위에 별다른 동요는 일어나지 않았지만, 주의 깊은 고요가 내려앉았다. 갑판장들이 호각 불 준비를 하고 모두의 눈이 수평선으로 고정되었으며 모두의 귀 또한 배의 정체를 알리는 돛대 위의 목소리를 기다리고 있었다.

“프랑스 깃발입니다.”

“좋아, 미국 깃발로 바꿔 달게. 놈들을 좀 놀려주자구.”

라티머 선장의 얼굴에 흥분이 꿈틀거렸다.

“전투 준비를 시키게, 해리스. 한동안 그놈들 시야에 띄지 않도록 거리를 유지하고.”

갑판장의 호각소리가 날카롭게 울려퍼졌다.

“모두 제자리로.”

공간이 비좁다 싶을 정도로 많은 남자들이 어지럽게 움직이는 듯하더니 재빨리 자신들의 장소로 빈틈없이 정렬했다. 갑판 위에 몇 번 걸레가 왔다갔다하고 그 위로 두터운 모래가 뿌려졌다. 포병대는 조용하고도 민첩하게 총들을 빼내어 사격 자세를 취하였고, 대포와 산탄도 준비되었다. 의사와 그 보조들은 배 뒷부분의 방으로 들어가 트렁크들을 수술대삼아 의료도구들을 늘어놓았다.

"여자는 갑판 밑으로 보내시오."

선장이 줄리앙에게 말했다.

"그건 당신이 명령하십시오. 그 여자를 내려보내는 건 쉽지 않을 겁니다."

선장은 다리를 벌리고 머리를 높이 치켜든 채 짧은 머리를 바람에 휘날리며 서 있는 탐신을 바라보고 눈살을 찌푸렸다. 끊임없는 에너지가 발산되고 있는 듯하군.

탐신이 그의 시선을 알아채고는 과감하게 다가섰다.

"저에게 하실 말씀이 있으신가요, 선장님?"

"당신을 밑으로 내려보낼까 생각중이었소. 전투가 일어나는 갑판은 여자에게 적당한 장소가 아니오."

"적당할지도 모르죠."

그녀도 배 위에서는 선장의 말이 곧 법이라는 걸 알고 있었다. 그가 명령한다면 따를 수밖에 없으리라. 하지만 전투가 시작되고 나서 다시 돌아온다면 아무도 눈치채지 못할 것이다.

"당신이 갑판 밑에 조용히 있을지 의심스럽소."

그녀의 놀란 표정에 선장이 웃음을 터트렸다.

"당신 뜻대로 하시오. 하지만 방해가 된다면 당장에 끌려 내려갈 거요."

"그 점은 걱정 마세요."

탐신은 가능한 한 위엄 있게 대꾸했다.

프랑스 전함이 수평선에 모습을 드러냈다. 그들도 아마 이쪽 이사벨호를 관찰하고 있을 것이다. 미국 깃발을 보고 한동안은 당황스러워하겠지. 미국은 영국과 전쟁을 선언했으니 프랑스의 적이 아니었다. 그런데도 전투 준비를 하고 있다는 것이 혼란스럽겠지. 그게 얼마나 오래 갈까? 선제 공격을 할 수 있을 정도로 가까이 갈 때까지?

그들은 이제 2킬로미터 정도의 거리로 가까워졌다.

"우현으로 방향을 바꾸게, 해리스."

이사벨호가 프랑스 전함을 마주하며 서서히 돌아서자, 그제서야 프랑스 해군은 사태를 파악한 것 같았다. 총을 빼들고 대포를 준비하느라 프랑스 전함의 갑판 위에 대혼란이 일어났다.

순간 이사벨호의 돛대로 영국 깃발이 불쑥 솟아올랐다.

"발사!"

13

이사벨호의 대포가 폭발음을 울리며 쏟아져 나가고 사격부대의 일제 사격이 시작되었다. 프랑스 전함의 돛대가 서서히 기울어지며 바다 속에 커다란 구멍을 내면서 첨벙 빠져들었다. 프랑스 측에서도 일제 사격을 가했다. 이사벨호의 배허리에 대포알이 박히며 사격대원들 근처에 엄청난 파편들이 쏟아져 내렸다. 탐신은 치마를 풀어내며 그쪽으로 달리기 시작했다.

상처입은 군인들의 비명소리 위로 중위들이 있는 힘껏 고함치며 명령하고 있었다. 이사벨호의 사격이 다시 시작되었다.

한 남자가 한아름 탄약통들을 들고 달려가다가 파편이 뺨 속으로 박히자 그 위험한 물건들을 갑판에 떨어뜨렸다. 갑판장이 고함치며 달려왔다. 탐신이 얼른 탄약통들을 집어들고 가장 가까운 사격대에게로 넘겨주었다. 탐신은 자신이 해야 할 일을 알아차리고 배의 좁은 통로를 통해 무기실에서 갑판까지, 갑판에서 무기실까지 계속해서 뛰어다녔다.

이제 세상은 귀청이 찢어질 듯한 소음으로 가득 찼다. 발이 피
웅덩이에서 미끄러지는 순간, 그녀는 엉겁결에 가까이에 있는 중
위의 코트자락을 움켜쥐었다. 그가 그녀를 쳐다보고는 소리쳤다.

"모래!"

그 말의 뜻이 이해되자 구석에 있는 모래통으로 달려가 핏물을
흡수할 만큼 모래를 퍼서 갑판으로 뿌렸다. 사격부대들의 요구가
터져나올 때마다 그녀는 요리조리 몸을 피하고 빙글 돌아가며 열
심히 달음박질쳤다. 프랑스 전함은 크게 파손되었지만, 아직까지
전투를 계속하고 있었다.

라티머 선장이 큰 소리로 명령을 내렸다.

"코넛, 그물을 치게."

커다란 그물이 활짝 펼쳐지며, 두 배 사이에 다리를 만들어 놓
았다. 칼을 빼들고 움직여 가는 선장의 뒤로 줄리앙과 가브리엘
이 뒤따랐다. 가브리엘은 지금 탐신이나 보물에 대해서는 모조리
잊어버리고 오로지 전투에 몰두하고 있었다. 그런 가브리엘을 보
는 순간 줄리앙이 갑자기 멈춰 서서 갑판을 둘러보았다.

"날 찾는 거예요?"

그의 뒤에서 탐신의 숨가쁜 목소리가 들려왔다.

머리에서 발끝까지 새까만 연기를 뒤집어쓰고 온통 피범벅이
된 옷을 걸친 그녀가 힘없이 미소지으며 서 있었다.

"사격이 멈췄으니 더 이상 저쪽에 있을 필요가 없어요."

"도대체 뭐하고 있었던 거요?"

"탄약을 날라줬죠."

당연하지 않느냐는 듯한 대꾸에, 줄리앙은 고개를 흔들었다.

"당신이 이 안에 끼어 들었으리라는 걸 짐작했어야 했어."

물론 탐신은 가장 열심히 움직였을 것이다. 이런 상황에서 자
신의 안전에만 신경 쓸 여자가 아니다. 문득 줄리앙은 그녀의 뺨

에 묻은 핏자국을 닦아주고 싶어졌다.

"의사 선생이 당신 도움을 필요로 할 거요."

그 긴장된 순간에 라티머 선장의 퉁명스런 목소리가 끼어들었다. 이 여자가 배의 선원처럼 행동하고 있으니, 똑같이 대접해 주어야 한다는 것이 선장의 생각이었다.

"제군들, 돌격하라."

프랑스 배로 뛰어들어간 영국의 해군들은 이미 싸울 의지를 잃어버린 프랑스군을 제압해 항복을 받아낸 다음 의외로 잔뜩 쌓여 있는 전리품들을 바라보며 만족스러워했다. 이제 코닛 소령과 몇몇 군인들이 프랑스배와 포로들을 이끌고 리스본항으로 돌아가게 될 것이다.

가브리엘과 줄리앙이 이사벨호로 돌아왔을 때, 탐신은 손가락 하나가 잘린 부상자 옆에 무릎을 꿇고 앉아 있었다.

"다 끝났나요?"

"그런 것 같소. 당신은 괜찮소?"

줄리앙이 여전히 새카만 그녀의 모습을 살펴보았다.

"네, 어떻게 살아남았는지는 모르겠지만요. 이런 지옥 속에서 누가 살아남을 수 있을까요. 정말 끔찍했어요."

줄리앙은 대꾸하지 않았다. 하지만 그들은 군인들이다. 전쟁의 공포는 군인들의 인생에서 뗄래야 뗄 수 없는 부분이었다.

"가브리엘, 호세파는 의사를 돕고 있어요. 어느 보조보다 더 솜씨가 좋다고 하던데요."

대단하다는 듯 고개를 설레설레 흔들며 돌아서던 그녀의 발이 바닥에 돌돌 말려 있는 밧줄에 걸리고 말았다. 순간적으로 그녀가 곤두박질치듯이 넘어졌다.

피곤하긴 피곤한 모양이군, 줄리앙은 한 손을 내밀었다. 그녀가 즉시 손을 붙잡지 않자 그는 몸을 숙여 그녀를 일으켜 세웠다.

탐신은 자신의 허벅지를 내려다보고 있었다. 넘어지면서 바지가 찢어지고 쇠파편 하나가 박혀 들어가 피가 스며나오고 있었다.

"내 살이 찢어졌어. 피가 나."

그녀의 얼굴이 갑자기 새하얗게 질렸다.

"대령, 그녀를 붙잡으시오!"

가브리엘의 다급한 외침소리가 들리는 순간, 탐신의 무릎이 풀썩 꺾였다. 줄리앙이 본능적으로 바닥에 쓰러져 가는 그녀의 몸뚱이를 부축해 안았다.

"도대체 무슨……?"

그의 품에 안긴 여자는 의식을 놓아 버린 상태였다. 그가 믿을 수 없다는 표정으로 가브리엘을 쳐다보았다.

"파편이 박힌 것뿐이오. 그리 심하지도 않아."

"피 때문이오. 항상 그렇게 돼버린단 말이야."

"하지만 이미 피범벅을 하고 있잖소."

"그래도 그건 자기 피가 아니지. 그 꼬마는 살이 찢어지는 걸 견디지 못해. 어렸을 때 바늘에 찔렸다고 집 안이 떠나갈 정도로 비명을 질렀을 정도였다오. 엘 바론이 그걸 고쳐 보려고 수단과 방법을 다 동원해 봤어도 소용없었소."

"맙소사."

어떻게 이런 일이……. 카자흐인처럼 말을 달리고 사자처럼 싸우며 어떤 불편함에도 꿈쩍 않던 여자가 살이 조금 찢어진 것에 기절해 버리다니.

"파편을 얼른 빼내는 게 낫겠소. 그때는 지금보다 더 많은 피를 봐야 할 테니까."

"내가 호세파를 불러오겠소."

줄리앙이 탐신을 안고 선장실로 데리고 들어갔을 때 그녀의 눈꺼풀이 파르르 떨리며 열렸다.

"무슨 일이죠? 오, 하나님, 내 다리. 거기 뭐가 박혔어!"

그녀의 목소리가 광적으로 높아졌다.

"금방 빼낼 거요. 파편일 뿐이오."

"하지만 피가 흐르고 있다구요!"

"탐신, 바보같이 굴지 마시오!"

너무나 우스꽝스러워 웃어대고 싶은 심정이었지만, 탐신의 두려움은 결코 거짓이 아니었다. 그가 단검을 빼들고 상처 주위의 가죽 바지를 잘라냈다.

살 속에 박힌 파편과 꾸역꾸역 흘러나는 피를 보자 그녀가 공포스레 울부짖었다.

"난 몰라! 어떻게 해!"

"내 손이 필요하다고 했소?"

의사가 호세파와 가브리엘을 뒤에 달고서 놀라울 정도로 쾌활하게 선실로 들어섰다.

"아, 큰 게 박혔군. 금방 빼주겠소."

"안 돼요! 내가 할 거예요."

탐신이 비명을 지르며 더듬더듬 허벅지로 손을 뻗었다.

"제발 좀 가만히 있어!"

줄리앙이 침대에 앉아 무릎 위로 그녀의 머리를 올리고 두 어깨를 붙잡아 주었다.

"가만히 있으시오. 금방 끝날 거요."

호세파가 그녀의 손을 문질러 주며 부드럽게 달래는 동안 의사가 능숙하게 파편을 뽑아냈다. 피가 솟구쳐 오르자, 탐신이 신음하더니 다시 기절해 버렸다.

의사가 상처를 씻어낼 때에야 탐신은 겨우 다시 정신을 차렸다. 그녀가 줄리앙의 얼굴로 시선을 들어올렸다.

"다 끝난 건가요?"

공포에 젖은 아이처럼 연약하고 지독히도 창백한 그 얼굴에, 그는 자신도 모르게 미소지으며 그녀의 머리를 쓸어넘겨 주었다.

"거의 끝났소. 붕대만 싸매면 돼. 하루이틀 지나면 괜찮아질 거요."

"상처가 그리 깊지는 않군요, 탐신 양."

의사가 상처 위로 가루약을 뿌리며 입을 열었다.

"감염될 위험은 없을 거요."

허벅지에 붕대와 거즈가 감기자, 이제 그녀의 안색은 천천히 원상태로 돌아오기 시작했다.

"아프긴 할 거요. 진통제가 필요하오?"

"아픈 건 상관없어요. 피가 나는 걸 좋아하지 않을 뿐이에요."

"그건 금방 멎을 거요."

의사가 손을 툭툭 털며 일어났다.

"미안해요. 내가 꽤나 괴팍했죠?"

의사가 나가고 나자, 탐신이 작은 목소리로 줄리앙에게 물었다.

복수를 원한다면 지금이 가장 완벽한 시기였다. 하지만 그는 이 기회를 붙잡을 수 없었다. 그녀는 단순하고 소박하게 그에게 신뢰를 보내고 있었다.

"예상치 못했다고 해야겠지."

그는 자신의 무릎 위에 편안히 자리잡을 때까지 그녀의 몸을 위쪽으로 끌어올렸다.

"하지만 우리 모두에게 한 가지씩은 약점이 있는 법이오."

탐신은 줄리앙의 품에 편안히 기대어, 아버지도 가끔 이런 식으로 안아주었지 하고 떠올렸다. 너무도 자연스럽고 안전하다는 느낌. 하지만 자신이 우스꽝스런 꼴을 보였다는 것이 여전히 당혹스러웠다. 살이 찢어졌다는 생각에 공포가 가득 들어차 무슨 말을 했는지조차 기억나지 않았다. 짜증스러운 일이지만 그녀에게는 자제할 수 없는 반응이었다.

호세파가 빗물을 데워 목욕물을 준비해 들어왔을 때 줄리앙은 자신도 모르게 지시를 내렸다.

"잠옷과 로브를 꺼내놓고 당신은 나가 보시오."

이런 말을 할 생각은 없었다. 이 여자를 호세파의 손에 내맡기고 떠날 생각이었다. 그러나 그의 입에서 나온 말은 전혀 달랐다.

호세파가 대령의 지시에 신경 쓰지 않는 듯 남아 있다가 그의 권위적인 분위기에 움츠러들며 고개를 흔들고 나가 버렸다.

"바지를 아예 다 잘라내야겠소."

줄리앙이 입을 열었다. 여기 계속 있는 것은 미친 짓이라고 그의 이성이 속삭여댔지만, 탐신이 무기력하게 그에게 모든 결정을 내맡기고 있는 것은 저항하기 힘들 정도로 즐겁고도 대단히 자극적이었다.

그가 그녀의 몸을 떼어놓고 우선 부츠부터 벗겨냈다.

"옷은 내가 벗을 수 있어요."

"내가 시작한 일이니 나에게 맡기시오. 당신이 움직이면 상처에 무리가 갈 수도 있소."

그녀는 조용히 그의 말에 따랐다. 그의 단검이 바지와 스타킹을 잘라내었고 계속해서 부드러운 손길로 옷가지도 벗겨나갔다.

이이가 이렇게 다정할 수 있다니.

상처난 쪽 다리는 욕조 위에 걸치고 뜨거운 물 속에 몸을 담그자 그녀의 입에서 만족스런 한숨이 새어나왔다. 줄리앙의 손은 연인이라기보다 유모에 가까울 정도로 차분하게 그녀의 몸 위로 움직여갔다.

유모? 그 생각에 그녀가 슬며시 미소지었다.

"왜 웃는 거요?"

줄리앙이 수건으로 손을 뻗으며 물었다. 그는 지금 자신의 어리석음을 저주하고 있었다. 그 어리석음 때문에 온몸에 불길이 번져 버린 것이다.

"그냥요."

탐신은 반쯤 감은 눈으로 그의 긴장된 얼굴과 입술선을 바라보았다. 그 이유가 단 한 가지 외에 무엇일 수 있을까? 그녀의 나른하던 기분은 어디론가 사라져 버렸다.

"기운이 하나도 없어요. 일어설 수 있을 것 같지 않네요."

줄리앙은 나지막이 욕설을 중얼거렸지만, 자신이 시작한 일이니 끝까지 돌봐주어야만 했다. 젖은 몸뚱이를 품에 안아 들어올리자, 그녀는 그의 어깨에 머리를 기대며 작은 신음을 흘려냈다.

이 여자가 일부러 이러는 것일까? 아무래도 의심스럽군.

줄리앙은 탐신을 쿠션 위에 내려놓고 수건으로 몸을 감싸주었다.

"당신이 몸을 닦으시오. 난 다리를 닦아 줄 테니까."

몸을 다 닦고 나자 줄리앙이 그녀에게 잠옷을 건네주었다. 그녀의 자극적인 육체가 천으로 감싸이자 그나마 다행스러운 느낌이었다.

"다리를 쿠션 위로 올려놓으시오. 난 사무엘에게 뜨거운 우유를 부탁하고 오겠소."

훨씬 더 편안해진 기분으로 탐신은 눈을 감았다가 퍼뜩 다시 눈을 떴다. 배에서 작은 경련이 일어나는 것 같다.

그래, 틀림없어. 달거리가 시작되는 것일까? 제발, 통증이여 계속돼다오!

그녀의 머리에 간절한 기도가 맴돌았다.

사무엘이 뜨거운 우유를 가져다 놓고 나간 후에도 줄리앙은 포도주를 홀짝이며 조용히 우유를 마시는 탐신을 지켜보았다. 하얀 잠옷과 금발 머리에 감싸인 모습이 새끼 고양이처럼 부드럽고 순수해 보였다. 하지만 그의 몸이 보이는 반응은 순수함과는 전혀 거리가 먼 것을 어쩌랴.

갑자기 탐신이 컵을 내려놓았다.

"화장실에 좀 가야겠어요."

그녀가 힘차게 다리를 바닥으로 내려놓다가 신음하며 테이블 가장자리를 움켜잡았다.

어쩔 수 없이 줄리앙은 또다시 그녀를 안아 화장실 앞에 내려주어야 했다.

"고마워요. 당신은 기다릴 필요 없어요. 호세파가 날 도와주러 와줄 테니까요."

그녀가 상냥하게 미소지었다.

"그럼 난 갑판에 나가 보겠소. 다리를 사용하지 말라구."

그가 홱 몸을 돌려 지나치게 뜨거워져 버린 머리 속과 육체를 식히기 위해 서둘러 그 방을 빠져나갔다.

화장실에서 나온 탐신은 안도감이라는 게 바로 이런 것이라는 걸 실감할 수 있었다. 드디어 기다리던 현상이 나타났다. 호세파에게 필요한 물건을 꺼내 달라고 부탁하며 그녀의 마음은 콧노래를 부르고 있었다.

다시는 그러지 말자, 다시는 대책도 없이 위험한 모험을 하지 말자.

그녀는 깡충깡충 선실로 돌아와 다시 창 밑의 자리에 내려앉았다. 잿빛 수평선까지 넓게 뻗어나간 바다의 모습이 내다보였다. 뱃속의 격한 경련이 이렇게 반가웠던 적이 언제였을까. 그녀의 마음은 이제 편안해졌고, 혈관 속에서도 꿀처럼 달콤한 안도감이 흘러넘쳤다.

30분 후 점점 강해지는 바람을 느끼며 줄리앙이 망토를 가져가기 위해 선실로 돌아오다 탐신에게 들렀다.

"기분은 어떻소?"

가능한 한 초연하고 정중하게 그가 물어 보았다.

"아주 좋아요."

그 놀라울 정도로 활기찬 대답에 그의 눈썹이 위로 올라갔다.

"달거리가 시작됐거든요. 좀 늦어져서 걱정하고 있었는데……. 우리 앞으로는 조심하자구요."

대령의 입술이 굳어지며 눈동자도 칼날처럼 날카로워졌다.

"우리에게 앞으로란 없소. 어쩔 수 없으니까 그 빌어먹을 계약 조건은 지켜 주겠소. 하지만 그것뿐이오. 알아듣겠소?"

탐신은 태연하게 출렁이는 회색빛 바다로 시선을 돌렸다.

"당신이 그렇게 말한다면 그렇겠죠, 대령 나리."

14

"방금 편지가 도착했소, 여보. 당신 오빠가 보낸 것 같던데?"

가레스 포테스큐가 별 관심 없이 편지를 살피며 아침 식당으로 걸어 들어왔다.

"이런, 런던에서 보내 왔군. 난 당신 오빠가 페닌슐라에 있는 줄 알았는데."

그가 아내의 접시 옆에 편지를 던져놓고 식탁에 준비된 음식을 살펴보았다.

"내가 바싹 구운 베이컨을 좋아한다고 그렇게나 말해 주었는데. 이게 뭐야, 새하얀 게 흐물흐물한 돼지 비계 같잖아."

루시 포테스큐가 얼굴을 붉히며 의자를 뒤로 밀어냈다.

"죄송해요, 가레스. 집사를 불러서 다른 걸 가져오라고 할까요?"

"아니, 됐소."

그가 짜증스레 인상을 찌푸리며 의자에 털썩 내려앉았다.

　루시는 당장 오빠의 편지를 읽고 싶었지만, 남편에게 소홀할
수 없었기에 망설였다. 오늘 아침 남편은 눈꺼풀이 묵직하게 처
진 데다가 안색도 그리 좋아 보이지 않았다. 어젯밤 그가 어디에
서 보냈는지는 알 수 없었지만 그의 침실은 아니었고 그녀의 침
실 또한 분명 아니었다. 그녀는 침실에서 일어나는 부부 사이의
일을 그다지 즐거워하지 않았지만, 그것이 결혼 생활에 피할 수
없는 부분이라는 것도 알고 있었다. 그래서 남편이 그녀를 자주
혼자 내버려 둔다는 것은 옳은 일인 것 같지 않았다.
　그녀가 한숨을 내쉬다가 다시 얼굴을 붉혔다. 남편이 그 작은
소리를 들었을까? 가레스는 그녀가 우울해 하는 걸 아주 싫어했
고, 그것을 불행하고 불만족스럽다는 비난으로 받아들였다.
　불행하고 불만족스러운 건 사실이다. 하지만 루시는 재빨리 그
반항적인 생각을 밀어냈다. 어머니께서 언제나 말씀하시지 않았
던가, 아내의 의무란 남편에게 아무런 질문 없이 순종하고 남편
이 부여해 주는 인생을 상냥하게 받아들이는 것이라고. 아버지가
돌아가신 후부터 집안의 가장 역할을 해 왔던 줄리앙도 그 생각
에는 의견을 같이하였다. 게다가 그는 처음부터 이 결혼을 못마
땅해 했기 때문에, 가레스와의 결혼 생활이 꿈꾸던 것과 다르다
고 해서 동정을 보여주지는 않을 것이다.
　하지만 너무 힘들다, 18살에 결혼해서 결혼 10개월만에 밤낮으
로 혼자 남겨진다는 것은……. 또다시 작은 한숨이 그녀의 입에
서 새어나왔다. 남편은 결혼하자마자 아내라는 존재가 없는 사람
처럼 예전의 친구들에게로 달려가 버렸다.
　"무슨 내용이오?"
　가레스가 맥주잔을 손에 들고서 인상을 찌푸렸다.
　"네? 뭐라고 하셨어요, 가레스?"
　"당신 오빠가 뭐라고 썼냔 말이오?"

그가 짜증스레 다그쳤다.

"아, 아직 읽어보지 않았어요."

그녀가 소심한 미소를 지어 보이며 편지의 밀봉을 뜯어냈다.

오빠의 서신은 언제나처럼 간단하고 짧막했지만, 그녀는 그 내용을 이해하기까지 약간 시간이 걸렸다.

"오빠가 몇 달 동안 영국에 있을 거래요. 웰링턴 공작을 위해 의회에서 할 일이 있대요. 그 다음에는 트레가단에서 여름을 보낼 거라는군요."

"저런! 무슨 일이지? 군대에서 나와 버린 걸까?"

"그렇지는 않을 걸요. 누구하고 같이 있다고……. 스페인의 레이디래요."

그녀가 당혹스레 시선을 들어올렸다.

"그녀의 아버지에게 신세진 게 있는데, 그분이 돌아가실 때 딸을 보호해서 영국 사교계에 데뷔시켜 달라고 부탁했대요. 그 여자는 콘월의 친척을 찾으려 한다는군요."

그녀의 파란 눈동자가 휘둥그래졌다.

"전혀 오빠답지 않은 일이에요."

가레스가 코웃음을 쳤다.

"줄리앙이 아닌 다른 자였다면, 전투 뒤편에서 여자를 꼬셨다고 말할 수도 있겠지. 하지만 그는 까다롭게 예의를 차리는 사람이니 일시적인 관계 때문에 가문의 명예를 욕보이지는 않을 거요."

루시가 새빨개진 얼굴로 황급히 차를 들이켜다가 콜록콜록 기침을 해댔다.

"수녀처럼 굴지 말라구, 루시."

가레스의 목소리는 전혀 상냥하지 않았다.

"당신도 인생의 단면들을 알 때가 됐잖소. 처녀도 아니고 결혼한 여자이면서……. 당신 오빠는 혈기왕성한 사내치고 남자의 자연적인 욕구를 어디서 언제 만족시키는가에 다소 엄격할 뿐이오.”

“네…… 네, 그렇겠지요.”

루시가 자리에서 일어났다.

“전 요리사와 상의할 게 있어서 이만.”

황급히 방을 빠져나가는 아내를 바라보며, 가레스는 줄리앙이 조금만 덜 엄격했더라면 루시도 더 괜찮은 파트너가 되었을지도 모른다고 생각했다, 침대에서나 그 밖에서나. 결혼하기 전 7년 동안 루시의 보호자로 있었던 줄리앙은 예의범절에 있어서 지독히도 까탈스러웠다.

슬픈 일이야.

맥주를 들이켜 지난 밤의 숙취를 몰아내며 가레스는 생각했다. 루시는 외모도 괜찮고 부드럽고 여성적인 몸매 또한 꽤나 매력적이었다. 하지만 남자를 즐겁게 해주는 일에 대해서는 매우 미숙했다. 그러니 그가 결혼 전과 똑같은 곳에서 즐거움을 찾는 것도 당연하지 않겠는가.

어젯밤 마신 브랜디의 여파를 뚫고 어떤 기억이 어렴풋이 되살아나자 그는 얼굴을 더욱 찌푸렸다. 마조리가 다시 그를 졸라대고 있었다. 그녀는 언제나 좀더 많은 것을 바란다.

‘당신이 준 다이아몬드 팔찌는 최고급이 아니에요. 새로운 재단사는 정말 형편없어요. 돈은 중요한 게 아니잖아요, 당신이 진심으로 날 아낀다면……. 내가 당신을 행복하게 해줬잖아요? 어떤 남자보다도 더 행복하게 해주지 않았나요?’

마조리가 남자를 얼마나 행복하게 만들어 줄 수 있는지를 기억하자 가레스의 몸이 꿈틀거렸다. 하지만 값이 너무 비싸다, 날이 갈수록 점점 더 비싸진다.

그는 저택의 우아한 응접실과 창문 밖으로 매끄럽게 깔려 있는 잔디를 둘러보았다. 루시 세인트 사이먼과 결혼할 때 그는 거의 파산 직전이었다. 그녀의 지참금이 파산은 막고 또 마조리의 고급스런 취향을 만족시켜 주는 데까지 사용되고 있었다, 아니 그의 고급스런 취미를 위해.

지불해야 할 청구서가 날로 쌓여 가고 있었다. 양장점, 포도주상, 구두가게와 모자 가게 등등. 다행히도 최근의 결혼으로 인해 신용이 높아졌기 때문에, 아직까지는 그리 심하게 다그치는 자들이 없었다. 하지만 처남에게 돈을 빌린다는 건 마음에 들지 않았다. 줄리앙은 이미 결혼할 당시 많은 빚을 청산해 주었다.

물론 줄리앙은 그의 부탁을 거절하지 않을 것이고 동생 남편의 방탕함에 대해 별다른 말을 하지는 않을 것이다. 하지만 그 적황색 눈썹을 들어올리며 믿을 수 없다는 표정을 지어 보이겠지.

그래, 피할 수만 있다면 그런 상황은 만들지 않는 게 낫다. 그런 생각들이 몽롱한 숙취의 안개를 뚫고 선명하게 떠오르자 가레스는 눈살을 찌푸리며 의자를 밀치고 일어났다. 줄리앙의 집에라도 가 있으면 어떨까? 물론 시골 생활이 지루하긴 하겠지만 마조리나 경마와 도박 같은 도시의 유혹에서 벗어날 수는 있을 것이다, 채무자들의 빚독촉도 한동안은 연기할 수 있을 테고.

아니, 어쩌면 생각만큼 지루하지 않을지도 모른다. 줄리앙이 보호하고 있다는 그 스페인 레이디를 만나는 것이 흥미로울 수도 있다. 이 일에는 무언가 괴상하고, 그의 흥미를 끄는 점이 있었다.

게다가 콘월의 공기가 루시에게 좋은 영향을 미칠 수도 있다. 최근 그녀는 다소 수척해졌다. 그녀는 콘월과 그곳에서의 어린 시절을 무척 즐거워했으니까 오래 전 친구들과 같이 몇 주의 여름을 그곳에서 보낼 수 있다면 기뻐할 것이다.

전적으로 아내를 위한 행동이라는 확신이 들자, 가레스는 루시에게 이 고상하고 자비로운 결정을 알려주기 위해 아침 식당을 빠져나갔다.

"하지만 가레스, 오빠는 우릴 초대하지 않았어요."

루시가 펜을 떨어뜨리며 응접실 책상에서 몸을 돌렸다.

"초대받지도 않고 찾아갈 수는 없어요."

"말도 안 되는 소리! 그는 당신 오빠요. 당신을 만나면 틀림없이 기뻐할 거요. 결혼식 후에는 그를 만난 적이 없잖소?"

"하지만…… 하지만 가레스, 오빠에겐 손님도 있잖아요. 내가 와주길 바랐다면 오빠가 부탁했을 거예요."

"당신에게 무리한 도움을 청하기가 싫었던 거겠지. 또 우린 신혼여행 후에 거의 여행을 하지 못했으니 이번에 한 번 떠나 봅시다."

그가 미소지으며 그녀의 턱을 토닥여 주었다.

"루시, 당신이 그의 손님을 돌봐준다면 그가 아주 고마워할 거요. 그 레이디를 위해 안주인 역할을 해줄 사람도 필요할 테고. 당신이 가면 모든 게 완벽해질 거요."

그가 가볍게 그녀의 뺨에 입을 맞추었다.

"내 말대로 하라구. 다음 주말쯤 출발할 수 있도록 준비하시오. 천천히 여행하면 그리 피곤하지도 않을 거요."

남편의 뒤로 문이 닫히자 루시가 중얼거렸다.

"어쩌면 좋을까?"

가레스가 쾌활하고 친절해진 것이 반갑긴 하면서도, 연락도 않고 나타난다면 오빠가 좋아하지 않을 거라는 게 걱정스러웠다. 줄리앙은 가레스를 별로 반기지 않았다, 어쩔 때는 싫어한다는 생각이 들 정도였다. 가레스를 대하는 오빠의 시선은 차갑고도 냉정했고, 언제나 낯선 사람을 대하듯이 흠잡을 데 없이 정중하기만 했다.

루시는 또한 오빠가 얼마나 사교계를 경멸하는지도 알고 있었다, 클럽이나 무도회에서 시간과 정력을 낭비하는 남자들에 대해. 가레스도 그런 남자였다. 하지만 사교계의 눈으로 보면 이상한 쪽은 줄리앙이 될 것이다.

그녀는 한숨을 쉬며 파란 종이를 꺼내어 들고 깃촉을 잘근잘근 깨물었다. 오빠에게 그들이 곧 트레가단에 도착하게 된다는 것을 어떻게 알려야 할까? 스페인의 그 레이디는 어떤 여자일까? 어떻게 생겼을까? 젊은 여자일까? 그녀의 아버지가 오빠에게 딸의 보호를 부탁한 거라면, 아마도 젊을 것이다. 그런 일을 맡다니 전혀 오빠답지 않다. 하지만 그는 의무와 책임을 대단히 존중하니까 어쩌면 그 레이디의 아버지가 생명을 구해 주었거나 그 비슷하게 절대적인 도움을 주어서 맡은 것일지도 모른다.

콘월의 사교계가 그 이국적인 레이디를 어떻게 받아들일까? 그들은 콘월 지역 밖의 세상과는 거의 상대도 하지 않는 편협한 사람들이었다. 스페인의 고아가 영어라도 제대로 할 수 있을까?

이건 정말 특이한 사건이었다. 호기심에 불이 붙기 시작하자, 루시는 재빠르게 편지를 써내려갔다.

따뜻한 인사말로 편지를 매듭짓고 잘 접은 다음 봉투 안에 밀어넣었다. 가레스에게 부쳐 달라고 해야 하리라. 편지의 날짜가 일주일 전이니까 지금쯤 오빠는 콘월에 도착해 있을 것이다. 그럼 그가 도착한 후 며칠 뒤에 이 편지를 받을 수 있겠지. 답장을 보내어 오지 말라고 하기에는 너무 늦은 때고, 일단 그들이 도착한 후에는 예의를 중시하는 오빠가 돌려보내지는 않을 것이다. 물론 대단히 쌀쌀맞게 굴지는 모르겠지만.

루시는 그런 생각을 접어두고 이 여행이 줄 수 있는 새로운 변화를 기뻐하였다. 어쨌든 몇 주 동안은 남편이 자신의 곁에만 있는 것이다. 그리고 그 동안에는 다른 누군가와 밤을 보내는 일은 없으리라. 그리고 어쩌면 그를 즐겁게 해주는 방법을 배울 수 있을지도 모른다. 아니, 적어도 남녀의 몸이 엉켜붙는 것을 더 이상 싫어하지 않는 척할 수 있을지도 모른다.

이 잿빛 나라에서는 영원히 비가 그치지 않는 걸까?

탐신은 여인숙 창 밖의, 빗물로 미끌거리는 지붕들을 내다보았다. 그들이 2주 전 포츠머스에 도착한 후부터 이 비는 멈추지 않고 있었다. 물론 스페인에서와 같은 격한 폭우는 아니었지만 쉬임없이 내리는 보슬비는 축축한 한기를 뼛속 깊이까지 스며들게 했다.

창가에 붙어 있는 탐신의 뒤쪽에서는, 호세파가 투덜거리며 밤 사이에 꺼내놨던 소지품들을 다시 챙겨넣는 중이었다. 그녀는 태양이 사라져 버린 듯한 이 음울한 잿빛 땅에서의 여행을 조금도 즐거워하지 않았다. 하지만 그녀에게 있어 엘 바론의 딸이 한 말은 엘 바론의 입에서 직접 들은 명령과도 같이 절대적이었다.

문에서 노크소리가 나더니, 가브리엘이 낮은 문턱 밑으로 고개를 숙이며 들어섰다. 그의 묵직한 망토에서는 빗방울이 뚝뚝 떨어졌다.

"다 챙겼나?"

호세파가 뻣뻣한 끈과 고리들과 씨름을 벌이며 중얼거렸다.

"그럭저럭요. 가는 곳이 어딘지는 모르지만 어서 빨리 도착했으면 좋겠어요."

"그건 우리 모두 마찬가지야."

가브리엘의 커다란 손이 한순간 위로하는 손짓으로 그녀의 팔에 닿았다. 스콧인인 그는 그나마 이 땅에서 태어나기라도 했지만 스페인의 산악 지대에서 나고 살았던 여자에게 이곳은 전혀

낯선 외국이었다. 그녀가 수줍은 미소를 지으며 고개를 끄덕이자,
가브리엘도 놀라울 만큼 부드러운 미소를 돌려보내 주었다. 가브
리엘은 그녀에게 있어 태양과도 같은 존재였다. 언제나 그의 뒤
로 두 걸음쯤 떨어져서 걸었고 그의 말을 법으로 받아들였다.

가브리엘이 여행 가방을 번쩍 들어올렸다.

"꼬마야, 넌 오늘 마차 안에서 여행해야 한단다. 대령의 명령이
야."

"언제부터 그 사람이 명령을 내렸어?"

탐신이 돌아나가는 가브리엘의 등에 대고 짜증스레 쏘아붙였
다.

"난 마차 안에서 흔들흔들 튕겨오르면서 여행할 생각이 전혀
없어. 속이 메슥거린다구."

그녀가 가브리엘의 뒤를 따라 삐걱이는 나무 계단을 내려가 칙
칙한 여인숙 앞마당으로 나섰다. 그곳에는 런던에서부터 끌고 온
마차가 서 있었고, 마부 한 명이 세자르를 뒤쪽에 묶는 중이었다.

줄리앙은 모자챙에서 수증기가 피어오르고 망토가 젖는 것에
아랑곳하지 않고 그 광경을 지켜보고 있었다.

"잘 잤소?"

그가 탐신에게 인사를 보냈다.

"난 언제나 잘 자요, 이불이 젖어 있을 때도. 이 비가 그치긴
그치는 건가요?"

그가 나지막이 웃음을 터트렸다.

"언젠가는 그치지. 어느 날 아침 눈부시게 파란 하늘과 새들의
노랫소리 속에서 깨어나게 될 거요. 그럼 비에 대해서는 죄다 잊
어버리게 되지. 그게 바로 영국의 매력 중 하나라오."

탐신은 믿을 수 없다는 듯 인상을 찌푸리고는 망토를 바싹 여
몄다. 그녀의 머리카락은 벌써 머리에 착 달라붙어 버렸다.

미나리꽃에 어울리는 날씨는 아니로군.

줄리앙은 다소 즐거운 기분으로 그녀의 모습을 바라보았다. 우울하게 가라앉은 얼굴, 비를 맞아 다소 짙어진 머리색, 묵직한 망토 안에 잔뜩 웅크린 작은 몸뚱이. 그녀의 도전적이고 건방진 불꽃은 이 질척한 날씨로 인해 사라져 버렸다. 문득 부대원들이 지금 어떡하고 있을지 생각하자 그의 즐거움은 순식간에 날아가 버렸다. 이 땅의 날씨가 마음에 들지 않는다면, 그녀는 스스로를 원망해야 하리라.

바다호스 공격 후에 병사들이 정비되기까지 얼마나 시간이 걸렸을까? 지금 부대원들은 어디쯤 진군해 가고 있을까? 아직까지 살아남은 자들은 누구누구일까? 그 질문들이 항상 그의 머리 속에 도사리고 있었기에, 그는 눈앞의 할 일에 정신을 집중시키기 위해 자신을 다그쳐야만 했다.

"오늘 아침에는 호세파와 같이 마차 안에서 여행하시오."

그가 짤막하게 말했다.

"가브리엘한테 들었어요. 하지만 난 싫어요. 그 냄새나고 흔들거리는 상자 속에서 구역질나는 걸 참고 있느니 차라리 비에 젖는 게 나아요."

그녀가 마차 뒤에서 세자르를 풀어내려 몸을 돌렸다.

줄리앙이 그녀의 팔을 붙잡았다.

"당신은 마차에 타야 하오, 탐신."

"왜요?"

"우린 보드민 황야를 지나갈 거요."

그 한마디로 충분한 대답이 된다고 생각하는 모양이다.

탐신은 눈살을 찌푸렸다. 그들은 어제 오후쯤 이 여인숙에 도착했는데, 대령이 더 이상은 이동할 수 없다고 고집을 부렸다. 지금과 똑같은 어조로.

"그래서요, 대령 나리?"

얼굴의 빗물을 털어내며 그녀가 눈썹을 들어올렸다.

"그래서 당신이 그 빌어먹을 보물 옆에 있어야 한다는 뜻이오, 미나리. 가브리엘과 내가 밖에서 방어하겠지만, 당신도 안에서 무장하고 있어야 할 거요."

"아하, 보드민 황야에 산적이라도 있단 말인가요?"

그녀의 표정이 눈에 띄게 생기발랄해졌다.

"우린 노상강도라고 부르지. 하지만 산적이나 도적꾼들과 똑같이 무자비하고 야만적인 족속들이오."

탐신은 그 말을 그냥 무시하고 넘어가기로 결정했다.

"가브리엘이 내 무기를 갖고 있어요. 그걸 가져와야겠군요."

이 지겨운 여행에서 약간의 재미있는 사건을 기대하며 그녀의 발걸음이 훨씬 경쾌해졌다.

줄리앙은 철부지 탐신의 행동에 고개를 절레절레 흔들며 목깃을 올려세웠다. 보드민 황야를 지나면 포웨이 강이 내려다보이는 세인트 사이먼 가문의 저택이 있다. 그들의 가문은 철저하게 이 지역 관습에 물들어 있는 보수적인 콘월인들이다. 그는 그 땅의 풀잎 하나, 울타리의 꽃송이 하나하나를 모두 사랑했다. 다시 자신의 영지를 직접 보살피고, 자신의 집을 걸어다니고, 자신의 땅에서 말을 달릴 수 있다는 즐거운 느낌이 차올랐다.

그는 런던의 웨스트민스터에서 의회 귀족들에게 웰링턴 공작이 얼마나 인력과 자금을 절실히 필요로 하는지에 대해 설명했었다. 그들은 주의 깊게 그의 말을 경청하고 나서 생각을 해볼 테니 한달 후에 다시 와서 필요한 답변을 보충해 달라고 제안하였다. 정부의 수레바퀴가 대단히 느리게 굴러간다는 것을 줄리앙도 알고 있었으므로 사실 즉각적인 결정은 기대하지도 않았다. 그는 웰링턴에게 편지로 보고했고 좀더 확실한 결과가 생기길 바라며

6월에 다시 런던으로 가야 했다.

정치는 없어서는 안 될 활동이지만, 화약냄새와 총소리, 진군할 때의 도전적이고 활동적인 것들에 익숙해진 남자에게는 지루하기 그지없는 것이었다. 자신의 영지와 저택에서 지낼 수 있다는 생각도 그 상실감을 채워 주기에는 역부족이었다.

저 스페인 도적의 사생아만 아니었다면, 군대에 남아 있었을 텐데.

웰링턴은 굳이 이 외교적인 임무에 그를 보내지 않았을 것이다.

그의 생각을 알지 못하는 탐신은 씩씩하게 마차 안으로 올라 의자 밑에 숨겨진 보물 상자들을 훑어보았다. 마차 안은 대단히 비좁았다. 하지만 그들이 진짜로 거칠고 위험한 지역을 지나게 되는 거라면, 대령의 방어전략을 탓할 수는 없다. 탐신은 체구가 큰 호세파를 위해 가능한 한 넓은 공간을 마련해 주며 구석으로 몸을 말았다. 그리고는 두 개의 권총을 확인해 보았다. 공격받게 된다면 호세파가 장전해 줄 수 있을 것이다.

가브리엘이 창 안쪽으로 고개를 들이밀었다.

"이젠 출발할 거야. 이 안은 다 괜찮나?"

"황야를 지나기까지 얼마나 걸릴까?"

탐신이 물었다.

"몰라."

그가 고개를 빼냈다.

"대령, 우리 꼬마가 얼마나 마차 안에 처박혀 있어야 하느냐고 묻는데?"

"보드민까지 35킬로미터. 그 후에는 말을 타도 괜찮소. 거기서부터 트레가단까지는 20킬로미터 정도요."

탐신이 만족스레 고개를 끄덕였다. 동이 트자마자 출발하는 거니까, 해질녘쯤이면 충분히 목적지에 닿을 수 있으리라. 런던에서 여기까지는 하루에 60킬로미터씩 달려오지 않았는가.

하지만 여인숙을 뒤로 하고 출발했을 때, 보드민 황야를 가로지르는 길이 결코 런던의 마차길과 같지 않다는 것이 분명해졌다. 마차 양쪽으로 어슴푸레하게 비에 젖은 좁고 울퉁불퉁한 길과 양옆의 돌풍으로 꺾인 앙상한 나무들, 드문드문 박힌 가시금작화와 양골담초가 눈에 들어왔다. 가파른 비탈길로 올라갔다가 다시 평지로 내려서길 반복하는 동안, 진흙으로 뭉개진 땅에 바퀴가 걸릴 때면 마차는 금방이라도 부서질 듯 덜커덩거렸다. 그럴 때마다 마부는 말들에게 채찍질을 가하며 걱정스레 주위를 두리번거렸다. 가브리엘과 줄리앙은 장총과 권총으로 무장하고 마차 양옆에서 말을 달렸다.

그들은 조용하게 경계하며 움직여 나갔다. 하지만 긴장된 5시간이 지난 후 노상강도의 머리카락 한 올 보지 못한 채, 아니 스치는 여행객 한 명 만나지 못한 채 무사히 황야를 지날 수 있었다.

가파른 언덕을 통과하여 여인숙 마당에 마차가 정지하자, 탐신은 안도의 한숨을 쉬며 뛰어내렸다. 속이 울렁거리고 관자놀이도 지끈거리는 것 같았다. 산허리에서 이어진 회색 지붕과 회색 돌집들이 쉼없이 내리는 빗속에 자리잡고 있었다.

대령이 말에서 내려 그녀에게 다가왔다. 그의 날카로운 눈동자가 그녀의 눈 밑 그림자와 창백해진 안색을 알아차렸다.

"피곤하오?"

"아뇨, 토할 것 같을 뿐이에요. 저놈의 마차 때문에……. 마차를 타고 여행하는 건 견딜 수가 없어요."

"어쩔 수 없는 일이었소."

그녀가 어깨를 으쓱였다.

"노상강도는 보이지도 않던 걸요, 대령님."

"조심한다고 나쁠 건 없지. 안으로 들어갑시다. 잠시 쉬면서 점심을 준비해 달라고 말하시오. 난 말들을 둘러볼 테니까."

"네, 대령 나리."

그녀가 경례 비슷하게 이마의 머리카락에 손을 올렸다.

"경례하는 법을 배워야겠군, 미나리. 앞머리를 잡아당기는 건 마부들이나 농장 일꾼들에게 어울리는 행동이오. 마을 처녀들이 장난칠 때나."

"난 마을 처녀가 아니에요."

"그래. 말 그대로의 처녀는 아니지."

그가 태연스레 대꾸하고는 그녀의 눈에 담긴 번득임을 무시하고 몸을 돌렸다.

탐신은 입술을 잘근잘근 씹으며 그의 뒷모습을 노려보다가 여인숙 안으로 홱 들어갔다.

여인숙 주인은 새로 도착한 인물들에 대한 놀라움을 감추지 못하고 있었다. 숄과 망토를 두른 펑퍼짐한 스페인 여자가 이해할 수도 없는 말들을 지껄여대고 커다란 칼을 찬 거인 또한 이해할 수 없는 말들로 대답하고 있으니…… 그들의 동행인 듯한 작은 체구의 여자는 다행스럽게도 영어를 할 줄 알았지만 그녀에게도 이국적인 면이 있었다. 그것이 짧은 머리 때문인지 아니면 여자답지 못하게 흔들흔들 움직이는 걸음걸이 때문인지는 알 수 없었지만. 그녀의 승마복 또한 충분히 숙녀다운 복장이었음에도 입고 있는 방식이 어딘가 평범치가 않았다.

줄리앙이 여인숙으로 들어서자, 여인숙 주인은 즉시 생각을 멈추고 이 지역 최고의 부자 나리에게 인사를 하러 달려갔다.

줄리앙이 장갑을 탁탁 털어내며 끈기 있게 주인의 인사를 받아주었다.

"응접실을 내주게, 소여. 황야를 건너오느라 힘들었다구. 우린 식사도 해야 하고."

"네, 물론입죠, 나리. 저희 집에 버건디 포도주 한 병이 있습니다, 신사분들이 좋아하시는. 숙녀들께는 차를 대접할까요, 나리?"

"난 럼주 마실 거야."

줄리앙이 대답하기도 전에 가브리엘이 선수를 쳤다.

"여자들도 그걸로. 내 목구멍에 대포알만한 구멍이 뚫렸다구. 넌 어떠냐, 꼬마야?"

"난 차 마실래. 대령님이 반대하지 않는다면 포도주 한 잔 마셔도 좋고. 그게 내 뱃속을 가라앉혀 줄 거야. 엿같이 뱃속이 울렁거린다니까. 그 황야길은 빌어먹게 지독했어."

여인숙 주인의 턱이 무릎까지 떨어지자 줄리앙은 재빨리 입을 열었다.

"됐으니까 마실 것과 먹을 걸 좀 내오게, 소여."

"알겠습니다, 나리."

주름진 얼굴에 단추처럼 둥그런 눈을 하고서 여인숙 주인이 황망하게 주방으로 들어갔다.

"축하하오, 탐신. 소여를 기절할 지경으로 만들었군. 당신의 존재를 드러내고 폭풍 같은 소문을 일으킬 셈이었다면, 상상한 것 이상으로 성공적이었소."

줄리앙의 입술은 냉소적으로 꼬여 있었다.

"영국의 레이디들은 그런 식으로 말하지 않는 모양이군요."

"절대 안 그렇지."

줄리앙이 응접실로 들어가 불 옆의 긴 나무의자에 장갑을 던지고 망토를 벗었다.

"하지만 내 어머니가 항상 말씀하셨듯이, 돼지 목에 진주를 달 수는 없는 일이지."

“어머나!”

탐신의 미안한 기색이 분노로 바뀌었다.

“난 돼지가 아니에요.”

가브리엘은 불 앞에서 등을 쪼이며 이 대화를 흥미롭게 듣고 있었다. 대령이 신랄하게 혀를 놀릴 때마다 꼬마를 방어하기 위해 덤벼들 필요가 없다는 것은 이미 오래 전에 깨달았다. 게다가 대령의 입장에서 생각해 보면, 엘 바론과 아무 관련도 없이 이 모험에 끌려 들어온 것이 분할 수도 있을 것 같았다.

“당신은 진주가 되려면 한참 멀었소.”

줄리앙이 차갑게 대꾸했다.

“그게 당신이 할 일이에요, 안 그런가요?”

“내가 노력해야 할 일이지. 하지만 난 성공시키겠다고 보장한 적은 없소, 당신도 알겠지만.”

그 순간 여인숙 주인이 되돌아왔으므로 다행히도 탐신은 대답할 필요가 없어졌다. 창가에 자리잡고 앉아 뿌연 창유리를 통해 거리의 사람들을 바라보았다. 그들은 비가 내리는 것에 전혀 영향을 받지 않는 듯했다. 끊임없이 마주치게 되는 삶의 단면에 익숙해진 것이리라.

여인숙 앞에 묵직한 망토를 걸친 커다란 체구의 남자가 나타났다. 꽤나 유명한 인물인 듯 하인 두 명이 그가 말에서 내리기도 전에 얼른 달려나가 말을 붙잡아 주었다. 그가 잠시 빗속에 서서 거리 위아래를 둘러보는 동안 탐신의 목덜미로 이상한 전율이 흘러내렸다. 무시할 수 없는 힘과 권위의 분위기가 그 남자에게서 뿜어져 나오고 있었다. 그가 모자를 벗으며 여인숙 안으로 들어서기 전 그녀의 눈에 남자의 회색 머리카락이 언뜻 들어왔다.

이상하게 소름 끼치는 듯한 감각이 더해졌지만 그녀는 추위 탓이라고 결론짓고 재빨리 아늑한 방 안으로 시선을 되돌렸다. 소여 씨는 포도주병을 따고 하녀들은 불 앞에 동그란 탁자를 끌어 놓는 중이었다. 가브리엘은 만족스럽게 럼주잔 속으로 코를 박고 있었다. 이사벨호에서 마셨던 화주처럼 독하지는 않겠지만, 뱃속을 따뜻하게 하기에는 쓸모가 있을 것이다.

식사는 조용한 가운데 진행되었다. 탐신이 몇 번쯤 대화를 시도해 봤지만 단조로운 대답만을 듣게 되자, 그녀마저도 자신의 생각 속으로 빠져들었다.

어떻게든 대령의 분노를 가라앉혀야 할 텐데. 영국땅을 밟은 이후로 그의 심사는 더 고약해진 것 같았다. 하지만 왜 이 일을 그토록 싫어할까? 그녀에게는 그를 아주 기분좋게 만들어 줄 방법이 있었다. 그녀의 시선이 테이블 너머 그의 얼굴에 고정되었다. 너울대는 불빛으로도 험악하게 경직된 턱과 완고한 입술선이 또렷이 보였다.

"다 먹었으면 다시 출발합시다."

대령의 엄격한 목소리가 침묵을 깨뜨리자, 탐신은 화들짝 정신을 차렸다. 자신이 바라보고 있던 걸 그가 알아차렸을까.

"난 말들을 준비시키겠소."

그가 의자를 밀치고 일어났다.

"준비되는 대로 나오시오."

그의 뒤로 가브리엘과 호세파가 따라나갔고, 탐신은 화장실에 들렀다가 5분쯤 후에 계단을 내려갔다. 아래쪽에서 줄리앙의 목소리가 들려왔을 때 그녀는 문득 발길을 멈추었다. 전에는 들어 본 적이 없을 정도로 살얼음이 내릴 것 같은 목소리. 괜시리 숨을 죽이고서 살그머니 계단을 다시 하나 내려가 아래쪽 복도가 보이는 계단 모퉁이에 멈춰 섰다. 천장에 낮게 매달린 램프만이 빛을 내며 주위를 밝혀 주고 있었다.

줄리앙은 그녀가 창가에서 보았던 그 남자와 얘기하는 중이었다. 허리춤 밖으로 튀어나온 배, 가죽 바지를 팽팽하게 하는 허벅지, 코트 안으로 불룩 솟아난 어깨. 하지만 왠지 뚱뚱하다는 느낌이 아니라 힘을 뿜어내는 육중한 거인 같았다. 마른 체격이 아닌 줄리앙도 그의 곁에 서 있으니 왜소한 느낌이 들었다. 하지만 줄리앙은 날렵하고 군살 하나 없는 근육질의…….

그녀는 갑작스레 떠오르는 영상을 밀어내고 그들의 대화 내용을 듣기 위해 몸을 기울였다. 그 순간 회색 머리의 남자가 시선을 들어 그녀를 발견하였다.

그의 검은 눈동자가 마치 바늘처럼 좁혀드는 것 같은 순간, 탐신은 목덜미에 바늘이 찔러대는 느낌이었다. 미동도 없이, 거미줄에 매달려 다가오는 거미를 바라보는 파리 같은 심정으로 서 있을 수밖에 없었다.

세드릭 펜할란은 어두운 계단 위에서 셀리아를 보았다. 금빛 머리카락, 커다란 보랏빛 눈동자, 관능적으로 살짝 벌어진 입술, 우아하고 호리호리한 몸매. 하지만 셀리아는 죽었다. 그것도 이미 20년 전에.

줄리앙은 앞에 선 사내의 홀린 듯한 시선을 따라 계단 쪽을 바라보았다. 탐신이 한 손으로 난간을 잡고 다른 손으로는 치맛자락을 붙잡고는 마치 계단을 내려오는 중인 것처럼 한 발을 공중에 들고 서 있었다. 공기중에 금이 가며, 탐신과 다른 사내 사이에 번개가 치는 듯한 이상한 착각이 들었다.

말도 안 되는 상상이야. 물론 탐신의 짧은 머리와 이국적인 분위기는 이런 시골 벽지에서 보기 드문 광경일 것이다. 그래서 펜할란 경의 관심을 끌어들인 것이리라. 줄리앙은 두 사람을 소개시키지는 않기로 결정했다.

"전 이만 가봐야겠습니다, 펜할란."

그가 차갑게 고개를 숙여 보이고는 문 쪽으로 몸을 돌렸다.

“세인트 사이먼.”

세드릭은 계단 위에 선 유령에게서 간신히 시선을 떼어냈다. 그의 얼굴은 다소 질린 듯 하였다.

“자네가 트레가단에 머물 생각이라면 우린 다시 만날 수밖에 없겠군.”

“그렇겠지요.”

줄리앙이 상대편과 똑같이 차갑게 대꾸하고는 멈춰 서서 뒤를 돌아보았다.

“당신 조카들을 내 땅에서 멀찌감치 떼어놓으시오, 펜할란. 만약 발가락 하나라도 들여놓는 날에는, 그 결과를 책임지지 않을 거요.”

대답도 기다리지 않고 줄리앙은 밖으로 걸어나가 버렸다.

사실 세드릭의 귀에는 그의 말이 거의 들리지 않았다. 다시 계단 위의 형체에게로 시선이 돌아갔던 것이다. 그녀가 가볍게 계단을 뛰어내려 줄리앙의 뒤를 따라갔다. 세드릭은 문까지 다가가서 거대한 크림색 말에 오르는 여자를 지켜보았다.

셀리아가 콘월에 돌아왔다. 아니, 셀리아의 유령이.

말을 달려 마당을 빠져나가면서 탐신은 힐끗 여인숙을 돌아보았다. 삼촌의 흔적은 보이지 않았지만, 그녀의 피는 부글부글 끓어올랐다. 세드릭 펜할란이 아직 살아 있다, 운명의 날이 멀지 않았다.

15

　다음 날 아침 일찍, 탐신은 부드러운 퀼트 이불 밑에서 깨어나며 한순간 당황했다. 아직 눈을 감은 채로 몸도 잠에 취해 있는 상태였지만, 모든 감각이 세상이 달라졌다는 걸 전해 주고 있었다. 눈꺼풀 위에 따사로운 느낌이 닿았다. 자신의 감각이 말하고 있는 것을 믿지 못하는 심정으로 그녀의 눈이 살며시 열렸다.

　태양이 빛나고 있었다. 마지못한 햇살 한두 줄기가 아니라, 침실 안에 황금빛이 가득했다. 창문으로 스며드는 햇살기둥 속에서 먼지들이 춤을 췄고 화장대 위의 유리병들 또한 빨갛고 파란 다이아몬드처럼 반짝거렸다.

　탐신은 이불을 걷어차고 바닥으로 뛰어내렸다. 잠옷을 벗어던지고 벌거벗은 몸에 닿는 온기를 만끽하며 쭈욱 기지개를 켰다. 마치 몇 달 동안 차갑고 축축한 동굴 속에서 동면하다 방금 깨어난 것처럼 애무하는 햇살에 피부가 살아나는 느낌이었다.

　창문 쪽으로 걸어가 활짝 열어보았다. 아래쪽에 펼쳐져 있는 광경은 한편의 웅장한 파노라마였다. 어젯밤 해가 지고 난 후에 이곳에 도착했으므로 집 밖의 풍경을 볼 기회는 없었다. 집 안도 촛불 빛에 흔들거리는 어두운 패널과 석고로 장식한 천장, 거대한 벽난로의 불길, 넓은 홀과 두 개의 웅장한 계단 정도만을 알아차렸을 뿐이었다.

줄리앙은 가정부에게 손님들을 소개한 후 즉시 사라져 버렸고, 탐신은 순식간에 침실로 안내되었다. 호기심을 드러내지 않는 하인들이 뜨거운 물과 저녁 식사를 날라다 주는 동안 호세파가 런던에서 구입했던 옷가지를 정리해 놓았고, 간단한 식사를 끝낸 후에 그녀는 사방이 커튼으로 둘러쳐진 라벤더향이 나는 깨끗한 침대에 들어 천장에서 흔들리는 불길과 깃털 침대의 포근함을 만끽하며 일찌감치 잠자리에 들었다.

그런데 지금 세상은 완전히 달라져 있었다. 그녀의 눈앞에 구불구불하게 이어진 초록의 잔디와 온통 꽃들 천지의 정원들, 그 너머로 이른 아침 햇살 밑에서 눈부시게 반짝거리는 푸른 바다가 보였다. 눈부신 바다와 하늘을 배경으로 톡 튀어나온 하얀 해안이 빛나고 있었다.

그녀는 동쪽 창문도 활짝 열어젖히고 창턱 위에 팔꿈치를 기대며 내다보았다. 이쪽의 광경도 굉장했다. 포웨이 강물 위로 떠오르는 태양, 멀리 강둑 위의 어촌에 평화로워 보이는 작은 집들이 모여 있었다.

"아름다워."

아래쪽 넓은 화단에서 풍겨오는 장미의 향기를 깊이 들이쉬었다. 여기가 바로 어머니의 나라이다. 스페인의 작열하는 태양빛 아래서 꿈을 꾸듯이 들었던 어머니의 고향.

그녀는 바지와 셔츠만 걸쳐입고 맨발인 채로 방에서 달려나갔다. 창문들 사이로 햇살이 스며들고 있었지만, 집 안은 아주 조용했다. 5시쯤 된 것 같은데, 오늘은 일요일이니까 모두들 늦잠을 자는 모양이다.

육중한 현관문의 빗장을 간신히 들어올려 밖으로 한 발 내딛자, 그녀는 축복받은 눈부신 아침 햇살에 휩싸여 버렸다. 그녀의 영혼마저 그 온기와 햇살에 나래를 펼치는 듯했다. 그녀는 발길을 옮겨 작은 아치형 문을 통과하여 바다로 이어진 정원으로 들어섰다. 뒤를 돌아보자 그제서야 처음으로 자신의 방이 담쟁이덩굴로 뒤덮인 네모난 탑 위에 위치해 있다는 걸 알게 되었다.

세인트 사이먼 대령의 집은 굉장하다. 이것이 그의 부와 권력의 정도를 나타내 주는 것이리라. 산 속에서 방랑생활을 하는 산적들에게는 집이나 땅덩이가 부와 힘의 근원으로 작용하지 않지만, 영국인들이 그런 소유물을 얼마나 중요시하는지 세실에게 들은 적이 있었다.

세실은 세드릭 펜할란이 정계의 실력자이며 거대한 소유지 덕택에 막강한 영향력을 휘두른다고 설명해 주었다. 그런 재산이 없었다면, 무자비한 야망을 지닌 펜할란 경이라 해도 그 은밀한 권력의 탑을 이룩해 내지 못했을 것이다. 그는 반항적인 여동생에게도 그 힘을 휘둘러댔었다.

하지만 펜할란 자신은 아직 당해 보지 않았어.

탐신은 무시무시한 미소를 지으며 바다 쪽으로 잔디를 가로질러 갔다. 펜할란은 그 높은 권력의 권좌에서 끌어내려질 것이고 자신이 설치했던 지뢰에 걸리게 될 것이다. 그녀의 마음속에 삼촌의 모습이 떠올랐다.

특별한 힘을 발산해 내는 듯한 분위기, 방해되는 것들은 가차없이 잘라 버릴 듯한 위협적인 에너지. 계단 위에 선 그녀를 보았을 때 그의 눈에 놀라움과 믿을 수 없다는 감정이 스쳐갔었다, 그리고 아주 잠깐이지만 그 속에서 두려움도 보았다.

하지만 아직 그는 그녀의 정체를 알지 못한다. 그녀가 드러낼 때까지는 진실을 알지 못할 것이다. 세실의 유령은 복수를 위해 단검처럼 민첩하게 움직일 것이다. 그때까지 그는 낯선 땅을 찾아온 젊은 여자에게서 자신이 죽인 동생을 떠올리며 괴로워해야 하리라.

하지만 줄리앙의 집에 머물러 있는 동안 얼마나 자주 펜할란과 마주치게 될까? 줄리앙과 세드릭 펜할란 사이에 적대감이 존재한다는 것은 분명했다. 줄리앙의 얼음장 같은 목소리로 판단하건대, 보통의 적대감은 아니었다. 그리고 세드릭의 조카에 대해 한 말은 또 무슨 뜻일까? 그 조카들이란 누구일까? 아마도 그녀의 사촌들이리라.

그 수수께끼는 조만간 해결할 수 있을 것이다. 가브리엘이 선술집에 들러 약간의 조사를 해보기만 하면. 그는 언제나 그런 장소에서 정보를 수집하는 일에 능숙했다. 게임은 이제 시작되었다.

만족스레 고개를 끄덕이며, 탐신은 잔디 끝의 낮은 돌담으로 가볍게 뛰어갔다. 순간 탄성을 내지르며 그녀의 입이 떡 벌어졌다. 양쪽으로 솟아 있는 벼랑 사이 구불구불한 길은 작은 모래사장으로 툭 떨어지며 펼쳐졌다.

하지만 탐신을 놀라게 한 것은 눈앞에 가득 찬 현란한 색채들이었다. 그녀가 멍하니 서 있다가 다음 순간 황홀경에 휩싸여 들판으로 뛰어들었다.

줄리앙은 자신의 창문가에서 그녀의 춤추는 듯한 걸음걸이를 바라보고 있었다. 옷을 입던 도중, 알 수 없는 충동에 이끌려 창가로 다가갔다. 바지만 걸친 모습으로 허리춤에 엄지손가락을 건 채 그가 짜증스레 눈살을 찌푸렸다. 저런 옷차림으로 활보하고 다니다니 규칙 위반이다. 전투가 벌어지던 갑판 위에서야 어쩔 수 없다 쳐도, 보수적인 콘월 지방에서는 결코 용납될 수 없는 행동이었다.

하인들이 기름칠을 하지 않더라도 그녀의 존재 자체만으로 충분한 소문거리가 될 텐데 저렇게 수치심도 없는 복장이 소문에 더해진다면, 사교계에 발을 들일 생각은 꿈도 꾸지 말아야 하리라.

그녀가 협조하지 않는다면, 그에게는 이 게임을 그만 둘 만한 충분한 권리가 있었다.

그는 성큼성큼 방에서 걸어나갔다. 잠에 취한 눈을 비비며 다락방에서 걸어나오던 하녀가 주인나리의 벗은 상체를 보고는 얼굴을 붉히며 예의를 갖추었다. 줄리앙은 처음 보는 하녀라는 걸 알아차리고 자신의 부재중에 어떤 하인들이 새로 들어왔는지 집사와 얘길 해봐야겠다고 마음속에 새겨넣었다.

옆문을 통과하여 아직 젖은 풀잎 위에 선명히 남아 있는 탐신의 발자국을 따라 잔디를 가로질렀다. 돌담 앞에 멈추어 서서 아래쪽의 후미진 모래사장을 훑어보았다. 탐신의 모습이 보이지 않는다.

하지만 여기 어딘가 있을 텐데, 좁은 계곡의 절벽을 올라가지만 않았다면.

다음 순간 비탈진 곳에서 언뜻 금빛 머리카락이 눈에 띄었다. 다른 부분은 엷은 자주색 철쭉과 붉은 디기탈리스의 웅덩이 속에 파묻혀 있었다.

그가 돌담을 뛰어넘어 까딱까닥 움직이는 머리를 향해 똑바로 나아갔다.

"탐신!"

그녀가 돌아보더니 기쁨에 찬 얼굴로 손을 흔들어 보였다. 한아름 안고 있는 꽃송이들과 어우러져 그녀의 보랏빛 눈동자도 꽃송이 같았다.

"아름답지 않아요? 이렇게 믿을 수 없는 광경은 처음 봐요."

그녀가 허리 높이까지 찬 꽃들의 들판을 빠져나오기 시작했다.

"당신의 그 옷차림으로 보아, 계약을 더 이상 유지할 마음이 없는 것 같군."

탐신은 못 들은 척 품안의 꽃다발에 얼굴을 묻었다.

"이건 무슨 꽃이죠? 이런 건 본 적이 없어요."

"디기탈리스."

"태양이 빛나고 바다가 반짝거려요. 너무나 아름다워요. 영국이 이런 모습으로 바뀔 수 있으리라고는 상상도 못했어요."

탐신이 머리를 쳐들고 햇살을 한껏 맞아들였다.

"세실에게 콘월의 여름날에 대해 듣긴 했지만, 지난 며칠간 난 그것이 고향을 떠나온 사람의 왜곡된 기억인 줄만 알았다구요."

그녀가 행복하게 키득키득 웃어댔다.

줄리앙은 아무리 저항하려 애써도 마음이 흔들리는 걸 어쩔 수 없었다. 태양을 향해 황금빛 머리를 치켜들고 있는 미나리꽃. 그런 말도 안 되는 상상을 떨쳐내고 날카롭게 입을 열었다.

"그런 모습으로 돌아다니면 무슨 말이 퍼질지 알기나 하오? 당신이 가장 기본적인 규칙조차 따라주지 않는데 내가 왜 이 말도 안 되는 계획을 계속 도와줘야 하는지 말해 보시오."

그녀의 속눈썹이 들려 올랐다.

"어머나, 적어도 옷은 걸쳤잖아요, 대령 나리."

그가 반응하기도 전에, 그녀가 품에 안은 꽃다발을 떨어뜨리고 재빠른 동작으로 셔츠와 바지를 벗어나갔다. 그리고는 어느새 자주색 꽃들의 바다 속에 벌거벗은 채 서서 그에게 미소지었다.

"이게 더 나을까요?"

"하나님 맙소사."

그의 감각들이 방향을 잃고 헤매다녔다. 높은 파도에 휩쓸리는 배처럼 모든 이성과 자제력이 스르르 풀려 나갔다.

　그녀는 태양과 바닷바람, 야생화가 낳은 생명체였다. 그녀의 손이 그의 허리춤에서 단추를 매만지며 강렬한 시선이 그의 배와 배꼽에서부터 바지 속으로 사라지는 검은 털들을 쓸어갔다. 그녀가 천천히 그의 바지를 밑으로 내렸다. 그의 단단하게 고동치는 곳에 자신의 배를 누르며 손으로는 그의 허벅지 사이를 찾아들었다. 그리고는 눈을 들어 웃음을 터트리며 그의 가슴에 묻어 있는 자주색 꽃송이들을 털어냈다.

　"이게 더 나은가요, 대령 나리?"

　왜 이런 짓을 그만 두게 하지 않는지 자신도 알 수가 없었다. 왜 그녀를 밀쳐 버리고 집으로 돌아가 버리지 못하는 것인가. 그녀는 규칙을 어겼다. 그는 더 이상 농락당하지 않을 충분한 근거가 있었다.

　그럼에도 줄리앙은 그녀를 응시하며 그대로 서 있었다. 그녀의 눈 속에 이성을 잃어버린 채, 매끄러운 그녀의 살결에 온몸을 들이댄 채로. 그의 손이 그녀의 허리를 감아안았다. 그녀의 젖가슴이 바르르 떨리며 그의 가슴에 닿은 젖꼭지가 오똑하게 솟아올랐다.

　그녀가 천천히 자주색 꽃담요 위로 내려앉으며 두 손을 그의 엉덩이와 허벅지로 미끄러뜨렸다. 입 안으로 그의 고동치는 기둥을 빨아넣어 살짝 이로 긁어 보았다. 그의 입에서 신음이 새어나왔다. 그는 그녀의 금빛 머리채를 휘어감고 그녀의 머리와 목덜미, 어깻죽지와 등줄기를 내려다보았다.

　떨리는 숨결로 뜨거운 한숨을 내쉬고 그는 무릎을 꿇고 앉아 그녀의 얼굴을 감싸쥐며 자신의 체취가 느껴지는 그녀의 입술을 찾아갔다. 그녀는 아무 거리낌 없이 꽃무더기 위에 드러누웠다. 그의 숨결이 뜨거웠다 차가워지고 그의 혀가 입 안에서 불길을 일으키는 동안, 그녀는 손가락으로 그의 머리를 감아쥐고 황홀경으로 치달아갔다.

그의 혀가 젖가슴 사이에서 위로 움직여 목덜미에 맺힌 땀방울을 핥아보고 다시 한 번 그녀의 입술을 찾아들었다. 그리고는 두 손으로 그녀의 엉덩이를 붙잡아 자신의 몸 쪽으로 한껏 들어올렸다. 환희의 전율이 일어나며, 그들은 달콤한 육체에 묶여 절묘한 세상 속으로 빠져들었다.

아주 멀리에서 들리는 것처럼 탐신의 환희에 찬 신음소리가 들렸다. 그녀가 자신을 놓아 버리고 순전한 감각의 세계로 녹아드는 소리. 그 마지막 순간, 그는 최대한의 노력으로 그녀의 몸에서 자신을 끄집어냈다.

등줄기에 뜨거운 햇살을 느끼며 그는 천천히 정신을 차렸다. 부여잡고 있던 작은 몸뚱이를 끌어안은 채 몸을 굴려 드러누웠다. 그의 어깻죽지에 머리를 파묻고서 나른하게 기대어 있는 그녀의 촉촉한 살결이 그와 함께 어우러져 있었다. 그는 한 번도 경험한 적이 없는 행복감에 사로잡혔다. 지금까지 이렇게 황홀한 만족감과 평화를 맛본 적은 없었다.

그가 부드럽게 그녀의 엉덩이를 토닥이자, 그녀가 힘겹게 고개를 들어올렸다.

"방금 무슨 일이 일어난 거죠?"

꿈꾸듯이 미소지으며 그녀가 그의 입가에 키스했다.

"나도 모르겠소. 당신은 현실이 아닌 것 같아."

탐신이 키득거렸다.

"어머나 대령 나리, 난 머리에서 발끝까지 피와 살로 뭉쳐 있는 인간이랍니다."

그녀가 그의 가슴을 밀어내고 그의 허벅지에 걸터앉았다.

"내가 진짜 인간이라는 걸 증명하기 위해서, 수영을 해야겠어요."

"너무 차가울 텐데. 하지만 아마 삼 월의 과디아나 강물처럼
차갑지는 않겠지."

그녀가 좀전의 늘어졌던 모습이 무색할 정도로 민첩하게 일어
섰다.

"당신도 같이 갈래요?"

"음…… 조금 있다가."

탐신이 달려나가는 동안, 줄리앙은 한 팔을 이마에 얹은 채 누
워 있었다. 또다시 무너지고 말았다. 이 도깨비 같은 여산적이 근
처에 있는 한은 계속해서 굴복하고 말 것이다, 특히나 그녀가 가
장 괴상한 장소에서 한마디 경고도 없이 홀딱 벗어대는 습관을
버리지 않는다면. 이 즐거움을 당연한 것으로 받아들여야 할지도
모르겠다. 그녀는 날 이용하고 있으니 대가를 받는다 해도 문제
가 되지 않을 것이다. 더구나 그녀 쪽에서 더 적극적이지 않은가.

그가 일어섰을 때, 탐신은 작은 파도로 뛰어들고 있었다. 머뭇
거리지도 않고 얼음장 같은 물 속으로 첨벙.

말을 달릴 때처럼 물 속에서도 편안해 보인다. 그녀의 성장 과
정을 생각한다면 놀랄 일도 아니겠지.

그는 모래사장으로 걸어가 허벅지로 기어올라오는 차가운 물
살에 몸서리를 치며 천천히 물 속으로 들어갔다. 물은 칼날처럼
섬칫하게 다가왔다. 물 속으로 다이빙해 들어갔다가 다시 표면으
로 올라오자 탐신이 오른쪽에서 손을 흔들어 보였다.

탐신은 바닷물 위로 벌렁 드러누워 파도의 흐름에 몸을 내맡겼
다. 몸의 위쪽은 햇살로 따뜻하고 밑으로는 부드럽게 흔들리는
물살. 그 흐름이 몸 속으로 스며드는 듯하자 조금 전의 황홀경이
다시 떠올랐다. 이젠 차갑다는 느낌도 거의 사라졌다. 그녀는 눈
을 감은 채로 점점 더 따가워지는 햇살을 태양의 딸처럼 받아들

였다.

줄리앙이 그녀에게로 헤엄쳐 왔다.

"이젠 나갑시다, 탐신. 생각보다 더 차갑군."

그녀는 알았다고 중얼거리면서도 즉시 움직이지 않았다. 그가 모래사장으로 걸어나와 물을 털어낸 후에야 그녀는 몸을 뒤집어 해안으로 헤엄쳐 왔다.

그래, 둘 사이의 육체적 반응은 앞으로 몇 달간의 지루한 시간에 대한 약간의 보상이 될 수도 있으리라.

그는 바지를 끼워 입으며 생각했다. 물론 그가 몇 달간 해야 할 일이 단순하지는 않을 것이다. 이 지역 사교계가 특이한 신참에게 어떤 반응을 보일지 상상할 수도 없었다. 그녀의 모난 구석을 가다듬어 주기도 전에 호기심에 찬 손님들이 찾아들 것이다. 손튼 부인의 독수리 같은 시선을 받으며 차를 마셔야 할 탐신을 생각하니 몸서리가 쳐졌다. 그녀의 콘월 친족들을 하루 빨리 찾아내는 것이 가장 확실한 해결책이다. 하지만 그녀를 제대로 준비시킬 때까지는 그 친족들에게 내보일 수가 없을 테니…….

그가 한숨을 내쉬었다.

탐신이 몸을 떨면서도 상쾌하게 웃으며 그에게로 달려왔다.

"멋져요. 소금물에서 수영하는 게 아주 마음에 들어요."

그녀가 셔츠를 집어들고 열심히 몸을 문질러댔다. 이를 덜덜 떨어대고 입술도 새파랬지만, 눈만은 여전히 반짝거렸다.

줄리앙은 벌거벗고도 거칠 것 없이 움직이는 탐신을 보는 것이 즐거웠지만, 이제 장난칠 시간은 끝났다.

"당신이 알아야 할 게 있소. 당신의 황당한 계획을 계속하고 싶은 거라면, 내 지붕 밑에서 이런 행동을 하는 것은 이번이 마지막이오. 알겠소?"

"잘 모르겠는데요."

탐신이 바지를 끌어올리며 흠뻑 젖은 셔츠를 걸쳐입었다.

"정확히 어떤 행동을 말하는 건가요, 대령 나리? 이런 옷을 입는 거, 아니면 수영하는 거, 아니면 우리가 들판에서 했던 그 일 중 어느 것 말인가요?"

그녀가 셔츠의 단추를 잠그고 한쪽으로 고개를 기울이며, 그가 둘 사이의 관계를 계속하고 싶어하리라는 자신감에 찬 시선으로 그를 바라보았다.

"경솔한 행동을 말하는 거요, 미나리."

그는 교묘하게 대답을 피하고는 주머니에 손을 찔러넣은 채 휘파람을 불며 집 쪽으로 향했다.

탐신은 씨익 웃고는 그의 뒤를 따라갔다.

줄리앙이 돌담에서 기다리고 섰다가 젖은 셔츠에 거의 드러나 있는 젖가슴과 젖꼭지를 훑어보았다.

"아무래도 내가 당신 망토를 가져와야겠군. 그런 모습으로는 집에 들어갈 수 없소. 한 시간 내로 마을 전체에 소문이 퍼지게 될 테니. 하지만 경고하건대, 이번이 마지막……."

그의 시선이 나른하게 그녀의 젖가슴에 고정되었다. 다음 순간 그가 그녀의 머리에 손을 대고 획 돌려세운 다음 다른 손으로는 그녀의 허리와 등줄기를 슬쩍 애무하였다.

"내 말뜻 알 거라 믿소."

"당신 말뜻을 어떻게 모를 수 있겠어요."

그의 애무에는 어딘지 모욕적이고 복수하는 듯한 느낌이 담겨 있었다. 그녀가 가슴 위로 팔짱을 끼며 돌담 위에 내려앉았다.

"난 여기서 기다릴게요."

그녀는 바다를 마주 보고 앉아 돌부리를 발로 걷어찼다. 오늘 아침의 일로 그의 저항감이 사라졌을지는 모르지만, 무뚝뚝한 태도만은 변하지 않았다.

그녀는 어깨를 으쓱이며 그의 협조를 받을 수만 있으면 태도 따위는 문제가 되지 않는다고 생각하려 애썼다. 하지만 그와 싸우고 싶지 않았다. 그들은 많이 비슷했다. 많은 경험을 함께 나누고, 전쟁의 야만성과 승리감, 많은 즐거움을 함께 했었다. 저 모퉁이만 돌면 즐거움과 웃음과 마음을 터놓는 대화가 기다리고 있을 것 같은데, 그의 분노와 그녀의 목적이 그 사이를 가로막고 있는 장애물인 듯했다.

그녀가 눈을 가늘게 뜨고서 절벽 위를 힐끗 올려다보았다. 구름 한 점 없는 하늘을 배경으로 말을 탄 두 형체가 눈에 들어왔다. 너무 멀어서 분명히 볼 수는 없지만 남자라는 것, 그들의 말이 혈통 좋은 것이라는 건 알 수 있었다. 안장 위에는 총이 가로놓여 있는 것 같다. 저 사람들이 얼마나 오래 저기에 있었던 걸까, 모래사장에서 벌어진 일을 어느 정도까지 보았을까? 디기탈리스 들판에서 엉켜 있던 것은 보지 못했으리라, 그 꽃들이 완벽하게 장막을 만들어 주었을 테니까. 하지만 바다로 달려들었다가 나오는 벌거벗은 형체를 보지 못했을 리는 없다.

그녀가 지켜보는 동안, 그들은 말을 돌려 시야에서 사라졌다. 줄리앙이 망토를 갖고 돌아왔을 때, 그녀는 그 일에 대해 언급하지 않기로 결정했다. 그의 짜증에 기름칠만 더할 뿐일 테니까.

"이거 걸치고, 방에 들어갈 때까지 누구와도 얘기하지 마시오."

그는 이제 셔츠와 부츠를 다 갖춰 입은 모습이었다.

"아직 이른 시간이니 운이 좋다면 한 사람도 만나지 않을 수 있을 거요. 아침 식사한 후에 서재로 오시오, 런던에서 사온 드레스를 입고. 당신 자세를 고쳐 주어야겠소."

"내 자세라구요?"

탐신이 분개하며 입을 열었지만, 그는 이미 성큼성큼 집으로 걸음을 옮기고 있었다.

'자세라구?'

그게 대체 무슨 뜻이지? 탐신은 그의 뒤를 쫓아 집 안에 들어섰다. 하지만 그가 아침 식당으로 들어가 버렸으므로, 그녀는 투덜투덜 자신의 방으로 올라가는 수밖에 없었다.

탐신의 방문은 살짝 열려 있었다. 초콜릿과 비스킷 쟁반을 가져온 하녀에게 호세파가 일방적으로 무슨 말인지 떠들어대고 있었다.

탐신은 자신의 특이한 옷차림이 드러나지 않도록 망토를 바싹 여미고서 쾌활하게 방 안으로 들어섰다.

"잘 잤어, 호세파."

"아가씨 오셨군요."

호세파가 인사를 되돌리기도 전에 하녀가 너무나도 안도하며 돌아섰다.

"지금 아침 식사하실 곳을 알려주고 있었는데, 아가씨의 하녀가 이해하지 못하는 것 같아요."

"그래, 아마 그럴 거야."

탐신이 미소지었다.

"내가 통역해 줄게. 그리고 아래층에서 문제가 생기면, 가브리엘한테 부탁하면 돼."

"그 거대한 사내 말인가요, 아가씨?"

소녀의 눈이 접시만하게 휘둥그래졌다.

"그래, 그는 그녀의 남편이야."

그렇게 말하는 게 가장 간단할 것 같았다.

"그렇군요. 그럼 제가 히버트 씨와 부인에게, 이 집의 집사와 가정부인데요, 그분들에게 말씀드릴게요. 저흰 지금 당황하고 있어요. 너무 갑작스럽게 손님이 오신데다가, 나리께서는 별달리 설명해 주시지도 않으니……."

그녀가 말꼬리를 흐리며 고개를 숙여 보이고는, 뜨거운 물을 가져오겠다며 방에서 나갔다.

호세파가 투덜거렸다.

"아휴, 내가 뜨거운 물을 갖다 달라고 세 번이나 말했는데, 그 애는 멍청이처럼 날 보고만 있었다구요."

"당신 말을 이해하지 못하기 때문이야."

탐신이 키득거리며 옷을 전부 벗어던졌다.

"가브리엘과 나와 대령이 당신을 위해 통역해 줄게. 자, 이젠 어떤 바보 같은 옷을 입어야 할까?"

그녀는 실오라기 하나 걸치지 않고 초콜릿잔을 집어들며 옷장으로 다가섰다. 그리고는 눈살을 찌푸린 채 옷장 안의 옷가지들을 살펴보았다.

런던에 도착했을 때, 대령은 숙녀의 옷장 안에 무엇이 들어 있어야 하는지를 늘어놓은 다음 가게 목록을 쥐어 주고는 사라져 버렸다. 그리고 콘월로 출발하기 전날 밤에야 다시 나타났다.

그런 물건들을 사는 일은 따분했지만, 탐신은 목적을 위해서는 꼭 필요하다는 다부진 결심으로 그 임무에 달려들었다. 콘월로 떠나기 전날 저녁, 대령은 그녀의 쇼핑 결과들을 살펴보고는 이 만하면 됐다고 합격 판정을 내렸다. 혹시라도 못 산 게 있으면 콘월에서 살 수 있을 거라고 덧붙이며.

뒤에서 뜨거운 물단지를 들고 들어오는 소리가 들렸지만, 그녀는 돌아보지도 않고 이리저리 옷들을 뒤적이고 있었다. 모두 다 마음에 안 들었지만, 줄리앙이 특별히 만족스러워한 모슬린 드레스를 꺼내 몸에 맞추어 보았다. 크림색 허리띠와 짙은 꽃송이가 그려진 것이 그럭저럭 괜찮았다.

"으휴! 이게 제일 낫겠어."

그녀가 그 혐오스러운 드레스를 침대 위로 던져놓았다.

"너무나 예쁜 드레스예요. 아가씨 피부색과 잘 어울리겠어요."
메리가 감탄스레 옷감을 만지며 말했다.

"그럴 것 같아."

탐신은 건성으로 동의하고 나서 뜨거운 물이 채워진 세면대로 걸어갔다. 비누질한 수건으로 피부의 소금기를 닦아낸 다음 옷을 챙겨입는 지루한 작업으로 돌입했다. 스타킹, 속바지, 슈미즈……. 오늘처럼 따뜻한 날씨에 왜 이렇게 많은 옷을 입어야 하는 거지? 그녀가 면 페티코트 안으로 들어가 툴툴거리며 치맛단을 발로 걸어찼다.

호세파가 그녀의 머리 위로 드레스를 씌우고는 거칠게 소맷단을 정리하자, 메리는 천이 찢어질까 두려워하며 놀란 소리를 냈다. 드레스의 고리를 잠그고 가슴 밑으로 허리띠까지 묶고 나자, 탐신은 거울 속의 모습을 살펴보았다. 정말이지 다른 사람 같다.

"머리가 길었네. 목까지 내려오잖아. 호세파, 나중에 내 머리 좀 잘라 줘."

그럭저럭 차려입은 듯하자 탐신은 아침 식당으로 발걸음을 옮겼다. 대령은 이미 식사를 끝낸 듯 그곳에 없었다. 아침의 산책으로 대단히 배가 고팠던 탐신은 계란과 버섯, 베이컨 접시를 들고 오는 하인을 반갑게 맞았다.

"커피나 차 중에서 어떤 걸 드시겠습니까, 아가씨?"

"커피요."

"당신의 하인이 말씀드릴 게 있다는군요, 아가씨. 식사가 끝날 때까지 기다리라고 전할까요?"

"나한테 굳이 전해 줄 필요 없소, 친구."

가브리엘의 거대한 덩치가 문가에 나타났다.

"나에게도 똑같은 식사를 가져다주시오. 잘 잤냐, 꼬마야?"

하인의 분개한 숨소리를 듣고 탐신이 재빨리 끼어들었다.

"가브리엘은 내 하인이 아니에요. 보디가드에 더 가깝죠. 세인트 사이먼 경이 나중에 이 상황에 대해 설명해 주실 거예요."

"네, 아가씨."

그래도 하인은 잠시 가브리엘에게 매서운 눈길을 보내다 몸을 돌렸다. 가브리엘은 테이블 위에 손을 올려놓고 의자를 약간 뒤로 밀어내며 태연하게 주문을 덧붙였다.

"맥주도 갖다 주시게, 친구."

하인이 나가고 나자, 탐신이 입을 열었다.

"나 어제 세드릭 펜할란을 봤어."

가브리엘의 태평했던 얼굴이 순간 긴장되었다.

"어디서?"

"보드민의 여인숙에서. 여기 오는 동안에는 대령 때문에 말할 기회가 없었어."

하인이 돌아와서 가브리엘 앞에 맥주잔과 접시를 쾅 내려놓은 다음 나가 버렸다. 다시 가브리엘이 입을 열었다.

"그자와 얘기해 봤어?"

"아니, 대령이 그 사람과 얘기하는 걸 들었어. 그들이 서로를 좋아하지 않는 건 거의 확실해, 가브리엘. 좋아하지 않는 정도가 아닌 것 같아."

그녀는 자신이 받은 인상과 얼어들은 대화를 자세히 설명해 주었다.

"내가 한 번 알아봐야겠군. 그의 조카라면, 너의 사촌들을 말하는 거냐?"

"그렇겠지. 세실의 남동생 자식들일 거야. 이름은 모르겠어, 한 번 들은 적이 있긴 한데 잊어버렸어. 세실은 그를 가문에서 중요한 인물로 생각지 않았어."

"세드릭만 중요한 모양이군."

"지금부터 시작이야, 가브리엘. 지금부터."

탐신이 작게 미소지었다.

"거참, 세인트 사이먼이 싸구려 계집하고 무슨 장난을 친 거지?"

찰스 펜할란이 총을 겨누고 발사하자 까마귀 한 마리가 절벽 위로 떨어져 내렸다.

데이비드도 씨익 웃으며 총을 발사했다. 토끼 사냥보다 재미없긴 하지만 까마귀 사냥은 이 시기에 합법적으로 허락되는 스포츠였다.

"그 금빛 머리는 어디서든 알아볼 수 있을 거야. 그 자식, 꼬마들은 건드리지 않는 걸로 아는데?"

"그래. 하지만 근래 들어 자존심이 한풀 꺾였든지 아니면 지금까지 위선자였던 모양이지. 그 계집, 비쩍 마른 게 별 볼일도 없겠더구만."

"나한테는 사내아이처럼 보이던걸. 군대 가서 색다른 취향을 개발한 거 아닐까?"

둘은 낄낄 웃음을 터트렸다. 뾰족한 얼굴에 일직선으로 그어진 입술, 작은 갈색 눈. 좁다란 가슴에다 빈약한 체구였지만, 그 육체적인 부족을 악의적인 분위기가 보충해 주고 있었다. 펜할란가의 쌍둥이가 나타나면 사람들은 황급히 걸음을 재촉하곤 했다. 그들은 혼자 나타나는 적이 거의 없었고, 둘이서만 통하는 말로 중얼거리며 세상을 위협하는 듯한 분위기를 풍겨내었다.

"세인트 사이먼이 돌아온 걸 삼촌이 알까?"

데이비드가 눈살을 찌푸렸다.

"지금쯤 보드민에서 돌아왔을 텐데."

"모른다 해도 곧 알게 되겠지. 우린 어서 세인트 사이먼의 땅을 떠나는 게 낫겠어.”

찰스가 마지못해 하며 말했다.

“누군가의 눈에 띄어 말이 들어가게 되면 곤란하잖아.”

“세인트 사이먼이 왜 그렇게 골 아프게 구는지 알 수가 없어. 그 계집은 별것도 아니었는데.”

“자기 소작인의 딸이고 자기 땅에서 일어난 일이다 그거겠지.”

“거만한 자식! 세인트 사이먼의 자존심이 땅바닥의 먼지가 되는 날을 기필코 두고 볼 거야.”

“그래, 우리 같이 지켜보자구.”

16

"내 자세에 대해서 무슨 말을 하겠다는 건가요?"

서재 안으로 들어선 탐신은 치맛단을 걷어올리고 소파에 다리를 벌려 앉은 다음 궁금하다는 듯이 대령을 바라보았다. 줄리앙이 신문에서 시선을 들어올렸다.

"그렇게 앉지 마시오! 대단히 우아하지 못한 자세일 뿐 아니라, 드레스가 터져 버릴 거요."

탐신이 두 다리를 모아들이고 고개를 기울이며 다시 쳐다보았다. 건방진 방울새처럼.

"이러면 좀 낫나요?"

"아주 조금."

그가 신문을 테이블 위로 집어던졌다.

"숙녀들은 다리를 가지런히 모으고 무릎 위에 손을 올려놓고 앉소. 창가 의자에 가서 앉아보시오. 등을 똑바로 세우고."

탐신이 창가의 의자로 걸어가서 앉았다.

"등을 똑바로 펴고. 당신은 언제나 구부정하단 말이오."

"그런 게 왜 중요하다는 거예요?"

그녀는 자신의 앉는 자세와 이 일이 무슨 관련이 있는 건지 전혀 알 수가 없었다.

"중요하기 때문이지."

줄리앙이 그녀의 의자 뒤로 걸어와 어깨를 붙잡아 뒤쪽으로 잡아당겼다.

"다른 느낌이 들지 않나?"

"하지만 우스꽝스러워요. 이런 식으로 앉아 있을 수는 없어요. 인형이 된 기분이란 말이에요."

"그래도 이렇게 앉고 똑바로 어깨를 펴 서야 하오. 걸을 때나 말 탈 때 모두."

그녀의 어깨를 붙잡은 채로 그가 단호하게 말했다.

"당신은 감자부대처럼 말을 타. 스페인 안장 탓이긴 하겠지만."

도대체 이게 레이디가 되는 것하고 무슨 상관이람?

"인형처럼 이렇게 앉아서는 거친 산 속을 달릴 수 없을 걸요. 난 밤낮으로 지치지 않고 말을 탈 수 있다구요."

"영국의 레이디는 밤낮으로 말을 달릴 필요가 없소. 가장 속력을 내서 말을 탈 때는 사냥철뿐인데, 그것도 시월까지는 시작되지 않을 거요. 당신은 그때까지 우아하게 말 타는 법을 배워야 하오. 영국 안장이 자세를 바로잡아 주는 데 도움이 될 거요."

"그 말을 들으니 안심이군요."

탐신이 비꼬듯이 중얼거렸지만, 줄리앙은 들은 척도 하지 않았다.

그녀의 어깨를 풀어 주고 나서 그가 그녀의 앞으로 돌아와 살펴보았다.

"다리를 모아야지, 발목뼈가 닿을 정도로. 손은 가볍게 무릎 위에 얹어놓으시오.”

탐신이 그 지시대로 따른 다음 똑바로 앞을 쳐다보았다.

“힘을 빼라구.”

“어떻게 이런 식으로 앉아서 힘을 빼라는 거예요?”

뻣뻣한 자세처럼 표정까지 경직된 채 그녀가 입만 달싹거렸다.

“당신이 내 말대로 따르지 않을 거라면, 난 이 일에서 손떼겠소. 난 세련되지 못한 산적에게 춤선생이나 가정교사 노릇을 하는 것보다 더 중요한 할 일이 많은 사람이오. 자, 이제 일어서시오.”

대령은 지금 기분좋게 투정을 받아 줄 기분이 아닌 모양이다. 탐신은 고분고분하게 일어서서 양쪽으로 손을 늘어뜨리고 똑바로 앞을 쳐다보며 다음 지시를 기다렸다.

“맙소사, 곱사등이처럼 구부정하군.”

그가 성마르게 그녀의 어깨를 다시 뒤로 잡아당겼다.

“엉덩이를 바싹 당기라구.”

그의 손바닥이 엉덩이를 찰싹 때렸다.

“내 몸이 고무로 만들어진 줄 알아요? 그런 식으론 휘어지지 않는다구요.”

탐신이 투덜거렸다.

“이봐, 미나리. 난 당신의 놀라운 신체적 유연성을 이미 보았단 말이오.”

줄리앙이 한 걸음 물러나 그녀의 모습을 살폈다.

“이젠 미소지으시오.”

탐신이 목을 쭉 뻗고 어깨를 뒤로 밀어당기며 억지웃음을 지어 보였다.

“이렇게요?”

“이런 세상에.”

그가 비판적인 자세를 무너뜨리지 않으려 안간힘을 쓰며 웃음을 참기 위해 홱 돌아섰다. 다시 시선을 돌렸을 때 만족스러운 웃음을 미처 감추지 못한 탐신의 얼굴을 알아보았다.

"이건 웃을 문제가 아니오!"

"그래요. 물론 아니죠, 선생님."

하지만 그녀의 입술은 웃음을 참느라 바르르 떨렸다.

"당신 혼자 힘으로 할 수 없다면, 다른 걸 사용해야겠군. 척추 교정판이 도움이 될 거요."

"뭐, 뭐라구요?"

웃고 싶은 마음이 즉시 사라져 버렸다.

"척추교정판. 대부분의 학교에서 사용하는 거요. 여자들은 자세를 교정하기 위해 등에다 그걸 붙잡아 매지. 물론 그들은 당신보다 훨씬 어린 나이이긴 하지만, 당신에게도 어느 정도 쓸모는 있을 거요."

"야만적인 짓이에요!"

탐신이 소리 질렀다.

"전혀 그렇지 않소. 내 여동생은 이 년 동안 하루에 몇 시간씩 그걸 착용했소."

그가 부드럽게 미소지었다.

"마을에 가서 하나 구해 와야겠군. 매일 아침 그걸 사용해 보자구. 원하는 효과가 나지 않으면 하루 종일 착용해야 할 거요."

탐신은 분노가 부글거리는 눈빛으로 그를 노려보았다.

"하지만 교정판을 구할 때까지는 어쩔 수 없으니 다른 걸 해보도록 하지."

줄리앙이 상냥하게 말을 이으며 선반으로 다가가 묵직한 책 두 권을 빼들었다.

"이리 오시오."

탐신이 조심스럽게 그에게 다가갔다.

"가만히 서 있으시오."

그가 그녀의 머리 위에 책 두 권을 살짝 올려놓았다.

"이젠 책을 떨어뜨리지 말고 방 안을 걸어 보시오. 머리를 똑바로 세우고 움직이지 말아야 할 거요. 이건 버릇없는 강아지처럼 뛰어다니는 대신 조심조심 걸을 수 있게 하기 위한 거요."

탐신은 날카롭게 숨을 들이쉬었지만, 그의 도발에 대응하지 않고 입술을 꼭 다물었다. 책의 무게에 목이 흔들거렸다. 그녀는 험악하게 눈앞의 벽에 시선을 고정시키며 균형을 잡았다. 그녀에게 이 계획을 포기하게끔 만들 속셈이라면, 그는 생각보다 쉽지 않다는 것을 알게 될 것이다. 그녀가 살그머니 한 발을 내밀었다. 책들이 흔들리긴 했지만 떨어지진 않았다.

줄리앙이 씨익 미소지으며 소파에 털썩 내려앉아 신문을 다시 집어들었다.

"한 시간 동안 연습하시오. 당신이 등을 똑바로 펼 수 있게 되면, 그 다음에 예의범절을 가르쳐 주겠소."

그리고는 오늘 아침의 할 일은 다 끝냈다는 듯이 신문을 읽기 시작했다.

탐신은 마음속으로 가장 불쾌한 욕설을 그에게 퍼부어 주었다.

이기적이고 거만하고 가증스러운 좀팽이, 속 좁은 똥개.

그녀는 책을 떨어뜨리지 않으려 노력하며 방 안을 걸어다녔다. 몇 번쯤 커다란 쿵소리를 울리며 책이 떨어졌을 때, 대령은 고개를 들어올리고 그녀가 다시 머리 위에 책을 올리고 걸을 때까지 기다렸다가 시선을 신문으로 돌렸다.

목이 아파 왔다. 어깨에서도 경련이 일어났고 책들이 머리에 구멍을 낸 듯한 기분이 들기 시작했다. 그런데 힐끗 시계를 보았을 때 겨우 15분밖에 지나지 않았다는 것을 알자 그녀는 경악했다.

이건 스페인의 가장 뜨거운 여름날, 수통도 없이 말을 달리며 땀이 흐르는 얼굴에서 파리들을 쫓아내는 것보다 더 지독한 고문이다.

'우습게 굴지 마! 그 정도로 지독하지는 않아.'

비록 얼마나 더 우스꽝스러운 꼴이 될지는 모르지만, 이보다 더한 것도 견뎌낼 것이다. 이 빌어먹을 영국 대령은 그녀가 백기를 흔들어대길 바라고 있는 것이다. 하지만 그녀가 그런 만족감을 줄 마음이 있다 해도, 계획을 포기할 수는 없었다.

줄리앙은 그녀의 생각들을 짐작할 수 있었다. 분노와 결의가 왔다갔다하는 것이 훤히 들여다보였다. 그는 머리 뒤로 두 손을 얹고 눈을 반쯤 감은 채로 그녀의 모습을 지켜보았다. 심술궂은 훈련 방법이 또 뭐가 있을까 생각하면서. 그래도 탄탄한 몸매를 손상시키지 않으면서도 몸의 곡선을 부드럽게 보여주는 드레스를 입은 그녀의 모습은 무척이나 보기 좋았다. 문에서 노크소리가 들리자, 탐신이 머리의 책을 붙잡으며 즉시 걸음을 멈추었다.

집사가 안으로 들어왔다.

"손님이 오셨습니다, 나리. 마셜 부인과 따님, 펜드래곤 부부, 손튼 목사 부부입니다."

그가 주인 나리의 손님을 재빠르게 훔쳐보았다. 이 집안 사람들은 온통 이 젊은 레이디와 외국인 하녀, 거침없는 거인에 대해 탐색하느라 여념이 없었다. 세인트 사이먼 경이 설명해 준 것이라고는 이 젊은 레이디가 그의 보호를 받고 있으며 10월에 런던의 사교계에 데뷔할 때까지 트레가단에서 지내게 될 것이라는 정도뿐이었다.

줄리앙은 인상을 찌푸렸다. 아마도 이 근처의 모든 부엌마다 트레가단의 새로운 이방인에 대한 흥미로운 소식이 부글거렸을 테고, 부엌에서 떠들었던 말은 곧장 아침 초콜릿 쟁반과 함께 위층으로 올라갔을 것이다. 시골의 소문이란 자기 눈으로 직접 볼 때까지 기다려 주지 않았다.

"응접실로 모셨나, 히버트?"

"네, 나리."

"내가 곧 가보겠네. 펜드래곤 경과 손튼 목사를 위해서는 98년 된 버건디 한 병을 내드리고 레이디들에게는 차를 대접하게. 래터피어를 좋아하시지 않는다면. 래터피어는 있나?"

"네, 나리. 루시 양께서 좋아하시던 것이라, 창고에 항상 준비해 두고 있습니다."

"래터피어가 뭐예요?"

집사가 나가고 나자 탐신이 물어 보았다.

"역겹도록 단맛나는 술이지. 과실주."

"루시 양은 누구예요?"

"내 동생이오."

그가 눈살을 찌푸리며 잠시 그녀를 바라보았다.

"당신도 인사하러 가야 할 거요, 그들의 목적은 당신일 테니까. 내가 당신 몸이 안 좋다는 구실을 대지 않는 한 말이오."

그가 고개를 흔들었다.

"그것도 며칠밖에 써먹을 수 없는 핑계이지. 아무래도 받아들여야겠군."

"난 천박한 부랑자가 아니라구요."

놀랍게도 그녀의 목소리에는 상처받았다는 아픔이 담겨 있었다.

"이봐요, 아가씨. 당신은 제대로 앉는 것조차 못하잖소 이런 사교계에서 당신은 상처난 손가락처럼 금방 눈에 띄고 말 거요."

힐끗 시계를 바라보더니 그의 인상이 더욱 찌푸려졌다.

"난 가서 그들을 맞이하고 당신에 대해 설명하겠소. 당신은 십 분쯤 후에 그리로 오시오. 소개받을 때는 허리를 약간 굽히는 정도로 인사하시오. 이렇게."

그가 시범을 보이자 탐신이 엄숙하게 고개를 끄덕였다.

"한 번 해보시오."

그의 비판적인 시선이 그녀의 동작을 살펴보았다.

"완벽하진 않지만 어쩔 수 없지. 난 당신을 수녀원에서 자란 귀족의 딸 정도로 설명할 거요. 그러니 그들은 당신이 수줍은 성격일 거라 예상할 거요."

그가 문으로 걸어가다가 중요한 일이 생각난 듯 멈춰 섰다.

"당신 이름에 성이 붙어야 하는데. 하인들에게야 탐신 양으로 족할지 모르지만, 다른 사람들에게는 안 되오. 당신 아버지의 성이 무엇이오?"

탐신은 치밀어오르는 분노를 가라앉히려 애쓰며 어깨를 으쓱였다.

"그런 거 없어요. 아버지는 엘 바론이라고만 알려져 있었어요."

"그럼 세뇨르 바론의 딸이라고 해야겠군."

그가 그녀에게로 돌아와 한 손으로 그녀의 턱을 붙잡고 위협적인 표정을 지었다.

"이 사람들 앞에서 단 한 마디라도 경솔한 행동이나 말을 하면, 그걸로 끝장인 줄 아시오. 당신은 무엇에 걸어차인지도 모르게 이 집에서 쫓겨나게 될 테니까. 알아듣겠소?"

"내가 왜 경솔하게 굴겠어요? 그건 나에게도 아무 이득이 되지 않아요."

"그렇겠지. 하지만 내가 이보다 더 진지한 적이 없었다는 점만은 기억하시오. 실수로라도 혀를 잘못 놀린다면 당신은 길바닥에 나앉게 될 거요. 이 지역에서 난 지켜야 할 명예가 있소, 당신 때문에 그 명예를 위험에 빠뜨리지는 않을 거요.”

그가 난폭하게 그녀의 눈을 쏘아보다가 갑자기 그녀의 턱을 풀어 주고 서재에서 걸어나갔다.

탐신은 책상으로 책들을 던져놓았다. 도대체 내가 무얼 하리라고 생각하는 거야? 사람들이 많은 앞에서 음탕하게 끌어안기라도 할 걸로 생각하는 거야? 아니면 너무 지나치게 친근하거나 경솔한 말을 할까 봐 걱정하는 것뿐일까? 물론 그럴 가능성은 있었다. 그녀는 낯선 땅에서 낯선 사람들이 어떤 걸 올바르다고 생각하는지 알지 못하니까. 아직 교육을 받지도 못했잖은가.

그녀는 발끝을 들고 벽난로 위의 거울에 자신의 모습을 비춰보았다. 손가락으로 머리도 매만져 보았다. 아무래도 머리가 너무 길게 자랐다. 수녀원에서 자란 귀족의 딸은 어떻게 행동해야 하는 걸까? 수줍게 미소를 지어 보았지만, 왠지 설득력이 없어 보인다. 어쩌면 영어를 잘 못 하는 척하는 게 나을지도 모르겠다. 그러면 우발적인 실수를 막을 수 있을 것이다. 얌전하고 조용하게 앉아서 이해할 수 없는 말들을 이해하려 노력하듯이 미소지으며 고개만 끄덕이는 거야.

확실한 안전을 위해 그 방법을 택해야겠다. 줄리앙이 한 말은 한 마디 한 마디가 진심이었고, 그녀는 이 게임에서 작은 실수 하나도 용납할 여유가 없었다. 서재를 나서서 커다란 홀을 가로질러 응접실로 걸어갔다. 아참, 자세를 바꿔야 한다. 어깨를 쭉 펴고 엉덩이를 집어넣고 머리를 들어올리고 목을 세우고……. 이런 망할! 어떻게 그 많은 걸 다 기억할 수 있겠어?

그녀가 조용히 응접실 문을 열고 망설이며 멈춰 섰다. 이제부터 시작이다. 그녀의 심장이 빠르게 고동치기 시작했고, 방 안쪽에 둥글게 모여 있는 사람들을 바라보며 비로소 자신이 얼마나 위압적인 상황에 처해 있는지 깨달았다. 그녀는 한 번도 이런 사람들과 얼굴을 맞대 본 적이 없었다. 사실 이런 응접실 문턱에서 있어 본 적도 없었다. 그들 눈에 그녀가 어떤 모습으로 비칠까? 본능적으로 확신하는 한 가지는 우아하게 차려입은 옷차림에도 불구하고 자신이 그들과 비슷해 보이지는 않을 거라는 점이다. 외면적인 모습뿐만이 아니라 규정지을 수 없는 무언가……. 그녀가 살아온 인생의 방식에서 유래하는 무언가가 그녀에게 낙인처럼 찍혀 있는 것 같았다.

세 명의 여자들은 차분한 레이스 모자를 쓰고 짙은 색 드레스를 입은 중년의 기혼여성이었다. 엷은 베이지색 캄브릭 드레스를 입고 있는 젊은 여자도 나이가 들면 다른 여자들과 아주 똑같아지리라는 것을 알 수 있었다. 탐신은 별나라에서 내려온 외계인이 된 기분이었다.

펜드래곤과 목사가 텅 빈 벽난로 앞에 서서 잔에 담긴 포도주의 냄새를 맡아보고 있었다. 뚱뚱하게 살찐 두 남자에게서는 이런 분위기에 익숙한 사람의 자신감이 배어 있었다. 손튼 목사가 먼저 탐신을 알아차렸다.

"아, 우리의 외국인께서 도착하셨군요."

그가 상냥하게 미소지어 보였다.

줄리앙이 가느다란 다리의 의자에서 일어나 진지한 얼굴로 다가섰다.

"탐신, 내가 당신의 불행한 상황에 대해 손님들에게 설명해 드렸다오."

"페르돈? 노 콤프렌도, 세뇨르 세인트 사이먼."

그녀가 걱정스런 표정으로 입을 열었다.

경악하는 줄리앙의 표정에 하마터면 상황을 잊어버리고 웃음을 터트릴 뻔했지만, 간신히 진지한 모습을 유지하며 그녀가 손님들에게 불안한 미소를 던졌다.

줄리앙의 손이 그녀의 팔꿈치를 감아쥐었다.

"귀기울여 듣는다면 충분히 이해할 수 있으리라 믿소."

그의 손가락이 그녀의 살갗으로 파고 들었다.

"여러분, 세뇨리타 탐신 바론을 소개해 드리겠습니다."

한 명 한 명 소개받는 동안, 탐신은 조금 전의 그 얼빠진 미소를 띄운 채로 다소곳하게 고개를 숙여 보였다. 나이 든 여자들은 아무 말도 없이 고개를 끄덕이며 날카롭게 그녀를 평가하는 듯했고, 펜드래곤 경은 젊은 여자에게 보내는 나이 든 남자로서의 감탄스런 시선을 보냈다. 목사는 그녀의 두 손을 붙잡으며 자신의 교회에 나와 주기를 희망한다고 말했다. 탐신은 시선을 내리깔고 알아들을 수도 없이 인사말을 중얼거리며 이해하지 못하는 척했다. 그 다음에 따뜻하게 미소짓는 마셜 양과 인사하게 되자 조금이나마 마음이 편안해졌다.

"당신에게는 모든 것이 낯설겠군요. 고향을 떠나야 하다니 슬픈 일이에요."

"페르돈?"

탐신이 무슨 뜻이냐는 듯이 줄리앙을 올려다보자, 그는 이를 악물고서 통역해 주었다.

"아, 무이 아마블레."

탐신이 그 여자가 내민 손을 붙잡고 열성적으로 손을 흔들었다. 하지만 상대편의 놀란 얼굴을 보건대 열성이 너무 지나쳤던 모양이다.

"앉으시오, 니냐."

니냐(소녀라는 뜻)라구? 그녀의 굳어진 몸을 줄리앙이 의자 위로 내려앉혔다.

"사실 이 아가씨는 영어를 완벽하게 말하고 이해할 줄 알지요. 하지만 실수하는 게 두려운 모양입니다."

그의 입술은 미소짓고 있지만, 눈은 보복을 약속하고 있었다.

탐신이 적당하게 당황스러운 표정을 지었다.

"저…… 세뇨르…… 무이 아마블레."

줄리앙이 손님들에게로 시선을 돌렸다.

"여러분이 천천히 말씀해 주신다면, 이 아가씨도 충분히 알아들을 수 있을 겁니다."

마셜 양이 이해한다는 듯이 고개를 끄덕이고 아주 느리게 입을 열었다.

"말을 탈 줄 아나요, 세뇨리타?"

"말?"

탐신이 눈살을 찌푸렸다.

"오, 아주 좋아해요, 아주아주. 하지만 세뇨르 세인트 사이먼은 내가 잘 못 탄다고 말했어요."

"세인트 사이먼 경이 얌전한 말을 찾아주실 수 있을 거예요. 조만간 저와 같이 승마할 기회를 내주세요. 전 승마로를 산책하는 정도로만 말을 타니까, 전혀 걱정하실 필요 없어요."

탐신의 놀란 얼굴을 바라보며 줄리앙이 입을 열었다.

"당신에게 좋은 경험이 되겠군, 니냐. 이젠 날씨가 좋아졌으니 당신도 즐거울 수 있을 거요."

"맞아요, 지금까지는 날씨가 너무 황량했죠."

마셜 부인이 맞장구쳤다.

"농부들이 수확할 곡식들을 무척이나 걱정한답니다. 얼마나 오랫동안 여기에 머물 계획이신가요, 세인트 사이먼 경?"

"웰링턴 공작님을 위해 의회에서 할 일이 있습니다. 그리고 공작님은 탐신이 새로운 나라에 잘 적응할 수 있도록 제가 도와주기를 바라고 있지요. 시즌이 시작되면 전 루시에게 탐신을 부탁할 생각이랍니다."

이건 탐신이 전혀 모르던 사항이었다.

"페르돈? 노 콤프렌도."

'내가 결정할 때까지 당신은 운명의 날을 알지 못할 거요, 미나리.'

줄리앙이 속으로 다짐하였다.

"내 여동생 말이오."

"아, 시."

그녀가 미소지으며 의자에 등을 기대고 다리를 꼬았다.

레이디 펜드래곤이 경악한 시선을 보내는 찰나, 줄리앙이 재빠르게 탐신의 앞을 가로막으며 목사의 잔에 포도주를 채워 주었다. 그러면서 날카롭게 그녀의 발목을 걷어차자, 탐신은 서둘러 자세를 고쳐잡고 무릎 위로 두 손을 내려놓았다.

"교육은 어디에서 받으셨나요, 세뇨리타 바론?"

레이디 펜드래곤이 천천히 물었다.

탐신은 이해하려 애쓰는 것처럼 눈을 깜박이며 미간을 찌푸리다가 다음 순간에야 고개를 끄덕이고는 마침내 알아들었다는 듯이 활짝 웃어 보였다. 그리고 고갯짓과 손짓을 섞어 가며 유창한 스페인어로 재잘거렸다. 그녀의 말이 끝나자 멍하니 쳐다보고 있던 여섯 명의 얼굴이 일시에 대령에게로 돌아갔다. 벽선반에 기대어 팔짱을 끼고 냉소적인 표정으로 바라보고 있던 줄리앙이 어쩔 수 없이 입을 열었다.

"산 속의 수녀원이랍니다, 마담. 산꼭대기에 있는 대단히 엄격한 수녀원이지요. 노새를 타고서야 도착할 수 있는 곳이기 때문에, 그곳 사람들은 자매들 말고·다른 사람을 거의 보지 못한답니다. 탐신은 열 살 때 어머니가 돌아가신 후 그곳에 가게 되었다는군요. 열여덟 살 때 아버지가 그녀를 궁궐에 선보이려고 마드리드로 불러들였답니다."

탐신은 눈물 젖은 눈으로 무릎 위의 두 손을 비트는 시늉을 했다.

"불행히도 세뇨르 바론이 너무 갑작스럽게 돌아가시는 바람에, 그의 좋은 친구인 웰링턴 공작님과 제가 딸을 부탁받게 되었답니다."

"시, 시."

탐신이 화사한 미소를 줄리앙에게 보내고는 또다시 스페인어를 쏟아냈다.

"그녀는 영국으로 오는 것이 최선이었다는군요, 적어도 스페인의 전쟁이 끝날 때까지는."

줄리앙이 무표정한 얼굴로 통역해 주었다. 이런 장난에 짜증스럽긴 해도, 탐신이 흠잡을 데 없이 배경을 잘 숨기고 있다는 점은 인정해야만 했다.

"그렇군요, 정말 마음 고생이 심했겠어요, 바론 양."

레이디 펜드래곤의 말에 이어 손튼 부인이 탐신의 무릎을 토닥이며 물었다.

"혹시 그 동안 병이라도 났었나요?"

탐신은 잠시 멍한 표정이었다가 쾌활하게 스페인어로 대답했다.

"한 번도 병에 걸린 적이 없다는군요, 마담."

줄리앙이 고분고분하게 내용을 전해 주었다.

"그럼…… 정말 이상하군요. 그녀의 머리 모양이…… 대단히 특이해요."

탐신은 조금의 주저함도 없이 독창적인 대답을 만들어 냈다.

"아, 그건 수녀원에서 자랐기 때문이랍니다. 그곳 자매들은 머리를 짧게 깎도록 되어 있어서…… 허영의 죄를 막아내기 위해서라는군요."

"대단히 칭찬할 만하군요."

줄리앙의 통역을 듣고 나서 손튼 부인이 남편에게 고개를 끄덕여 보였다.

"우린 요즘의 젊은 처녀들이 너무 외모에만 신경 쓴다고 생각해요. 물론 헤스터는 다르지만."

그녀가 마셜 부인과 그 딸에게 미소지어 보였다.

"헤스터는 대단히 모범적인 처녀예요."

"그럼 당신 동생 레이디 포테스큐가 세뇨리타 바론을 맡게 되는 건가요, 세인트 사이먼 경?"

마셜 부인이 딸아이에 대한 칭찬에 만족스레 고개를 끄덕이며 물었다.

"그렇게 되리라 생각합니다."

그가 포도주를 마시며 대답했다.

"전 페닌슐라로 어서 빨리 돌아가 봐야 하거든요."

"그곳 상황은 어떻게 돼가고 있소, 세인트 사이먼?"

펜드래곤 경의 질문을 시작으로, 남자들은 전쟁에 대해 토론하기 시작했다.

여자들은 이따금씩 소외감을 느끼지 않도록 배려하는 듯 탐신에게 시선을 보내 가며 대화를 나누었다. 송아지 다리 요리법, 드레스에 장식하는 실크 레이스, 하녀들의 마땅치 않은 태도에 대해서 등등. 그러는 동안 탐신은 얌전하게 의자에 앉아 남자들의 대화에 바싹 귀를 기울였다. 그녀와 대단히 밀접한 내용이 나올 때마다 끼어들지 않기 위해 혀를 깨물어야 했지만.

"주일날 당신의 손님도 함께 교회에 오시리라 믿어요."

손튼 부인이 장갑을 끼는 것으로 마침내 방문객들은 떠날 준비를 하며 일어섰다.

"탐신도 기꺼이 갈 겁니다. 그렇지 않소, 니나?"

“페르돈?”

줄리앙이 차갑게 그녀를 쳐다보자, 탐신은 속눈썹을 깜박이며 순진한 척 그를 올려다보았다. 하지만 그의 험악한 시선을 보고는 그가 손님들을 각각의 마차로 에스코트해 주는 동안 신중하게 뒤로 물러나 있었다.

“그 아가씨에게 돌봐주는 사람이 있나요?”

마셜 부인이 마차에 오르다가 잠시 멈춰 서서 물었다.

“네, 대단히 무시무시한 스페인 레이디지요. 그녀만으로 충분치 않다면, 보디가드도 한 명 있답니다. 거대한 스콧 사내지요, 그의 임무는 적당한 심사를 거칠 때까지 그녀에게 접근하는 낯선 자들을 궁지로 몰아넣는 것인 듯하답니다. 이제 곧 마을에 그에 대한 소문이 번질 겁니다. 가브리엘은 그냥 지나치기 힘든 사내니까요.”

마셜 부인은 잠시 생각해 보더니 만족스러운 듯 고개를 끄덕였다. 헤스터 마셜이 마차에 올라 어머니 옆에 자리잡으며 탐신에게 한 손을 내밀었다.

“안녕히 계세요, 세뇨리타. 우리 꼭 같이 승마하도록 해요.”

“그래요.”

탐신이 이번에는 좀더 점잖게 그녀의 손을 마주 잡았다.

“그리고 날 탐신이라고 불러 주세요. 그게 무이 비엔, 더 좋겠지요?”

헤스터가 미소지었다.

“탐신. 아주 예쁜 콘월 이름이군요. 세인트 사이먼 경에게 당신 어머니가 오래 전 이 지역에서 살았다는 말을 들었어요. 당신도 날 헤스터라고 불러 주세요. 우린 좋은 친구가 될 수 있을 거예요.”

탐신은 줄리앙의 옆에 서서 떠나가는 마차에 열심히 손을 흔들어 주었다.

"됐소. 이젠 안으로 들어가시오!"

마차가 시야에서 사라지자마자 줄리앙이 탐신의 허리를 감아 안고 집 안으로 성큼성큼 들어갔다.

"도대체 무슨 짓을 한 거요?"

"그게 완벽한 해결책인 것 같았어요."

그가 그녀의 등을 밀어 서재 안으로 들여보내고 경첩이 흔들릴 정도로 힘껏 문을 닫아 버렸다.

"난 실수로라도 그 사람들에게 경솔하거나 아니면 감정 상하게 할 말을 할까 봐 걱정스러웠던 거예요. 영국 사교계에 대해서 아무것도 모르니까요. 말을 줄이는 게 안전할 것 같았어요. 그럼 당신이 불안해 할 이유도 없을 테구요."

그녀가 그의 소매에 한 손을 올려놓았다.

"당신이 끔찍하게 협박했잖아요, 대령님."

"그렇게 순진한 척하지 마시오. 당신은 그들을 농락했소. 나도!"

"아니에요. 당신도 조금만 생각해 보면 그게 완벽한 해결책이라는 걸 알게 될 거예요. 내가 모든 걸 다 기억할 수 있을 때까지는요. 말을 하지 않으면 잘못된 말을 할 수도 없을 테고, 모두들 날 특이하게 생각할 테니까 조금 이상한 행동을 해도 흘겨보지 않을 거라구요. 내가 실수하지 않을 정도로 배울 때까지는 적당히 영어를 모르는 척하면 될 거예요. 그래서 내가 데뷔할 때…… 당신이 날 풀어 줘도 안전하겠다 싶을 때, 그때 능숙한 영어로 얘기하면 되지요."

"당신을 풀어 줘도 안전할 때라고? 맙소사!"

줄리앙이 이마 위에 흩어진 머리카락을 긁어댔다.

"생쥐들 소굴에 풀어놓은 코브라처럼 안전하겠지."

"어머나!"

탐신이 소리 질렀다.

"무슨 그런 끔찍한 생각을! 내 계획이 뭐가 잘못됐다는 거예요? 완벽하기 그지없는데."

줄리앙이 포기한 듯 고개를 흔들었다. 그 말이 맞다고 인정해야겠지만, 그런 말을 해주고 싶지는 않았다. 그는 술이 놓여 있는 바로 걸어가 포도주를 따른 다음 그녀를 바라보았다.

"한 가지 더 말해 둘 게 있어요. 다시 한 번 날 니냐라고 부르면, 당신 혓바닥을 잘라 버릴 거예요!"

"이봐 아가씨, 당신이 이 계획에서 감당하는 역할에는 그 말이 가장 어울리오. 영어도 잘 못 하고 낯선 땅의 관습에 적응하려 애쓰는 꼬마 아가씨, 허영의 죄와 싸우며 산꼭대기 수녀원에서만 지내 온 후에 넓은 세상의 공포에 직면해 있는 소녀 말이오."

"난 그게 꽤나 괜찮다고 생각했어요."

그녀가 변명하듯이 말했다.

"뭐, 당신은 독창적인 것 빼면 아무것도 없겠지, 니냐."

그의 입술이 웃음기로 떨리는 동안, 그녀는 성난 고양이처럼 이를 드러내며 그에게 달려들었다. 그가 그녀의 허리를 두 손으로 감아 바닥에서 들어올렸다.

"독창적이고 약삭빠른 산적이 이제 말을 잘 못 탄다고 말해 놨으니 살찐 조랑말을 타고 승마로나 돌아다녀야 하게 됐군."

"말도 안 돼요!"

탐신이 두 다리를 흔들어대며 소리쳤다.

"말이 되고말고."

그가 씨익 웃었다.

"독창적인 거짓말을 설득력 있게 만들어 줘야지. 세자르 위에 올라탄 모습을 보여줄 수는 없잖소?"

"밤에만 타면 돼요. 날 내려놓으라구요."

그가 두 손 사이로 스르르 그녀를 미끄러뜨렸다. 그녀의 젖가슴에 손이 스치면서 그의 조롱 섞인 미소가 사그라들었다. 그녀의 보랏빛 눈동자에서도 분노가 빠져나갔다. 그녀의 발을 양탄자 위로 내려놓고 그의 두 손이 모슬린에 감싸인 그녀의 젖가슴 위로 움직였다. 언제나 상상을 초월할 정도로 민감한 젖꼭지가 오똑 솟아오르고 그녀의 입술이 기대감어린 숨결을 토해내며 살짝 벌어졌다.

"여기서? 지금?"

그녀가 흥분 섞인 목소리로 중얼거렸다.

지금은 한낮이었다, 그리고 닫힌 문을 통해 일상적인 집 안의 소리들이 들려왔다. 창문 너머로 화단의 잡초를 정리하는 정원사의 모습도 볼 수 있었다.

탐신의 얼굴이 욕망으로 반짝이고 있었다. 그녀가 그의 흥분한 허벅지에 대고 음탕하게 하체를 꿈틀거렸다.

"문에 기대."

그의 목소리가 다급하고 딱딱하게 흘러나왔다.

"빨리."

그녀의 등을 문에 기대어 놓고 그가 거칠게 치맛자락을 허리 위까지 끌어올렸다.

"이걸 원하는 건가, 바이올렛?"

"그래요."

그녀가 속삭였다.

"그럼 이건?"

그의 손이 허벅지 사이로 들어가 촉촉하게 젖은 속바지를 지긋이 눌렀다. 그의 손길에 그 부드러운 육체의 꽃잎이 뜨거워졌다.

"그래요."

눈동자를 번득이며 그녀는 그의 행동을 기다렸다.

미친 짓이었다. 그는 무모한 정열의 파도에 휩쓸려 버렸다. 그녀의 속바지가 발목으로 떨어지고 그의 성급한 손의 침입에 그녀의 다리가 벌어졌다. 그의 손가락이 그녀의 몸 속으로 움직여 다녔다. 소용돌이치는 진홍색 안개에 정신을 잃어버리며 그녀는 고개를 뒤로 젖히고 몸을 앞으로 밀어댔다.

그의 입술이 그녀의 목과 어깨가 만나는 부드러운 곡선을 스치고 이로 살짝 깨물었다. 그녀의 목에서 낮은 신음이 새어나오는 순간, 그의 육체가 그녀의 몸 속 깊숙이 들어왔다. 그가 안으로 깊이 찔러 들어오며 그녀의 입에서 환희의 신음소리가 터지기 전에 자신의 입술로 그 소리를 막아내었다.

잠시 후 그녀는 부르르 몸을 떨며 문에 힘없이 기대어 섰다. 무릎이 휘청거리고 드레스는 땀으로 젖은 살갖에 들러붙었다. 줄리앙이 관능적인 만족감으로 느릿하게 미소지으며 그녀의 입술 위를 손가락으로 가볍게 매만졌다.

"당신네 수녀원 사람들이 뭐라고 할까? 그 엄격하신 분들이?"

탐신은 그저 고개를 흔들 뿐이었다. 줄리앙 세인트 사이먼 대령이 처음으로 그녀에게서 할 말을 앗아갔다.

17

"세인트 사이먼이 트레가단에 돌아왔다."

세드릭 펜할란이 잔에 담긴 포도주의 향기를 음미하고 한 모금 마신 다음 집사에게 고개를 끄덕여 보였다. 집사가 펜할란의 잔과 맞은편에 앉은 펜할란가 쌍둥이의 잔에 각각 포도주를 채워주었다. 자작이 잔을 들어올리자 저물어 가는 마지막 햇살이 사파이어 인장 반지에 닿아 번쩍거렸다.

"우리도 오늘 아침에 그자를 봤어요."

데이비드가 새끼 비둘기 고기를 접시에 덜어내며 대꾸했다.

"완전히 벌거벗은 채 어떤 계집과 바닷가에서 놀고 있더군요."

찰스가 낄낄거렸다.

"트레가단 영지에 들어갔다고?"

세드릭의 검은 눈동자가 번득였다.

"모래사장 그 위의 절벽에서, 까마귀 사냥을 하다가 길을 잘못 들어서……."

“길을 잘못 들어간 것이 아닐 텐데.”

그들의 삼촌이 지극히 침착한 목소리로 말했다.

“우린 세인트 사이먼이 집에 돌아왔는지 몰랐어요.”

데이비드가 볼멘소리로 입을 열었다.

“그자는 이 년 동안이나 떠나 있었잖아요, 동생 결혼식 때만 빼고.”

“그리고 그 이 년 전에 너희들은 세인트 사이먼의 땅에 들어오지 말라는 경고를 받았지. 너희가 왜 그런 경고를 받았지?”

그가 경멸스런 눈초리로 두 조카들을 번갈아 바라보았다.

아무 대꾸도 없었다. 두 젊은이는 접시만 바라볼 뿐이었고, 집사는 신중하게 그늘진 곳으로 물러났다.

“이유가 뭐였지?”

세드릭이 낮은 목소리로 다그쳤다.

“너희 둘 중 하나쯤은 기억하고 있을 텐데.”

어색하게 몸을 꿈틀대다가 데이비드가 아까와 같이 볼멘소리로 말했다.

“그 여자는 화냥년이었어요. 우린 그 여자와 놀아준 것뿐이라구요.”

“아, 그것뿐이라고?”

세드릭이 눈썹을 들어올리며 송어 한 마리를 자신의 접시로 옮겨담아 조용히 식사했다. 다른 두 남자는 움직이지도 못했고, 데이비드의 접시에 담긴 새끼 비둘기에는 기름이 뭉쳐지고 있었다.

“그것뿐이라고?”

세드릭이 다시 입을 열었다.

“너희들은 그 여자아이를 꾀어냈어, 그 애가 몇 살이었지? 열네 살이었던가?”

그가 대답을 기다리며 두 녀석들을 바라보았다.

“그래도 익을 만큼은 익었어요. 그 애 엄마는 화냥년이었다구요. 그건 모두가 알고 있어요.”

찰스가 대꾸했다.

“아, 내가 알기로 그 애 엄마는 그 전 해에 죽었고 그 당시 그 애는 아버지와 둘이서 살고 있었어. 세인트 사이먼가 사람들에게 꽤나 신뢰받는 소작인. 하지만 내가 잘못 알았던 건지도 모르지.”

그가 집사에게 다시 포도주를 채우라고 손짓했다.

“내가 잘못 알았던 거냐?”

그의 시선이 적나라한 증오심을 숨기며 테이블만 내려다보고 있는 데이비드에게 화살처럼 꽂혔다.

“아뇨. 하지만 우린 그걸 몰랐어요.”

“그래, 물론 너희들은 몰랐지. 겁탈을 하고 매질하고 간신히 숨만 쉬는 애를 해변에 벌거벗겨 놓았을 때, 너희들이 세인트 사이먼의 소작인 중 하나를 건드렸다는 걸 몰랐겠지.”

자작이 다시 포도주를 깊이 들이켜 긴장된 침묵을 만들었다. 자신 외에는 식욕 있는 사람이 없다는 것을 알지 못하는 것처럼, 그는 말없이 파이를 잘라 먹었다.

“물론 너희들은 몰랐을 거야. 그 여자애가 누군가에게 말할 수도 있다는 걸……. 여름날 오후 내내 자신을 겁탈했던 자들의 정체를 그 애가 알아챌 수도 있다는 걸. 물론 이 지역의 모든 사람들이 너희들을 알고 있다는 생각도 미처 못했겠지.”

그가 갑자기 경멸스런 분노를 터트렸다.

“난 너희들이 무슨 짓을 하든 전혀 관심 없어, 이 개망나니 얼간이들아. 일개 군단의 여자들을 건드린다 해도 상관없다구. 하지만 개들조차도 자기 땅의 흙은 더럽히지 않아!”

쌍둥이가 날카롭게 숨을 들이쉬며 얼굴을 붉혔다가 동시에 창백해졌다. 세드릭은 미소지었다. 그들의 분노를 건드렸다는 것이 즐거웠다. 두려움으로 그 분노를 삼키는 모습을 보는 건 더더욱 즐거웠다. 비록 경멸스러움이 증가되긴 했지만.

펜할란 일가 중에서, 오직 셀리아만이 그에게 고개를 치켜들었다.

갑자기 그는 조카들을 괴롭히는 일에 흥미를 잃어버렸다.

셀리아, 어제 보았던 그 여자아이. 잠깐 동안 그가 셀리아로 착각했던 아이. 물론 말도 안 되는 일이다. 오랜 세월이 지나 그의 기억이 혼미해진 탓이리라. 그 연한 머리색과 호리호리한 몸매 때문에 잠시 혼란스러웠던 것뿐이다. 그럼에도 불구하고 너무도 비슷했다. 그 아이는 그가 셀리아를 떠나 보냈을 때 바로 그 나이쯤 되어 보였다.

그 아이는 세인트 사이먼과 무슨 관계일까.

세드릭이 다시 조카들에게 시선을 들어올렸다.

"오늘 아침에 세인트 사이먼이 어떤 계집하고 무얼 했다고?"

찰스와 데이비드는 이제 삼촌의 심술궂은 비난이 그쳤다는 걸 알고 안심했다.

"바닷가 모래사장에서 홀딱 벗고 있더라구요. 우린 절벽 위에 있어서 자세히 보진 못했지만 여자애는 너무 말라깽이라서 사내아이로 착각할 정도였어요."

데이비드가 확인을 받으려는 듯 찰스를 바라보며 낄낄거렸다.

"우린 세인트 사이먼이 군대에서 새로운 취향이라도 얻어갖고 온 줄 알았어요."

찰스가 얇은 입술을 비틀며 덧붙였다.

"바보 같은 소리. 그 여자애는 어떻게 생겼더냐?"

"체격이 작고 아주 연한 머리색이었어요. 우린 그것밖에 볼 수 없었어요."

세드릭이 턱을 매만지며 생각에 잠겼다. 보드민에서 보았던 그 여자아이가 맞는 것 같았다.

"세인트 사이먼이 트레가단에 애인을 데려온 걸까?"

그가 그 질문에 스스로 결론을 내렸다.

"그건 그자의 스타일이 아니야. 도대체 그 여자는 누구지?"

그는 자신이 큰 소리로 말했다는 것을 알아차리지 못했고, 쌍둥이 사이에 교환되는 눈짓도 깨닫지 못했다. 그가 구운 감자를 접시에 덜고 입에 넣어 씹기 시작하자 식당 안은 다시 침묵에 휩싸였다.

세드릭의 생각은 다시 여동생에게로 돌아가 있었다. 요즘에는 그녀에 대해 별로 생각한 적이 없었는데 보드민에서 본 그 여자애가 기억의 줄을 당겨놓았다.

영리하고 대단히 재치 있었던 아이. 셀리아가 그의 지시에 따라 적당한 사람들과 어울렸다면 매우 쓸모가 많았을 것이다. 그의 영향력을 넓히는 발판으로 이용할 수도 있었을 테고.

하지만 셀리아는 가문의 의무감 따위는 신경 쓰지 않았고 위험스러울 만큼 엉뚱했다. 그리고 그를 파멸시키겠노라고 위협까지 했다. 그래서 그는 그녀를 처리하는 극단적인 방법을 쓰는 수밖에 없었다. 참으로 슬픈 일이다. 그의 눈을 똑바로 쳐다보지도 못하는 자들에게 둘러싸인 지금, 동생이 옆에 있다면 분명 즐거운 말동무가 되었을 텐데.

이 남동생의 두 자식들은 역겹고 불쾌하기 그지없었다. 7살 때 그의 보호 아래 들어온 순간부터 줄곧. 그 여자애에 대한 일은 정도가 너무 지나쳤다. 자신이 그 아이의 아버지에게 관대하게 지갑을 열어주지 않았다면, 대단히 볼썽 사나운 꼴이 되었으리라.

세인트 사이먼은 그 일을 법정으로 끌고 가려 들었지만 다행히도 아이 아버지가 막대한 돈을 받고 입을 닫기로 해서 마무리되었다.

　　그러나 세인트 사이먼은 펜할란의 쌍둥이들이 다시 한 번 그의 땅에 발을 들이면 묵과하지 않을 거라고 맹세했다. 그리고 그 말이 진심이라는 것을 어느 누구도 의심치 않았다.

　　솔직히 그 두 녀석들이 세인트 사이먼에게 당하는 모습을 보는 게 오히려 유쾌할 것 같기도 했다. 그들이 가는 곳마다 언제나 악명 높은 평판이 따라붙어, 존경할 만한 가문에서는 펜할란가의 이름에도 불구하고 그들과 중매조차 거론되는 것을 싫어했다.

　　"서재로 코냑을 가져오게."

　　그가 떡갈나무 바닥에 긁히는 소리를 내며 의자를 밀어냈다.

　　세드릭이 더 이상 한마디도 없이 집사를 뒤에 달고 식당에서 걸어나가자, 쌍둥이들은 자리에서 반쯤 일어났다가 내려앉았다. 하인이 찰스 옆에 포도주병을 내려놓고 나서 그들만을 남겨놓고 나갔다.

　　"우리가 그 질문에 대답해 주는 건 어떨까?"

　　찰스가 자신의 잔에 포도주를 따르고 데이비드에게 술병을 건네주었다.

　　"무슨 질문?"

　　데이비드의 눈도 쌍둥이 형제와 마찬가지로 번들거렸다. 식욕은 전혀 없었지만, 술에 있어서는 거절하는 법이 없는 그들이었다.

　　"세인트 사이먼의 계집에 대한 거."

　　찰스가 포도주를 단번에 들이켜고 나서 다시 술병으로 손을 뻗었다.

　　"삼촌은 그 여자가 누군지 알고 싶어해. 우리가 알아내는 거야. 우리한테 잘 했다고 할걸."

　　"고마워할지도 모르지. 하지만 어떻게 알아내지?"

　　"물어 보는 거야, 물론 정중하게."

"아, 그래. 그 화냥년한테 아주 정중하게 물어 보는 거야."

찰스가 쌍둥이 형제에게 윙크를 해보였다.

"하지만 세인트 사이먼의 땅에 들어가지도 못하는데 어떻게 물어 보지?"

찰스는 포도주 안에 대답이라도 들어 있는 것처럼 술잔 속을 곰곰이 들여다보았다.

"언젠가는 밖으로 나오겠지. 영원히 그 안에만 있을 수는 없잖아. 만날 사람도 있을 테고, 할 일도, 쇼핑할 물건도 있을 테니까."

"세인트 사이먼이 그 여자를 발가벗겨 집 안에 가둬 놓지만 않는다면."

데이비드가 호색스럽게 낄낄거렸다. 그들은 잠시 그들을 즐겁게 해주기 위해 기다리고 있는 벌거벗은 여인을 상상하고 있었다.

"그 여자는 언젠가 집에서 나오게 될 거야. 그때 우리가 상냥하게 물어 보는 거야. 우리가 아주 상냥하게 물어 보면, 그 여자는 우리 삼촌이 알고 싶어하는 걸 말해 줄 거야."

"그 여자 쪽에서는 우릴 모르는 게 낫겠지. 삼촌이 좋아하지 않을 거야, 그 사건 후로는 더더욱 그래."

"마스크나 도미노 가면이면…… 괜찮을 거야."

"도미노 가면은 안 돼. 주머니 속에 들어가지 않는다구. 마스크는 어디든 가지고 다녀도 눈에 띄지 않아."

"맞아. 이제부터 항상 마스크를 가지고 다니자. 그 여자를 만나게 되면, 그걸 쓰고 몇 가지 질문을 해보는 거야."

그들은 대단히 만족해 하며 포도주병으로 관심을 집중시켰다.

"편지 왔어요."

다음 날 아침, 탐신이 편지봉투를 흔들어대며 서재 안으로 들어섰다.

"필체로 보아 여자가 보낸 것 같아요. 사교계 레이디들은 다들 이렇게 날아갈 것처럼 글씨를 쓰나요? 내가 이런 것까지 배워야 하는 건가?"

그녀가 비판적으로 편지를 살펴보았다.

"너무 어린애 취향이야, 하늘색 종이라니. 이 여자, 당신 애인인가요?"

줄리앙이 말없이 손을 내밀자 탐신은 그에게 건네주고 나서 책상 끝에 걸터앉았다.

"애인이 나 말고 또 있어요? 하긴 난 애인이라고 부르기에는 적당치가 않아, 그렇죠?"

"당신을 묘사하기에 적당한 말이 있을지는 의심스럽군. 당신은 말 자체를 무색하게 하니까. 책상에서 내려오시오. 숙녀답지 못한 행동이오."

"물론 그렇겠지요, 대령 나리."

그녀가 책상에서 미끄러져 내려와, 치맛자락을 옆으로 밀치고 한쪽 발을 앞으로 내밀며 무릎 하나로 꿇어앉았다.

"이 정도면 폐하께 대한 충분한 예의가 될까요?"

줄리앙은 그녀가 그 과장된 자세의 위험성을 모른다는 걸 알아차렸다.

"한 번 일어나 보시오."

탐신은 즉시 일어나기가 불가능하다는 것을 깨달았다. 그녀가 양탄자 위에 엉덩방아를 찧고 짜증스러운 표정으로 앉아 버리자, 줄리앙이 웃음을 터트리며 편지로 시선을 돌렸다.

탐신이 비틀비틀 일어나 치마에 묻은 먼지를 털어냈다.

"누구 편지예요?"

"내 동생."

그가 짤막하게 대꾸하고 편지 내용을 훑어보았다.

"이런 빌어먹을! 가레스가 충동질했군, 그놈의 게으름뱅이 흔적이 다 드러나 있어. 내 동생과 그 남편이 이리로 오는 중이라오. 가레스가 한동안 빚쟁이들의 독촉에서 벗어나 마음껏 즐기고 싶은 거야."

그가 시선을 들어올리고는 어느새 다시 책상머리에 앉아 있는 그녀를 보고 인상을 일그러뜨렸다.

"그렇게 앉지 말라고 했잖소!"

그의 손이 그녀의 엉덩이를 세차게 내리쳤다.

탐신이 벌떡 일어서며 생각에 잠긴 표정으로 그를 바라보았다.

"당신 동생이 오는 걸 왜 그렇게 신경 쓰는 거예요?"

"왜일 것 같은가?"

"나 때문에?"

"정확하오."

탐신이 눈살을 찌푸렸다.

"그게 왜 문제가 된다는 거죠? 내가 그녀를 싫어할까 봐? 아니면 그녀가 날 좋아하지 않을까 봐?"

그는 어딘가 음흉한 장난기가 있을 거라 확신하며 잠시 살펴보았지만, 그녀는 평소의 솔직함으로 쳐다보고 있을 뿐이었다. 그 작은 코와 단호하고 날카로운 턱, 매끄러운 갈색 뺨에 닿았다 떨어지는 풍성한 속눈썹을 바라보며 그의 몸 속에 또다시 다급한 욕망이 살아났다. 그의 몸에 닿아 부드럽고 움직이던 육체, 절정에 오르면서 질러대던 환희의 신음소리가 생생하게 뇌리에 떠올랐다.

어떻게 이 특이한 여자와 동생을 한 지붕 안에 놓아둘 수 있겠는가? 루시는 순진하고 교양 있으며 얌전하고 흠잡을 데 없는 레이디였다. 그런데 이 사생아 여산적은 모든 면에서 그 반대였다.

하지만 이젠 너무 늦어 버렸다. 편지 날짜로 보건대, 루시와 가레스는 이제 곧 도착할 것이다. 아니, 어쩌면 벌써 보드민 황야를 지나고 있을지도 모른다.

"한 가지만 분명히 해둡시다. 내 동생은 모든 사람들이 아는 정도만을 알고 있을 뿐이오. 당신이 고아이며, 나에게 비공식적인 보호를 맡긴 웰링턴 공작의 피후견인이라는 것. 당신은 그 사실에 어울리는 행동을 해야 할 것이오."

탐신이 어깨를 으쓱이며 고개를 끄덕였다.

"난 당신 동생을 불안하게 만들 마음은 없어요."

"그래야지. 이상한 말 한 마디면 당신은 내 집에서 떠나야 할 테니까."

탐신이 입술을 잘근잘근 씹었다.

"하지만 당신 동생이 결혼했으면 그리 순진하지도 않을 텐데요."

줄리앙의 눈에서 파란 불길이 번득였다.

"당신은 내 동생에 대해 어떤 판단도 내릴 자격이 없소. 당신은 그런 여자들을 이해하지도 못해, 그들이 교육받은 방식이나 인생을 바라보는 방식 모두. 당신은 순결이라는 말 자체를 몰라. 결혼 서약의 신성함을 이해하지 못하는 것은 물론이고. 빌어먹을, 당신 부모도 결혼……."

"내 부모님을 비난하지 말아요."

탐신의 목소리가 격렬하게 튀어나왔다.

"나도 한마디해야겠군요, 세인트 사이먼 경. 전통이나 형식, 신성함과 순결을 지껄이는 당신은 사회의 확인증서를 필요로 하지 않는 깊은 사랑을 전혀 이해하지 못해요."

그녀의 얼굴이 분노로 창백해졌고 눈동자에는 그 이상의 무언가가 깃들여 있었다. 그녀가 휙 돌아서며 씁쓸한 목소리로 말을 이었다.

"당신은 다른 사람의 모습을 있는 그대로 사랑하지 못해요. 그런 건 상상도 할 수 없을 걸요. 당신이 정해 놓은 틀에 완벽하게 어울리지 않는 사람에게는 절대 사랑을 주지 않아요."

그가 대꾸하기도 전에, 그녀는 치맛바람을 일으키며 문을 쾅 닫고 나가 버렸다. 그는 그 닫힌 문을 멍하니 응시했다.

왜 그런 말이 나온 거지? 왜 그런 식으로 공격한 것일까? 그가 그녀의 부모에 대해서 들먹인 건 지나쳤지만, 그녀의 공격에는 왠지 개인적인 감정이 담겨 있었다. 사랑이라구? 그가 누구를 사랑하든, 어떻게 사랑하든 무슨 상관이란 말인가?

하지만 그 씁쓸한 목소리는 곧 울음을 터트릴 것 같았다. 그녀의 분노한 눈동자 안에서 상처를 본 것 같았다. 그리고 그는 어떤 제한선을 넘어 버렸다는 걸 알았다. 그에게는 그녀의 부모를 비난할 권리가 없다.

하지만 그는 곧 집 안에 여동생이 있다 해도 그녀와 함께 있을 때마다 약해져 버리는, 그녀에게 저항할 수 없는 자신에 대한 두려움 때문에 그런 공격을 했다는 걸 알아차렸다.

창문 너머로 모래사장을 향해 달려가는 탐신의 모습이 보였다. 넘어지지 않도록 치마를 들어올리고 맨발로 달려가는 그녀의 머리가 햇살 속에서 반짝거렸다. 저런 여자는 다시 만나지 못할 것이다. 900년을 살았다는 전설상의 인물처럼 아주아주 오래 산다 해도. 그녀 같은 여자는 다시 없을 것이다, 이 지구상 어디에도.

탐신은 꽃의 들판 속으로 뛰어들었다. 인정하고 싶지 않은 어떤 것으로부터 도망치는 것 같은 느낌이었다. 하지만 작은 모래 사장에 도착해 하얀 모래가 발가락 사이로 파고 들자, 더 이상

도망칠 곳이 없었다.

그녀는 숨을 깊이 들이쉬고는 얕은 파도로 천천히 걸어갔다. 파도에 실려온 모래가 그녀의 발바닥에 닿았고 태양빛을 받아들인 바닷물은 따뜻했다.

치맛자락에 물이 스며드는 것도 아랑곳하지 않고 해안을 따라 발길을 옮겼다.

무슨 일이 일어난 걸까? 마치 부글거리는 솥단지의 뚜껑을 열어 버린 것처럼 그녀의 입에서 말들이 쏟아져 나왔다. 부모님을 방어한 것은 이상한 일이 아닌 당연한 일이었다. 하지만 사랑에 대해서 했던 말은? 세실과 엘 바론의 딸 탐신에게, 꽉 막힌 자존심 덩어리 영국 나리가 자기와 비슷한 류의 여자와 미래를 꾸려 간다 한들 무슨 상관이란 말인가?

그녀는 세드릭 펜할란을 파멸시키자마자 스페인으로 돌아갈 것이다. 세인트 사이먼 대령은 그녀에게 쓸모 있고 필요한 존재였다. 그리고 이 일이 끝나고 나면, 그는 자신이 어떻게 이용당했는지 깨달으며 그녀를 갈기갈기 찢어내고 싶어할 것이다. 그렇다 해도 그를 탓할 수는 없다.

음울하게 멈추어 서서 무언가 기운을 북돋을 만한 것을 찾아 주위를 둘러보았다. 부드럽게 휘어진 해안의 아름다움, 바다와 맞닿아 있는 대지, 눈부시게 파란 하늘. 절벽 위를 힐끗 올려다보았을 때, 그녀의 뱃속이 꿈틀거렸다. 전에 보았던 두 남자가 그곳에 또 서 있었다.

그들은 그녀를 지켜보고 있었다. 이상하게 섬칫한 감각이 등줄기로 기어올라와 머리가죽을 죄어 왔다. 그녀는 물 밖으로 첨벙첨벙 걸어나와 집 쪽으로 되돌아갔다.

길을 돌아나오던 가브리엘이 그녀의 모래범벅 치맛자락과 맨발을 보더니 눈썹을 들어올리며 웃어댔다.

“꼬마야, 그런 모습을 볼 만한 방문객이 없길 바란다.”

불행한 느낌에 젖은 채로 그녀는 힘없이 대꾸했다.

“갈아입을 거야.”

가브리엘의 눈매가 날카로워졌다.

“왜 그러냐, 꼬마야?”

“별일 아니야.”

그녀가 애써 미소지어 보였다.

“세실과 바론에 대해 생각하고 있었어.”

완벽한 진실은 아니었지만, 거짓말도 아니다.

“그렇구나.”

그가 고개를 끄덕이고는 그녀의 어깨에 팔을 두르며 씩씩하게 말했다.

“너한테 전해 줄 정보가 있다. 부두의 어부에게서 들은 얘기야.”

“펜할란에 대해서?”

그가 예상한 대로, 그녀는 즉시 우울함에서 빠져나오며 눈을 반짝거렸다.

“그 조카들, 너의 사촌들은 쌍둥이란다. 걸으면서 얘기하자.”

그들은 과수원으로 산책하듯이 걸어갔다. 어떤 각도에서 보아도 일직선으로 심어진 듯한 나무들이 탐신의 눈길을 끌어당겼다.

“그래서?”

나무들 속으로 깊이 들어서자 탐신이 재촉해 물었다. 가브리엘의 정보는 그녀를 여기까지 오게 만든 그 계획과 관련이 있었다. 하찮은 감정 때문에 혼란스럽게 만들 수는 없는 목표. 그 일에만 신경을 집중시킨다면, 줄리앙 세인트 사이먼에게 품었던 이 터무니없는 감정들은 희미하게 사라질 것이다.

“이 년쯤 전에 너의 사촌들이 대령의 땅에서 말썽을 일으킨 모양이야."

탐신은 가브리엘의 이야기에 귀를 기울였다. 풀잎에 발을 문질러 모래를 털어내면서, 그런 쓰레기 같은 인물들과 가까운 친족이라는 생각에 소름이 끼쳤다.

가브리엘이 머리 위의 가지에 달려 있는 배 하나를 만져 보았다.

"아직 몇 주 더 있어야겠군."

전혀 흔들림이 없는 것처럼 무미건조하게 말하고는 있었지만, 탐신은 그가 얼마나 분개하고 있을지 잘 알았다.

"거의 그 여자애를 죽일 뻔했다더군."

그가 똑같이 태연하게 덧붙였다.

탐신은 사과 하나를 따내어 베어 물었다. 그 시큼한 맛이 더럽고 악랄한 남자들에게 당한 순진한 소녀에 대한 생각을 조금쯤은 가져가 주길 바랐다.

"그렇게 먹으면 배탈나고 말 거다. 어쨌든 그날부터 대령은 펜할란 녀석들의 출입을 이 땅에서 금지시켰대. 자작하고는 어쩔 수 없는 경우에만 인사를 한다더군. 근처에 살면서 가끔씩 마주치지 않을 수는 없으니까. 하지만 그 쌍둥이들은 절대 봐주지 않는다더라."

"내 사촌…… 그 쌍둥이들에 대해서 사람들은 뭐라고 말해?"

"아무도 그들과 상대하지 않는데. 그 녀석들 겁쟁이야. 무엇이든 마음대로 저질러 버리고 펜할란가의 이름이 있으니까 그게 당연하다고 생각하는 모양이야."

"세실은 세드릭이 바로 그렇게 생각한다고 했어. 자기 외에는 아무도 펜할란가를 건드릴 수 없다고."

"흐음, 우리가 그 생각을 바꿔 줘야겠구나, 꼬마야."

탐신은 거의 검은 빛으로 변한 눈동자를 그에게 들어올렸다.

"그래. 우리가 그들을 파멸시키는 거야. 세실을 위해서, 그 소
녀를 위해서."
햇살이 따뜻함에도 불구하고 그녀는 갑자기 몸을 떨었다.
'절벽 위의 두 남자. 그들이 그 쌍둥이일까? 나의 사촌들일까?
그들이 날 지켜보고 있었던 걸까?'

18

"줄리앙이 우리 방문을 못마땅해 하지 않는다면 좋겠어요."

마차가 트레가단의 정문으로 들어서자, 루시는 다시금 되살아나는 불안을 감추지 못했다.

"그가 왜 못마땅해 하겠소? 트레가단은 일개 군대라도 들일 수 있을 만큼 넓은데."

가레스가 비좁은 공간에서 긴 다리를 움직이며 짜증스레 대꾸했다.

"빌어먹을, 이 지긋지긋한 마차 여행이 끝나면 정말 행복할 거야. 내 말을 한 마리 샀어야 했는데."

여행을 출발하기 전, 그는 줄리앙의 말들과 비교될 만한 말을 살 수는 없을 터이니 트레가단에서 한 마리 빌려야겠다고 말했다. 하지만 루시는 굳이 그 애기를 상기시키지 않고, 먼지를 막기 위해 닫아 두었던 창문을 열어 밖을 내다보았다. 사랑스러운 트레가단의 모습이 눈에 들어오고 있었다.

"맙소사! 믿을 수가 없군!"

창 밖을 내다보고 있던 가레스가 탄성을 내질렀다. 지붕을 두드려 마차를 멈추게 하고는 입을 떡 벌린 채 숲속에서 빠져나오는 두 마리의 말을 바라보았다.

탐신이 한 손으로 햇빛을 가리며 길 한가운데 멈춰 서 있는 마차를 살펴보았다.

"대령의 여동생일 거야."

그녀가 잠깐 생각해 보고 나서 말했다.

"왜 멈춰 섰을까?"

가브리엘을 남겨 두고 그녀가 마차 쪽으로 말을 달려갔다.

"안녕하세요. 무슨 문제가 있나요?"

"그 말. 이런, 미안하오. 하지만 그런 짐승은 내 평생 본 적이 없소."

"그럴 거예요. 세자르는 정말 거대해요, 그렇죠?"

탐신이 활짝 웃어 보였다. 잠시나마 영지 근처에서밖에 말을 탈 수 없다는 불만을 잊어버렸다.

"당신이 가레스 포테스큐 경인가요?"

"맞소."

가레스는 눈을 깜박이며 거대한 아라비아산 종마와 그 위에 탄 조그만 여자를 바라보았다. 짧은 금색 머리를 반짝이며 솔직한 호기심으로 그를 바라보고 있는 보랏빛 눈동자를.

"두 분을 기다리고 있던 참이에요. 전 탐신이라고 해요."

탐신이 한 손을 뻗으며 말했다.

"아. 그렇군요, 그래요."

그녀의 손을 붙잡으며, 가레스는 탐신이 전혀 스페인계 이름 같지 않다고 생각했다. 사실 이 여자한테서 스페인계의 흔적은 찾아볼 수 없었다.

“내 아내……..”

그가 마차 안쪽으로 손짓하고 살짝 뒤로 물러나자 루시의 얼굴이 창틈으로 나타났다.

루시가 예의를 차리는 것도 잊어버린 채 놀라는 표정을 지었다.

“당신은 스페인계인 줄 알았는데요.”

“반만 그래요.”

탐신이 손을 내밀며 쾌활하게 대꾸했다.

“난 긴장하지 않을 때는 영어를 잘 해요. 하지만 사람들 앞에 나가면 완전히 잊어버리고 말죠. 내 어머니는 콘월 출신이었어요, 세인트 사이먼 경과 같이 여기 머물고 있는 이유가 그것이랍니다. 어머니의 가족을 찾으면서 난 사교계에 데뷔할 수 있을 정도로 영어를 배워야 해요. 부모님은 두 분 다 돌아가셨어요. 웰링턴 공작님이 날 맡아 주기로 하셨지요.”

“아.”

루시는 설명을 들어도 여전히 당황스러웠다.

“당신 부모님 일은 정말 유감스럽군요.”

탐신의 얼굴에 그늘이 스쳐가는 순간, 루시는 이 갈색 얼굴과 밝은 눈동자로 미소짓는 그녀의 다른 일면을 본 것 같았다.

“길에서 인사한다는 건 약간 불편하군요. 집 안으로 들어가실까요? 당신 오빠는 지금 집에 계세요.”

마차가 움직이기 시작하자, 탐신은 그 옆으로 나란히 말을 달렸다. 가브리엘은 이미 마구간으로 돌아간 듯 보이지 않았다.

홀에서의 소란을 알아차린 줄리앙이 서재에서 걸어나왔다. 그는 눈은 찌푸린 채 입으로만 미소짓고 있었다.

“루시, 반갑구나.”

동생의 뺨에 가볍게 입을 맞춘 다음 그가 옆의 남자에게로 시선을 돌렸다.

"포테스큐, 이렇게 방문해 주다니 놀랍소."

가레스는 한 손을 내밀며, 줄리앙의 목소리에서 비아냥대는 느낌을 받은 것은 착각일 거라고 마음속으로 중얼거렸다.

"가족으로서 당연한 일이지요. 루시는 손님을 맞이하는 당신을 도와주고 싶어했소. 우린 이미…… 탐, 탐……."

"탐신, 탐신 바론. 하지만 탐신이라 부르면 되오."

"아, 물론 그렇겠지요."

가레스가 껄껄대며 뒤를 돌아보았다. 탐신은 조용히 가족간의 인사가 끝나기를 기다리고 있었다.

"거 아주 굉장하더군요, 세인트 사이먼."

"탐신 말이오?"

대령이 눈썹을 들어올렸다.

"아니, 아니."

가레스의 혈색 좋은 얼굴이 다소 붉어졌다.

루시는 불편한 마음으로 그 모습을 바라보았다. 무슨 이유에선지 줄리앙은 언제나 가레스를 바보로 보이게 만들었다. 무례하지는 않지만 가레스를 어색하고 맥을 못 추게 만드는 것이다.

탐신이 앞으로 한 걸음 나섰다.

"대령 나리는 농담을 좋아하지요, 가레스 씨. 세자르를 말씀하신 거죠? 좋게 봐주셔서 기뻐요."

그녀가 루시에게 시선을 돌렸다.

"레이디 포테스큐, 여행하신 뒤라 매우 피곤하시겠군요."

"아, 루시라고 불러 주세요."

루시는 슬픔에 젖은 고아나 이국적인 검은 머리의 여자를 예상했다가 자신만만하고 영어도 잘 하는 소년 같은 여자를 만나게 된 것이 아직까지도 당황스러웠다.

"루시 양, 오랜만에 찾아와 주셨군요."

부엌에서 히버트 부인이 미소지으며 종종걸음쳐 왔다.

"피곤하시겠어요. 위층으로 올라가세요, 제가 목욕물과 차를 올려보낼게요. 저녁 식사도 그곳에서 드시고 싶으시겠죠?"

"아, 그래요. 고마워요, 히버트 부인."

루시는 낯익은 가정부의 환대에 안도하며 계단으로 발걸음을 옮기다가 문득 계단 밑에서 뒤를 돌아보았다.

"탐신, 내가 목욕하는 동안 내 방에서 차 한 잔 하실래요?"

탐신이 대령을 힐끗 보았다. 어제 다투고 난 뒤 그들은 거의 말을 나누지 않았었다. 사실, 그 거친 말들이 아직까지 그들 사이에 벽처럼 놓여 있는 것 같았다. 그의 새파란 눈동자가 경고하듯이 쳐다보자, 그녀는 불행한 느낌에 휩싸였다. 하지만 즉시 짜증스러움이 밀려들었다. 그가 날 어떤 여자로 생각하든, 난 상관없어.

그녀가 그의 여동생에게로 시선을 되돌렸다.

"물론 좋아요. 하지만 저녁 식사는 아래층에서 하는 게 낫지 않겠어요? 잠시 쉬고 나면 피로도 풀릴 테니까요."

탐신은 방 안에서 혼자 식사하는 것을 좋아하는 사람이 있으리라고는 상상할 수 없었다.

루시가 잠시 생각에 잠겼다가 자신이 혼자 식사하고 싶어하지 않는다는 걸 깨달았다. 가레스와 줄리앙이 그것을 기대하는 것일 뿐, 그녀 자신은 원하지 않았다.

"그래요, 그러는 게 낫겠군요."

"세인트 사이먼, 대체 이 일이 어떻게 된 거요?"

여자들이 계단 위로 사라지자 가레스가 궁금해 미치겠다는 듯 대뜸 물었다.

"루시는 그 여자에 대해 호기심이 많다오."

"내가 루시의 호기심 때문에 이런 방문을 받게 되었다는 거요? 재미있군. 하지만 난 당신이 빚독촉에 시달리다 잠시 휴식을 취하고 싶어했다는 쪽에 내기를 걸고 싶은데, 포테스큐."

그가 서재 쪽으로 몸을 돌렸다.

"포도주 한 잔 하겠소?"

"고맙소."

가레스는 상대편 남자가 좀 덜 차가운 사람이거나 조금이라도 눈치가 없었으면 좋을 거라 생각하며 그의 뒤를 따라갔다.

"나에게 말 한 마리 빌려주겠소, 세인트 사이먼? 내 말은 우리가 출발하기 직전에 말굽이 빠져 버렸다오."

줄리앙이 손님에게 잔을 건네며 미소지었다.

"물론이오. 그런 건 이미 예상하고 있었소."

가레스는 불편한 듯 몇 번 기침을 콜록이고 나서 다시 입을 열었다.

"루시와 그 여자는 좋은 말동무가 될 거요. 루시도 친구가 생기는 걸 반가워할 테고. 여자들이 어떤지 당신도 알잖소."

"아, 대개의 여자에 대해서는 나도 알고 있다고 생각하오. 하지만 탐신은 그런 평범한 부류에 속하질 않지."

줄리앙이 자리에 앉아 포도주를 홀짝였다.

"내 동생은 어떻소? 결혼 생활에 잘 적응하고 있소?"

가레스는 그 질문에 담긴 날카로움을 놓치지 않았다. 줄리앙은 이 결혼을 대단히 못마땅해 했었다. 하지만 루시는 아무리 가레스의 난봉꾼 기질과 방탕벽을 경고해 주어도 자신이 사랑하는 남자와 결혼할 수 있도록 허락해 달라며 고집을 부렸던 것이다.

"잘 지내고 있소. 가끔 우울해 하긴 하지만…… 대부분의 여자들처럼. 여자들이 어떤지 알잖소."

"그거야 그렇지. 그런데 건전하게 자제하면서 지내고 있소, 가레스?"

가레스의 얼굴이 붉어졌다.

"물론, 나도 이젠 결혼한 남자잖소. 그런데 그건 무슨 뜻이오?"

"아, 가족으로서의 걱정을 담은 질문일 뿐이오."

줄리앙이 태연하게 대꾸하며 다시 포도주병으로 손을 뻗었다.

탐신은 위층 루시 방의 창가 의자에 앉아 줄리앙의 동생과 친해지려고 노력하는 중이었다.

"이 집에는 멋진 방들이 많아요."

하녀의 도움으로 옷을 벗으며 루시가 입을 열었다.

"하지만 난 내 침실이 좋아요. 물론 부부가 함께 쓰기엔 충분치 않으니 가레스는 옆방을 써야 할 거예요."

그녀가 김이 모락모락 피어오르는 욕조 안으로 발을 집어넣었다.

"이젠 나가봐, 메기. 옷 입을 때 다시 부를게."

하녀가 인사를 올리고 바닥에 떨어진 옷가지를 집어든 다음 나갔다.

"가레스는 늦게 들어올 때면 날 깨우지 않으려고 항상 옆침실에서 자요. 그는 그런 면에서 사려가 깊지요."

"어디에서 늦게 들어오는 건가요?"

탐신이 물 속으로 내려앉는 루시를 바라보며 차를 홀짝였다. 가느다란 허리에 봉긋한 젖가슴과 완만한 엉덩이가 꽤나 예쁜 몸매였다. 탐신은 처음으로 자신의 몸매가 남들에게 어떻게 보일지 궁금해졌다.

"아, 클럽이나 그런 데서요. 남자들이란 집에 있으려 들지를 않아요. 난 결혼한 남자들은 다를지도 모른다고 생각했는데, 그렇지 않은 모양이에요."

루시의 목소리에 우울함이 깃든 것 같았다.

"당신 얘기를 해줘요, 탐신. 오빠 편지에는 자세히 쓰여 있지 않았어요. 사실 오빠는 별로 말이 많지 않은 편이랍니다."

탐신은 얘기하기로 합의가 되어 있는 부분만 설명하고 나서 덧붙였다.

"당신 오빠는 시월에 날 데뷔시킬 때 당신에게 샤프롱 역할을 부탁할 모양인 것 같더군요."

"아, 그렇다면 나도 기쁠 거예요. 누군가와 같이 돌아다니고 같이 식사하는 건 즐거운 일이죠. 가레스는 집에서 식사하는 적이 별로 없거든요."

루시가 재빨리 주제를 바꾸었다.

"당신이 사교계에 적응할 수 있도록 내가 도와줄게요. 스페인하고는 많이 다를 거예요. 먼저 당신을 위해 파티를 열어야겠어요. 줄리앙도 찬성할 거예요. 트레가단에서 파티가 열린 지 정말 오래되었답니다. 내 결혼식 때 이후로는……."

루시는 오랫동안 알고 지냈던 사람처럼 흉허물없이 재잘거렸다. 엘 바론의 딸로서 캠프에서만 지내 왔던 탐신은 마을 소녀들끼리의 편안한 우정을 종종 부러워했다. 이런 수다가 바로 그 동안 부러워했던 여자들끼리의 대화일 거라는 생각이 들었다.

루시가 욕조에서 일어나 수건으로 손을 뻗으면서 다소 수줍게 물어 왔다.

"오빠와는 지낼 만한가요? 그는 얘기하기 쉬운 상대가 아니에요, 그렇죠?"

"어머나, 난 그와 얘기할 때 어렵다고 느껴 본 적이 없는데요."

'적어도 서로에게 불쾌한 기분이 아닐 때는.'

탐신이 속으로 덧붙였다.

"오빠가 엄격하게 굴지 않나요? 나한테는 항상 그랬는데."

'그래, 틀림없이 그랬겠지. 그는 세인트 사이먼가의 여자에 대해 대단히 높은 기준을 갖고 있으니까'라고 탐신은 마음속으로 중얼거렸다.

"난 그의 동생이 아니에요. 그는 내 아버지의 호의에 보답을 하는 것뿐이고 웰링턴 공작님의 명령에 따를 뿐이죠. 물론 부대에서 떨어져 있는 것을 못마땅해 하기 때문에 가끔 짜증을 내긴 하지만요."

"오빠가 화나 있을 때는 아주 힘들어요."

"그 말은 맞는 것 같군요."

탐신이 고개를 끄덕이고는 벌떡 일어났다.

"나도 가서 옷을 갈아입어야겠어요."

"당신은 어떤 옷을 입을 건가요?"

수건을 몸에 두르고서 루시는 침대에 놓여 있는 옷들을 살펴보았다.

"우리가 서로 충돌하지 않으려면 미리 조정을 해야 해요."

탐신이 눈을 깜박였다.

"충돌이라니요?"

"음…… 그러니까 내가 분홍색을 입고 당신이 갈색을 입으면 우리 둘다 돋보이지 않는다는 뜻이에요."

"난 갈색 옷이 없어요."

탐신이 안도하며 대답했다.

"아뇨, 그냥 예를 들어 그렇다는 거죠."

루시가 옷들을 뒤적거렸다.

"이 중에서 어떤 걸 입는 게 좋을까요?"

탐신은 루시가 대단히 심각하게 여기는 듯한 이 문제에 신경을 집중하는 척했다. 루시의 새파란 눈동자는 그녀의 오빠처럼 날카롭게 사람을 꿰뚫어보는 면은 없었지만, 아주 사랑스러웠다. 머리

색도 오빠처럼 눈에 확 띄는 적황색이 아니라 밤색이 섞인 부드
러운 갈색이었다.

그녀가 눈에 띄는 대로 하나 골라 주었다.

"검푸른 색. 결혼한 지는 얼마나 되었어요?"

"열 달 됐어요."

루시가 그 드레스를 들어 거울에 비추어 보았다.

"네, 이걸 입어야겠군요."

"그런데도 당신 남편이 다른 방에서 잔단 말이에요?"

탐신은 요리조리 돌려서 말하는 방법을 알지 못했다.

루시의 얼굴이 붉어졌다.

"늦게 돌아올 때 그는 보통 술에 취해 있거든요. 남자들이란
원래 그렇잖아요."

"그런가요?"

"아, 당신은 아직 결혼하지 않았으니까 모르겠군요. 일단 결혼
하고 나면 남자들에 대해 많은 걸 알게 된답니다."

탐신은 머리를 긁어댔다. 루시는 그녀보다 한 살 더 어리고, 그
다지 많은 것을 아는 것 같지는 않다. 하지만 그게 당연할 것이
다. 이 여자는 고상하고 조심스럽게 길러진 영국 레이디니까. 인
생의 지저분한 현실과 부딪혀 보지도 않았을 것이다. 탐신은 아
무런 감정을 드러내지 않고 대꾸했다.

"스페인 남자들이 영국인과 다른 모양이죠. 그럼 이따가 아래
층에서 만나요."

"아뇨, 나도 같이 가요. 당신 옷장을 구경할래요."

루시는 드레스를 걸쳐입었다.

"난 쇼핑하는 걸 아주 좋아해요, 당신은 어떤가요? 조만간 줄
리앙한테 마차를 내달라고 부탁해서, 함께 쇼핑 나가요. 당신 침
실은 어디죠?"

“동쪽 탑 구석 쪽이에요.”

“아, 그곳도 아주 사랑스럽지요.”

탐신의 팔에 팔짱을 끼고서 복도로 나서며 루시가 쾌활하게 재잘거렸다.

계단 위로 올라오던 줄리앙은 탐신의 침실 쪽으로 사라지는 두 여자의 모습과 루시의 쾌활한 목소리를 알아차렸다.

탐신이 그의 지시에 반항할 정도로 멍청하지는 않은 모양이라고 생각하며 그는 자신의 침실로 들어섰다. 아직 화해하지는 않았지만, 그녀가 복수하고 싶은 마음만으로 계획을 망가뜨릴 거라고는 생각지 않았다.

빌어먹게 간교하고 응큼하며 유혹적인 여자. 하지만 얼간이나 복수의 화신은 아니었다. 그는 목도리를 풀어내며 창 밖의 바다와 잔디를 내다보았다.

왜 그 여자한테 저항하지 못하는 걸까? 그는 스페인에 있는 자신의 부하들과 친구들에게로 돌아가, 작열하는 여름 열기 속에서 함께 싸우고 싶었다. 지독히도 신경 쓰이게 하는 이 여산적에 대해서는 모든 걸 잊어버리고 그는 영지를 둘러보면서 50년 이상 동안 트레가단의 소작인이었던 사람들을 만나고 있었다. 이 근처 귀족 가문의 딸 중에서 사라진 여자가 있었는지 수소문을 해보았다. 아무도 귀가 솔깃할 만한 대답을 해주지 못했다.

물론 펜할란가의 딸 하나가 스코틀랜드에서 죽은 사건은 있었다. 거창한 장례식이 열리고 그 가문 사람들이 일년 동안 애도의 시간을 보냈다는 것에 대해서는 모두들 기억하고 있었다. 하지만 스페인으로 여행갔다가 행방불명된 여자는 없었다.

그가 바지를 벗고 세면대로 걸어가 차가운 물로 얼굴을 적셨다. 어쩌면 탐신은 더 남쪽 지방 귀족의 딸인지도 모른다. 10월까지 찾아내야만 한다, 그때까지도 찾을 수 없다면 그건 탐신이 알아서 할 문제이다. 그는 자신의 거래 조건을 다 지켰으니까.

　루시가 자신의 방으로 돌아간 후에야, 탐신은 자신의 옷장을 뒤적이며 생각에 잠길 수 있었다.
　루시가 와준 것이 오히려 잘 되었다. 트레가단에서 파티를 여는 건 탐신의 목적에 큰 도움이 될 것이다. 세드릭 펜할란의 비리를 폭로할 때, 탐신은 사교계에서 받아들여진 인물이 되어 있어야 했다. 힘있는 가문의 보호 아래 존경받는 인물이 되어 있어야 했다. 그렇지 않으면 어느 누가 그녀의 얘기를 신뢰하겠는가.
　일단 진실을 폭로하고 나면 그녀의 할 일은 끝난다. 이 싹트기 시작한 사랑을 내던지고 줄리앙의 분노를 피해 예전의 생활로 돌아가야 할 것이다.
　제기랄! 목적을 이루면서도 줄리앙이 모르게 할 수 있는 방법이 있다면 좋을 텐데. 그렇게만 할 수 있으면 자제력 없는 무모한 여자라는 인상 말고 다른 면을 보여줄 수도 있을 것이다. 하지만 지금 같은 상태로는 그의 감정이 변할 거라 기대할 수 없다.
　어쨌든 우선은 화해를 해야 했다. 그녀는 거울을 들여다보며 그가 자신을 어떻게 볼지 생각해 보았다. 초록빛 모슬린 드레스를 입은 평범한 여자. 그가 그녀의 작은 체구에 대해 놀려대긴 했지만 그건 화가 나 있을 때뿐이었다.
　보석을 좀더 달아야 할지도 몰라. 에메랄드를 달면 키가 커보일 수도 있으리라. 그러나 그녀는 고개를 흔들어 버렸다. 그녀는 다른 누구도 아닌 탐신이었다. 전에는 한 번도 달라 보이고 싶지 않았는데…… 하지만 오늘밤 늦게 줄리앙과 화해를 하고 나서 그녀를 볼 때 어떤 느낌이 드는지 그에게 물어 볼 필요는 있을 것 같다.
　응접실로 들어섰을 때 가레스만이 혼자 자리를 차지하고 있었다. 셰리주를 따르던 그가 뒤를 돌아보았다.

"아, 탐신 양."

그가 미소지었다.

"우리가 제일 먼저 내려온 모양이오. 루시는 몸단장하는 데 항상 몇 시간이나 걸리죠."

그의 시선이 감탄스레 그녀의 모습을 훑어보았다.

"셰리주 한 잔 들겠소, 아니면 마데이라?"

"셰리주로 주세요."

탐신은 그의 감탄을 알아차렸다. 전에 펜드래곤 경도 그런 눈빛이었다. 약간이라도 괜찮은 여자가 있으면 습관적으로 살펴보는 남자들. 그것이 남자의 두 번째 천성인 모양이다.

그녀가 셰리주를 받아들며 입을 열었다.

"대령님께 당신 고향이 서섹스라고 들었어요. 전 그곳에 가본 적이 없답니다. 그곳도 콘월처럼 예쁜가요?"

"더 부드럽지요. 바다도 더 조용하고 보드민 황야 대신에 낮은 구릉지가 있다오."

"여기 오면서 보드민 황야를 지나왔어요. 황량하고 마음에 들지 않는 곳이긴 하더군요."

그녀가 자리를 잡고 앉으며 그를 가만히 살펴보았다. 휘어진 콧수염 밑에 자리잡은 두툼한 입술, 처진 눈꺼풀 밑의 회색 눈동자, 곱슬거리는 검은 머리, 꽤나 감각적인 얼굴이다. 나름대로 매력도 있고…… 그도 그 사실을 알고 있는 것 같았다.

그녀의 직선적인 시선에 가레스는 불안했다. 여자들은 이렇게 노골적이고 대담하게 관심을 드러내지 않는 법인데……. 그가 습관적으로 콧수염을 매만지며 미소지어 보였다.

그가 당황스러워한다는 것을 알아차리고, 탐신이 대화를 이었다.

"말에 대한 안목이 있으신 것 같더군요, 가레스 씨."

"그 점에 대해서는 자부심을 갖고 있다오. 하지만 탐신 양의 말 같은 그런 짐승은 본 적이 없었소. 당신은 대단히 솜씨 좋은 기수인 모양이오."

"대령님은 그렇게 생각지 않으신답니다."

그녀가 셰리주를 홀짝이며 시큰둥하게 대꾸했다.

"무슨 얘기를 하고 있소?"

줄리앙이 방으로 들어서며 물어 오자, 탐신은 즉시 고개를 들어 그를 바라보았다. 얼마 전에 깨달은 사랑을 담은 눈으로. 반짝이는 헤시언 구두, 고급스러우면서도 수수한 회색 조끼, 크림색 바지와 간단하게 묶은 목도리. 군복을 입은 모습에만 익숙해져 있었기에, 탐신은 그의 세련된 복장에 적응하기까지 언제나 시간이 걸렸다. 그녀가 가레스를 힐끗 쳐다보았다. 정교하고 세심하게 묶은 목도리와 몇 개의 황금과 다이아몬드로 장식한 조끼. 코트는 어깨에 제대로 들어맞지 않는 것 같다, 아마 패드를 넣었을 거야. 그리고 바지는 허벅지에 너무 꽉 조여 있는 것 같았다.

"말 다루는 솜씨에 대해서요, 대령님. 이 근처에서만 세자르를 탈 수 있도록 허락받았다는 말을 하려던 참이었지요."

그녀의 은근하면서도 매력적인 미소를 바라보며 줄리앙은 새삼 놀라워했다. 예전과는 다른, 관능적인 장난기 외에 무언가가 더 담겨 있는 듯했다.

그녀는 남은 셰리주를 마저 마시며, 자신이 보낸 화해의 메시지에 대령이 반응하기를 기다렸다.

"당신의 말 다루는 솜씨는 부족함이 없소, 탐신."

그는 그 미소에 대한 반응을 숨기며 가볍게 대꾸했다.

"구불구불한 산 속을 달릴 때는 말이오. 단지 영국의 시골길에 어울리지 않는 것뿐이지."

대령이 바로 걸어가자 그녀가 텅 빈 잔을 내밀었다.

"한 잔 더 마셔도 될까요?"

그가 그녀의 잔을 다시 채워 주고 술병을 가레스에게 건네주었다.

"루시는 아직 단장하느라 바쁜 모양이군."

"여자들이 어떤지 알잖소."

그것이 이자가 가장 좋아하는 말인 모양이라고, 줄리앙은 비꼬듯이 생각하고 나서 다시 탐신을 힐끗 보았다. 그녀가 웃음을 참으려 애쓰며 상냥하게 입을 열었다.

"모든 여자가 똑같은 건 아니에요, 가레스 씨. 수녀원에서 자란 스페인 여자는 모든 허영을 자제하도록 교육받지요. 그래서 제 머리가 이렇게 짧은 거예요. 머리 단장이 아주 간편해진답니다."

"아, 그렇군요…… 그래요."

가레스가 동의를 표하며 술잔 너머로 다시 탐신을 살펴보았다.

대단히 특이한 여자야. 하지만 무언가 악마적인 매력이 있다고나 할까, 짧은 머리와 작은 체구에도 불구하고 무언가 도발적인 느낌이 있다

"제가 늦었나요?"

루시가 검푸른 드레스에 다이아몬드로 머리를 장식한 모습으로 들어섰다. 드러난 어깨 위로 곱슬거리는 머리카락이 살랑살랑 흔들렸다.

"기다릴 만한 가치가 있었다오, 여보."

가레스가 그녀의 손을 잡아 입술로 들어올렸다.

루시는 남편의 흔치 않은 찬사에 얼굴을 붉히다가, 문득 응접실 안의 분위기가 이상하다는 걸 감지했다. 표면 밑에 무언가 금지되고 위험스러운 것이 숨어 있는 듯한 긴장감이랄까. 그녀는 세 사람을 살펴보았지만 그 묘한 느낌을 설명해 줄 만한 표정은

찾을 수 없었다.

"식사하러 갈까?"

줄리앙이 술잔을 내려놓고 동생에게 팔을 내밀었다.

줄리앙과 루시, 가레스와 탐신이 나란히 식당으로 들어갔다. 줄리앙이 루시를 위해 테이블 상석의 맞은편 의자를 내주자, 루시가 놀란 표정을 지었다.

"난 여기 앉은 적이 없었는데. 하지만…… 오빠한테 아내가 생길 때까지는 내가 이곳에 앉겠군요."

그녀가 수줍은 미소를 지으며 자리에 앉았다. 줄리앙은 무표정한 얼굴로 아무 대꾸도 않고 자신의 자리로 갔다.

루시는 자신이 경솔한 말을 한 게 아닐까 생각하며 당황스러워했다. 하지만 사실을 말한 것뿐인데 그게 왜 경솔한 짓이겠는가. 탐신 쪽을 힐끗 바라보았다, 그녀는 열심히 닭다리를 접시로 옮겨 담고 있었다. 가레스도 포도주를 음미하며 그녀의 말을 비난하는 기색은 보이지 않았다. 그래서 그녀는 오빠의 습관적인 태도일 뿐이라고 생각하기로 했다. 그는 사생활에 간섭하는 걸 결코 반가워하지 않으니까.

하지만 탐신은 루시의 말과 그 뒤의 묘한 침묵을 알아차리고 있었다. 어쩌면 줄리앙은 그녀가 있는 곳에서 그런 얘기를 꺼내는 것이 마땅치 않다고 생각하는지도 모른다. 애인 앞에서 결혼 가능성을 언급한다는 것이 너무 야비하다고 생각하는지도. 아니면 그것도 세실이 말해 주었던 영국 신사의 관례인지도 모른다. 그런 울적한 생각을 마음 뒤편으로 밀어넣어 버리고, 그녀는 닭고기를 집어들고 베어 물기 시작했다.

그녀가 이로 닭고기살을 발라먹는 동안, 줄리앙은 탐신에게 고정된 가레스의 시선을 알아차렸다. 그리고 그자가 매혹된 이유를 충분히 알 수 있었다. 탐신이 뼈를 발라먹는 모습은 놀라우리만큼 섹시한 면이 있었다.

"탐신, 점잖은 영국 사회에서는 손으로 음식을 먹지 않소."

가레스의 시선이 너무 노골적으로 변하기 전에 그가 입을 열었
다.

"전에 얘기해 주었던 걸로 아는데."

"아, 맞아요."

그녀가 얼른 뼈다귀를 내려놓고 손가락을 쪽쪽 빨았다.

"그래도 손가락과 이로 효과적으로 먹을 수 있는데 포크와 나
이프를 사용해야 한다는 게 바보스러운 것 같아요."

가레스의 웃음소리가 울려퍼졌다.

"대단히 바보스럽지. 예의범절 중에 지나친 것들도 있다오. 손
가락으로 먹고 싶다면 안 될 이유가 뭐 있겠소?"

루시가 다소 경직된 미소를 지어 보였다.

"스페인 관습은 영국과 많이 다른 모양이군요. 당신이 모든 걸
다 기억하기는 힘들겠지요."

탐신이 솔직하게 수긍했다.

"그래요. 그래서 당신 도움이 필요하답니다, 루시. 당신 오빠는
이 짐을 어떻게든 떼어놓을 수 있다면 기뻐할 거예요. 그는 매우
부담스러워하거든요."

줄리앙을 바라보며 그녀의 미소가 깊어졌다.

입가에 보조개가 있군. 그는 지금껏 보조개를 알아차리지 못했
다. 그녀의 뺨이 살짝 붉어지고 눈도 매우 밝게 빛났다. 하인이
그녀의 잔을 다시 채워 주자, 줄리앙은 이번이 두 잔의 셰리주
말고도 벌써 세 잔째 포도주라는 것을 알았다.

저녁 식사 내내 그녀는 다른 때와 다르게 술을 많이 마셨다.
줄리앙은 탐신의 행동에 틀림없이 뭔가 목적이 숨어 있다는 것을
경험상 알고 있었다. 화해를 시도해 보려는 게 분명하다.

반면에 가레스는 완전히 탐신에게 매료되어 있었다. 그녀의 움직임 하나하나에 시선을 고정시킨 채 그녀의 말 한마디마다 어줍잖게 웃음을 터트려댔다. 그와 반대로 루시는 점점 더 조용해져 갔다.

숙녀들이 응접실로 물러가자, 가레스는 포트 포도주를 맛있게 음미했다.

"활기찬 여자요, 그렇지 않소? 스페인인들은 여자에게 대단히 엄격한 줄 알았는데…… 그녀는 내가 만나 본 어떤 여자보다 생기가 넘치는군."

"당신 말은 언제나 묘한 뉘앙스가 있소, 포테스큐."

줄리앙의 차가운 대꾸에 그의 얼굴이 빨갛게 달아올랐다.

"아, 미안하오, 세인트 사이먼."

가레스가 아량 있는 척 미소지었다.

"기분 나쁘게 할 뜻은 아니었소. 순수한 여자라는 뜻이었는데. 그녀의 아버지가 스페인 귀족이라고 했소?"

"웰링턴의 친한 친구이기도 했지."

"그럼 부유한 사람이었겠군."

"그런 것 같소."

별다른 반응이 나오지 않자, 가레스조차도 그의 메시지를 알아차리고 침묵으로 빠져들었다. 긴 여름날을 이 불친절하고 딱딱한 사내와 함께 있어야 하다니, 마조리의 황홀한 손길도 없이. 그는 이곳에 찾아온 것이 점점 후회스러워지기 시작했다.

응접실에서 루시는 침착을 되찾으려 안간힘을 쓰며 차를 준비하고 있었다.

"스페인에서도 식사 후에 차를 마시나요?"

"평소에는 그렇지 않아요."

탐신이 물끄러미 루시를 바라보았다. 줄리앙의 여동생에게는 약간의 도움이 필요할 것 같다. 문제는 지나치지 않으며 현명하게 하는 방법인데…….

루시가 차를 따랐다.

"우린 항상 우유를 맨 나중에 넣어요."

"왜요?"

"그래야 그 맛을 느낄 수 있기 때문이죠. 처음에 넣으면 맛이 나지 않아요."

"네, 그럴 것 같군요."

탐신이 루시의 옆자리에 앉으며 동의했다.

"기억해 둘게요. 당신 남편에 대해서 말해 봐요, 루시."

"그 사람에 대해서 당신이 왜 궁금해 하는 거죠?"

루시의 목소리가 대뜸 예민해졌다.

"당신에게 약간의 도움이 필요할 것 같아서예요. 결혼한 지 열 달밖에 안 되었다면 남편은 자기 아내의 침대에서 자야만 해요. 당신이 신중하게 굴지 않으면, 그는 다른 곳으로 방황하기 시작할 거예요."

"어머나, 어떻게 그런 말을! 그런 문제에 대해서 당신이 뭘 안다는 거예요?"

"난 스페인 사람이에요."

탐신이 애매하게 얼버무렸다.

"우린 그런 문제에 개방적인 편이에요."

그녀가 찻잔을 내려놓고 바 쪽으로 걸어갔다. 그녀의 배경에 대해서는 신중하게 숨겨야만 하리라. 하지만 아까 가레스의 태도를 보건대 이 젊은 마나님에게 도움이 필요하다는 것은 확실했다.

그녀가 포도주를 한 잔 따르면서 발갛게 달아올라 있는 루시의 얼굴을 바라보았다.

“남편을 좋아하나요, 루시?”

“물론이에요!”

루시의 푸른 눈동자에 물기가 배었다.

“남편도 날 좋아해요.”

“물론 그렇겠지요. 하지만 그는 당신보다 나이가 많아요, 경험도 훨씬 더 많을 테구요. 그와 함께 침대에 들면 즐거운가요?”

루시는 완전히 경악한 표정이었다.

“그래요, 당신은 처녀였겠죠. 그리고 그가 당신을 즐겁게 해주지 못한 것 같군요. 그런 남자들이 꽤 있으니까.”

“그게 도대체 무슨 뜻이에요?”

루시는 자기가 들은 걸 믿을 수 없어하며 말을 찾아보려 안간힘을 썼다.

“이런 얘기는 하고 싶지 않아요. 너무 창피하고…… 점잖지 못해요.”

“오, 집어치우라구요, 루시. 애길 하지 않으면 어떻게 사랑 행위에 대해 배울 수 있겠어요? 그리고 배우지 않으면 어떻게 즐길 수 있나요? 당신 남편도 마찬가지구요.”

그녀가 혼자서 고개를 끄덕이며 포도주를 들이켰다.

“세실한테 영국인들이 얼마나 점잔을 빼는지 들었어요, 여자들도 남자와의 성관계를 즐길 수 있다는 걸 영국인들은 받아들이지 않는 건가요?”

“세실이라뇨?”

루시가 멍하니 물었다.

“내 어머니예요. 그녀는 항상 말했죠, 즐기는 건 나쁜 게 아니라고.”

루시는 의사 앞에 앉아 있는 환자처럼, 이 특이한 여자를 그저 멍하니 응시하고만 있었다.

하지만 그녀가 제정신을 차리기도 전에, 줄리앙과 가레스가 응접실 안으로 들어섰다.

탐신이 재빨리 입을 열었다.

"루시가 차 따르는 법에 대해 설명해 주던 참이었어요. 신사분들께는 내가 따라 드릴까요, 루시?"

루시는 자신의 손이 떨리고 있는 것을 느끼며 자리에서 일어나 버렸다. 줄리앙이 연주를 부탁해 왔을 때, 마지못해 피아노 앞에 가 앉기는 했지만 그녀의 머리 속은 온통 방금 들은 말로 가득 차 있어서 손가락까지 마비된 듯했다. 아무 정신도 없이 두 곡을 연주하고 나자, 가레스가 난폭하게 입을 열었다.

"제발 그만하시오, 루시. 우리 귀 좀 살려달라구. 고양이들이 기어다니는 것 같군."

루시가 피아노 뚜껑을 쿵 내려닫았다.

"미안하군요. 당신은 탐신의 연주를 더 듣고 싶겠죠? 그녀가 다른 것들뿐만 아니라 피아노 연주까지 능통해 있으리라 믿어요."

"난 기타밖에 칠 줄 몰라요."

탐신은 루시의 발끈한 어조를 모르는 척하며 다정하게 대꾸했다. 지금 루시는 충격을 받은 상태이니 개인교습은 내일 아침에 다시 시작해야 할 것이다, 그녀의 충격이 다소 가라앉은 후에.

"대단히 이색적이군요."

"내 고향에서는 그리 놀라운 일도 아니에요."

"다른 것들처럼 말이죠."

"아마도요."

줄리앙은 루시의 가시 돋친 말에 눈살을 찌푸리고 있었다. 탐신은 온화하게 대꾸하고 있지만, 루시는 적대감에 불타고 있는 듯했다.

가레스가 살짝 목기침을 하고는 입을 열었다.

"난 마을에 산책 좀 다녀와야겠소. 여러분 모두 내일 아침에 만납시다."

그가 루시의 볼에 입을 맞추었다.

"잘 자요, 여보. 너무 늦게까지 깨어 있지 마시오, 여행하느라 힘들었을 테니."

루시의 뺨이 창백해졌다가 진홍빛으로 변해 갔다. 그녀의 시선이 무의식적으로 탐신에게로 날아갔다.

가레스가 나가자마자 루시도 서둘러 자리에서 일어섰다.

"저도 이만 실례해야겠어요. 너무나 피곤해요."

울음기 섞인 목소리를 남기며, 그녀는 눈 위로 한 팔을 올린 채 걸어나갔다.

"나쁜 자식!"

줄리앙이 욕설을 중얼거렸다.

"내 동생이 위층에서 울고 있는 동안 그자가 마을에서 다른 여자를 호린다면 가만 두지 않겠어."

"그 사람 정말 둔감하네요. 하지만 당신이 끌고 돌아오면 아마 뾰루퉁해질 걸요. 그 남자는 그런 타입이에요."

줄리앙이 그녀의 손에 들려 있는 포도주잔을 알아차리며 눈살을 찌푸렸다.

"오늘 저녁에는 왜 그리 많이 마시는 거요? 포도주는 좋아하지 않는 줄 알았는데."

"아니, 좋아해요. 괜찮은데요."

그녀가 나른하게 대꾸하면서, 한 손을 머리 위로 올리고 유혹적인 시선을 보냈다. 그리고는 커다란 의자 위로 두 발을 끌어모았다.

"하지만 이건 날 더 자유분방하게 만드는 경향이 있죠, 나의

상상력을 자극하구요. 손님들이 물러가셨으니, 이제 우리도 위층
으로 올라갈까요?"

　평소보다 더 자유분방하고 상상력이 풍부해진 탐신을 생각하
니 그야말로 몸이 불끈 달아올랐다. 그 보랏빛 눈동자가 유혹을
보내며, 의자 위에 몸을 말고 앉아 있는 자세가 관능적으로 그를
초대하고 있었다. 황홀하고 이색적인 초대, 그녀 같은 여자는 세
상 어디에도 없으리라.

　"미안하오."

　그가 무뚝뚝하게 대꾸했다.

　"난 서재에서 할 일이 있소."

　그 예상치도 못한 거절에 탐신은 멍하니 닫혀지는 문을 바라보
고 있었다. 눈물이 터져나오려 하자 그녀는 성마르게 눈을 깜박
였다. 저녁 내내 화해하자는 신호를 보냈고 그도 받아들이는 것
같았다. 그런데 차갑게 돌아서 버리다니…….

　하지만 이대로 물러나지는 않으리라. 그녀의 입술이 완고하게
굳어졌다.

19

가레스는 어둑어둑한 길을 걸으며 트레가단으로 돌아가는 중이었다. 이 작은 콘월의 어촌엔 재미난 것이 하나도 없다.

술집에 희롱할 만한 젊은 계집 하나 없다니. 술집 마담이 그에게 눈을 찡긋해 가며 풍만한 젖가슴을 지긋이 눌러대긴 했지만, 불행히도 그 순간 그 여자의 남편이 등장해 버렸다. 얼굴은 순해 보였지만 팔뚝은 무시 못할 정도로 울퉁불퉁했다, 술집 구석에서 술을 마시던 가브리엘이란 놈과 견줄 수 있을 정도로.

그놈은 아무래도 괴상했다. 분명히 스페인 여자의 보디가드일 거야.

가레스는 크윽, 트림을 하며 이 일 자체가 모두 괴상하다고 생각했다. 줄리앙은 그토록 좋아하는 전쟁터에서 떨어져 나와 알지도 못하는 스페인 여자의 보호자 노릇을 하고 있다. 물론 웰링턴 공작이 명령했다면 설명이 되지만. 그런데 하필 지금같이 어려운 시기에 장군이 그런 명령을 하다니……

펜할란가의 쌍둥이도 그 술집의 구석진 곳에서 술을 마시고 있었다. 그들에게 아는 체를 하긴 했지만, 그 이상으로 친한 척할 필요는 느끼지 못했다. 그 두 녀석들한테는 고약한 분위기가 풍긴다.

사람들이 말하는 대로, 펜할란가의 인간들은 무언가 원한에 사무쳐 있는 것 같다.

가레스는 찔레 울타리를 지나가다가 멈춰 섰다. 눈앞에 들판과 절벽이 버티고 선 것 같았다. 절벽 아래쪽 해안에서 밀려드는 파도소리를 들을 수 있었다.

빌어먹을, 길을 잃은 건가? 별이 가득한 하늘을 올려다보고 나서 다시 앞을 바라보았을 때, 나무들 사이로 어렴풋한 빛이 어른대는 것 같았다. 트레가단의 정문이 틀림없다.

열심히 걸음을 옮겨 그 돌문을 확인하고 나자 순간 안심이 되었다. 주머니 시계는 거의 11시를 가리키고 있었다. 런던에서는 초저녁일 뿐인데, 이곳은 파도와 부엉이소리만이 들리는 한밤중이다.

갑자기 거대한 그림자 하나가 길 위로 길게 늘어지자 그의 가슴이 철렁 내려앉았다. 심장이 목까지 튀어오르는 기분으로 홱 몸을 돌렸을 때 랜턴을 손에 든 거구의 가브리엘이 서 있는 모습이 보였다. 가브리엘은 씨익 웃어 보였다.

"오늘 저녁 즐거우셨소? 콘월인들은 썩 괜찮은 친구들이지요."

가레스는 하인의 건방진 태도에 어이가 없었다.

"이것 봐, 자네……."

"이것 보시오, 친구. 난 하인이 아니라오. 내 일은 나의 꼬마녀석을 돌보는 일이지. 내 마음에 드는 식대로 말이오. 불쾌한 꼴을 피하려면, 이 말을 명심해 두시오. 그럼 다음에 만납시다."

가브리엘이 집 옆쪽으로 돌아서다가 멈칫하며 뒤를 돌아보았다.

"아참, 친구. 나라면 그 술집 여자한테 그렇게 찐한 눈길 따윈 보내지 않을 거요."

그리고는 아무 말도 못하고 분을 참고 서 있는 가레스를 남겨 둔 채, 휘파람을 불며 걸어갔다.

가브리엘은 어둠 속에서 코웃음을 쳤다.

자기 손에 권총을 들고서도 제 발등에나 쏠 얼간이 같은 녀석.

그는 마구간 안마당에 설치되어 있는 바깥 계단으로 올라갔다. 저택에서 떨어져 있는 것도 그렇고, 호세파와 같이 살던 스페인의 소박한 오두막과 비슷해서 그는 이곳이 마음에 들었다.

그가 낮은 의자에 털썩 내려앉자마자 호세파가 달려와 그의 신발을 벗겨 주었다.

"오늘밤 꼬마의 사촌들을 봤어."

호세파가 럼주잔을 건네주고 나서 그의 셔츠를 벗겨 주었다.

"역겨운 녀석들이야. 계속 지켜봐야겠어."

호세파는 그의 옷가지들을 주워 들고 아무 말 없이 고개만 끄덕거렸다.

그가 정보를 얘기해 준다기보다 머리 속의 생각들을 정리하기 위해서라는 걸 알았기에. 하지만 그가 충고나 의견을 듣고 싶어 한다면, 그녀는 현명하게 제안해 줄 것이다.

가브리엘이 만족스럽게 침대로 드러눕자 호세파가 그의 옆으로 기어들었다. 그는 그녀의 부드럽고 풍성한 몸을 끌어안고 푹신한 젖가슴에 머리를 파묻었다. 그녀가 신음소리를 내며 쉽사리 몸을 열어주었다.

"당신은 보석 같은 여자야."

가브리엘이 중얼거리자, 그녀가 미소지으며 그의 등을 어루만졌다.

"어쨌든 그 쌍둥이들, 잘 지켜봐야겠어."

가레스는 집 안으로 들어서면서 새로 신은 신발에 진흙이 묻었다는 것과 고약한 냄새까지 풍긴다는 사실에 더욱 성질이 치밀었다. 계단 옆의 탁자에 두꺼운 양초 하나와 들고 다닐 수 있는 촛불 두 개가 켜져 있었다. 서재 문틈으로 빛이 새나오는 걸 보니, 줄리앙이 아직 잠들지 않은 모양이다.

가레스는 촛불 하나를 집어들고 계단을 걸어 올라갔다. 긴 복도에는 두 개의 촛대머리에만 불이 켜져 있을 뿐, 집 안이 아주 조용했다. 그는 복도 끝에 있는 침실문을 살그머니 열었다.

"가레스, 당신이에요?"

침대 쪽에서 루시의 불안한 목소리가 들려왔다.

"내가 아니면 누구겠소?"

그는 자신의 말투가 상냥하지 않다는 걸 알았지만, 구두에서 나는 악취에 도저히 성질을 참을 수가 없었다. 신발을 벗어서 문 바깥쪽에 내려놓은 다음 잠옷으로 갈아입고 옆방으로 걸어가려다가, 문득 멈춰 섰다. 옆방의 좁은 침대로 갈 이유가 없다. 죄책감 느낄 만한 짓도 하지 않았는데 나의 정당한 침대마저 빼앗겨야 하겠는가.

그가 촛불을 끄고 침대에 누워 루시를 끌어안으려 손을 뻗었지만 즉각적으로 움츠러드는 것이 느껴지자 한숨을 내쉬며 돌아누워 버렸다. 그는 야수가 아니었다, 자신의 몸 밑에서 그녀가 울면서 몸을 떠는 건 정말이지 증오스러웠다. 자신이 그녀를 아프게 한다는 것도 알았다. 어차피 아이를 만들어야 하기 때문에 어쩔 수 없는 경우가 있긴 하지만, 자식이 한두 명쯤 생기고 나면 이 비참한 짓거리를 둘다 피할 수 있을 것이다.

그는 눈을 감고 마조리의 능수능란한 손놀림과 호색적인 꿈틀거림을 떠올렸다.

그 옆에서 루시는 탐신에게 들었던 충격적인 말을 생각하며 울지 않으려 노력하고 있었다. 어떻게 그런 식으로 말할 수 있을까? 그런 일에 대해 무얼 안단 말인가, 결혼도 하지 않은 여자가!

줄리앙은 가레스의 발소리가 계단 위로 올라갈 때까지 기다렸다가, 서재를 나서서 현관문을 잠그고 빗장을 내린 다음 자신의 침실로 올라갔다.

불편하고 초조한 느낌. 여동생의 삐걱거리는 결혼 생활도 걱정스럽긴 했지만, 그 이유 때문만은 아니었다. 고양이처럼 나른하게 의자에 앉아 그를 유혹하던 탐신의 모습 때문에 흥분되어 있는 몸상태 때문이기도 했고, 한편으로는 거칠게 굴어 버린 자신의 태도 때문이기도 했다. 저녁 내내 그들 사이의 앙금을 달래 보려 노력하고 언제나처럼 솔직하게 굴던 그녀에게 그는 한마디 설명이나 정당한 이유 없이 상처를 입혔다. 그녀의 얼굴에 스친 충격과 눈물의 번득임이 떠올랐다. 그는 그 모습을 지울 수가 없었다.

침실문을 닫고 촛대를 높이 쳐들며 돌아서는 순간, 그는 이런 일을 예상했어야 했음을 알았다. 탐신은 얼마나 상처받은 모습을 보였든지 간에 쉽사리 실패를 인정하는 여자가 아니었다.

달빛 비치는 창가에서 탐신이 한 손에 턱을 기대고서 까만 하늘과 바다가 만나는 수평선을 내다보고 있었다. 완전히 벌거벗은 채.

그의 맥박이 고동치기 시작했다, 혈관 속의 피도 노래를 불러댔다.

"이제야 오셨군요."

아무 일도 없었다는 듯이 탐신이 쾌활하게 입을 열었다.

"당신이 밤새도록 일하려나보다 생각하던 참이었어요."

"여기서 대체 뭐하고 있는 거요?"

그가 낮고 격렬하게 다그쳤다. 자기 자신과 싸우면서, 평생 다시는 이런 여자를 만날 수 없으리라는 깨달음과 싸우면서. 그가 테이블 위에 촛대를 내려놓았다.

"내 동생이 머무는 동안에는 여기 오지 말라고 했을 텐데."

"그렇게까지 정확히 말하지는 않았잖아요."

탐신이 창가의 의자에서 몸을 내려 천천히 그를 향해 움직였다.

"게다가 당신 동생은 잠자리에 들었어요. 모두가 잠들었답니다, 대령 나리. 이 방 안에서 일어나는 일을 어느 누가 알 수 있겠어요?"

"그건 중요한 게 아니오. 내 동생은 순진하다구. 그게 당신에게는 아무 의미도 없다는 걸 알지만……."

"아, 제발 그 얘기를 다시 시작하지는 말아요."

이제 그의 옷가지를 뚫고 맨살의 온기가 느껴질 정도로 탐신의 몸이 가까이 다가서 있었다.

줄리앙은 무기력하게 그녀를 내려다보았다. 촉촉한 눈동자, 부드러운 입술의 떨림, 애원하는 목소리, 모두 예상치도 못한 것들이다. 과격한 산적을 다루는 법은 알고 있었지만, 지금의 여성스런 모습을 어떻게 대해야 하는지는 전혀 알지 못했다.

"탐신, 당신은 이해하기 힘들겠지만 루시는 부러지기 쉬운 꽃과도 같소. 온실 속의 화초처럼 대단히 연약하고……."

"아휴, 지겨워!"

탐신은 달콤하고 여성스러우며 사랑스럽게 행동하겠다던 결심을 다 잊어버렸다.

"당신의 그 소중하고 연약한 동생은 그 둔감한 시골뜨기 남편 덕분에 부부 관계에 너무나 충격을 받았고, 누군가 그녀에게 친절을 베풀어 현실의 눈을 띄워 주지 않는다면 충격에서 헤어나올 것 같지 않다구요.”

줄리앙은 안도하며 목도리를 풀어냈다. 이런 탐신은 충분히 다룰 수 있다. 그의 눈에서 파란 불길이 번득였다.

“내 동생에 대해서, 교육도 받지 않고 전통에 순종하는 법도 알지 못하는 망나니 산적의 견해를 듣고 싶은 마음은 추호도 없소.”

“하! 전통이라구! 여자들에게나 적용되는 전통 말이군요. 가레스에게는 적용되지 않는 거겠죠? 그 남자는 모든 여자에게 호의를 베풀고 다녀도 아무 문제 없잖아요.”

“그렇지 않소!”

줄리앙은 셔츠를 풀어내며 되받아쳤다. 이 순간 벌거벗은 탐신 앞에서 옷을 벗는다는 것이 이중적인 메시지를 전달할 수도 있다는 것은 미처 생각지 못했다.

“난 가레스의 무분별한 짓거리를 마땅하게 여기지 않소, 당신에 대해서보다도 더.”

“그럼 당신 자신에 대해서는요? 당신이 나의 파트너가 되는 걸 마지못해 한 적은 한 번도 없는 것 같은데요, 대령 나리.”

그녀의 눈이 번득이며 작은 몸뚱이가 분노로 경직되었다.

“내가 참을 수 없는 게 있다면, 그건 바로 위선이에요.”

그가 부츠를 벗어던지며 소리쳤다.

“내 동생 일에 있어서만은 위선이 아니오. 당신의 풍부한 경험으로 내 동생의 순진함을 더럽히는 건 용납하지 않을 거요!”

“더럽힌다구요! 내가 무슨 혐오스러운 기생충이라도 된다는 건가요? 루시를 더럽히는 사람은 바로 그 빌어먹을 남편이라구요.”

그녀가 바닥에 떨어진 그의 셔츠를 휙 집어올렸다.

“당신이 동생을 진심으로 아꼈다면, 인생의 진실한 단면들을 몇 가지쯤은 알려주었을 거예요. 그럼 지금쯤 그녀는 이런 상황에 처하지도 않았을 거구요. 안녕히 주무세요, 대령님. 난 눈먼 위선자와 허비하고 있을 시간이 없어요.”

그녀가 그의 셔츠에 팔을 끼워 넣으며 문으로 걸어갔다.

“그런 식으로 나가 버릴 수는 없지! 이리 돌아와.”

방금 전까지 탐신이 방에서 나가 주기만을 바랐다는 것은 잊어버린 채, 줄리앙이 그녀의 팔을 움켜쥐었다.

“설명을 해보라구!”

그녀가 그의 손을 뿌리치며 옆으로 달려나갔다.

“당신이 직접 알아봐야 할 걸요.”

그가 앞으로 달려드는 순간, 탐신이 세면대에 있는 물병을 집어들었다. 그녀의 눈은 활활 타오르는 석탄 같았다.

“안 되지, 감히 그런 짓은 못할걸.”

그가 나지막이 속삭였다.

“과연 그럴까요.”

말과 동시에 그녀는 그에게 물을 쏟아부었다.

격분한 황소의 울부짖음 같은 괴성에 루시가 침대에서 벌떡 일어나 앉았다.

“무슨 소리죠?”

“누가 알겠소.”

술기운의 몽롱한 잠 속으로 막 빠져들려던 가레스가 투덜거리며 힘겹게 몸을 일으켰다. 어둠 속에 앉아 쿵쿵거리는 소리를 해석해 보려 애썼다.

“싸우는 소리 같은데.”

“싸운다구요?”

루시가 이불을 밀치고 침대에서 빠져나갔다.

“이런 시간에……? 어떤 시간이든 이 집 안에서 누가 싸울 수 있단 말이에요?”

가레스는 고개를 갸우뚱거리며 귀를 기울이다가 또다시 들리는 쿵소리와 분명 줄리앙의 것인 듯한 괴성, 그 뒤를 따르는 날카로운 여자 목소리를 알아차렸다.

“맙소사, 당신 오빠 방에서 나는 소리 같소. 도둑은 아닌 것 같은데.”

그가 루시를 뒤에 달고 문으로 다가섰을 때, 줄리앙의 방문이 활짝 열렸다가 거칠게 쾅 닫히는 소리가 들렸다. 그리고 다시 쾅 당 열렸다.

가레스가 입술에 손가락을 올리며 조심스럽게 방문을 열어 어두운 복도를 내다보았다. 그들의 눈앞에 기막힌 광경이 펼쳐져 있었다.

바지만 입은 줄리앙이 머리에서 물을 뚝뚝 떨어뜨려 가며 그의 셔츠만 걸쳐입은 탐신의 뒤를 쫓아가고 있었다.

“당장 돌아와!”

줄리앙의 격한 속삭임이 텅 빈 복도에 메아리쳤다.

“지옥으로나 가요!”

어깨 너머로 대꾸하느라 탐신의 속도가 잠시 느려진 틈을 놓치지 않고 줄리앙이 셔츠의 목께를 붙잡았다.

“이대로 빠져나갈 수는 없을걸.”

탐신의 몸이 꿈틀거리는가 싶더니 어느새 텅 빈 옷자락만이 그의 손에 남아 있었다.

“빌어먹을!”

이제 경악하며 어둠 속에서 지켜보고 있던 두 사람은 여자의 웃음소리와 단호하고 낮은 외침소리만을 들을 수 있었다.

그가 앞으로 달려나가 맨몸인 탐신의 허리를 붙잡아 휙 잡아당겼다. 한순간 그녀의 몸이 공중으로 붕 뜨는가 싶더니 그의 어깨에 대롱대롱 매달렸다.

"비열한 자식! 구역질나는 똥개!"

그녀가 목소리를 낮추는 것도 잊어버린 채 몸을 세워 그의 어깨를 두들겨팼다.

"이젠 내 몸을 진정시켜야겠어, 미나리."

그가 상냥하게 말하며 그녀를 어깨에 둘러멘 채 방으로 돌아갔다.

"당신은 아주 유혹적인 목표물이 되었거든."

"당신을 죽여 버릴 거야. 가브리엘이 당신의 새까맣고 위선적인 심장을 도려낼 거고 난 모자로 당신 피를 받아낼 거야."

줄리앙의 낮은 웃음소리가 메아리치며 방문이 닫혔고 그 다음 주위는 다시 조용해졌다.

가레스가 루시를 바라보며 혀를 내둘렀다.

"이럴 수가!"

그는 자신의 사타구니가 힘차게 팽창되어 있는 것을 곧 알아차렸다. 어두운 불빛 속에서 줄리앙의 어깨에 매달려 있던 탐신의 벌거벗은 몸이 그를 참을 수 없을 만큼 흥분시킨 것이다.

"그 말이 진짜였군요, 그런 일을 안다고 했던 게……."

루시가 남편을 바라보며 중얼거리다가 가레스의 표정을 보고는 더 이상 말을 잇지 못했다. 그녀의 몸 속에서도 야릇하게 얼얼한 감각이 느껴지고 있었다.

"루시."

가레스가 쉰 목소리로 그녀를 부르며 뺨을 감싸쥐었다. 그녀의 눈에 당황스런 흥분이 스치는 것을 보았다. 그녀도 그 광경에 영향을 받은 것일까? 처음으로 루시는 움츠러들지 않았다. 그가 그녀의 부드럽고 따뜻한 엉덩이의 곡선을 느끼며 그녀를 안아 침대로 데려갔다.

처음으로 그녀는 잠옷을 벗겨가는 남편의 손길을 제지하지 않았다. 팔다리를 경직시킨 채 걱정스런 표정이긴 했지만, 그의 손길이 닿았을 때 그녀의 몸은 촉촉하게 열려 있었다.

"괜찮을 거요."

그는 참기 힘든 다급함을 어떻게든 자제하며, 예전처럼 그녀의 몸이 경직되지 않도록 조심스럽게 그 안으로 파고 들어갔다. 그 일은 아주 빠르게 끝이 났다. 하지만 그녀에게서 몸을 떼어내며 그는 처음으로 그녀를 아프게 하지 않았다는 걸 알았다. 그리고 그 자신의 환희도 발끝까지 뜨겁게 전달되었다는 것도.

루시는 어둠 속에 누워 가레스의 숨결이 코고는 소리로 변해 가는 것을 듣고 있었다. 아주 이상야릇하면서도 기분좋게 나른한 감각이었다.

탐신이 줄리앙의 애인이었다니. 너무나 충격적이었다. 그녀가 그렇게 유별났던 것도, 거침없이 의견을 제시했던 것도 이상할 게 없었다. 아침이 되면 그녀가 말해 주려 했던 의견에 좀더 귀를 기울여 보리라. 엄격하기만 하던 오빠에 대한 느낌도 다소 바뀌었다. 자신도 모르게 웃음이 터져나오려 하자, 그녀는 베개 속으로 얼굴을 파묻었다. 앞으로 오빠의 비난을 듣게 되면 지금까지보다는 덜 심각하게 받아들일 것 같았다.

다음 날 아침, 처남의 얼굴을 어떻게 마주 보아야 할지 당황스러워하는 가레스에게, 줄리앙은 의례적이고 흠잡을 데 없는 미소로 인사하며 솔트만 제외하고 마음에 드는 말을 골라 보라고 제안했다.

"솔트는 내가 스페인에서부터 가져온 군마라오."

"스페인으로 언제 돌아갈 계획이오?"

가레스가 요리를 접시에 덜어내고 자리에 앉아 맥주잔을 채웠다.

"늦어도 시월쯤. 다음 달에는 다시 런던에 가봐야 하오."

줄리앙이 입을 닦은 다음 냅킨을 테이블 위에 내려놓았다.

"난 할 일이 있어서 먼저 일어나야겠소."

문 앞에서 그는 목과 팔을 다 덮은 드레스 차림의 탐신과 마주
쳤다.

"안녕히 주무셨어요, 대령 나리?"

"잘 잤소, 탐신?"

서글서글한 목소리로 대꾸하며, 그의 시선은 온몸을 뒤덮은 탐
신의 의상을 흥미롭게 바라보았다. 그들 둘다 어젯밤의 거친 투
쟁중에 몇 군데 멍이 들었던 것이다.

"당신을 붙잡아 두지는 말아야겠군요, 나리."

"내가 머물러 있지 않을 거요, 잔소리꾼!"

그가 그녀의 뺨을 살짝 토닥였다. 그의 눈 속에 아직 정열의
잔재가 숨어 있었다, 또한 웃음기도. 그는 꿈속에서도 계속 웃은
듯한 기분으로 깨어났었다.

그녀가 눈을 번쩍이며 입을 벌렸다.

"악당!"

"사나운 암사자로군!"

그가 속삭이며 떠나가자, 탐신은 그들의 대화에 귀를 쫑긋 세
우지 않은 척하려 애쓰는 가레스에게 시선을 돌렸다.

"좋은 아침이에요, 가레스 씨. 루시는 아직 침대에 있나요?"

그녀가 의자에 앉아 토스트 몇 조각을 접시로 덜어냈다.

"커피 좀 건네주시겠어요?"

가레스가 순순히 건네주며 은근슬쩍 여자를 살펴보았다. 그녀
의 벗은 몸이 생생하게 기억 속에 되살아났다. 이 여자가 나에게
도 몸을 열어줄까? 줄리앙에게 줄 수 있는 것을 나한테 못줄 이

유가 있겠는가. 하지만 유감스럽게도 줄리앙과 함께 있는 동안에는 그런 제안을 할 수 없으리라. 남자란 호의를 받고 있는 다른 남자의 영역에 침범해 들어가지 않는 법이다. 하지만 줄리앙이 런던에 가 있는 동안 그녀의 마음을 떠볼 수는 있으리라. 그 생각에 즐거워지자, 그는 습관적으로 콧수염을 매만지며 미소지었다.

탐신은 토스트에 버터를 바르며, 저 남자가 왜 잘난 척하며 웃고 있는 것일까 생각했다. 제발 그녀와 관계 없는 일이어야 할 텐데. 그가 어젯밤에 무슨 소리라도 들은 걸까? 아니야, 그들은 복도에서 거의 속삭이듯이 말했다. 그리고 모두들 잠들어 있었다.

두 번째로 접시를 채우고 있는 가레스를 남겨둔 채, 그녀는 간단히 식사를 끝내고 식당에서 나왔다.

"잘 잤어요, 탐신?"

루시가 흥분되면서도 약간은 수줍은 표정으로 계단에서 내려서고 있었다.

"당신도 잘 잤어요?"

어젯밤보다 기분이 나아진 듯한 모습에 안도하며 탐신이 쾌활하게 인사했다.

"난 지금 산책나가려던 참인데, 당신도 같이 갈래요?"

"아, 나도 같이 가고 싶어요. 잠깐만요, 양산과 외투를 가져올게요."

"아니, 그런 건 필요 없어요. 날씨도 따뜻하고 성 캐서린 포인트까지 가려면 오르막이 많으니까 그런 물건들은 거추장스러울 거예요."

점잖게 얘기하며 숲속을 거니는 정도를 예상했던 루시가 화들짝 놀란 표정을 지었다. 하지만 이내 고개를 끄덕였다.

"그래요 그럼. 지금 출발할 건가요?"

“당신만 괜찮다면요.”

그들이 마차로를 반쯤 걸어갔을 때, 어깨에 총과 가방을 둘러 멘 가브리엘이 나무들 사이에서 나타났다.

“어디 가는 거냐, 꼬마야?”

“성 캐서린 포인트에. 그 다음에는 포웨이에서 호세파가 구해 달라고 한 실과 바늘을 살 거야.”

그가 고개를 끄덕이고 루시에게 상냥한 미소를 지어 보인 다음 가던 길을 계속 걸어갔다.

“당신은 하인과 아주 친한가 봐요.”

“가브리엘은 하인이 아니에요. 그런 식으로 대접하면 그가 아 주 화낼 걸요. 그는 내 아버지의 가장 믿을 만한 친구였고 지금 은 날 보살펴주고 있어요.”

“당신네 스페인 사람들은 영국인과 많이 다르게 행동하는 것 같아요.”

루시가 마음속에 품고 있는 대화를 어떻게 시작해야 할지 궁리 하며 입을 열었다.

“그렇게 말할 수도 있겠죠.”

탐신이 가파른 오르막길을 향해 성큼성큼 걸음을 내딛었다. 얼 마 지나지 않아 뒤를 따르던 루시는 이마에 맺힌 땀방울에 달라 붙는 파리를 쫓아내며 숨을 헉헉거렸다.

“말하는 것도 여기 사람들과 달라요.”

탐신이 길의 가장 높은 지점에서 멈춰 서자, 루시는 아래쪽 바 다에서 불어오는 신선한 바람을 들이키며 땀을 식혔다.

“당신 어머니가 해주었다는 그런 말들 말이에요.”

그녀의 뺨이 발갛게 달아올랐다, 힘든 산책 탓만은 아니었다.

탐신의 웃음소리가 바람에 실려 경쾌하게 흩어졌다.

“당신 어머니는 그런 말을 해주지 않았나보죠?”

그녀가 다시 걸음을 옮겨 포웨이강 위쪽으로 나아갔다. 루시가 그녀를 따라잡았을 무렵, 탐신은 신을 벗어내고 배를 깔고 누워 넓은 강어귀를 내려다보고 있었다. 쾌속선 한 척이 바다를 향해 가고 있었다.

루시는 옷감에 풀물이 들지나 않을까 걱정스러워하며 그녀의 옆에 앉았다.

"나의 어머니는 그런 말씀을 안 해주셨어요. 그분이 결혼에 대해 하신 말씀은 유쾌하지 않은 일도 있겠지만 참아야 한다는 것뿐이었죠."

탐신이 풀줄기를 씹어대며 역겨운 듯이 내뱉었다.

"말도 안 돼. 그럼 당신 오빠도 아무 말 안 해준 거예요?"

"오빠가요! 오빠는 그런 얘기를 할 수 없는 거예요!"

루시가 공포에 찬 표정으로 쳐다보았다.

"아."

탐신은 줄리앙에 대해 언급하지 않는 게 나으리라 결론내렸다.

"내가 그런 일에 대해서 얘기하고 싶어하는 게 점잖지 못하다는 건 알아요."

루시의 말에 탐신이 깔깔거리며 등을 깔고 돌아누웠다.

"점잖은 건 인생을 아주 지루하게 만들 수 있어요. 장담하건대, 당신 남편은 자기 침대에 점잖지 못한 여자를 들이는 걸 더 좋아할 걸요."

"그런 여자들은 많이 있는 걸요."

루시가 신랄하게 말했다가 자신의 말에 스스로 놀라워했다.

탐신은 그저 씨익 웃어 보였다.

"하지만 집 안에 그런 여자가 있다면, 그는 아마 자주 밖으로 나돌아다닐 필요가 없을 거예요."

"그럼 내가 점잖지 않아지기 위해 무얼 해야 한다는 건가요?

당신은 그런 일에 대해 아주 많이 아는 모양이군요.”

어젯밤 가레스와 함께 본 그 광경에 대한 말이 혀끝에서 맴돌았지만, 그 비밀스런 모습을 보았다고 인정하는 건 너무나 당황스러웠다. 그리고 그들 둘다 흥분상태가 되었다는 걸 인정하는 건 훨씬 더 당혹스러울 것이다.

“당신 오빠한테 아무 말도 하지 않겠다고 약속해 주면 얘기해 줄게요. 내가 당신을 타락시켰다고 생각하면 그는 날 집에서 내쫓아 버릴 거예요.”

“설마 오빠가 그런 짓을 하겠어요?”

그녀는 오빠를 무척이나 두려워했지만, 어젯밤 그 모습을 본 후로 탐신이 그런 위협을 그대로 받아들이리라고는 상상할 수 없었다.

“가능성은 있지요. 그러니까 당신이 약속해 줘야 해요.”

“약속할게요.”

탐신이 햇살 아래서 환하게 미소지으며, 휘둥그래진 눈의 순진한 유부녀에게 사랑의 기쁨에 대해 강의해 주기 시작했다.

한 시간 뒤 루시는 올 때보다 훨씬 느린 걸음으로 깊은 생각에 잠겨 트레가단으로 되돌아갔다.

탐신은 구불구불한 길을 응시하며 누군가의 인생을 바로잡아 주는 건 기쁜 일이라고 생각했다, 비록 루시가 가레스의 어떤 점을 좋아하는 것인지 이해할 수는 없었지만. 그는 게으르고 자만심에 가득하여 잘난 척하는 전형적인 영국 남자인 것 같았다. 부부의 침실이 얼마나 만족스럽든 간에, 그는 아내에게만 만족할 타입이 아니다.

하지만 루시가 스스로에게 만족할 수 있다면 남편의 바람기에 적응하기가 더 쉬워질 수는 있으리라.

그녀는 포목상에서 살 물건들을 구입하고 나서 작은 마을의 좁

은 길들을 되돌아 걸었다. 이따금씩 멈춰 서서 아무렇게나 펼쳐
져 있는 지붕들과, 어망과 게잡이 바구니가 늘어서 있는 안마당
들을 둘러보았다.

내가 여기에서 살 수 있을까? 거친 산길과 비상하는 독수리들,
발밑에서 뭉개지는 백리향(고산의 바위 위에 나는 향기로운 낙엽 활
엽 관목)의 향기, 얼음이 덮인 산봉우리와 맑고 차가운 강줄기들
을 다 버리고 여기서 살 수 있을까?

하지만 그런 질문은 다 쓸모 없었다. 세드릭 펜할란의 비밀을
폭로하면서도 줄리앙에게 들키지 않을 방법은 없었다. 그녀는 여
기서 해야 할 일을 끝내자마자 스페인으로 돌아가야 할 것이다.
남은 평생 한 남자와의 사랑을 기억으로만 받아들여야 할 것이었
다.

마을 밖으로 나서서 트레가단으로 향하는 높은 장벽길로 접어
들었다. 그녀는 고향땅의 멋진 면만을 생각하려 노력했다.

이런저런 생각에 너무 깊이 빠져 있느라, 그녀는 뒤에서 멀찌
감치 따라오고 있는 두 남자, 데이비드와 찰스를 알아차리지 못
했다. 한적한 길로 들어서자 그들은 주머니에 있는 까만 마스크
를 만지작거렸다. 둘다 똑같은 표정, 먹이를 손에 넣은 약탈자처
럼 눈을 번득이며 입술을 씰룩거리고 있었다.

탐신은 이제 들판으로 들어섰다. 데이비드와 찰스가 조용히 마
스크를 꺼내어 얼굴에 묶었다.

땅벌들의 낮은 윙윙거림이 들렸으며 태양은 뜨겁고 땅은 메말
랐다. 거의 최면에 걸릴 듯이 조용한 순간, 탐신은 목덜미의 솜털
들이 곤두서는 느낌에 우뚝 멈춰 서서 천천히 뒤를 돌아보았다.
두 명의 마스크한 남자들이 그녀를 향해 걸어오고 있었다. 탐신
의 몸이 돌조각처럼 정지돼 버렸다. 이 들판에는 그녀와 두 남자
외에 아무도 없다. 소떼들이 고개를 쳐들고 규칙적으로 되새김질

을 하며 나른한 갈색 눈을 들어올릴 뿐이었다.

찰스가 그녀에게 다가서며 입을 열었다.

"이런, 이런, 바닷가에서 세인트 사이먼과 장난치던 그 계집 아
닌가."

절벽 위에 있었던 두 남자. 그녀의 사촌들일까? 그녀는 아무
말도 하지 않았다.

데이비드가 낄낄거렸다.

"세인트 사이먼이 그 소중한 트레가단으로 화냥년을 끌어들이
다니 놀라운걸. 자기 여동생도 있는데 말이야."

그가 그녀의 뺨으로 손을 올리자, 그녀는 뒷걸음질쳤다. 도망
칠 방법이 없다.

"너에 대해서 우리에게 말해 주는 게 어때?"

데이비드가 핏기가 빠져나갈 정도로 세차게 그녀의 뺨을 꼬집
었다.

탐신이 고개를 흔들며 중얼거렸다.

"페르돈?"

"너의 이름 말이야."

그가 다른 쪽 뺨을 꼬집어 자신에게로 잡아당겼다.

"너의 이름하고 어디서 왔는지 말하라구."

"노 콤프렌도."

탐신은 자신의 눈에 두려움이 나타나지 않기를 기도하며 중얼
거렸다. 이 두 남자가 두려움의 냄새를 맡는다면, 그들을 막을 방
법은 아무것도 없으리라.

"수작 부리지 마, 이 화냥년아!"

데이비드가 그녀의 뺨을 풀어놓고 재빠르게 그녀의 뒤로 돌아
가 팔뚝을 움켜잡아 뒤쪽으로 힘껏 꺾었다.

탐신은 육체적으로 자신을 방어할 방법이 없다는 걸 알았다.

그들은 남자 둘이었고 비쩍 말랐다고는 해도 그녀보다 훨씬 컸다. 무엇이든 무기가 있다면 가능성이 있을지도 모르지만 지금 그녀의 수중에는 아무것도 없었다.

'바늘과 실밖에는 아무것도 없어.'

꼼짝도 않고 서서 그녀는 열심히 머리를 굴렸다. 심각한 상황이 닥치지 않는 한은 저항하지 않는 게 현명하다. 그들에게는 등줄기에 소름이 돋게 만드는 무언가가 있었다. 코니쳇보다 더. 적어도 코니쳇에게는 그녀가 이해할 만한 이유라도 있었다.

그녀의 앞에 서 있는 찰스는 웃고 있으면서도 독사처럼 차가운 눈동자였다. 데이비드가 그녀의 팔을 풀어놓자 그녀는 한숨을 내쉬었다.

하지만 그것도 잠시, 찰스가 그녀의 턱을 움켜잡고 다른 손으로는 머리채를 휘어잡으며 난폭하게 그녀의 입에 입술을 들이댔다. 그의 혀가 입 속으로 밀고 들어왔다가 목을 공격하기 시작했다.

그녀는 토할 것 같은 느낌으로 숨을 쉬려 안간힘을 쓰며 한 손으로는 바늘 쌈지를 움켜쥐었다. 그것을 주머니에서 빼내어 필사적으로 앞의 사내 턱에 찔러넣었다.

찰스가 괴성을 지르며 입을 떼어내고는 손바닥으로 그녀를 내리쳤다.

"독살스런 년, 가만 두지 않겠어."

그가 믿을 수 없다는 듯이 빨간 피가 배어나오는 턱을 매만지다가, 그녀의 손목을 잡아 홱 뒤로 비틀어 꺾었다. 그녀는 비명을 지르며 바늘 쌈지를 떨어뜨렸다. 그가 그녀의 젖가슴 위로 손바닥을 대고 젖꼭지를 문질러대며 그녀의 눈에서 눈물이 쏙 빠질 때까지 비틀었다.

"우선 입부터 열게 해."

자기 형제의 눈에 깃든 포악함을 알아차리며 데이비드가 입을
열었다.
"우선 원하는 것부터 얻어낸 다음에 복수하라구."
"좋아."
찰스의 손가락이 그녀의 젖꼭지를 격하게 잡아뜯었다.
"너, 이름이 뭐야? 세인트 사이먼은 어디서 만났어?"
"바스타르도!"
그녀가 그의 눈에 침을 툇 뱉었다. 그들이 그녀의 무릎을 꺾어
내려앉히고 조금이라도 움직이면 팔이 부러질 만큼 두 손을 한껏
잡아올렸다. 딱딱한 땅에 무릎을 꿇고 가슴까지 고개를 떨구면서
도, 그녀는 스페인어로 계속해서 욕설을 퍼부었다.
갑자기 야만적인 으르렁소리가 그 광경을 산산조각냈다. 탐신
의 팔이 불쑥 풀어지고 마스크한 남자들은 사라져 버렸다. 그녀
가 고개를 들어올려 줄줄 흘러내리는 눈물 사이로 냅다 도망쳐
가는 그들을 보았다.
가브리엘이 고함을 질러대며 그들을 따라가려다 멈춰 서고는,
풀밭 위에 웅크려 있는 탐신에게로 되돌아와 그 옆에 무릎을 꿇
었다.
"빌어먹을! 저놈들을 꼭 잡아죽일 거야."
가브리엘이 그녀를 일으켜 세우고 어린 아기처럼 가슴에 안아
흔들어 주었다. 하얗게 질린 얼굴로 한동안 몸을 떨어대던 그녀
가 그의 품에서 빠져나와 역겨움에 진저리치며 욕지기를 해댔다.
"그놈들을 죽여 버리겠어."
가브리엘이 그녀의 등을 두드려 주면서 나지막이 중얼거렸다.
"그놈들을 세상 끝까지 쫓아가서 조개 껍데기로 살가죽을 벗겨
줄 테다."
그것이 단순한 위협만은 아니라는 걸 탐신은 잘 알고 있었다.

"그들은 내가 누군지 알고 싶어했어, 가브리엘."

그녀의 목소리가 놀라울 정도로 침착하게 흘러나왔다.

"내가 누구인지, 또 어디서 왔는지를. 내 사촌들이 틀림없어."

그녀가 멍든 손목을 문지르며 일어섰다.

"너의 삼촌이란 자가 보냈을까?"

그녀가 고개를 저었다.

"세드릭은 그렇게 경솔하지 않아. 그는 교묘한 자야, 자기 집 근처에서 더러운 수작을 부리지는 않을 거야. 하지만 그가 궁금해 한다는 건 분명해."

이제 그녀는 침착하게 머리를 쓸어넘기고 치마에 묻은 잡초와 진흙을 털어냈다.

"어떻게 이렇게 빨리 왔어, 가브리엘?"

그가 어깨를 으쓱였다.

"그냥 느낌이 안 좋았어. 루시 양과 너가 나간 뒤 왠지 마음이 불안하더라구. 그래서 널 마중나온 거야."

"와줘서 정말 다행이야."

그녀가 그의 커다란 손을 붙잡았다.

"우린 그자들에게 앙갚음을 해줄 거야, 가브리엘. 하지만 기다려야 해. 당신이 살인죄로 감옥에 들어가 버리면 모든 걸 망치게 될 거야."

그녀는 미소지으려 애썼지만, 얻어맞고 꼬집힌 곳이 아파 얼굴이 일그러졌을 뿐이었다.

"세드릭을 끝장내면 그들도 우리 손에 들어오게 돼."

"그놈들이 내 몫이라는 것만 기억해 둬."

"그래, 그들은 당신 거야."

엘 바론의 딸이 약속을 했다. 그녀는 약속의 의미를 잘 알고 있었고 사촌이라는 자들에게 일말의 동정심조차 느끼지 않았다.

"그때까지 절대로 혼자 다니지 마라, 꼬마야. 그 기생충들을 붙여놓은 게 네 삼촌은 아닐지 모르지만, 일단 냄새를 맡고 나면 그자가 무슨 짓을 할지 몰라."

"그래. 자기 여동생을 그렇게 독창적으로 처리할 수 있는 자라면 낯선 여자 하나쯤 없애는 건 식은 죽 먹기겠지."

20

"그 여자, 영어는 한마디도 못하던데요, 삼촌."
"누가?"
자작이 짜증스레 시선을 들어올렸다. 서재 문가에 데이비드가 머뭇머뭇 서 있었다.
"세인트 사이먼의 계집 말이에요."
그의 뒤에서 찰스가 모습을 드러냈다.
"우린 삼촌이 알고 싶어한다고 생각했어요."
세드릭은 조심스럽게 신문을 접어 소파에 내려놓았다.
"무슨 생각을 했다고?"
그의 검은 눈이 가늘어졌다.
"너희들이 내 일에 끼어들지 않았으리라 믿는다."
"지난 번 저녁 식사 때 그 여자가 누군지 알고 싶다고 하셨잖아요. 우리가 그걸 알아내면 삼촌이 좋아하실 줄 알았어요."
"도대체 머리통에 뭐가 들어 있는 거냐, 이 얼간이들아!"

세드릭이 낮게 으르렁거리자, 두 조카들은 무의식적으로 뒷걸음질쳤다.

"내가 언제 너희들에게 내 일에 간섭해 달라고 부탁했느냐? 도대체 무슨 짓을 한 거야?"

"우린 그 여자한테 몇 가지 물어 보았어요."

데이비드가 망설이며 대답했다.

"그런데 그 여자는 영어를 할 줄 몰랐어요. 이상한 말만 지껄여대더라구요."

"프랑스 말은 아니었어요. 그 정도는 우리도 알거든요."

세드릭이 믿을 수 없다는 듯 그들을 응시했다.

'이 바보 멍청이들이 아직까지도 나를 놀라게 할 수 있는 능력이 있다니.'

"그 여자는 스페인에서 왔다, 지난 이틀간 내가 알아본 바로는."

"아."

찰스가 어색하게 머리를 긁어댔다.

"우린 도와드리려고 한 것뿐이에요."

"집어치워라. 그 여자를 어디서 만났느냐? 설마 세인트 사이먼의 땅은 아니었겠지?"

"그럼요, 아니에요. 그 여자가 포웨이에 왔길래, 우리가 뒤따라가서……. 그냥 이름만 물어 봤어요."

세드릭은 소파에 등을 기대며 혐오스러운 시선으로 그들을 바라보았다.

"그 여자를 건드렸느냐? 세인트 사이먼이 보호하는 여자를 건드렸냐고? 그의 집에서 손님으로 묵고 있는 여자를? 물론 그러진 않았을 거야. 그렇게 어리석은 짓은 하지 않았을 테지, 그렇지?"

그의 목소리가 갑자기 폭발했다.

“그럼요, 그럼요. 물론 그런 짓은 안 했어요.”

그들이 거의 동시에 대답했다.

“그냥 몇 마디 물어 봤다니까요.”

세드릭은 한숨을 내쉬며 눈을 감았다. 그 말을 믿기에는 그가 이 녀석들을 너무도 잘 알고 있었다. 녀석들은 여자에게 고통을 일으키는 것으로 성적인 만족을 느끼는 것 같았다. 그 애비도 똑같은 취향을 갖고 있었다. 처량한 생쥐 같던 녀석들의 에미는 임신 6개월째에 계단에서 굴러 죽기 전까지 온몸의 상처들을 숨기고 살았다. 그리고 그녀가 계단에서 발을 헛디뎠다고 믿는 사람은 아무도 없었다. 이 쌍둥이는 그 애비의 변태적인 성향을 물려받았다. 적어도 얌전한 규수들은 놓아두고 거리의 여자들에게나 그런 취향을 발산하였지만. 그 녀석들과 결혼할 정도로 바보 같은 여자가 없기를 바랄 뿐이었다.

“그 여자는 우리가 누군지 모를 거예요”

찰스가 자랑스럽게 입을 열었다.

“우린 마스크를 쓰고 있었거든요.”

“뭘 썼다고?”

“그 여자는 우리를 알아볼 수 없어요. 물론 그 여자를 건드리지도 않았구요.”

그들이 희망적인 눈으로 삼촌을 바라보았다. 도와준 데 대한 감사는 받지 못하더라도 최소한 그들의 재치에 대한 칭찬이라도 기대하면서.

하지만 칭찬의 말은 들려오지 않았다.

“당장 나가!”

부리나케 도망치는 쌍둥이들을 응시하며, 세드릭은 두 녀석들의 행동이 어떤 손해를 입힐지 생각했다. 그는 나름대로의 조사를 거쳐, 그 여자가 스페인에서 왔으며 표면상으로는 웰링턴의 명령으로 세인트 사이먼 경의 보호를 받고 있다는 것을 쉽사리 알아낼 수 있었다. 그 정도는 이 근방에 이미 알려져 있는 사실이기도 했다. 조카놈들 덕분에 그들 둘의 깊은 관계에 대해서는 좀더 알게 되었지만. 그는 세인트 사이먼이 그 여자와 잠을 자든 말든 관심 없었다. 하지만 무엇이 그들을 함께 묶어 놓았는지, 대체 왜 세인트 사이먼이 스페인에서 트레가단까지 애인을 수고스럽게 데려왔을까에 대해서는 호기심이 일었다.

그 여자는 누구일까, 왜 그곳에 머물러 있는 걸까?

아무리 생각해 봐도, 두 가지 사실만은 무시할 수가 없었다. 그녀가 셀리아와 소름 끼치게 닮았다는 점과 스페인에서 왔다는 점.

순전히 우연의 일치일까? 아니다, 그는 우연이란 걸 믿지 않았다. 다른 사람들도 자신과 마찬가지로 철두철미하게 계획을 세우며 사악한 마음을 지녔다고 믿었다.

납치 사건은 계획대로 진행되었다, 멍청하게도 살아 돌아온 가정교사만 제외한다면. 하지만 그 여자를 처리하는 건 어렵지 않았다. 겁을 잔뜩 준 다음에 충분한 돈을 쥐어 주고 산 속 오두막에 처박아 놓았다. 그리고 그 여자는 10년 전 그 비밀을 무덤까지 갖고 들어갔다. 하지만 셀리아가 유괴범한테서 도망쳐 나왔다면? 도망쳐서…… 스페인 남자와 결혼해 아이를 낳았다면?

그건 이치에 맞지 않는다. 셀리아가 도망칠 수 있었다면, 당연히 집으로 돌아왔을 것이다. 산적떼와 자신의 오빠를 연결짓지는 못했을 테니까. 그리고 만약 그 아이가 셀리아의 딸이라면, 왜 찾아와서 사실을 말하지 않겠는가?

그 아이가 셀리아와 무슨 관련이 있는 거라면, 그는 그 여자를 처리해야 했다. 세인트 사이먼의 보호하에 있다는 것이 다소 걸리적거리긴 하지만. 게다가 지금쯤은 누군가 자신에게 지대한 관심을 갖고 있다는 사실을 알았을 테니 문제가 더 복잡해졌다. 물론 그녀가 마스크 쓴 공격자들의 정체를 알아채지 못했을 가능성도 있다. 이곳에 처음 왔으니, 쌍둥이들을 본 적이 없을 것이다. 그녀가 그들과 날 연결시킬 만한 이유는 전혀 없다. 그러나 공격에 대해 세인트 사이먼에게 말하면 그는 그 두 놈들의 정체를 어렵지 않게 알아내리라. 하지만 세인트 사이먼 또한 그들의 행동과 세드릭을 관련시킬 이유는 없다. 그는 쌍둥이들의 예전 버릇이 또다시 고개를 쳐든 것으로 생각할 것이다.

세드릭은 코냑을 한 잔 따라 혀 위로 그 액체를 굴리며 눈살을 찌푸렸다. 그 아이가 셀리아와 관계가 있다면, 원하는 게 무엇일까? 무언가를 바라기는 할 것이다. 인간이란 다 똑같으니까. 돈을 바라는 걸까?

그게 무엇이든, 이제 곧 알아낼 수 있으리라. 어쩌면 그가 그녀의 속셈을 드러내도록 부추길 수 있을지도 모른다.

"큰 파티는 아니에요, 오빠."

루시가 파란 눈동자를 열성적으로 반짝이며 말했다.

"공식적인 무도회도 없을 거구요, 비록 만찬 후에 조금 움직일 수는 있겠지만. 거창한 식사를 준비할 필요도 없고……."

"루시."

줄리앙이 한 손을 들어올려 루시의 재잘거림을 막아냈다.

"작은 파티를 열고 싶다면 난 반대하지 않겠다. 문제는 탐신이 그렇게 빨리 사교계에 들어서고 싶은가이지."

"오, 물론 그녀도 원할 거예요. 걱정할 건 아무것도 없어요. 모두들 친절한 사람들이고, 그녀에게 관심이 많거든요. 당신 괜찮죠, 탐신?"

루시의 들뜬 목소리를 흥미롭게 듣고 있던 탐신이 다소곳하게 수긍했다.

"당신이 원한다면요, 루시."

"하지만 당신은 사람들 앞에서 갑자기 영어를 잊어버리고 수줍어지는 현상을 어떻게 극복할지 생각해 봐야 할 거요."

줄리앙이 의자에 등을 기대며 가느다랗게 뜬 눈으로 탐신을 바라보았다.

"완벽히 그들의 말을 이해하지도 못하는 채로, 사교계에 등장할 거요?"

"하지만 탐신은 영어를 완벽하게 잘 하지 않소?"

가레스가 윤기나는 구두의 먼지를 손수건으로 털어내며 끼어들었다.

"영국인이라 해도 믿을 정도인데."

"아, 그럴 때도 있지. 하지만 긴장할 때는 영어를 모조리 잊어버리고 스페인어로 떠들어대는 경향이 있다오."

"나의 수줍음은 이제 사라진 것 같아요."

탐신이 위엄 있게 선언했다.

"당신의 체면을 깎아내리지 않고 행동할 수 있을 거예요, 대령 나리."

"그런가?"

그가 턱을 매만지며 여전히 재미있다는 듯이 그녀를 바라보았다.

루시는 재빨리 두 사람을 번갈아 살펴보았다. 대부분의 경우 줄리앙은 거의 무심할 정도로 정중하게 탐신을 대했기에, 그녀는 가레스와 함께 복도에서 본 그 광경을 거의 믿기 힘들 정도였다. 하지만 때때로, 지금과 같은 때에는 그들의 대화, 혹은 서로를 바라보는 시선에 비밀스러운 면이 있었다.

"탐신은 오빠의 명예를 손상시키지 않을 거예요."

그녀가 약간 어색하게 입을 열었다.

"제가 저녁 내내 그녀의 옆에 있을 거예요, 어려움이 있을 때마다 제가 도울 수 있어요."

"그럼 문제될 건 없을 것 같군."

줄리앙의 목소리가 다시 차분하고 초연해졌다.

"다만 나한테 도움을 기대하지는 말거라. 포도주와 샴페인 같은 건 집사에게 말하면 될 거다."

"아이스 펀치도 만들어야 해요."

루시가 활기차게 일어섰다.

"지난 시즌에 그게 유행이었어요. 아마벨 페더스턴이 만드는 법을 가르쳐 주었는데, 제가 적어놓았어요. 히버트 부인이 그대로 만들 수 있을 거예요."

평소의 게으름을 다 떨쳐내고서 루시가 활기차게 일어났다.

"탐신, 메뉴 결정하는 것을 도와주세요. 당신만 괜찮다면, 초대장 쓰는 것도 도와줬으면 해요. 지루한 일이긴 하지만 오늘 저녁 안에 끝내면 내일 아침에 전달할 수 있을 거예요."

"파티를 언제쯤 열 생각인가요?"

저녁에 세자르를 타고 달리려던 계획을 마지못해 포기하며 탐신이 물었다.

루시가 잠시 생각해 보고 나서 대답했다.

"다음주 토요일. 그래도 괜찮을까요, 오빠?"

"물론이지. 운이 좋으면 난 다른 곳의 초대장을 받아낼 수 있을 거다."

"어머나, 안 돼요! 오빠가 없으면 트레가단에서 파티를 열 수 없다구요."

"당신 오빠가 농담하는 걸 거요, 여보."

가레스가 거울을 보며 목도리를 약간 고쳐매고는 말했다.

“가자구요, 루시.”

당황스러운 표정으로 서 있는 루시를 탐신이 재촉했다.

“나한테 파티 준비하는 법을 가르쳐 줘요. 내가 참석했던 파티 들은…….”

“수녀원에서도 파티가 열리나?”

줄리앙이 재빠르게 경고하며 탐신의 말을 가로막았다.

하마터면 양과 염소를 통째로 구우며 3일 동안이나 계속되었던 산 속 마을의 축제에 대해서 설명할 뻔했던 걸 알아차리고, 탐신은 자신의 머리를 쥐어박고 싶은 기분이었다.

“아뇨. 하지만 수녀원에 들어가기 전에 어머니가 살아 계셨을 때, 한 번 생일 파티에 참석한 적이 있었어요.”

“어머나, 가엾어라.”

루시는 그 애달픈 기억에 마음 아픈 듯이 위로의 말을 건넸다.

“그 후로는 파티에 가본 적이 없나요?”

“그래요.”

탐신이 대령을 힐끗 쳐다보며 대답하자, 줄리앙은 조롱 섞인 시선을 짐짓 내리깔았다.

“손님들 명단을 작성하고 나서 검토해 보시겠어요, 오빠?”

루시는 지금 파티 생각에 여념이 없었다.

“아니, 전적으로 너의 탁월한 솜씨에 맡겨놓겠다.”

루시가 만족스러운 듯 고개를 끄덕였다.

“난 사교 모임을 준비하는 데 솜씨가 있는 것 같아요. 지난 시즌 우리가 열었던 성대한 파티 기억해요, 가레스?”

“기억하고말고, 여보.”

그는 또한 자신이 그 파티를 대단히 지루하다고 선언하고 일찌감치 마조리의 안락한 집으로 떠나 버렸던 것도 기억했다. 루시는 다음날 내내 슬피 울었지만, 책망의 말은 한마디도 하지 않았다. 그래서 그는 죄책감으로, 우는 여자는 질색이라고 말하고는 또다시 그 집에서 빠져나와 버렸다.

그 기억이 그를 불편케 했으므로 그는 여자들이 나간 뒤 자리에 앉아 말없이 술잔을 집어들었다. 평소의 침착을 되찾으려 애쓰며 텅 비어 있는 포도주잔을 들여다보았다. 아내는 사랑스럽고 순진한 여자였다. 그런데 그는 결혼할 때 그 순진함을 계산에 넣지 못하고 마조리 같은 능숙함을 기대했다. 그러면서도 그는 자신의 아내가 마조리처럼 닳고닳은 행동을 하길 바라지는 않았다. 그럼 너무나 충격적이었으리라.

"들여다보고만 있어도 술잔이 채워질지는 의심스럽군, 가레스."

처남의 목소리가 깊은 상념을 깨뜨리자, 그가 놀란 표정으로 얼굴을 들어올렸다. 줄리앙이 술병을 들고 그의 앞에 서 있었다.

"깊은 생각에 빠져 있었나?"

가레스의 얼굴이 붉어졌다.

"루시를 위해 잘 된 일이오. 무언가 할 일이 있으며 그녀는 행복해 하니."

줄리앙은 그저 눈썹을 들어올리고 나서 다시 신문으로 관심을 돌렸다. 탐신의 사교계 등장을 동생에게 맡기는 것은 그 자신이 나서는 것보다 더 편했고 관례적으로도 맞다. 루시는 이 지역의 유지들을 거의 알고 있으니 초대장에 굳이 간섭할 필요도 없으리라. 분명히 안슬로우 부인과 그레첸 돌비 같은 늙은 마나님들도 초대할 테고, 그들 중에 20년 전 행방불명된 여자를 기억해 낼 사람이 있을 것이다.

이런 시골 벽지에서 탐신의 존재는 이국적인 꽃과도 같다. 하지만 그녀가 말을 자제하고 얌전하게 있는다면 하루 저녁쯤은 무리 없이 헤쳐나갈 수 있을 것이다.

그녀와 루시가 첫날밤에는 어긋나는 것 같더니 좋은 친구가 되었다는 것이 흥미로웠다. 가레스는 여전히 탐신에게 아양을 떨어 대고 있었지만, 탐신은 그걸 솜씨 있게 물리쳤고 루시도 더 이상 신경 쓰는 것 같지 않았다. 사실 루시는 요즘 더 행복해 보였다. 그러니 걱정거리가 하나 줄었다. 하지만 그것만으로는 그를 우울 함에서 빼내기에 충분치 않았다.

지금쯤 친구들과 부하들은 이글거리는 여름 태양을 견디며 진 군하고 있을 텐데, 자신은 여기 이렇게 처박혀 있어야 했다. 어떤 기적이 일어나지 않는 한 10월까지는 빠져나갈 수 없다. 10월이 되면 탐신이 이곳에서 어떤 인생을 찾든 상관없이 스페인으로 돌 아갈 것이다, 겨울이 되기 전에 군대에 합류해야 할 테니까.

하지만 그런 생각도 그의 기분을 북돋아 주지는 못했다. 그 이 유는 여산적과의 관계를 끝내고 싶은 마음이 없기 때문이다. 어 두운 밤 그녀가 지친 강아지처럼 몸을 말고 그의 가슴에 기대어 잠들어 있을 때면, 그는 그녀와 함께 스페인으로 돌아가 공식적 인 애인 관계가 되는 상상을 하곤 했다. 그녀는 군대를 따라다니 는 걸 싫어하지 않을 것이다. 하지만 그러려면 그녀에게 친척 찾 는 일을 그만 두라고 설득해야 할 텐데, 그 대신 그가 제안해 줄 수 있는 것이 무엇일까? 불확실한 기간 동안의 관계, 전쟁에 짓 밟힌 지역으로 군대를 따라다니는 것. 더구나 전쟁이 끝나면 그 는 이곳으로 돌아와 아내를 맞아들이고 가정을 꾸려야 할 것이 다.

그녀에게 그런 요구를 하는 건 공평치 않다. 그리고 탐신이 스 스로 그런 제안을 할 것 같지도 않았다.

작은 응접실의 책상 앞에서, 루시가 종이 한 장을 들어 보였다.
"우리가 초대할 손님들의 명단을 적어야 해요. 내가 한 명씩 그들에 대해 설명해 줄게요."

탐신이 그녀의 옆에 앉았다.

"몇 명이나 초대할 건가요?"

루시가 펜끝으로 입술을 톡톡 두드렸다.

"사실은 모두 다 초대해야 할 거예요, 아주 작은 친구끼리의 모임이 아니라면요."

"그런 파티라고 하지 않았던가요?"

루시가 키득대며 웃었다.

"아니에요, 스무 명을 위해 이런 고생까지 할 필요가 있겠어요? 오빠는 귀찮게 굴지만 않으면 전혀 개의치 않을 거예요."

15분 후, 그녀가 손목을 흔들며 허리를 쭉 폈다.

"자, 됐어요. 내가 아는 사람들은 다 쓴 것 같군요. 물론 오지 않는 사람도 있겠지만, 초대장을 받지 못하면 기분 나빠 할 거예요."

탐신은 펜할란의 이름을 찾으며 명단을 훑어보았지만, 어디에도 찾을 수 없었다.

"가브리엘한테 펜할란가가 저명하다는 얘기를 들었어요."

약간의 호기심만을 섞어 그녀가 입을 열었다.

"펜할란 자작 말이군요. 매우 중요한 사람이긴 하지만, 그는 지역 사교계에 참석하지 않아요. 정부의 막강한 권력자라던데…… 난 런던에서 딱 두 번 그를 만나 봤어요. 별로 마음에 들지 않는 사람이에요. 대단히 위협적이구요."

"당신 오빠도 그를 알고 있나요?"

"오, 그럼요. 하지만 그의 조카들과 안 좋은 일이 있었다던데……. 그 일이 뭔지는 잘 모르겠어요. 오빠에게는 이런 말 하지 말아요, 내가 소문을 떠들어댄 걸 알면 오빠가 경솔하다고 비난할 거예요."

"다른 사람은 다 초대하면서 펜할란 자작만 빼면 이상하지 않을까요?"

탐신이 태연한 척 테이블에 있는 과일 바구니에서 사과를 집어 들어 치맛자락에 문질렀다.

"그 사람은 오지 않을 거예요."

"하지만 오지 못하는 사람도 있겠지만 초대장은 보내야 한다고 했잖아요."

"아, 그건 달라요. 펜할란 경은 대단히 중요한 인물이라, 이런 작은 모임에 초대받지 않는답니다."

"백 명의 손님을 초대하는 파티가 작다는 거예요?"

그녀가 우적우적 사과를 베어먹었다.

"초대장을 보낸다 해도 그가 기분 나빠하지는 않을 거예요. '미안해 하는 것보다는 안전한 게 낫다'는 게 나의 지론이죠."

루시가 눈살을 찌푸리며 명단을 들여다보았다.

"그럼 다시 한 번 생각해 봐야겠군요."

"내가 초대장 쓰는 걸 도와줄게요."

탐신이 종이뭉치를 자기 쪽으로 끌어당겼다.

"내가 아래쪽 반을 쓰고 당신이 위쪽 반을 쓰면 되겠군요, 그렇죠?"

펜할란이 올까? 그녀에게 호기심이 일어났다면 분명 올 것이다. 물론 그가 쌍둥이에게 공격을 지시하지는 않았을 것이다. 그처럼 영리하고 음흉한 자의 일처리치고는 너무나 서툴고 어색하다. 하지만 우발적인 일도 아니었을 것이다. 그 쌍둥이가 삼촌의 호기심을 알아차리고 그 더러운 손으로 해결하려 했던 거겠지.

그래, 세드릭 펜할란은 그녀에게 대단한 호기심을 갖고 있다, 그는 분명히 올 것이다.

다음 날 아침, 세드릭의 아침 식탁에 초대장이 전달되었다. 그는 희미한 미소를 띠운 채 다시 한 번 읽어보았다. 잉크를 듬뿍 묻혀 대담하게 휘갈겨쓴 필체, 여성적인 필체가 아니다. 물론 루시 포테스큐의 글씨는 아닐 것이다. 그는 그것이 계단에서 보았던 그 아이, 하얀 아라비아산 말을 타던 보라색 눈동자의 그 아이 글씨라는 것을 직감적으로 알았다. 셀리아와 연결된 구석은 찾을 수 없었지만 그는 그 묵직한 양피지에서 풍기는 도전의 냄새를 맡을 수 있었다. 이 초대장이 행동 개시라는 것을.

하지만 도대체 이 일에서 줄리앙 세인트 사이먼이 맡은 역할은 무엇일까?

21

“파티 때 루비를 달아야겠어요.”

탐신이 줄리앙의 침대 가운데 발을 꼬고 앉아 선언했다. 평소
처럼 아무것도 걸치지 않은 모습으로 그가 옷 벗는 모습을 유심
히 지켜보고 있었다.

“그건 안 되겠는걸.”

대령이 얼굴에 물을 적시며 대꾸했다.

탐신은 그의 뚜렷한 등의 윤곽, 사랑스럽고 팽팽한 엉덩이, 근
육질의 긴 허벅지를 탐욕스레 바라보았다.

“왜 안 돼요?”

그가 몸을 돌리자, 그녀는 더 이상 대답을 듣는 데 관심이 없
어졌다. 여우의 흔적을 찾은 사냥꾼처럼 침대에서 껑충 뛰어내려
그에게로 다가갔다.

한참의 시간이 흐른 후에 그녀가 다시 물어 보았다.

“왜 루비를 달면 안 된다는 거죠? 호세파가 만들어 준 드레스

에 아주 잘 어울릴 텐데. 앞자락은 크림색 실크에 은색 레이스를
달았구요, 뒷꼬리도 달려 있어요. 그 꼬리를 어떻게 끌고 다녀야
할지 모르겠어요. 누군가의 발에 밟히고 말 걸요. 계단을 내려가
다가 넘어질 수도 있고 아니면 춤추다가 벌렁 나자빠질지도 몰라
요.”

줄리앙이 코에 붙어 있는 그녀의 머리카락을 털어냈다.

“당신은 타고난 춤꾼일 것 같은데, 미나리.”

“스페인계의 피 때문이죠. 당신이 축제 때 내가 춤추는 걸 봤
어야 했어요. 다리를 드러내 놓고 치마를 빙글빙글 돌리면서 캐
스터네츠를 연주하면서…….”

“나른한 콘월 마을의 작은 파티에서 그건 무리일 것 같군.”

탐신은 그가 이 파티의 규모에 대해 모른다고 확신했다. 지금
까지 전혀 관심을 보인 적이 없으니까.

“어쨌든 당신은 루비를 달 수 없소. 결혼하지 않은 여자는 진
주와 터키석, 석류석, 토파즈만을 달지. 다른 것들은 천박한 것으
로 여겨진다오.”

“어쩜 그렇게 꽉 막혀 있을까!”

“그렇긴 하지. 당신이 또 하나 알아두어야 할 것은 처녀들은
앞으로 나서지 않는다는 점이오. 남자가 청하지 않으면 춤을 출
수 없소. 그리고 한 남자와 한 번만 춤을 춰야 하오. 춤추지 않을
때는 후원자와 같이 벽 쪽에 앉아 있어야 하고.”

“설마 그렇게까지야…….”

“절대적인 사실이오.”

그녀의 경악한 표정에 그가 미소지었다.

“하지만 그것도 당신이 즐기는 게임의 일부인 걸 기억하시오.
나하고는 한 번 이상 춤출 수 있소, 난 당신의 보호자니까. 아,
가레스와 몇 번 춤추는 것도 충분히 인정되지.”

“고마우셔라. 대단히 황홀하군요.”

그녀가 그의 옆으로 털썩 드러누웠다가 다시 벌떡 일어났다.

“아참, 경비가 얼마나 드는지는 모르지만 내가 데뷔하는 파티니까 내가 돈을 내겠어요. 청구서가 올라오면…….”

“아, 루비 하나면 충분할 것 같군.”

태평스레 대꾸하다가 그는 문득, 그녀가 보물을 골라 보라고 했을 때 자신을 하인으로 여기고 있냐며 분노했던 것이 기억났다. 하지만 그녀가 제안했던 것은 보물 같은 그녀의 몸과 독창적인 상상력이었다.

“왜 그래요?”

탐신은 한순간 그의 얼굴이 긴장되었다가 웃음을 터트리며 그 눈에 관능적인 즐거움이 서리는 것을 보았다.

그는 대답하지 않고 그녀를 자신의 밑으로 끌어내렸다. 탐신은 그의 이상한 변화와 갑작스레 다급해지는 몸놀림에 당황했지만, 주저 없이 그의 정열 속으로 휩쓸려 들어갔다. 그의 단단한 몸에 자신을 밀착시켜 그를 안으로 받아들이고 그의 리듬 속에 모든 것을 맡겼다. 시간이 너무나 빠르게 지나고 있다. 세드릭 펜할란도 그녀의 그물에 걸려들고 있다.

모든 것이 너무도 금방 끝날 것이기에…….

“이런 세상에.”

토요일 저녁 거울에 자신의 모습을 비춰 보며 탐신이 중얼거렸다. 드레스를 입은 모습에는 어느 정도 익숙해졌지만, 지금 입고 있는 드레스는 달랐다. 어깨와 팔뿐만 아니라 가슴 윗부분의 곡선과 그 사이의 계곡까지 드러날 정도로 깊이 패인 드레스였다.

그녀가 옷을 입은 것과 마찬가지로 벗고 있는 것도 편안하게 생각한다 해도, 이런 식으로 특정 부위에 의도적으로 관심을 끌어들이는 건 왠지 볼썽 사납다는 생각이 들었다. 세실이 데뷔할 때 입었던 옷은 젖꼭지가 간신히 덮일 정도로 깊이 패인 드레스였다고 했다. 젖가슴에 시선을 끌어들이기 위해 짐짓 정숙한 척 부채를 휘둘러댔던 것이 얼마나 우스꽝스러웠는지 모른다고 말하며 웃어대던 세실의 목소리가 들리는 것 같았다.

"어떤 것 같아, 호세파? 세실하고 비슷해 보여?"

호세파의 검은 눈동자가 탐신의 날씬한 몸매를 위아래로 훑어보았다.

"그녀가 다시 살아난 것 같아요."

그녀가 잠시 물기어린 눈으로 바라보다가 황급히 몸을 숙여 치맛자락을 정돈해 주었다.

문에서 노크소리가 들려왔다.

"들어가도 돼요?"

루시가 고개를 들이밀었다가 방 안으로 들어섰다.

"어머나, 탐신. 너무나 아름다워요."

"놀리지 말아요."

탐신의 얼굴이 살짝 붉어졌다.

"난 비쩍 마른데다가 피부도 갈색이고, 머리는 유행에 맞지 않게 짧은 걸요."

"아뇨, 아니에요. 아주 멋져 보여요. 약간 색다르긴 해도……정말 사랑스러워요."

루시가 비판적으로 자신의 몸을 거울에 비춰 보았다.

"방금 전까지만 해도 이 옷이 아주 마음에 들었는데, 당신과 비교하니까 지루하고 평범한 것 같네요."

"말도 안 돼요."

탐신이 웃음을 터트렸다.

"칭찬받고 싶어서 그러는 거죠? 당신, 아주 예뻐요."

루시가 만족스레 웃으며 곱슬거리는 머리를 살짝 매만졌다. 그들 둘다 예쁘고 우아해 보인다는 건 알고 있었다. 하지만 탐신의 모습은 숨이 막힌다고나 할까, 어쩌면 특이하기 때문인지도 모른다.

"준비됐으면 아래층으로 내려가자구요. 줄리앙과 가레스가 기다리고 있을 거예요."

"당신 먼저 가요."

탐신은 마음을 가다듬을 시간이 필요했다.

"나도 금방 따라갈게요."

루시가 동그란 어깨를 으쓱이고 방을 나서자, 탐신은 창가로 걸어가 바다를 내다보았다. 상쾌한 여름날 저녁, 수평선 위로 초승달이 흔들거리고 어두운 하늘에 연한 별빛이 반짝거렸다.

세실은 자신이 제일 좋아하는 옷에 대해 말해 준 적이 있었다. 은색 레이스와 크림빛 실크로 만든 드레스. 오늘밤 그녀의 딸이 똑같은 색조의 옷을 입고 세드릭 펜할란 앞에 나타날 것이다. 어머니와 똑같은 보랏빛 눈동자에, 똑같은 금빛 머리와 날렵한 몸매로.

세드릭 펜할란이 여동생의 모습을 알아볼까?

그녀는 목에 걸린 로케트를 매만지며 그 안에 담긴 세실과 바론의 모습으로부터 힘을 받았다. 그리고는 힘찬 걸음으로 문을 향해 걸어갔다. 그녀의 혈관 속에 강인한 에너지가 넘쳐나기 시작했다.

줄리앙은 계단 밑에서 짜증스럽게 그녀를 기다리고 있었다. 손님들이 들이닥치기 전에, 탐신이 루비와 다이아몬드 같은 것으로 심각하게 예법을 어기지나 않았는지 확인해야만 했다.

계단 위에 그녀의 그림자가 나타나자 그가 소리쳤다.

"서두르시오. 이제 곧 손님들이 도착할 거요."

그녀가 한 손으로 아무렇게나 치마를 부여잡고 뒤에 달린 꼬리를 휘둘러대며 평소처럼 씩씩하게 계단을 달려 내려왔다.

"미안해요."

그녀가 마지막 계단을 깡총 뛰어내려 고개를 갸우뚱하며 환한 미소를 지어 보였다.

"소감이 어떠신가요, 대령 나리? 심사에 통과할 수 있겠어요?"

"맙소사."

그가 나지막이 중얼거렸다.

"뭐가 잘못됐어요?"

그녀의 미소가 흔들렸다.

"당연하지. 숙녀들은 악마에게 쫓기는 것처럼 그렇게 달려 내려오지 않소. 다시 올라가서 점잖게 내려오시오."

"어머나, 알아모시겠습니다."

탐신이 과장된 한숨을 내쉬고는 치마를 모아 쥐고 계단을 올라가 맨 위에서 돌아섰다. 그런 다음 한 손으로 난간을 잡고 우아하게 흐르듯이 계단을 걸어 내려왔다.

줄리앙은 계단 위에 한 발을 올린 채 지켜보며, 비판적인 표정 아래 휘몰아치는 감각을 숨기고 있었다. 그 절묘한 드레스도 그녀의 몸에서 풍겨나는 관능과 눈동자의 번득임에 아무 변화를 주지 못했다. 그 연한 색채와 섬세한 옷감은 오히려 그녀의 고동치는 생동감을 강조해 줄 뿐이었다. 그녀를 품으로 끌어들여 목덜미에 입술을 누르고 달콤한 체취를 들이키고 싶었다.

이 여자가 내 여자라고 주장하고 싶었다. 그녀를 끌어안고 확실하게, 온 세상에 자신의 소유를 주장하고 싶었다.

그녀가 다가오자, 그는 그녀의 손을 잡아 살짝 입을 맞추었다.

"망아지처럼 뛰어다니지 말아야 한다는 걸 기억하시오."

그는 그녀의 손을 풀어내고 응접실을 향해 돌아섰다.

탐신은 입술을 깨물었다. 찬사를 바란 것은 아니었지만, 이런 선생님의 훈계 같은 말이 아니었다면 더 기분좋았으리라.

웃고 떠드는 손님들이 집 안에 가득해지는 동안, 줄리앙은 그녀를 지켜보았다. 현관 계단 위에 서서 루시와 함께 인사하며 손님들을 맞이하는 모습.

그는 그녀가 유창하게 영어로 말하면서도 좀더 이국적으로 보이게끔 스페인계의 억양을 강조하는 것을 알아차렸고, 젊은 남자들이 주위에 모여들어 그녀의 말 한마디마다 요란스레 웃어대며 감탄의 시선을 보내는 것도 보았다. 늙은 남자들은 나이가 많다는 특권으로 그녀의 팔을 만지거나 손을 토닥였고, 그녀는 순진한 매력을 발산하며 애교 섞인 미소를 보내 주었다.

놀라운 연기였다. 지금 그녀를 보는 사람들은 그가 처음에 만났던 그 과격한 여전사나 이사벨호에서 탄약을 날라주던 까마귀 같은 모습을 믿지 못하리라. 그 모든 모습들이 그만의 것이라는 생각이 들자, 당혹스러울 정도의 갈망이 솟구쳤다. 그는 앞으로 달려나가 젊은 남자들 사이에서 그녀를 빼내어 자신의 여자라고 주장하고픈 충동을 억제하기 힘들었다.

미쳤어, 완전히 미쳤어. 그도 다른 사람들처럼 그녀의 연기에 홀려 버린 모양이었다. 그녀가 어떤 여자인지 잘 알지 않는가. 사생아에다 혼혈의 여산적, 영혼에 양심 따윈 존재하지 않고 윤리의식도 적은 여자.

"놀랍도록 비슷해, 그렇지 않나?"

옆에서 부들거리는 목소리가 말을 걸어오자 그는 상념에서 벗어나 몸을 돌렸다. 지팡이를 짚고 구부정하게 서 있는 늙은 레이디를 알아보고는 정중한 미소를 지어 보였다.

"레이디 건스턴, 어떻게 지내십니까?"

"아흔여섯 살 노인은 그런 질문에 대답하지 못한다오."

그녀가 클클거리며 웃었다.

"날 좀 앉혀 주게, 그리고 니거스(설탕물 종류) 한 잔 갖다 달라구. 그 바보가 어디로 사라져 버렸는지 모르겠어."

줄리앙이 미소지으며 순종했다. 레이디 건스턴은 이 지역의 명물이었다. 결코 초대를 거절하는 법이 없었으므로, 그녀만큼이나 늙은 하녀는 주인의 신랄하고 지치지 않는 불평을 견뎌내는 것에 더하여 불굴의 인내력으로 모든 사교 모임을 참아내야만 했다.

"여기 있습니다, 마담."

그가 니거스를 건네며 그녀의 옆에 자리잡았다.

"포도주를 약간 넣었습니다. 더 좋아하실 것 같아서요."

레이디 건스턴이 다시 클클거리며 음료를 홀짝였다. 그리고는 주위를 둘러보았다.

"정말 놀랄 정도로 비슷해, 그렇지 않나?"

"누구 말씀이십니까, 마담?"

그가 가느다란 목소리를 듣기 위해 가까이 고개를 기울였다.

"그 여자아이 말이야. 전에는 본 적이 없었는데. 하지만 셀리아하고 똑같이 생겼어."

"누굴 말씀하시는지 잘 모르겠군요, 마담."

줄리앙은 몸 속의 모든 기관들이 숨을 죽이는 것 같았다.

늙은 여자가 그를 돌아보았다.

"그래, 당연히 모를 거야. 셀리아는 자네가 꼬마였을 때 죽었을 테니까. 사랑스런 아이였지. 하지만 지나치게 생기가 넘쳤어. 그 아이가 다음에 무슨 짓을 할지 아무도 모를 정도였다네."

그녀가 웃어대다가 격렬하게 기침을 터트리고는 니거스를 다시 한 모금 들이켰다.

"셀리아가 누군가요, 마담?"

그는 온몸을 긴장시킨 채 자신이 알게 될 정보를 기다렸다, 여산적과의 모험이 끝나게 될 정보를.

"당연히 펜할란이지, 셀리아 펜할란. 스코틀랜드에서 열병으로 죽었다는 애."

레이디 건스턴이 고개를 끄덕이며 귀족의 자제들과 춤추고 있는 탐신을 찾아내었다.

"머리색도 똑같아. 눈동자도 그렇구."

"보라색."

줄리앙은 자신의 목소리가 어딘가 멀리에서 들려오는 것 같았다.

"아, 맞아. 셀리아도 보라색 눈동자였어."

늙은 여인이 이도 없는 입으로 미소짓다가 갑자기 머리를 치켜들었다.

"나의 그 멍청이를 찾아주게, 젊은이. 이젠 집에 가봐야겠어."

줄리앙은 레이디 건스턴의 하녀를 찾기 위해 일어섰다. 마음이 마비되어 버린 것만 같았다. 그 늙은 여인은 제복 입은 하인에게 반쯤 안기듯이 마차 안으로 들어섰고 하녀가 주인의 망토와 가방들을 챙기며 그 옆에 자리잡았다.

마차가 떠나는 동안, 줄리앙은 문 앞에 서서 음악소리와 웅얼대는 목소리, 이따금씩 터져나오는 웃음소리를 들었다.

루시가 실력을 발휘했군, 그는 멍하니 생각했다. 이것을 작은 파티로 생각한다면, 무도회를 벌일 때는 어떻게 될지 생각하기도 끔찍했다.

셀리아 펜할란, 세실. 하지만 어떻게 셀리아 펜할란이 세실이 되었을까? 어떻게 스페인 산적 두목의 여자가 되었을까? 피레네에서 납치된 여자가 어떻게 스코틀랜드에서 죽을 수 있지?

아마도 세드릭 펜할란이 그 대답을 알고 있으리라.

그는 길로 내려서서 집 옆쪽으로 돌아 과수원을 향해 갔다. 그가 잠시 사라졌다 해도 눈치챌 사람은 없을 것이다. 지금은 얼빠진 미소와 의미 없는 잡담으로 돌아갈 상태가 아니었다.

그녀의 혈관 속에 펜할란의 피가 흐르고 있다. 이 땅에서 가장 위력 있는 가문 중 하나의 피가. 하지만 그것은 나쁜 피였다. 자작의 무모한 야망과 쌍둥이의 사악한 취향으로 얼룩진 나쁜 피.

맙소사! 그녀의 하얀 손목 아래 내비치던 그 섬세한 혈관 속에, 무법자의 피와 폭군의 피가 섞여 있다.

그는 그녀가 오만하게 턱을 치켜들고 서 있던 방식, 도전받을 때마다 번득이던 눈동자, 자기 마음대로 되지 않을 때면 굳어지던 입술을 생각했다. 모든 것이 다 펜할란가의 특징이다. 자신의 목적을 향해 돌진하는 저돌성과 냉혹한 의지, 눈앞의 장애물을 쓸어 버리는 방식까지도.

하지만 세드릭 펜할란은 그녀를 인정하지 않을 것이다. 그의 자존심으로는 그렇게 천박한 배경에서 태어난 인물과의 관계를 인정하지 않을 것이고, 만약 그녀의 주장을 받아들인다면 여동생의 죽음과 장례식, 긴 애도 기간이 모두 거짓이었다는 것을 해명해야만 할 것이다.

도대체 그가 왜 그런 속임수를 썼을까? 스캔들을 피하기 위해서? 어쩌면 세실이…… 그녀가 집에서 도망쳐 나갔는지도 모른다. 그녀가 오빠의 손아귀에서 벗어나기 위해 스페인으로 달아났기 때문에 세드릭이 그런 거짓 설명을 조작해 낸 것일지도 모른다. 그렇다면 모든 것이 들어맞는다.

줄리앙의 머리는 금방이라도 폭발해 버릴 지경이었다. 펜할란가의 인간들, 그들과 관련된 모든 것이 혐오스러웠다. 20년 전 세드릭은 자신의 목적을 위해 주위 사람들을 조종했고 탐신은 예측하지 못한 부산물로 태어났다. 그리고 그 예측치 못한 부산물이 세인트 사이먼가의 미래에 대한 그의 생각과 세상에 대한 관점을 뒤흔들어 놓기 시작했다. 그는 펜할란이 짜놓은 거미줄에 걸려 버린 것이고, 이제 그것이 그의 인생까지 꼬이게 만들었다.

그래도 그의 혼란스러움은 여전히 가시지 않았다. 탐신과 함께 하는 인생은 상상할 수도 없었다. 하지만 그녀를 떠나 보내야 한다는 생각 또한 상상할 수 없었다. 그녀가 없는 인생이란…….

그가 알아낸 사실을 그녀에게 말해 주어야 할까? 그녀가 안다고 해서 무슨 소용이 있겠는가? 세드릭 펜할란은 그녀의 얼굴에 비웃음을 던지며, 부모님의 빈 자리를 메꾸기 위해 친척을 찾으려던 그 작은 소망을 가차없이 깨뜨려 버릴 것이다.

줄리앙이 과수원을 거니는 동안, 트레가단의 정문으로 세드릭 펜할란이 다가가고 있었다. 그는 일부러 주인이 손님들을 맞이하는 시간을 피해 늦게 도착한 것이다.

그는 나비처럼 밝은 색의 옷을 입은 여자들과 검은 빛 옷차림의 남자들이 북적거리는 살롱의 문 앞에 멈춰 섰다. 그리고 왈츠의 선율을 따라 진홍색 군복의 젊은 남자와 우아하게 춤추고 있는 탐신을 금세 찾아냈다. 그 날렵한 몸매에 시선을 고정시킨 채 그는 조용히 문 앞에 서 있었다. 셀리아도 저런 색채의 옷을 곧잘 입었고 저렇게 생기 있게 춤을 추었다.

"펜할란 경, 와주시다니 영광이에요."

루시가 놀란 표정으로 서둘러 그에게 다가갔다. 이 중요한 손님을 오빠가 맞아야 할 터인데, 아무리 둘러보아도 오빠의 모습은 보이지 않았다.

"포도주 한 잔 드시겠어요……. 아, 가레스."

조금 떨어진 곳에서 남편을 발견하자 그녀가 안도의 한숨을 내쉬었다.

"가레스, 이쪽은 펜할란 경이세요."

가레스 또한 자신의 처남을 찾아보았다. 자신과는 동떨어진 세계에서 움직이는 남자, 경멸스런 표정으로 쳐다보고 있는 이 남자를 맞이해야 한다는 게 전혀 내키지 않았다. 하지만 남자답게 앞으로 나서서 대화를 시도해 보는 수밖에 도리가 없었다.

탐신은 그의 시선이 닿는 순간 삼촌이 도착했다는 걸 느꼈다. 음악소리가 사그라들자, 그녀는 파트너에게 미소지으며 인사하고 나서 세드릭이 있는 쪽으로 걸어갔다. 세드릭의 시선이 다가오는 그녀의 시선과 맞부딪혔다.

루시가 새로운 대화거리에 다행스러워하며 두 사람을 소개시켰다.

"탐신, 펜할란 경을 소개해 드릴게요. 자작님, 이쪽은 제 오빠의 보호를 받고 있는 세뇨리타 바론이에요. 스페인에서 왔지요, 웰링턴 공작님이……."

"그 얘기는 이미 알고 있소. 마을에 널리 퍼져 있으니."

세드릭이 무례하게 말을 가로막자, 루시가 얼굴을 붉히며 중얼거렸다.

"아, 제가 너무 바보 같았군요."

세드릭이 간단하게 손을 저은 다음 입을 열었다.

"잘 지내고 계신가요, 바론 양?"

"네, 감사합니다, 세뇨르."

탐신이 상냥하게 미소지으며 고개를 숙여 보였다.

"만나 뵙게 되어 영광이에요."

그녀의 손이 목에 걸린 로켓 쪽으로 올라갔다.

"전 실례해야겠군요. 이번 곡이 약속되어 있거든요."

탐신이 뒤도 돌아보지 않고 걸어갔다. 하지만 등에 닿는 그의 시선, 그 탐색적이고 위협적인 시선에 솜털이 곤두서는 느낌이었다.

펜할란 경은 잠시 그녀를 지켜보다가, 경마에 대해 지껄여대는 가레스의 말을 무뚝뚝하게 잘라냈다.

"안녕히 계시오, 레이디 포테스큐."

그의 육중한 체구가 놀라울 만큼 민첩하게 사라져 버렸다.

루시는 분노를 터트렸다.

"어머나! 어쩜 저렇게 무례할 수 있담? 도착하자마자 갈 생각이었다면 대체 왜 온 걸까요?"

"누가 알겠소."

가레스가 대꾸했다.

"하지만 펜할란가 사람들은 다들 거들먹거리니……. 자기들이 남들보다 훨씬 우월하다고 생각하는 모양이지."

"세인트 사이먼가도 펜할란가만큼이나 명문이라구요."

"그거야 그렇지. 하지만 펜할란 경은 정부에서 대단한 실력자라고 하잖소. 수상조차도 그의 말에 꼼짝 못한다던데."

"하여튼 난 그 남자가 정말 마음에 안 들어요. 그가 떠나 주어서 다행이에요."

그렇게 말하고는 루시는 저녁 만찬을 감독하기 위해 자리를 떴다.

잠시 후 줄리앙은 옆문을 통해 들어와 살롱을 힐끗 바라보았다. 사람들의 수가 적어지긴 했지만, 탐신은 여전히 춤을 추고 있었다. 그가 탐신 쪽으로 걸어가 함께 춤추고 있는 남자의 어깨를 톡톡 두드렸다.

"미안하지만, 이젠 내가 보호자로서의 특권을 주장해야 할 것 같소, 제이미."

젊은 남자가 상심한 듯이 고개를 숙이고 물러났다.

"즐겁게 보내고 있소?"

"아, 그럼요."

하지만 줄리앙은 탐신의 몸이 긴장되어 있는 것을 알아차렸다.

열병에 걸린 듯 눈이 번들거렸고 피부도 달아올라 있다.

"포도주를 몇 잔이나 마신 거요?"

그가 홀에서 그녀를 이끌어 나오며 물었다.

"한 잔밖에 안 마셨어요."

"그럼 흥분 때문인가보군."

그가 손수건으로 그녀의 젖은 눈썹을 닦아주었다.

"일곱 살 때 이후로 처음 참석하는 파티니까요."

농담을 시도한 것이지만, 그녀의 미소는 그리 유쾌해 보이지 않았다.

"난 내일 아침 런던으로 떠날 거요."

"어머나, 왜요?"

그녀의 얼굴에 놀라움이 역력했다.

"장군의 일을 처리해야 하오."

"하지만 그건 아직 시간이 남았잖아요?"

그녀가 아랫입술을 잘근거리며 눈살을 찌푸렸다.

"왜 갑작스럽게 결정한 거죠, 줄리앙?"

그의 눈 속에 담긴 무언가가 그녀를 대단히 걱정하게 만들었다. 마치 이제 곧 절벽에서 뛰어내리려는 남자 같다고나 할까.

그는 대꾸하지 않고 그녀를 창 쪽으로 끌어들인 다음, 낮고 엄숙하게 입을 열었다.

"나와 같이 스페인으로 돌아갑시다, 탐신."

그녀가 무슨 예상을 했든지 간에, 이런 것은 아니었다.

"지금요?"

"그렇소."

그가 그녀의 눈썹 위에 흩어진 머리카락을 쓸어넘겼다.

"나와 같이 돌아갑시다. 우리 함께 살면서 서로를 즐기는 거요, 전쟁이 끝날 때까지."

'전쟁이 끝날 때까지.'

그 결정적인 말에, 자신과 어울리지 않는다는 이유로 자신을 사랑하는 여자와의 미래를 받아들이지 못하는 남자의 닫혀진 마음이 절실히 느껴져 그녀의 마음이 고통의 신음을 흘렸다.

"하지만 난 여기서 해야 할 일을 아직 끝내지 못했어요."

그녀가 조용히 입을 열었다.

"그게 당신에게 그렇게나 중요하오, 탐신? 어머니의 가족을 찾아내서 그들에게 받아들여진다 해도, 영국에서 당신이 어떤 인생을 살아갈 수 있겠소? 여긴 당신에게 어울리지 않소. 스페인으로 돌아갑시다. 여기서는 할 수 없는 방식으로 우린 그곳에서 함께 지낼 수 있소."

"날 좋아하시나요?"

창백한 입술을 통해 작은 목소리가 새어나왔다.

"그렇다는 거 당신도 알잖소."

그가 그녀의 입술을 손가락으로 매만졌다.

"그래서 내가 이런 부탁을 하는 거요."

"하지만 우리에게 미래는 없는 건가요? 진짜 미래는?"

그의 침묵이 충분한 대답이었다.

"그런 모양이군요. 세인트 사이먼가의 남자는 사생아로 태어난 산적과 미래를 만들 수 없겠지요. 나도 알아요."

그녀는 미소지으려 애썼지만 입술이 부들거렸다.

"너무 심하게 말하지 마시오."

그가 무기력하게 중얼거렸다.

"하지만 진실이란 가끔 그렇죠."

그녀가 뒷걸음질치며 눈의 초점을 맞추려 안간힘을 썼다. 치밀어오르는 분노와 자존심이 눈물을 삼키는 데 도움이 되었다. 이 남자에게 멸시당하지는 않을 것이다, 이 남자가 날 자신에게 어울리지 않는 상대로 생각하는 건 허락하지 않겠다. 엘 바론과 세실 펜할란의 딸은 세인트 사이먼가의 남자에게 고개 숙이고 애원할 필요가 없다.

"아뇨, 난 당신과 같이 갈 수 없어요. 여기에서 하려던 일을 할 거예요. 하지만 그 계약에서 당신을 풀어 드리죠, 대령 나리. 당신은 더 이상 그 계약을 지킬 마음이 없는 것 같으니까요."

지금의 그녀는 차갑고 거만한 진짜 펜할란가의 인물이다. 그는 그녀의 오만함에 분노가 치밀어오르는 것을 간신히 억눌렀다.

"당신은 원하는 만큼 트레가단에 머물 수 있소. 루시가 계속해서 당신의 샤프롱 역을 맡을 거요. 나보다 그녀가 더 적당하다는 걸 알게 될 거라 믿소."

그녀는 간단하게 작별을 고하고 돌아섰다, 그녀의 입술과 턱은 완고하게 굳어져 있었다.

"신의 가호가 있길 바래요, 대령님."

그녀가 방을 가로질러 나가는 동안, 그는 그 자리에 그대로 서 있었다. 받아들여지지 않을 걸 알면서도 그런 제안을 한 자신의 어리석음에 저주를 퍼부으면서. 그건 그 자신을 위한 것이었지만, 그녀를 위한 제안이기도 했다. 그녀가 자신이 누구인지 알게 되고 세드릭 펜할란의 조롱을 받으며 받게 될 상처를 막아 주기 위해서.

하지만 이젠 다 끝났다. 내일 아침까지 기다릴 필요도 없으리라. 날이 밝기 전에 출발한다면 아침 식사 시간쯤 보드민에 도착할 것이고, 대낮에는 황야를 건널 수 있을 것이다.

탐신은 누구에게도 인사를 하지 않고 자신의 방으로 들어갔다. 벽난로 옆의 의자에서 꾸벅꾸벅 졸고 있던 호세파가 벌떡 일어서며, 대뜸 탐신의 이상한 표정을 알아차렸다.

"오늘밤은 얘기하고 싶지 않아. 이젠 가서 자요. 내일 아침에 애기해, 우리 셋이서."

호세파는 마음 내켜 하지 않았지만, 그 말투를 알고 있었다. 바론에게서 자주 들었던 그 어조에는 누구도 반대하지 못했다.

탐신은 열린 창문으로 갑작스레 몰아치는 바람에 몸을 떨었다. 바람이 거세지면서 해변에 부딪히는 파도소리도 거칠어졌다. 그녀는 가슴을 끌어안고서 창가로 걸어갔다. 검은 구름이 달 위를 스쳐 지나고, 부드럽던 바닷바람이 차갑고 습해졌다. 황홀했던 여름날의 마법이 깨어지려는 모양이었다.

마차들을 불러대는 소리가 들렸다. 날씨가 변하기 전에 집으로 돌아가려고 손님들이 서두르고 있는 것이다.

탐신은 얼마나 오랫동안 창가에 서 있었는지 알지 못했다. 먹구름이 모여들고 바람이 점점 세지며 유리창을 덜커덩 흔들어댔다. 그녀의 미동도 없는 몸에 바람에 날린 커튼들이 휙휙 감겼다. 첫번째 빗방울에 그녀는 정신이 들어 창문을 닫고 돌아서서 옷을 벗었다. 충격의 마비상태에서 벗어난 지금, 그녀의 생각은 다시금 격렬하게 움직여댔다.

줄리앙이 이다지도 갑작스럽게 모든 걸 끝낼 줄은 예상하지 못했다. 세드릭과 만나고 난 직후가 아니었다면 그녀의 반응은 달랐으리라. 하지만 이성적인 생각을 하기에는, 복수를 위한 첫 만남에 너무나 골몰해 있었다.

세드릭은 그녀가 누구인지 알아차렸다. 그가 자신의 발치에 내던져진 그녀의 도전장을 받아들였다는 걸 그 눈을 통해 알 수 있었다. 그녀는 그를 좀더 괴롭혀 주고 싶었다. 그녀가 이 사교계에 완벽하게 받아들여지는 것을 보여주고, 그녀의 목적이 무엇일지 고민하게 하면서 그녀의 내력을 궁금해 하도록 만들어 주고 싶었다. 그런데 줄리앙이 불쑥 그녀의 조심스런 계획을 뒤틀어 버릴 대포알을 떨어뜨렸다. 그래서 이성적인 사고 대신, 감정적으로 반응하고 말았다.

그녀는 침대로 올라가 턱까지 이불을 끌어당겼다.

줄리앙이 스페인으로 돌아간다면, 그녀도 같이 갈 것이다. 반쪽짜리 빵이라 해도 없는 것보다는 낫다, 그 반쪽이 더 커질 수도 있었다.

그녀는 촛불을 끄고 어둠 속에 누워 창문에 부딪혀오는 빗소리에 귀를 기울였다. 빗소리 너머로 거친 파도소리를 들을 수 있었다. 밤이 점점 더 거칠어지고 있다.

그녀는 그를 사랑했다. 세실이 바론을 사랑했던 것처럼 그를 사랑했다. 평생 단 하나의 사랑…… 평생을 바칠 수 있는 사랑. 그가 자신의 반쪽만을 제안한다 해도, 그녀는 그걸 받아들일 것이다. 하지만 우선은 그에게 그렇게 말해야 한다. 그 다음에 세드릭을 처리해야 한다. 이 새로운 시점에서 어떻게 그 일을 해내야 할까?

내일 아침이면 해답이 찾아지리라. 우선은 푹 쉬고 침착을 되찾은 후에, 줄리앙에게 마음이 변했다는 것을 알려주자.

동이 트기 직전에 폭풍우는 점차 사그라들었다. 줄리앙은 솔트의 안장에 여행가방을 붙잡아 매고 말등에 올라탔다. 잿빛 하늘, 검푸른 바다, 잔디는 비에 흠뻑 젖었고 정원길에는 드문드문 웅덩이가 고였다. 그는 담쟁이덩굴이 엉켜 있는 동쪽 탑 쪽을 힐끗 올려다보고 나서 단호하게 말을 출발시켰다.

밤새 잠들지 못한 퀭한 눈으로 창가에 서 있던 탐신은 어둠 속에서 줄리앙이 떠나는 것을 보았다.

이렇게 일찍 출발해 버리다니. 어떻게 마음이 변했다는 걸 알릴 기회조차 주지 않는단 말인가?

그녀가 휘몰아치듯이 방에서 달려나가 마구간 뜰을 통과해 호세파와 가브리엘이 사용하는 다락방으로 뛰어들었다.

"꼬마야, 무슨 일이냐?"

그녀가 휘둥그래진 눈으로 들이닥치자, 가브리엘이 침대에서 벌떡 일어나 앉고는 그녀를 안아주었다.

"나, 그 사람을 따라갈 거야."

그녀가 침대 끄트머리에 앉아 무릎 위로 두 손을 비틀어댔다.

"그 사람을 사랑해, 세실과 바론처럼. 나로서도 어쩔 수 없는 일이야. 마음이 아파."

가브리엘이 천천히 고개를 끄덕였다.

"그럼 우리도 출발하자. 호세파는 여기 남아 있는 게 좋을 거야."

그가 여자를 힐끗 바라보자, 그녀는 고개를 끄덕였다. 그들이 전투에 나가 있는 동안 그녀가 뒤에 남아 기다리는 게 이번이 처음은 아니었다.

"난 루시에게 중요한 일이 있어서 일이 주쯤 뒤에 돌아올 거라고 말해 둘게."

"펜할란 때문에 돌아오려는 거냐?"

탐신이 불확실한 눈빛으로 가브리엘을 바라보았다.

"그래, 그래야만 해. 난 바론과…… 세실하고 마음속으로 약속했어. 하지만 더 이상은 모르겠어, 가브리엘. 무슨 일이 일어날지 나도 모르겠어."

"될 대로 되겠지, 꼬마야. 난 루시 양에게 런던에 있는 대령의 집이 어딘지 물어 봐야겠다. 목적지를 알고 떠나는 게 더 낫겠지."

탐신이 그의 목을 끌어안았다.

"당신들 두 사람이 없으면 내가 무얼 할 수 있겠어?"

그녀가 눈물을 글썽이며 호세파도 끌어안았다.

22

아들레이 스퀘어에 있는 그 집은 뒤쪽에 작은 정원으로 통하는 문이 나 있었다. 루시는 오빠의 서재가 그 정원 쪽에 있다고 말해 주었다.

탐신은 아들레이 스퀘어의 정원 끝에 앉아서 가브리엘이 정찰을 끝내고 돌아오길 기다리는 중이었다. 하루에 80킬로미터씩 닷새를 달려온 탓에 기분좋을 만큼 피곤한 상태였다. 그들의 말은 채링 크로스 근처의 여인숙에 남겨 놓았다. 가브리엘은 그곳에서 밤을 보낼 것이고, 탐신은 대령을 놀라게 해줄 생각이었다.

그 놀라움이 기분좋은 것이길 바랐다.

물론 노크를 할 수도 있겠지만, 그녀는 줄리앙의 충격적인 출발과 맞먹을 만큼 드라마틱한 무언가를 만들어 내고 싶었다.

어디선가 찰칵 문 열리는 소리가 들리자 그녀는 화들짝 튕겨 일어났다. 생각보다 많이 긴장하고 있었다. 지난 4개월 동안 연인이었던 남자가 아니라 아주 낯선 사람을 찾아온 것처럼.

탐신이 앉아 있는 자갈길을 따라 가브리엘의 부츠소리가 들려
왔다.

"아주 간단할 것 같은데."

그가 그녀의 옆에 털썩 내려앉았다.

"골목으로 난 문이 잠겨 있긴 하지만, 내가 올려주면 어렵지
않게 넘어갈 수 있을 거야. 대령의 서재에는 창문이 두 개 있는
데 둘다 낮으니까 너 혼자 올라갈 수 있고."

"열려 있지는 않겠지."

"그럴지도 모르지. 잠겨 있으면 유리 하나를 깨면 돼. 돌멩이를
천에 감싸서 사용하면 큰 소음은 나지 않을 거야."

"대령이 서재에 있으면 창문을 두드리는 것으로 충분할 거야."

"문으로 들어갈 생각은 없는 모양이군. 그게 훨씬 간단할 텐
데."

탐신이 미소지었다.

"간단하긴 해도 재미가 없잖아."

"그거야 그렇지. 벌건 대낮에 하면 더 재미없을 테고."

"맞아. 가서 저녁을 먹고 완전히 어두워진 다음에 돌아오자. 열
시쯤."

피커딜리의 어둠침침한 가게에서 식사하면서 탐신은 걱정스런
흥분을 가라앉히기 위해 흑맥주를 몇 잔 들이켰다. 왜 이렇게 긴
장되는지 알 수가 없었다. 그녀는 그 남자를 잘 안다. 자신의 몸
처럼 그의 몸을 알았고, 그의 기분이나 눈동자의 변화도 알 수
있었다. 그의 입술이 비꼬일 때나, 그 황적색 눈썹이 잡아당겨질
때, 눈꺼풀이 나른하게 반쯤 내려앉을 때 그의 몸이 어떤 뜻을
전하는지도 알고 있었다.

그리고 그의 분노도 알았다. 하지만 그가 왜 화를 내겠는가?

그녀는 단지 마음이 변해서 그와 함께 스페인으로 돌아가겠다는 말을 하려는 것뿐인데……. 그가 제안할 수 있는 모든 것인, 제한된 관계를 받아들이겠다고 말하려는 것인데.

가브리엘은 양고기와 포도주로 식사하면서 거의 말을 하지 않았다. 하지만 그의 회색 눈동자는 날카롭게 그녀를 살피고 있었다. 이 모험이 과연 현명한 짓인지 확신이 들지 않았다. 탐신이 평생의 사랑을 찾았는지는 모르겠지만, 그로서는 그녀가 이 냉철한 영국 나리보다 더 다루기 쉽고 안정적인 남자를 만나기를 바라는 마음이었다.

그 영국인이 나타나지 않았다면, 탐신은 바론 같은 남자를 찾았을 테고 그럼 그들은 그들에게 익숙한 산 속에서 만족스럽게 살아갔을 것이다.

'돼지가 날아다니는 날을 기다리는 게 낫지.'

그가 시큼한 미소를 지으며 의자를 뒤로 밀었다.

"출발하자. 그렇게 초조해 하다가는 시작도 하기 전에 기진맥진해지겠다."

"난 초조해 한 적 없어."

탐신은 부인했지만, 기다림의 시간이 끝났다는 것이 정말이지 고마웠다.

"내가 집 안에 들어가 있는 동안, 골목에서 기다릴 거야?"

"네가 돌아가도 좋다는 신호를 할 때까지 기다려야지."

그들이 힘찬 발걸음으로 아들레이 스퀘어에 되돌아갔다.

"어쩌면 손님이 있을지도 몰라."

탐신의 머리 속에 처음으로 그 가능성이 떠올랐다.

"그럼 집에 들어간 다음에 그들이 떠날 때까지 기다리면 돼. 하인 몇 명은 충분히 피할 수 있을 테고. 집 안 구조를 알잖아."

"그래."

탐신이 주머니 안으로 손을 집어넣었다. 루시는 줄리앙이 런던에서 머무는 경우가 거의 없기 때문에 이 집에 최소한의 하인만을 둔다고 말했다. 집의 구조에 대해 대화를 끌어내는 건 어렵지 않았고 1층의 평면도도 쉽사리 얻어낼 수 있었다. 그 종이가 지금 탐신의 손가락에 안도감을 전해 주었다. 만약 줄리앙이 혼자가 아니라면, 혹은 집 안에 없다면 그녀는 위층 그의 침실로 숨어 들어갈 수 있을 것이다.

졸리운 말들의 울음소리만이 나지막하게 들릴 뿐, 골목은 조용했다. 마구간 위의 동그란 창문에서 불빛이 새어나왔다. 탐신은 망토 두건으로 머리를 가린 채 가브리엘과 같이 소리 없이 어둠 속으로 미끄러들었다.

정원으로 들어가는 문은 예상대로 잠겨 있었다.

"올라가."

가브리엘이 그녀를 번쩍 안아 올려주었다.

그녀가 즉시 시야에서 사라지며 문 반대쪽에서 속삭였다.

"서재에 불이 켜져 있어."

"잘 해봐라."

가브리엘이 속삭이며 어둠 속으로 숨어 들어갔다.

탐신은 살금살금 정원담을 따라 기어갔다. 장미 가시에 망토가 걸려 버리자, 벽에 찰싹 달라붙어 정성스럽게 가시를 빼냈다. 서재창에서 흘러나오는 불빛이 화단과 네모진 잔디를 비추고 있었다. 누군가 위층에서 내려다보더라도 이 벽의 그림자가 충분히 가려줄 수 있기를 바랄 뿐이었다.

가시를 빼내고 나서, 그녀는 앞으로 달려나가 불 켜진 창 옆의 벽에 바짝 몸을 붙였다. 창문은 닫혀 있고 커튼은 열려 있다. 방 안이 들여다보일 때까지 조용히 옆으로 움직여 갔다. 심장이 쿵쿵거리고 손바닥이 땀으로 미끌거렸지만, 이것이 흥분 때문인지 긴장 때문인지는 알 수 없었다.

줄리앙은 창 쪽으로 등을 보인 채 책상에 앉아 무언가를 쓰고 있었다. 문득 그가 손놀림을 멈추자 그녀의 가슴이 철렁 내려앉았다. 그가 의자에 등을 기대고 몸을 쭉 뻗고는 다시 펜촉에 잉크를 묻혀 글쓰는 작업으로 돌아갔다. 그녀를 보았을 때의 얼굴을 상상하니 그녀의 혈관 속으로 피가 내달리는 것 같았다. 그는 기뻐할 것이다, 물론 기뻐할 것이다.

탐신이 창문을 한 번 긁고 나서 재빨리 어둠 속으로 물러섰다.

줄리앙은 내일 아침 수상에게 전달할 보고서를 작성하는 중이었다. 리버풀 경이 바다호스에서의 전투와 사상자에 대해 더 자세한 정보를 요구했던 것이다.

처음 긁히는 소리가 났을 때 그는 어깨너머를 힐끗 돌아보았다. 유리창에 나뭇가지가 닿은 모양이다. 그는 힘없이 눈을 부볐다. 정신 집중이 제대로 되지 않아 무슨 글을 쓰고 있었는지 금세 떠오르지 않았다. 머리 속으로는 탐신의 관능적인 웃음소리가 울리고 마음속에는 그녀의 장난스런 미소가 매달려 있는 것 같았다.

때가 되면 잊혀지리라. 일단 스페인으로 돌아가면 그녀에 대해 생각할 시간도 없을 테니까. 하지만 그렇게 되뇌이면서도, 스페인에서는 그녀를 잊기가 더 힘들 것임을 알고 있었다. 그 땅에서 그 특이하고 못 말리는 생명체를 처음 만났으니까…… 펜할란과 바론의 피가 섞인…….

그는 눈살을 찌푸리며 경련이 이는 목덜미를 주무른 다음 결연하게 보고서로 돌아갔다.

또다시 긁히는 소리가 들려왔다. 이번에는 좀더 지속적으로. 그러나 그는 신경 쓰지 않았다.

하지만 그 소음은 점점 북소리 같은 쿵쿵거림으로 변했다. 뒤

를 돌아보았다. 창문에는 아무것도 없다. 성마르게 의자에서 일어
나 창문을 활짝 열었다. 유리창에 닿을 만한 나뭇가지는 없는데
이상했다. 그는 정원을 내다보았지만 아무것도 보이지 않았다.

그때 착각할 수 없는 목소리가 아래쪽 어딘가에서 들려왔다.

"안녕하세요, 대령 나리."

그의 시선이 창턱 아래로 떨어졌다. 반짝이는 보라색 눈동자,
두건을 벗자 머리가 벽그림자 속에서 횃불처럼 눈에 띄었다.

"당신이 창문으로 오지 않을까 봐 걱정하던 참이었어요."

그녀가 창턱에 손을 대고 훌쩍 뛰어 걸터앉았다. 그리고는 미
소지어 보였다. 그가 어안이 벙벙한 상태만 아니었다면, 그녀의
미소 뒤에 걱정스러움이 숨어 있다는 것을 알아보았을 것이다.

"아무 말도 안 할 거예요?"

"당신…… 이 도깨비 같은……."

그가 간신히 목소리를 냈다.

"어떻게 여기까지 온 거요?"

줄리앙은 그녀의 허리를 감아안고 인형처럼 허공으로 번쩍 들
어올렸다. 그녀의 망토가 바닥으로 떨어지며 바지와 셔츠 차림이
고스란히 드러났다.

"물론 세자르를 타고 왔죠."

"장난치지 말라구!"

그가 그녀를 허공에 들어올린 채로 흔들어댔다. 그녀는 그가
정말로 짜증스러워하는 건지 그냥 놀랐을 뿐인지 판단할 수가 없
었다. 어느 쪽이든 기뻐하지 않는 건 분명해 보였지만.

"어쩔 수 없었어요. 당신이 한마디도 없이 떠나 버려서……."

"우린 필요한 말을 전부 한 것 같은데. 당신이 분명히 밝히지
않았던가?"

"하지만 그건 당신이 날 놀라게 했기 때문이라구요. 당신이 뒤

도 돌아보지 않고 한밤중에 떠나 버릴지 내가 어떻게 알았겠어요?”

그녀가 땅에 내려서기 위해 발길질을 해보았지만, 그는 꿈쩍도 하지 않았다.

그의 황적색 눈썹이 치켜 올라갔다.

“그럼 파티에서의 짧은 얘기는 전초전에 불과했던 거요? 당신은 빌어먹게 오만한 태도로 더 이상 나와 관련되고 싶지 않다고 말했소. 그런데 그걸 초대로 해석해야 했다는 거요?”

“그런 게 아니에요. 모든 걸 끝내려 했던 사람은 당신이라구요, 내가 아니라.”

“난 그 반대를 제안했던 것 같은데.”

그가 조용히 대꾸하며 그녀의 얼굴을 응시했다.

그는 여전히 지푸라기 허수아비처럼 그녀를 들어올린 채였다. 그녀는 문제를 일으킨 장본인은 바로 이 남자인데 자신이 잘못을 뒤집어쓸 생각은 전혀 없었다. 똑똑히 이해하지 못하는 것은 이 영국 나리다.

“내가 오만했다구요? 나도 한마디해야겠군요, 대령님. 당신은 완고하고 뻣뻣하고 나보다 두 배는 더 오만한 인간이에요!”

너무나 화가 치밀어 눈물이 터져나오려 했다. 그를 사랑한다고 말하고 싶은데 그 말이 나오질 않았다. 그에게 사랑한다는 말을 듣고 싶었다. 그는 그녀를 사랑해야만 했다, 똑같은 감정이 아니라면 그녀가 이런 식으로 느낄 수 없을 테니까.

“당신은 버릇없고 교활하고 완고한 악녀야.”

줄리앙은 이 여자가 자신의 인생에 들어온 것처럼이나 결연하게 떠나 버린 거라고 생각했다. 하지만 자신이 실제로는 둘 사이의 어떤 종류의 결말도 받아들이지 않았다는 걸 알았다.

“그럼 여기까지 찾아와서 미안하군요.”

탐신이 볼썽 사납게 코를 훌쩍이며 선언했다.

"날 내려주면 다시 떠나겠어요."

"그렇게는 안 되지, 이 천방지축 말괄량이야!"

그녀의 나긋나긋한 몸을 손으로 느끼며 달콤한 체취를 맡으며 그 눈동자 속에 정신을 잃어가면서, 그의 온몸으로 다급한 정열이 훑고 지나갔다. 언제나처럼 그녀가 흥분을 불러일으켰음을, 자신이 아무 의지력도 없이 그녀의 몸에 반응하고 있음을 깨달았다. 그녀의 번들거리는 눈동자, 눈물 젖은 속눈썹, 살짝 벌어진 입술이 그의 다음 행동을 기다리고 있었다.

"받은 선물을 그냥 돌려줄 수는 없지."

그가 번개처럼 그녀를 안고 서재를 빠져나갔다.

그들은 아무도 마주치지 않고 그의 침실로 들어갔다. 탐신을 침대 위에 떨어뜨리고 두 손을 엉덩이에 댄 채 줄리앙은 미소지으며 그녀를 내려다보았다.

"저항할 수가 없어. 내가 왜 이런 비쩍 마르고 파렴치한 모략꾼한테 저항할 수 없는지 이유를 모르겠어. 하지만 어쩔 수가 없군."

탐신은 유혹적으로 눈을 내리깔며 아무 말도 하지 않았다. 그가 더 이상 그들 사이의 일을 거부하지 않고 그들 사이에 흐르는 전류가 성적인 것뿐이라고 생각하지 않는 날이 올 것이다, 그 자신의 마음을 들여다보는 날이. 하지만 그때까지는 지금 가진 것으로 만족하리라. 저항할 수 없다는 건 괜찮은 시작이었다.

그녀가 발끝으로 부츠를 벗어내 양탄자 위로 부드럽게 떨어뜨렸다.

그녀의 손이 바지 단추로 옮겨가는가 싶더니 순식간에 발목까지 밀려 내려갔다.

줄리앙이 몸을 숙여 그녀의 바지와 스타킹을 벗겨낸 다음 다시 일어섰다.

"당신이 다 안 벗겨 줄 거예요?"

그녀가 구슬픈 척 물었다.

"그래."

유혹적으로 나른해진 시선에도 불구하고, 그는 꼼짝도 않고 그녀를 보고만 있었다.

탐신은 속바지를 끌어내리고 셔츠도 벗어던진 후 이불 위에 벌거벗은 채 누워 말똥말똥 그를 올려다보았다.

"이젠 날 도와줘야겠어."

그의 눈 속에 드러난 불길과는 대조적으로 침착한 목소리였다.

탐신은 일어나 앉아 그를 자신에게로 끌어당겼다. 능숙하게 그의 허리띠를 풀러 바닥으로 떨어뜨리고 바지 단추를 만지작거렸다.

"여기서부터 시작해도 괜찮겠죠?"

"물론."

그녀가 느릿느릿 바지를 끌어 내렸다. 그리고 손가락으로 그의 엉덩이뼈를 매만지며 손바닥으로 배를 누르자, 근육이 격하게 튕겨올랐다. 천천히 그의 허벅지 사이로 손을 움직이며 그의 배에 입술을 맞추었다. 손으로는 애무를 계속하면서 그의 배꼽까지 축축하고 뜨거운 혀를 내달렸다. 그의 입에서 낮은 신음이 새어나왔다. 그녀는 그의 엉덩이를 힘껏 감싸쥐고 그의 단단한 줄기를 젖가슴 사이로 끌어들였다.

자신의 젖가슴을 손으로 감싸안으며 그의 고동치는 줄기에 지긋이 눌러 보았다. 줄리앙의 숨소리가 빨라졌다. 그 절묘한 마찰이 점점 강도를 더해 가자 그가 고개를 젖히고 쾌락의 신음을 터트렸다.

"그만! 이제 그만해!"

탐신은 미소지으며 계속해서 그를 벼랑 끝까지 몰아갔다. 그의
혈관 속으로 뜨거운 절정이 부글거려 온몸을 떨 때까지.

"당신은 요망한 여자야."

그의 숨결이 차차 진정되었다. 열정으로 흐려진 그의 시선이
그녀의 치켜든 얼굴을 내려다보았다.

"당신 자신을 탓해야 할 거요."

"난 당신이 얼마나 빨리 회복되는지 아는 걸요, 대령 나리."

그녀가 씨익 웃으며 그를 껴안은 채로 침대에 드러누웠다.

그는 거칠게 키스를 내리눌렀다.

"당신에게 그런 요구를 하는 게 공평하지 않은 것 같아."

"그 말은 맞아요. 하지만 당신을 가질 수 있는 한 개의치 않을
거예요."

그의 입술이 다시 그녀에게로 찾아들었다. 그는 그녀의 입술
위를 혀로 애무하며 오랫동안 탐험했다.

"어머나! 잊어버렸네. 어떻게 그걸 잊을 수 있담!"

탐신이 화들짝 입술을 떼어내고 그의 가슴을 밀어내며 침대에
서 빠져나갔다.

"이 방이 집 뒤편이죠, 그렇죠?"

줄리앙은 웃어야 할지 비명을 질러야 할지 확신하지 못한 채
똑바로 누워 버렸다.

"가브리엘이 같이 왔나?"

"그래요, 골목에서 기다리고 있어요."

그녀가 창문으로 달려가 활짝 열어젖혔다.

"들어오라고 하시오."

줄리앙이 한숨을 내쉬었다.

"아뇨, 그는 여인숙으로 돌아갈 거예요. 우리 말들을 돌봐야 하
거든요."

　그녀가 창문 밖으로 고개를 내밀어 입가를 두 손으로 감싼 다음 완벽한 올빼미소리를 냈다. 몇 초 기다렸다가 다시 그 소리를 되풀이하자, 즉시 대답이 들려왔다. 탐신이 또 다른 새소리를 내며 대답을 받아냈다.

　줄리앙은 팔꿈치를 세워 몸을 기댄 채 창가에서 펼쳐지는 보기 드문 대화를 흥미롭게 바라보았다. 창으로 굽어진 그녀의 벌거벗은 등에 시선이 쏠리자, 더 이상 그 대화에는 관심이 없어졌다. 세상에서 가장 황홀한 뒷모습이야, 그는 꿈꾸듯이 생각했다.

　"다 됐어요."

　탐신이 허리를 펴고 일어섰다.

　"잘 됐군. 그럼 이제 이리로 돌아오고 싶겠지?"

　"어머나, 당신 벌써 회복됐어요?"

　그녀가 씨익 웃으며 돌아섰다.

　"이 분쯤 있으면 완벽하게 괜찮을 것 같은걸. 이제 지옥 속으로 들어가 볼까!"

　탐신이 깡충깡충 달려와 침대 위로 몸을 날렸다.

　"좋아요, 대령 나리. 당신이 말하는 건 뭐든지."

23

줄리앙이 깨어났을 때 탐신은 여전히 잠들어 있었다. 비가 내리고 있는 탓에 방 안은 어둑어둑했고 육중한 떡갈나무 가구들과 묵직하게 늘어진 커튼 때문에 더욱더 음침해 보였다. 이 집은 절대적으로 보수가 필요했지만, 그는 언제나 결혼할 때까지 미뤄놓자고 마음먹었다.

지난 몇 년간 런던에서 머문 적이 거의 없었으므로 이곳의 분위기에 그다지 신경 쓰지도 않았는데, 이젠 폐허처럼 변하기 전에 무슨 수를 써야겠다는 생각이 들었다. 언제쯤 결혼하게 될지 모르니까. 나폴레옹이 패하기 전까지는 결혼을 생각할 수 없을 것이다.

그는 고개를 돌려 옆에 잠들어 있는 여자의 얼굴을 들여다보았다. 언젠가는 자신에게 어울리는 아내를 찾아야 할 것이다, 하지만 이 조그만 여산적의 도발적이고 관능적인 세계에서 헤매다닌 것이 그의 버릇을 망쳐놓았기에 장차 세인트 사이먼가의 부인이 될 여자에게는 만족할 수 없으리라는 유감스러움은 어쩔 수 없었다.

지난 밤의 기억이 그의 몸과 마음속에 생생하게 남아 있었다. 그녀와 함께 하는 섹스는 매번 특별하고 감미로운 기억으로 남았다.

줄리앙은 일어나 앉아 시간을 확인했다. 6시.

8시에 리버풀 경과 만나기로 되어 있다.

탐신이 신음하며 몸을 굴려 베개 속으로 얼굴을 파묻었다.

"뭐하는 거예요?"

"일어나려고."

그가 그녀의 목에 입을 맞추자 그 간지러운 숨결에 그녀의 몸이 꿈틀거렸다.

"나와 같이 스페인으로 돌아가겠소, 탐신?"

"그러지 않을 거면 내가 왜 여기 왔겠어요?"

그녀가 베개 속에서 중얼거렸다.

"그럼 어머니의 가족을 찾겠다는 계획은 포기할 거요?"

그의 손가락 하나가 그녀의 등줄기를 훑고 내려갔다.

탐신이 얼굴을 들어올렸다.

"내가 콘월에 머무는 게 왜 어울리지 않는다는 거죠? 난 아주 잘 하고 있었는데."

"하지만 그건 당신의 연기였을 뿐이오. 당신의 진짜 모습은 이런 인생에 안주할 수 없다는 걸 우리 둘다 알고 있소, 탐신. 호기심이 사라지면 당신은 몇 주도 지나지 않아 눈물나게 지루해질 거요."

"하지만 난 잘 해냈어요."

"그래, 그건 인정하오."

탐신의 머리가 다시 베개 속으로 떨어졌다. 이곳이 그녀에게 이상적이지 않다는 말은 맞다, 그녀는 여기에 영원히 남아 있을 생각도 아니었다. 하지만 환경에 적응하는 법을 배울 수는 있었다. 줄리앙이 그녀가 신경만 쓰면 제대로 어울릴 수 있다는 점을 인정해 준 것은 좋은 출발이었다.

"어머니의 가족을 찾는다는 계획은 포기할 거요?"

그가 재차 물어 왔다.

"네."

이미 그들을 찾아냈으니, 완전히 거짓말은 아니라고 생각하며 그녀가 대답했다.

그는 달콤한 안도감을 느끼며 그녀의 등줄기를 쓰다듬었다.

"다시 자라구, 미나리."

그는 침대에서 빠져나와 재빠르게 진홍색 튜닉과 기병대 장교의 외투를 걸치고 허리에 칼을 둘렀다. 줄리앙은 그의 인생에 활기를 불어넣어 주는 군대의 일을 위해 다시 군복을 갖춰입었다는 것에 기분이 좋아졌다. 직접 전쟁터에 나가는 쪽이 더 마음에 들긴 하지만, 이제 곧 그렇게 될 것이다. 그들은 함께 돌아가 분노나 이용당했다는 느낌을 모두 던져 버리고 즐겁게 지낼 수 있다.

그는 침대 쪽을 바라보았다. 탐신은 등을 돌린 채로 다시 잠들어 있었다. 그 모습을 내려다보며, 그는 미소지었다. 또다시 몸이 요동쳤다, 흥분했을 때의 뜨거움이 아닌 좀더 부드러운 감각으로.

그는 방을 나와 늙은 집사에게 위층 침실의 아가씨에게 무엇이든 필요한 걸 제공해 드리라는 지시를 내린 다음 집을 나섰다.

줄리앙의 뒤로 문이 닫히자마자, 탐신은 졸음기 하나 없는 얼굴로 일어나 앉았다. 대화를 계속하고 싶지 않았기에 자는 척했던 것이다. 잘만 된다면, 그녀의 친척에 대한 얘기는 더 이상 그들 사이에 거론되지 않을 것이다. 가능하다면 대령은 그 일을 완전히 잊어버리는 게 나았다.

줄리앙이 펜할란가나 그녀가 영국으로 온 진짜 목적을 알게 된다면, 모든 것은 끝날 것이다. 그는 그런 속임수의 도구가 되었다는 걸 절대로 참지 못하리라. 그러니까 그가 알게 해서는 안 된다. 하지만 일단 삼촌과의 게임을 시작한 이상 어떤 식으로든 끝을 보아야만 했다. 더 이상 그의 배신을 폭로할 수는 없으리라. 그건 사람들에게 그녀의 정체를 드러내야 한다는 의미가 될 테니까. 하지만 그녀가 갖고 있는 진실은 삼촌을 위협할 수 있는 강력한 무기였다. 카드를 제대로만 돌린다면 엄마의 다이아몬드를 얻어낼 수 있을 것이다.

일단 그 일만 성사되면, 그녀는 대령과 같이 스페인으로 돌아가 그와의 미래를 엮어 나갈 수 있었다.

그녀는 힘차게 침대에서 뛰어내려 차가운 물로 얼굴을 씻고 줄리앙의 가루 치약과 빗을 빌려 사용한 다음 옷을 입고 아래층으로 달려 내려갔다. 콘월로 돌아가 남은 일을 마무리해야겠지만, 그 전에 대령을 위해 계획한 것이 있었다. 그녀가 잠시 없는 동안 그의 기억 속에 각인될 즐거움을 줄 생각이었다.

늙은 남자가 복도를 가로지르다가 계단을 뛰어 내려오는 탐신에게 놀란 눈을 치켜들었다.

"안녕하세요, 당신이 벨튼인가보군요."

그녀가 쾌활하게 미소지으며 말을 건넸다.

"레이디 포테스큐가 당신이 이 집을 아주 잘 관리하고 있다고 말해 주었어요."

'레이디 포테스큐!'

늙은 남자가 쳐다보는 동안, 탐신은 그 머리 속에서 톱니바퀴가 굴러가며 레이디 포테스큐와 친하면서도 주인 나리의 침대에서 밤을 보낸 이 바지 차림의 여자가 누구인지 궁리한다는 것을 알 수 있었다.

"세인트 사이먼 경이 나보다 먼저 돌아오시면 내가 오후쯤 돌아올 거라고 전해 주시겠어요?"

그녀가 활기차게 말하며 문으로 걸어갔다.

"네, 아가씨."

문이 열리고 나서야 뒤늦게 그가 대답했다.

"고마워요, 벨튼. 어머나 비가 오네! 여긴 더럽게 심술궂은 날씨라니까."

그녀가 두건을 올려 쓰고 아연실색해 있는 하인에게 한 손을 올려 보였다.

"오후에 봐요!"

그녀는 계단 세 개를 한 번에 껑충 뛰어내린 후 고개를 숙인 채 거리를 달려나갔다.

벨튼은 설레설레 고개를 가로저었다. 저 아가씨가 진짜로 바지를 입고 있었던가? 너무 늙어 제대로 못 본 건 아닐까? 주인 나리가 스페인, 그 이교도의 땅에서 괴상한 취향을 개발한 모양이다. 그는 문을 닫고 비틀비틀 술이 있는 바로 걸어가 우울할 때 가끔 마시던 브랜디를 꺼내 들었다.

탐신은 지나가는 마차를 불러 타고는 곰곰이 계획을 구상했다. 할 일이 너무나 많은데 이놈의 비는 너무나 성가셨다.

그녀가 들어섰을 때 가브리엘은 계란과 쇠고기 요리를 앞에 놓고 있었다.

"일찍 왔구나."

"응, 나도 아침을 아직 못 먹었어."

그녀가 발끝으로 의자를 빼내어 걸터앉았다.

"주인장, 여기 똑같은 식사 하나 더 내와요."

몇 분 후 아직 앳된 여자애가 요리 접시를 들고 다가왔다.

탐신은 왕성한 식욕으로 음식을 먹었다.

"모든 게 잘 된 모양이구나. 밤 사이에 식욕이 살아난 걸 보니."

쇠고기에 소스를 뿌리며 탐신이 고개를 끄덕였다.

"맞아, 우린 곧 스페인으로 돌아가게 될 거야."

"잘 됐구나. 이 땅의 먼지를 내 발에서 털어낼 수 있다면 기쁠 거다. 그럼 펜할란은 어쩔 거냐?"

"그냥 놔둬야 할 것 같아, 가브리엘."

그녀가 요리에만 시선을 고정시키며 대꾸했다.

"마음에 안 들어?"

그의 얼굴이 어두워졌다.

"넌 네가 원하는 대로 해. 하지만 난 그 시궁창의 쥐새끼들을 따로 만나 봐야겠어. 내 방식대로 할 테니까 너의 계획에는 아무 이상 없을 거다."

탐신은 아무 말도 하지 않았다. 그를 막을 수 없다는 걸 알고 있었다. 가브리엘에게 그녀를 지키는 일은 신성한 의무 같은 것이었고, 쌍둥이를 혼내 주기 전까지는 바론에게 죄책감을 느낄 것이다. 하지만 가브리엘의 복수심이 삼촌과의 만남을 방해해서는 안 된다. 그녀는 삼촌을 혼자서 만나야만 했다. 가브리엘의 성질은 대단히 불확실하기 때문에 세드릭을 방문하는 도중 쌍둥이를 만나게 된다면, 그는 당장에 그들을 처리하려 들 테고 그러면 그를 막을 방법은 전혀 없다. 그럼 그 피할 수 없는 피바람을 목격하는 자들이 생길 것이고, 세드릭은 그 일로 가브리엘을 감옥에 처넣어 교수대에서 인생을 끝나게 하려 들 것이다.

그녀의 목적을 가브리엘이 알게 된다면 절대 혼자 보내 주지 않을 것이므로, 줄리앙에 대한 사랑이 복수심을 가라앉혔다고 생각하도록 내버려 두는 편이 나았다.

"그럼 호세파를 데려와서 스페인으로 돌아가면 되는 거냐?"

가브리엘이 눈살을 찌푸리며 다시 입을 열었다.

탐신은 커피를 들이켜며 고개를 끄덕였다.

"하지만 아침까지는 출발할 수 없어. 난 먼저 대령에게 선물을 주고 싶거든, 우리가 떠나 있는 동안 기억할 만한 선물."

가브리엘이 눈썹을 들어올렸다.

"내 도움은 필요 없는 거겠지?"

탐신이 미소지었다.

"그럴 것 같아, 가브리엘."

"그럼 난 여기 있겠다. 여긴 술창고가 가득 채워져 있거든."

"동틀 녘에 세자르를 데려와 줄래? 내가 창문을 통해서 골목으로 나갈게. 우린 콘월로 돌아가서 물건들을 챙기고 호세파를 데려오는 거야."

가브리엘은 고개를 끄덕였다. 비정상적인 출발 방식이긴 하지만 산 속 생활에 익숙한 사람들에게는 그리 이상할 것도 없었다. 그렇다 해도 갑작스런 계획 변경이 그의 마음에 걸렸다.

이 꼬마는 그렇게 간단하게 목표를 포기하는 타입이 아닌데.

탐신이 빵덩어리로 접시를 깨끗하게 비워 내고 커피도 마저 마시고 일어났다.

"난 옷 갈아입고 돈 좀 가져가야 해, 가브리엘."

그가 주머니에서 방 열쇠를 꺼내 주었다.

"계단 위 왼쪽 방이야."

탐신은 드레스로 갈아입고 승마용 부츠를 비에 잘 젖지 않는 신발로 갈아 신었다. 그리고는 여행 가방 안으로 바지와 셔츠를 밀어넣고, 비판적으로 거울 속의 모습을 한 번 힐끗 들여다보았다. 탐신은 아까보다 좀더 조심스런 걸음걸이로 계단을 내려왔다.

가브리엘은 여전히 맥주잔을 들고 앉아 있었다.

"가는 거냐?"

"응. 새벽에 만나."

탐신은 손을 흔들어 보이고 비가 내리는 음침한 거리로 나섰다.

이른 오후쯤 그녀는 대령의 집으로 되돌아갔다. 문을 열어 준 벨튼은 그 특색 있는 머리색만 아니었다면 드레스를 입은 이 숙녀가 아침의 그 아가씨인지 알아차리지 못할 뻔했다.

"사람을 보내서 마차에 있는 물건들을 운반해 오라고 해주시겠어요?"

한아름 안고 있는 짐꾸러미 위로 그녀의 눈만이 간신히 보였다.

"제가 들어 드리겠습니다, 아가씨."

벨튼이 짐을 받아들려 하자, 탐신은 재빨리 거절했다. 이 늙은 남자가 젖은 계단에 짐들을 떨어뜨릴까 봐 걱정스러웠다.

"아니, 아니에요. 하지만 마차 안에 더 있답니다."

벨튼이 뒤쪽으로 소리쳐 부르자, 젊은 사내가 부엌에서 나왔다. 그는 짐꾸러미를 잔뜩 든 여자에게 호기심어린 시선을 보내며 나머지 짐을 가져오려 밖으로 나섰다.

"주인님은 돌아오셨나요?"

"아직 안 오셨습니다, 아가씨. 아마 클럽에 들르실 겁니다. 여기 계실 때면 자주 그러시지요."

"다행이에요."

정말 다행이었다. 줄리앙이 돌아올 때까지 준비를 끝낼 수 있을 것 같다.

"짐들은 나리의 침실로 옮겨 주세요. 술잔 두 개하고 코르크 따개도 갖다주시겠어요?"

젊은 남자가 다른 짐들을 들고 그녀의 뒤를 따랐다.

"소파에 놔둬요."

자신의 짐은 침대 위에 내려놓았다.

"고마워요. 불 좀 지펴 주실래요? 정말 지독한 날씨예요."

남자가 재를 긁어내고 난로에 불을 지피자, 나무에 불이 붙으며 향긋한 연기와 환한 불길이 솟아올랐다.

그 사내가 조심스럽게 장작을 집어넣고 일어섰을 때 13살쯤 되어 보이는 소녀가 술잔과 코르크 따개를 갖고 들어왔다. 그녀 또한 주인 나리의 특이한 손님을 은밀하게 살펴보는 기색이었다.

그들이 나가자, 탐신은 재빨리 문을 걸어 잠그고는 손가락으로 입술을 톡톡 두드리며 시간이 얼마나 남았을지 생각해 보았다.

신중하게 고른 소풍 음식을 늘어놓는 데만 15분이 걸렸다. 클라레 포도주, 새우와 훈제 굴, 드레싱한 게, 딸기 파이, 싱싱한 무화과. 모두 손가락으로 먹을 수 있는 것들이다.

불길이 완연하게 살아나고 촛불까지 밝히자, 방은 꽤 안락한 분위기를 자아냈다. 그녀는 드레스와 그 안의 옷을 다 벗고 몇 시간에 걸쳐 고른 가운을 꺼내 들었다. 황금빛 실크 레이스가 촛불 속에서 부드럽게 반짝거렸다. 그 옷을 머리 위로 뒤집어쓰자 정성스레 만들어진 그 섬세한 옷감이 봄바람처럼 살랑살랑 그녀의 벌거벗은 몸을 애무하였다.

거울로 걸어가 자신의 모습을 살펴보았다. 값이 비쌌지만 원하던 효과는 충분히 나타났다. 첫날 밤을 보내는 신부의 잠옷처럼 새침하면서도 순결한 느낌. 정교하게 장식된 넓은 소매가 가는 손목으로 시선을 끌어들였으며 세 겹의 레이스 위의 목도 백조처럼 가냘프고 우아해 보였다. 크림색의 얼굴과 황금빛 가운으로 인해 보라색 눈동자가 더욱 깊이 있게 반짝였다.

시험삼아 머리에 하얀 벨벳 리본을 묶어 보았다. 그 효과도 대

단히 만족스러웠다. 마치 어린아이와도 같은 순진함을 강조해 주
었다.

빙그르르 몸을 돌려보자 수놓은 레이스 자락 밑으로 살짝 맨발
이 보였고 온몸이 황금빛으로 빛나는 것 같았다.

줄리앙도 이 게임에 유혹받으리라는 걸 확신했다. 그 생각만으
로도 그녀는 벌써 흥분되는 듯했다.

그녀는 문의 걸쇠를 풀어내고 마지막으로 음식을 점검한 다음
불가의 가죽 의자에 편안히 몸을 말고 앉았다.

줄리앙은 수상과의 면담을 비교적 만족스럽게 끝내고 나서, 오
랜 친구와 동료들을 만나러 근위대에 들렀다가 다음 주에 리스본
으로 출발하는 배를 알아보기 위해 해군 본부에도 찾아갔다. 상
선을 호위하는 전함 한 대가 다음 주말쯤 출발할 예정이었다. 그
배에 타려면 먼저 해군 대장의 승인서를 얻어내야 하지만 하루이
틀 이상은 걸리지 않으리라.

상쾌한 기분으로 집에 돌아온 줄리앙은 뒷문을 통해 정원으로
들어섰다. 힐끗 자신의 침실을 올려다보았을 때, 닫혀진 창문 안
에서 따뜻한 불빛이 흘러나오고 있었다.

탐신이 저 안에서 자신을 기다리고 있다고 생각하자 저절로 미
소가 떠올랐다.

느긋하게 계단을 올라 침실로 들어서던 그의 발걸음이 불쑥 멈
춰졌다. 육중한 가죽 소파에 거의 파묻히듯이 앉아 있는 탐
신…….

"고된 하루였나요, 대령 나리?"

그녀가 미소지으며 그에게로 다가섰다.

"제가 소풍 준비를 해놓았답니다."

그는 숨을 죽인 채 그녀를 바라보았다. 맙소사, 머리에 리본까

지 묶어 놓았다!

그리고 그 가운은, 너무나 새침하면서도 말할 수 없이 자극적이었다. 어린아이처럼 순수하고 순결해 보이면서도, 반짝이는 옷감 안에서 그녀의 엉덩이와 부드럽게 솟은 젖가슴, 오똑 일어선 젖꼭지가 황홀경을 약속해 주고 있었다.

그녀가 더 가까이 다가와 키스해 달라는 듯이 얼굴을 들어올렸을 때 그의 머리는 빙글빙글 돌고 있었다. 아무 말도 못한 채 그는 멍하니 그녀의 입술에 키스했다.

"그 칼은 풀어 놓으실래요?"

그의 손이 닿기도 전에 그녀가 뒤로 물러섰다.

"너무 흉악하고 커다래서 마음이 안정되지 않아요."

그가 만나 본 중에서 가장 마음이 안정되지 않게 하는 건 바로 이 여자였다! 그녀의 손이 그의 허리에서 칼을 풀어내어 불쾌한 듯이 들어올렸다. 그녀의 섬세한 연약함에 비하니 그건 무척이나 크고 위협적으로 보였다.

'하지만 그녀는 섬세하지도 연약하지도 않다.'

그녀가 방구석에 칼을 조심스레 내려놓고 그에게로 돌아섰다.

"신발 벗는 거 도와드릴까요?"

여전히 멍한 상태로 그는 의자에 앉았다. 그녀가 그의 무릎에 등을 돌리고 걸터앉아 왼쪽 부츠를 잡아 뺐다. 거미줄 같은 가운 밑에서 반짝이는 그녀의 뒷모습에 저항한다는 것은 절대적으로 불가능했다. 그가 그 동그란 엉덩이에 손을 대보았다. 그녀의 몸에서 뿜어나오는 열기에 손을 데일 것만 같았다.

"난 신경을 집중시켜야 해요. 내 옷에 진흙이 묻지 않게 하려면 이럴 수밖에 없다구요."

"난 전혀 반대하지 않소."

그는 간신히 목소리를 내 말하며 팽팽한 엉덩이를 매만졌다.

“이 안에 무언가 입어야 하는 거 아니오?”

“그거야 장소에 따라서 달라지겠죠.”

그녀가 힘껏 부츠를 잡아당겨 빼냈다.

“다 됐어요. 이젠 코트를 벗겨 드릴 게요. 그 다음에 포도주와 훈제 연어를 갖다드리죠.”

“조금 있다가.”

탐신이 온순하게 대꾸했다.

“물론이죠. 당신이 바라는 건 무엇이든 내가 원하는 거랍니다.”

“내가 원하는 대답이오.”

줄리앙이 미소지었다. 이것이 무슨 게임이든, 그는 지금 대단히 행복했다. 그의 한 손이 그녀의 허리를 감아안고 다른 손은 엉덩이 밑으로 파고 들었다. 그녀가 작은 신음을 흘리며 꿈틀거릴 때에야 그의 손길이 떨어져 나갔다.

“이 황홀한 옷을 찢어 버리고 싶지는 않군, 적어도 아직은 말이오. 당신은 이만 일어나는 게 좋겠소.”

탐신이 그의 무릎에서 미끄러져 내렸다.

“어떤 분부든 따를게요, 나리.”

그녀가 테이블에서 포도주를 따른 술잔과 훈제 굴을 갖고 돌아와 다시 그의 무릎에 앉았다. 그녀는 그의 입술에 술잔을 기울여 주고 굴을 먹여 주기 시작했다.

“마음에 들어요?”

“으음.”

그는 입을 우물거리며, 허벅지에 내려앉은 그녀의 무게와 체취, 수줍은 미소와 금빛 레이스의 순수함에 도취돼 있었다.

“이 게임이 즐거워지기 시작하는데.”

그녀가 순진한 척 눈을 커다랗게 치켜떴다.

“게임이라구요? 이건 게임이 아니에요, 나리. 전 오직 당신의 기쁨을 위해서, 당신이 원하는 건 뭐든지 하고 싶을 뿐이에요.”

그녀가 다시 그의 입에 술잔을 기울여 주고 자신도 한 모금 마시고 나서 테이블에 내려놓았다. 그리고는 빙글 돌아앉아 그의 가슴에 기분좋게 몸을 기댔다.

그의 셔츠 앞자락에 그녀의 심장 박동이 느껴졌다. 그녀는 연약하고 깨지기 쉬운 작은 새 같았다. 더 이상 이 여자가 과격하고 비타협적이며 맹렬한 산적이라는 건 중요치 않았다. 이 순간은 사랑스럽고 순수한 여자일 뿐이었고 그것이 그를 더욱 거칠게 자극하였다.

그녀가 그의 무릎 위에서 엉덩이를 움직이며 그의 목덜미에 입을 맞추었다. 그 작은 움직임이 그의 정열을 불끈 솟구치게 만들었다. 그녀가 나직하게 정열의 속삭임을 중얼거리며 그의 주위에 마법의 실을 엮어 갔다. 하지만 이 순수하고 연약한 생명체가 말하는 내용은 순진함과는 전혀 거리가 멀었다. 탐욕스럽고 노골적인 정열의 언어, 뻔뻔스런 관능을 뿜어내는 욕망의 언어. 그런 말들이 수줍게 미소짓는 소녀의 입에서 흘러나왔다는 것이 거의 충격적이었다.

“당신은 악녀야.”

그의 속삭임에는 욕망이 두근대고 있었다.

그녀는 눈을 감고서 그의 입술을 애무하다가 절묘하게 살며시 깨물었다. 그녀의 몸이 다시 움직였다, 하지만 이번에는 허벅지 사이에 그의 남성을 사로잡으려는 분명한 목적을 갖고 있었다.

“치마 걷어올려.”

그의 목소리가 거칠게 재촉했다.

그녀는 허리 위로 레이스를 끌어올리고, 두 손으로 그의 바지를 풀었다. 그는 그녀의 허리를 감아 돌려 앉히고는 여인의 몸 속으로 파고 들어갔다.

그 밀고 들어오는 육체의 힘에 탐신이 숨을 들이쉬며 몸을 비틀었다. 그녀는 휘몰아치는 감각에 온몸이 부서질 것 같은 기분이었다. 폭발하는 불길 속으로 빠져드는 그의 신음소리가 들려왔다.

벽난로의 장작이 탁탁탁 치솟으며 촛불이 너울거리는 방 안으로 줄리앙의 정신이 천천히 되돌아왔다. 탐신은 상처입은 새처럼 그의 가슴에 기대어 있었다.

"마녀."

마침내 말을 할 수 있게 되었을 때 그가 미약하게 웃으며 중얼거렸다.

탐신도 힘없이 미소지었다.

"난 여러 가지 연기를 할 수 있답니다, 대령 나리."

그가 그녀의 빛나는 머리 위에 입술을 눌렀다.

"이제 당신의 손으로 굴을 먹고 싶은데."

"당연히 시중을 들어 드려야지요, 나리. 당신의 명령은 곧 저의 임무인 걸요."

줄리앙이 몸을 쭉 뻗으며 나른하게 미소지었다.

"명령할 게 아주 많이 생각나는군, 미나리. 오늘밤은 아주 길어질 거요."

정말로 길고 긴 밤이었다. 탐신은 겨우 30분 잠이 들었다가 본능적으로 새벽이 된 걸 알아차리며 퍼뜩 깨어났다. 줄리앙은 베개 위에 황적색 머리카락을 흩어놓은 채 엎드려서 잠들어 있었다.

그녀는 아주 조심스럽게 침대에서 빠져나왔다. 밤에 움직이는 것에 익숙해져 있었으므로 그녀의 눈은 금세 어둠에 적응했다. 소풍의 잔재가 여전히 테이블 위에 남아 있었고 육중한 소파도

삐딱하게 놓여 있었다. 그녀는 재빨리 승마 바지를 걸쳐입으며 미소지었다.

5분만에 준비를 끝내고 간단한 메모를 적기 위해 책상 앞에 앉았다. 그에게 말하지도 않고 밤중에 사라져 버린 이유를 어떻게 설득력 있게 설명할 수 있을까.

대령 나리, 나와 가브리엘은 호세파와 보물을 챙기러 콘월로 돌아가요. 가브리엘도 그곳에서 처리할 일이 있대요. 2주 후에 이리로 돌아올게요. 당신이 런던에서 할 일이 있다는 걸 알기 때문에, 우리와 같이 동행해야 한다는 책임감을 느끼게 하고 싶지 않았어요. 2주 후에, 다시 당신의 명령대로 따르는 여자가 될게요. 그때까지…….

그녀는 재빨리 메모를 읽어보았다. 효과가 있어야 할 텐데. 그가 만약 갑작스레 사라져 버린 것에 분노를 느낀다면, 다시 돌아와 보상해 줄 수 있을 것이다. 적어도 그 동안에 그가 기억할 만한 것은 남겨 두지 않았는가.

탐신은 종이를 돌돌 말아 어젯밤 머리에 묶었던 하얀 리본으로 매듭을 지었다. 그런 다음 살금살금 침대로 걸어가 그의 베개 옆에 조심스레 내려놓았다.

줄리앙이 웅얼거리며 두 팔을 활짝 벌리고 돌아누웠다. 탐신은 그의 헝클어진 머리카락을 쓸어넘기고 그의 눈썹에 입맞추고 싶은 충동을 애써 참아냈다. 군인인 그는 조금의 접촉만으로도 금세 깨어날 것이다.

그녀는 조용한 집 안의 계단을 걸어 내려갔다. 서재로 들어가 창턱으로 뛰어올라 부드럽고 촉촉한 땅으로 안전하게 착지했다.

가브리엘이 골목에서 세자르의 고삐를 잡고 기다리고 있다.

"다 잘 됐냐, 꼬마야?"

"응."

그녀는 말 위에 올라탔다. 5일 후면 트레가단에 도착할 수 있을 테고, 세드릭과의 만남은 한두 시간으로 충분하리라. 말들을 하루쯤 쉬게 해주어야 할 것이다. 그 다음에 런던으로 돌아와 세인트 사이먼 경의 요새를 공략하는 데 온 신경을 집중시키리라.

그 성벽을 무너뜨리지 못한다면, 그가 줄 수 있는 것만으로 만족해야 하겠지만.

줄리앙은 날이 한참 밝은 후에 잠에서 깨어났다. 그는 믿을 수 없는 감정과 점점 자라나는 분노로 메모를 읽었다. 몇 시간 동안 가장 절묘한 유혹을 하며 상상하지도 못했던 일면들을 보여주었다 해도, 그 여자는 여전히 빌어먹을 산적이었다! 왜 그녀는 단순하고 솔직하지 못한 걸까? 호세파와 짐을 챙기는 간단한 일 때문에 왜 한밤중에 도망쳐 간단 말인가?

그의 등줄기로 불안감이 따끔거렸다. 그녀가 왜 그랬을까? 아무리 괴상한 상상력을 지닌 탐신이라 해도 적당한 이유 없이 그런 식으로 떠날 정도는 아니다.

그는 한 가지 이유밖에 생각할 수 없었다. 어제 아침의 대답에도 불구하고, 마지막으로 다시 한 번 자기 어머니의 가족을 찾아보려 하는 것일까?

지금까지 알아온 탐신의 성격상, 그의 요구에 고분고분하게 포기하기보다는 영국에 온 목적을 마무리지으려 하는 쪽이 더 어울리리라. 그래, 그녀가 함께 스페인으로 돌아갈 결심이라는 것은 믿을 수 있었다. 하지만 우선 무슨 짓인가 벌이려는 것이다.

빌어먹을 여자, 노새처럼 완고하고 교활한 마녀!

그는 공식 승선 허가서를 받아낼 때까지 그녀를 뒤쫓아갈 수 없었다. 대단히 고집스럽게 해군대장과의 접견을 기다리고, 걸리적거리는 관료들을 저돌적으로 밀어붙인다면, 오늘 저녁쯤 원하는 서류를 손에 넣을 수 있을 것이다. 하지만 날이 밝을 때까지는 출발할 수 없을 테니, 하루를 온전히 소비하게 된다.

왜 이렇게 불안한 걸까? 그는 초조하게 어수선한 방 안을 둘러보았다. 그녀가 펜할란에 대해서 무언가를 알게 된다 해도, 세드릭과 대면하여 그의 수치스런 조롱을 받는 것 정도가 최악일 것이다. 24시간 안에 무슨 일이 더 생길 수 있겠는가? 게다가 그녀의 옆에는 가브리엘이 붙어 있지 않은가.

24

"당신이 스페인으로 돌아가지 않았으면 좋겠어요."

루시가 탐신의 방에 앉아 슬픈 표정으로 입을 열었다.

"당신의 샤프롱 역할을 정말 하고 싶었는데."

탐신은 셔츠의 단추를 잠그며 초조함을 내보이지 않으려 애썼다.

"갑작스런 결정이었어요."

"그럼 당신 어머니의 가족은 어떻게 하나요? 더 이상 그들을 찾고 싶지 않은 거예요?"

"당신 오빠는 그게 별로 좋은 생각이 아니라고 설득하더군요. 그들을 찾게 되더라도 그들은 나를 어떻게 해야 할지 고민스러울 거예요. 어쩌면 난 그들과 공유할 수 있는 부분이 전혀 없을지도 몰라요."

탐신은 루시가 이런 질문을 그만 두고 다른 할 일이나 찾아보길 간절히 바랐다. 가브리엘은 포웨이로 출발했다. 그는 이유를 말하지 않았고 그녀도 묻지 않았다. 그가 쌍둥이를 찾으러 가는 거라면 그건 그의 일이었다. 그녀는 삼촌과 할 일이 있다. 가브리엘이 없는 동안에, 삼촌을 만나야만 한다. 그런데 루시가 그 소중한 시간을 소모하고 있었다.

"당신이 오빠의 애인이기 때문에 같이 돌아가려는 건가요?"

루시가 발갛게 뺨을 물들인 채 불쑥 물었다.

"어머나, 그건 어떻게 알았어요?"

이제 승마복을 다 갖춰입은 탐신이 의자에 앉아 부츠를 신었다.

"언젠가 밤에 두 사람이 내는 소리를 들었어요. 우린…… 음, 복도에서 오빠가 당신을 쫓아가는 걸 봤어요."

탐신은 그 사건을 기억하며 씨익 웃었다.

"왜 지금까지 말하지 않았어요?"

"난…… 우리는…… 말하지 않는 게 분별력 있는 행동이라고 생각했어요. 오빠가 아무에게도 알리고 싶어하지 않는 것 같았거든요. 보통 때는 당신에게 아주 차갑게 굴었으니까……. 아이, 이런 얘기는 너무나 당황스러워요."

루시가 뜨거워진 뺨을 두 손으로 누르며 짧게 웃음을 터트렸다.

"당황스러울 건 없어요. 하지만 당신 오빠에게는 아는 척하지 않는 게 좋을 거예요, 남편에게도 그 점을 확실히 말해 두세요."

그래서 가레스가 그녀를 볼 때마다 윙크해대고 묘한 뉘앙스가 풍기는 시선을 보냈던 것이군. 그는 아마도 줄리앙이 없을 때 그의 자리를 차고 들어올 기회를 엿보고 있었으리라.

재수 없는 인간.

"물론 가레스는 아무 말도 하지 않을 거예요. 그렇게 경솔한 사람이 아니에요."

"그렇겠죠."

루시의 말에 수긍해 주면서도, 탐신은 가레스가 줄리앙에게 접근하여 남자다운 척 웃음을 터트리며 눈을 찡긋하면서 자신이 알고 있는 그 흥미로운 사건에 대해 떠들어대는 광경을 상상할 수 있었다. 하지만 줄리앙의 반응 또한 충분히 짐작이 갔다. 가레스가 그 반응을 상상할 수 있다면 감히 혀를 놀리지는 못할 것이다.

"뭐, 그것도 스페인으로 돌아가는 이유 중 하나라고 할 수 있겠죠."

"오빠와 결혼할 생각이에요?"

루시가 아랫입술을 잘근대며 물어 보았다.

탐신은 거울로 돌아앉아 외투끈을 묶으며 가볍게 대꾸하려 애썼다.

"내가 좋은 아내감이 될 거라 생각해요?"

루시는 즉시 대답하지 않았고 탐신은 그런 질문을 한 걸 후회했다. 잠시 후 루시가 입을 열었다.

"당신이 오빠를 사랑한다면, 물론 좋은 아내가 될 수 있을 거예요. 그렇잖아요?"

"그래요. 하지만 당신 오빠가 날 레이디 세인트 사이먼으로 적당하게 여길지는 의심스럽군요."

"음, 당신은 약간…… 음, 다소 특이해요. 하지만 그게 큰 문제가 되리라고는 생각지 않아요."

"애인들은 보통 아내가 되지 못해요. 루시, 난 중요한 일이 있어서 나가봐야 해요. 저녁 식사 때 봐요."

탐신은 문으로 걸어가 나가 달라는 신호를 보냈다. 루시는 여전히 미적대며 물었다.

"어디 가는데요? 내가 같이 가도 될까요?"

"아뇨, 난 세자르를 탈 거예요. 이 집 마구간에는 당신을 태우고 날 뒤따라올 만한 말이 없을 거랍니다.”

탐신은 그 딱딱한 말에 부드러움을 덧붙이기 위해 미소지어 보였다. 루시는 말 다루는 솜씨가 형편없다.

루시가 인상을 찌푸렸지만 더 이상 졸라대지는 않았다.

“그럼 나중에 봐요.”

탐신은 손을 흔들어 주고 나서 안도의 한숨을 내쉬며 문을 닫고, 가져갈 물건들을 챙기기 시작했다.

세실에게 받아 두었던 서류의 복사본을 외투 주머니에 집어넣었다. 로켓은 언제나처럼 목에 걸려 있었다. 서류 원본은 옷장 안의 보석 상자에 잘 숨겨 놓았다. 그리고는 치마 허리춤에 권총을 갈무리하고 양쪽 종아리에 단검을 묶었다.

세드릭 펜할란과의 만남에서 총이 필요할 거라고 생각지는 않았지만 만약을 대비해서 육체적으로나 정신적으로 무장을 해야만 했다. 그녀의 마음은 차갑고 단호한 복수심으로 가득했다. 세드릭 펜할란의 사악하고 안정된 세계로 마른하늘의 날벼락을 떨어뜨리는 것이다. 그녀는 침묵을 지키는 대가로 어머니의 다이아몬드를 요구할 것이다.

물론 도덕관념에 집착하는 자들은 그것을 공갈협박이라고 말할 수도 있겠지만, 상대는 살인 미수범이다. 그리고 지금까지 삼촌이 야망을 위해 다른 어떤 범죄들을 저질렀는지는 신만이 아실 것이다. 이것은 정의의 심판이다. 더구나 그 다이아몬드는 정당한 그녀의 것이었다.

그녀의 마음 뒤편에서 어떻게 정당화하든 공갈협박인 건 마찬가지라고 중얼대는 줄리앙의 목소리가 들리는 것 같았다. 하지만 그는 런던에 있으니 결코 그 사실을 알아내지 못할 것이다.

탐신이 모자를 눌러쓰고 있을 때 호세파가 부산하게 방으로 들어섰다. 그 스페인 여자는 집으로 돌아간다는 소식을 들은 뒤부터 미소를 멈추지 못하고 있었다. 그녀가 탐신의 흩어진 드레스를 집어올리며 단정치 못하다고 훈계를 늘어놓았지만, 얼굴의 미소는 여전했다.

"호세파, 난 말 타러 갈 거야. 늦어도 다섯 시까지는 돌아올게."

탐신이 그 통통한 볼에 입을 맞추고 나서, 서둘러 마구간으로 향했다.

5분 후, 그녀는 삼촌의 저택길로 접어들었다. 몇 주일 전 가브리엘과 같이 이 근처에 와본 적이 있었다. 회색 돌로 지어진 저택은 바다가 내려다보이는 언덕 위에 자리잡고 있었기에 길에서도 분명하게 볼 수 있었다. 뾰족한 지붕과 창문들이 나 있는 작은 탑들과 박공벽의 모습. 탐신은 그 집이 전혀 마음에 들지 않았다. 트레가단의 부드러움과는 대조적으로 대단히 근접하기 어려워 보였다.

돌정문을 통과하여 잡초투성이 마차로를 달려갔다. 뒤쪽의 길이 멀어지고 펜할란 영지로 더욱 깊숙이 들어설수록 흥분과 걱정스러움이 밀려들었다. 여기가 세실의 집이었다, 어머니가 어린 시절을 보낸 곳. 지난 20년 동안 많은 변화가 있었을까? 세실은 이곳을 그리워했을까? 어머니가 언제나 기쁨에 찬 모습이었으므로 조금의 후회라도 있었을 거라고는 상상할 수 없었다. 하지만 어쩌면 가끔씩 어린 시절 고향집에 대해 향수를 느꼈을지도 모른다. 탐신이 지금 어린 시절을 보낸 산 속 마을과 얼음 덮인 산봉우리를 그리워하는 것처럼.

마차로가 넓은 자갈길로 변하면서 담쟁이덩굴로 뒤덮인 돌집이 눈앞에 우뚝 솟아올랐다. 벽에는 드문드문 금이 가 있고 창문들은 장님의 눈처럼 어둠침침했다. 세드릭 펜할란처럼 재력 있고 권력 있는 남자가 자신의 저택을 돌보지 않았다는 것이 이상하게 느껴졌다. 세실이 고향집에 대해 말할 때는 그 웅장함과 성대한 파티, 쉴새없이 밀려드는 손님들에 대해 묘사했었다. 하지만 그때는 이 집안에 여자들이 있었을 테고 지금은 세드릭과 사악한 쌍둥이뿐이다. 그들은 아마 이 집을 가꿀 필요를 느끼지도 못할 것이다.

그녀는 대담하게 현관문 앞에 멈춰 섰다. 그와 동시에 문이 열리며 구식의 가루분을 뿌린 가발 쓴 남자가 밖으로 걸어나왔다.

"여기에 볼일이 있으신가요?"

"네, 난 펜할란 경을 만나러 왔어요."

탐신은 세자르를 계단 밑의 돌기둥에 묶어 놓고 씩씩하게 현관으로 올라갔다.

"자작님께 내가 왔다는 걸 전해 주시겠어요?"

대답을 기다리지도 않고 탐신은 남자를 지나쳐 홀 안으로 들어섰다. 까만색과 하얀색의 대리석 타일이 계단까지 펼쳐져 있으며 한쪽 벽으로 늘어선 아치형의 창문에서는 빛이 스며들고 있었다. 그녀가 호기심어린 시선으로 주위를 둘러보는 사이, 어디선가 두 마리의 사냥개가 튀어나와 문으로 달려갔다.

"월터, 뭐하는 거야?"

성마른 목소리가 홀 뒤쪽에서 터져나왔다.

"개들이 나가기 전에 그 빌어먹을 문을 닫으라구."

재빠르게 문이 쾅 닫히자, 개들이 낑낑거리며 타일 바닥을 긁어댔다.

"당신은 누구요?"

세드릭 펜할란이 앞으로 나서서 어슴푸레한 방문객의 형체를 노려보았다. 다음 순간 그의 발길이 불쑥 멈춰졌다.

탐신은 고개를 치켜들고 트레가단의 파티에서처럼 삼촌을 똑바로 바라보았다. 단호한 까만 눈동자, 철사 같은 회색 머리카락,

매부리 코, 비대해지기 시작한 육중한 체구. 그가 풍겨내는 악의적인 분위기에 머리털이 쭈뼛해졌다. 그녀는 처음으로 두려움을 맛보고 있었다.

세드릭이 한동안 그녀를 바라보았다.

"넌 누구냐?"

그의 딱딱한 눈에는 묘한 빛이 번득였다. 그는 대답을 알고 있으면서도 직접 확인하고 싶은 것이다.

탐신은 두려움을 밀어내고 그에게로 한 걸음 다가섰다.

"안녕하세요, 삼촌."

"이런, 이런, 세인트 사이먼의 계집 아니야!"

세드릭이 반응하기도 전에, 계단에서 찰스 펜할란의 술 취한 목소리가 들려왔다. 그의 한 손에는 술잔이 들려 있었고 눈에도 초점이 잡혀 있지 않았다.

"저것 좀 봐, 데이비드. 저 화냥년이 된통 당하고 싶어서 찾아왔군."

그가 낄낄대며 계단을 내려서다가 그제서야 삼촌의 모습을 알아보았다.

"미안해요, 삼촌. 하지만 세인트 사이먼의 창녀가 여기서 뭐하는 거죠?"

"더 이상 바보같이 굴지 말거라."

세드릭이 차갑게 대꾸하고는 탐신에게로 고갯짓을 했다.

"안으로 들어오너라."

그녀는 힐끗 계단 위를 올려다보았다. 가브리엘과 같이 오지 않은 게 다행이다. 쌍둥이가 호색스럽고 흐리멍덩한 시선으로 그녀를 바라보고 있었다.

"겁쟁이 주정뱅이 한 쌍이로군요, 사촌들. 요즘에도 어린 여자애들 데리고 재미보느라 바쁜가요?"

그녀는 날카롭게 한마디 던진 다음 세드릭의 뒤를 따라 서재 안으로 들어갔다.

"네가 어디서 튀어나온 거냐?"

세드릭이 꽤나 불안정한 손길로 코냑을 따르며 입을 열었다.

탐신은 그 질문에 다른 질문으로 대답했다.

"내가 그녀와 많이 닮았지요?"

뒤에서 쌍둥이가 걸어 들어오는 기척이 느껴졌다.

세드릭은 술잔의 내용물을 단번에 들이켜고 나서 대꾸했다.

"그래, 아주 많이 닮았구나. 그 애는 어디 있지?"

"죽었어요. 하지만 당신이 의도했던 것보다는 훨씬 오래 살았 죠."

탐신은 점점 더 이 일이 즐거워지기 시작했다. 두려움은 모조 리 사라지고 그녀의 입술에 차가운 미소가 번졌다.

"그녀를 죽이려 들 필요까지 있었나요, 삼촌?"

"네 엄마는 다루기 힘든 여자였어."

세드릭이 다시 잔을 채웠다.

"그 애는 날 파멸시키려 했지. 펜할란가의 이름에 먹칠을 하겠 다고 위협했어. 그 애가 그저 어리석은 계집일 뿐이었다면, 충분 히 무릎 꿇게 만들 수 있었을 거다. 하지만 셀리아는 고집이 너 무 셌어. 그 애의 모습으로는 믿기 힘들 정도로. 아주 작은 체구 였거든."

"세인트 사이먼의 창녀가 우리에게 무슨 볼일이죠?"

데이비드가 발끈하는 목소리로 물었다.

"그래, 무슨 볼일일까?"

세드릭은 거의 이 상황을 즐기는 듯이 중얼거렸다.

"난 펜할란이에요. 펜할란가의 여자가 창녀일 수 있나요, 그래 요?"

세드릭의 입에서 거친 숨소리가 터져나왔지만, 전과 다름없이 단조로운 목소리로 물었다.

"세인트 사이먼이 이 일에서 어디쯤 끼어 있는 거지?"

"그 사람은 상관없어요. 그는 이 일에 대해서 몰라요."

"그렇군."

세드릭이 턱을 매만졌다.

"너의 정체를 증명할 만한 증거는 있는 거겠지?"

"난 바보가 아니에요."

"그래, 네 엄마처럼 말이지."

그가 갑자기 껄껄 웃음을 터트렸다.

"놀라워. 셀리아가 돌아와서 날 괴롭히다니. 이상하게도 난 그 애를 그리워하곤 했지."

"어머니가 들으면 대단히 감동했겠군요."

그가 다시 웃음을 터트렸다.

"매서운 혀도 그 애와 똑같아."

그가 술병으로 돌아서서 다시 잔을 채웠다.

"그래, 원하는 게 뭐냐?"

"펜할란의 다이아몬드. 그건 세실의 것이었고 이젠 정당한 나의 것이에요."

"이 여자가 무슨 얘길 하는 겁니까?"

찰스가 끼어들었다.

"입 다물어, 멍청아!"

세드릭이 소리를 지르고는 술잔 너머로 탐신을 관찰했다.

"그 애는 끝까지 스스로를 세실이라 부른 모양이군. 못 말리는 고집이야."

그는 그녀의 주장에 아무 반박도 하지 않았다. 탐신은 적대감으로 얼룩져야 할 이 만남이 이상한 분위기로 흐르는 것에 당황스러웠다.

"다이아몬드가 내 것이라는 걸 인정하는 건가요?"

"그래, 네가 셸리아의 딸이라는 걸 증명할 수 있다면 그건 너의 것이지."

"나에게 로켓이 있어요, 서명한 서류하고."

그가 어깨를 으쓱였다.

"아마도 충분한 서류겠지. 대중에게 드러낸다면 날 파멸시킬 수 있을 정도로 충분한 증거물일 거야."

"정확히 맞았어요."

여전히 무언가 잘못되었다는 느낌이었지만, 왜 이런 불안감이 드는지 정확히 집어낼 수가 없었다. 그녀는 거부할 수 없는 요구를 하는 것이다. 그러니 외삼촌이 인정한다고 해서 잘못된 느낌이 들 이유는 없지 않은가? 그는 쓸데없이 에너지를 낭비하지 않는 영리한 남자다.

그녀가 입을 열었다.

"사실 난 그 다이아몬드가 필요 없어요. 나에게도 재산은 충분하니까. 세실은 썩 괜찮은 신랑감을 만났거든요."

세드릭이 고개를 젖히고 너털웃음을 터트렸다.

"그게 정말이냐?"

"그래요. 하지만 당신이 그 결혼에 찬성할지는 의심스럽군요."

"다이아몬드가 필요치 않다면, 왜 원하는 거냐?"

"정당한 나의 것이니까요. 당신이 내 어머니의 것을 돌려주지 않는다면, 난 온 세상이 들끓을 만한 이야기를 신문에 던져 줄 거예요."

"이 여자를 그냥 내버려 두면 안 돼요! 이건 공갈협박이에요!"

드디어 혼미한 머리 속에 감각이 돌아왔는지 찰스가 앞으로 달려들었다.

"오, 대단해. 아주 총명하군 그래! 그걸 이제서야 알다니. 가만 있어, 이 멍청아!"

세드릭이 빈정거리며 말하다 소리를 질렀다. 그리고는 팀신을 돌아보며 제의했다.

"그렇게 꼼짝할 수 없는 증거를 준비했다니, 역시 셀리아의 딸이군. 샴페인을 한 잔 해야겠구나, 우리 거래를 끝내는 기념으로."

요청이라기보다는 명령 같은 그 말투에, 탐신의 눈이 가늘어졌다.

"내키지 않는군요, 펜할란 경."

"아, 우리 최소한의 예의는 갖춰 보자구. 네 엄마는 언제나 우아하게 승리를 받아들였다. 기교적으로 목적을 이루어 내는 데 실패한 적이 없었지."

탐신은 뜨끔한 심정으로 그의 말이 옳다고 생각했다. 세실이라면 승리를 얻어낸 다음 오빠와 같이 포도주를 마셨을 것이다. 다이아몬드를 주머니에 넣고 그와 악수를 나누고 미소지으며 유유히 떠났을 것이다.

그녀가 우아하게 고개를 끄덕여 보였다.

"그럼 난 아주 특별한 샴페인을 가져와야겠군. 그 동안 너의 사촌들이 널 즐겁게 해주기 위해 최선을 다할 거다."

"그래요, 난 전에 한 번 당신들의 즐거운 취향을 맛본 적이 있지요."

세드릭이 나간 후 탐신은 사촌들을 차갑게 쳐다보았다. 가브리엘은 나중에 그들을 혼내 줄 수 있다. 하지만 지금 그녀가 작은 복수를 시도해 본다고 해서 손해날 것은 없지. 그녀는 번개 같은 동작으로 한 발씩 번갈아 의자에 올려 다리에 매단 칼집 안에서 두 자루의 단검을 빼들었다.

쌍둥이들의 눈동자가 견장을 잃어버린 코니쳇과 똑같이 휘둥그래졌다. 그 순간 두 개의 단검이 빙글빙글 허공으로 날아오르더니 쌍둥이의 비명소리와 함께 그들의 오른쪽 부츠 속으로 깔끔하게 푹 박혔다. 찰스와 데이비드가 믿을 수 없다는 시선으로 바르르 떨리는 단검의 손잡이를 내려다보았다.

"내가 자비로운 기분인 걸 다행으로 생각하라구."

탐신이 온화하게 입을 열었다.

"신발을 벗어 보면 그리 큰 상처는 나지 않았을 거야, 사촌들."

물론 아직 가브리엘을 맞이해야 한다는 사실이 남아 있지만, 그들에게 그런 정보를 알려줄 필요는 없으리라.

"맙소사!"

문가에 나타난 세드릭이 탄성을 내질렀다. 그의 조카들은 여전히 칠면조처럼 입만 벙긋거리며 부츠 속에 박힌 단검 손잡이와 미소짓고 있는 여자를 번갈아 쳐다보고 있었다.

"사촌들에게 갚아 줄 빚이 있었거든요."

탐신이 말하는 동안 두 남자가 기계 인형처럼 뻣뻣한 동작으로 단검을 뽑아냈다.

세드릭이 눈썹을 들어올렸다.

"그래, 너희들이 이미 만난 적이 있다는 걸 잊고 있었군."

"몇 주 전에 그런 즐거운 사건이 있었지요."

탐신이 쌍둥이의 손에 들려 있는 단검을 재빨리 낚아챈 다음 칼끝을 살펴보았다.

"피도 많이 안 묻었네. 바론이 자랑스러워하겠어."

"바론이라고?"

"내 아버지예요."

그녀가 외투자락으로 칼끝을 닦아내고 칼집 안에 넣었다.

"그 얘기를 진심으로 더 듣고 싶군."

세드릭이 중얼거렸다.

"하지만 시간이 별로 없어서 유감이다."

펑 소리와 함께 샴페인병의 코르크 마개가 따지고 부글부글 거품이 솟아올랐다. 그가 돌아서서 잔 네 개에 술을 채웠다.

"네 사촌들과 함께 마시는 걸 반대하지는 않겠지?"

그가 그녀에게 술잔을 건네주었다.

"가치 없는 녀석들이긴 하지만, 불행히도 친족을 마음대로 고를 수는 없는 일이거든."

"그럴지도 모르죠. 하지만 난 겁쟁이 기생충들과 같이 마시고 싶은 마음이 없어요."

세드릭이 고개를 끄덕이며 두 개의 술잔을 남겨두고 자신의 술잔을 들어올렸다. 그의 표정은 여전히 재미있다는 식이었다.

"셀리아를 위해."

"세실을 위해."

탐신은 세실도 똑같이 했을 거라 생각하며 한 모금 홀짝였다. 세드릭이 자신의 잔을 다 들이켜자 그녀도 다 마셔 버렸다.

"이제 우리 거래가 끝나는 대로 난 작별인사를 해야겠군요, 삼촌."

그녀가 테이블에 술잔을 내려놓으며 미소지었다. 그런데 순간 정신이 혼미해지며 방 귀퉁이가 흐릿해지고 눈앞으로 회색 안개가 밀려들었다. 세드릭의 얼굴이 커다랗게 확대되어 안개 속에서 춤을 추었다. 그의 입술이 열렸다 닫혔다. 그가 무언가를 말하고 있었지만, 그녀의 귀에는 들려오지 않았다.

이럴 수가! 너무 자만했다, 너무나 어리석었다! 세드릭은 그녀의 경계심을 풀 수 있는 단 한 사람의 이름에 호소하였다. 세실, 그리고 그녀는 자신의 오만함으로 인해 성급하게 함정에 걸려들었다.

'가브리엘!'

하지만 그 말은 머리 속에서만 맴돌 뿐이었다…….

세드릭이 풀썩 쓰러진 몸 위로 고개 숙여 목에 걸린 로켓을 열어 보았다. 한참 동안 그 초상화를 들여다보고 있다가 다시 닫고 그녀의 허리춤에 있는 권총과 종아리의 단검들을 차례로 빼냈다.

"준비가 철저한 아가씨군."

그가 일어서서 유감스러운 듯 중얼거렸다.

"가엾어라, 하지만 공갈협박은 좋은 생각이 아니었어. 너와 너의 에미는 항상 너무 정도가 지나쳐."

그가 얼빠진 조카들을 바라보며 경멸스레 입술을 비틀었다.

"이 애는 너희놈들보다 네 배는 더 가치 있었다. 하지만 이젠 없애버려!"

"뭐, 뭐라구요? 어떻게…… 하라는 겁니까?"

"멍청이들! 이 애를 어떻게 해야 할 것 같으냐? 없애라구! 제거해 버려! 바다로 나가서 물 속에 던져 버려! 이 애가 살아서 그 애기를 할 수 없도록, 다른 누구에게도 할 수 없도록 확실히 하란 말이다."

찰스가 쓰러진 몸뚱이 옆으로 몸을 내려 야릇하게 손을 움직여 댔다. 세드릭이 불쑥 다시 입을 열었다.

"그녀가 정신 차리기 전에 해치워. 같이 놀아 볼 생각은 하지도 말고. 그 애는 너희 두 놈보다 훨씬 더 영리해. 일단 정신이 돌아오면 너희놈들이 당할 재간이 없어."

찰스가 검붉은 빛으로 얼굴을 물들이며 맥없는 형체를 안아들었다.

"메리 제인호를 타고 나갈까요, 삼촌?"

"작은 배를 타고 나가서 게잡이 바구니에 넣어 던지자."

데이비드가 입을 열었다.

“게들이 진수성찬을 먹게 되겠는걸.”

찰스가 웃어대며, 탐욕과 악의가 번득이는 시선으로 탐신의 얼굴을 내려다보았다.

“걱정 마세요, 삼촌. 이 여자가 다시는 돌아오지 못하도록 만들 테니까요.”

“당장 처리해. 내 요구는 그것뿐이다.”

세드릭이 힘없이 대꾸했다.

25

"꼬마가 어디 간다고 했냐구?"

가브리엘이 성난 눈길로 호세파를 바라보았다.

"아무 말도 안 했어요. 그냥 말 타러 간다고, 다섯 시쯤 돌아온 다고만 했어요."

가브리엘이 마구간 벽의 시계를 힐끗 올려다보았다. 이미 6시 가 지났다.

"어떤 차림이었지? 어떤 분위기였어?"

호세파가 인상을 찡그리고 생각하는 동안, 가브리엘은 성마르 게 발을 굴려대고 있었다. 마침내 여자가 입을 열었다.

"싸우러 나가는 것처럼, 눈이 반짝거리고 눈앞의 할 일 외에는 다른 생각이 없는 것 같았어요. 그녀가 어떤지 알잖아요."

"그래, 알지, 알아. 내가 바보였어! 펜할란을 그대로 포기하지 않을 거라는 걸 알았으면서."

가브리엘이 몸을 휙 돌려 산이 떠나갈 정도로 고함을 질렀다.

"내 말에 안장 올려."

"그녀가 어디 간 거죠?"

호세파가 부들거리며 물었다.

"말썽 일으키러. 혼자서 더러운 돼지가 있는 곳에. 서두르라구, 이놈아!"

가브리엘이 마부에게 으르렁대더니, 짜증스럽게 그를 밀쳐냈다.

"내가 할 거야."

커다란 손으로 민첩하게 안장끈을 묶은 다음 말 위에 뛰어올라 질풍처럼 달려나갔다.

안장 위에 낮게 몸을 숙인 채로 달리면서, 가브리엘에게 그를 속여넘긴 탐신에 대한 분노와 두려움이 몰려들었다.

그 녀석은 약속한 시간에 돌아오지 않았다. 분명히 무슨 일이 생긴 것이다. 영리하고 훌륭한 전사이며 보통 때는 실수하지 않지만 이번 경우에는 감정이 개입되어 있다. 게다가 대령이 알게 될까 봐 걱정하느라 너무 성급해 했다. 그녀가 한 발만 헛디디면, 한순간이라도 방심한다면 세 명의 펜할란이 한 여자를 죽이는 것쯤은 식은 죽 먹기일 것이다.

그의 말이 모퉁이를 돌아서는 순간 어디선가 나타난 거대한 검은 형체에 놀라며 앞발을 들어올렸다.

가브리엘이 말고삐를 잡아당겼다.

"이런 세상에! 대령, 어디서 튀어나온 거요?"

줄리앙은 대답하지 않았다. 가브리엘의 일그러진 표정을 보며 온몸으로 소름이 쫙 끼쳤다.

"어딜 그렇게 급히 가는 거요, 가브리엘? 탐신은 어디 있소?"

가브리엘은 탐신이 이 남자에게 비밀을 알리고 싶어하지 않는다는 걸 생각할 겨를이 없었다. 도와줄 손이 필요했다.

"펜할란의 저택, 두 질문에 대한 대답이오. 대령, 당신도 같이 가는 게 좋겠소. 우리가 무얼 발견하게 될지 알 수 없소."

"맙소사, 이럴 줄 알았다니까!"

그의 온몸으로 식은땀이 배어나며 뱃속에 섬칫한 예감이 또아리를 틀었다.

"그녀가 펜할란과의 관계를 알아낸 거로군."

"꼬마는 언제나 알고 있었소."

가브리엘이 짤막하게 대꾸하고는 또다시 말을 거세게 재촉했다.

가브리엘을 따라잡으면서 줄리앙의 불길한 예감은 점점 더 증가되고 있었다.

"그게 무슨 뜻이오? 그녀가 언제부터 그 사실을 알고 있었소?"

"항상 알고 있었다니까."

줄리앙이 입을 다물었다. 왜 하나도 놀랍지 않은 걸까?

"스페인을 떠나오기 전부터 알고 있었다는 거요?"

그림이 소름 끼치도록 분명하게 맞춰지고 있었지만, 그는 확실한 답변을 들어야만 했다.

"그렇소. 그녀는 그가 어머니에게 한 짓을 복수해 줄 생각이었소."

"무슨 복수?"

퍼즐 조각들이 하나씩 제자리를 찾아가며 그녀의 속임수가 분명한 형체를 드러냈다. 그녀가 정직하다고, 순수하게 그의 보호와 피난처를 필요로 한 것뿐이라고 필사적으로 믿으려 했는데……. 하지만 그 여자에게 정직이란 존재하지 않았다. 새까만 거짓말과 차갑고 계산적인 유혹만이 있었을 뿐이다. 그녀는 그를 처음 본 순간부터 거짓말만 늘어놓았다.

"그녀는 세드릭을 파멸시킬 생각이었소, 그의 본색을 세상에 드러내서. 하지만 당신에게 알리지 않으려면 그 방법을 택할 수 없다는 걸 깨달았지. 그래서 아마 펜할란의 다이아몬드를 얻어내려 결심한 모양이오. 훨씬 더 간단한 복수지. 그건 어머니의 것이었으니 당연히 이제 자신의 것이라고 생각했을 거요.”

가브리엘이 머리를 흔들었다.

“물론 다이아몬드는 충분히 갖고 있소. 하지만 그녀는 정의의 심판을 내리고 싶었던 거요, 언제나처럼.”

“정의의 심판을 내리려고 도둑질을 한다는 거요?”

“어이쿠, 그녀는 훔치려는 게 아니오. 펜할란에게 받아내려는 거지. 그자의 은밀한 비밀을 알고 있거든.”

“아, 그럼 공갈협박이로군.”

줄리앙이 단호한 목소리로 결론지었다.

“말하기에 따라 다르겠지. 하지만 그녀는 바론이 살아 있었더라면 같은 일을 했을 것으로 믿고 있소.”

“저런, 대단한 효성이로군. 그러니까 세드릭 펜할란에게 다이아몬드를 내놓으라고 협박하기 위해 그의 저택으로 갔다는 거요? 세드릭이 요구만 하면 말없이 내줄 거라 생각해서?”

그가 냉소적으로 웃음을 터트렸다.

가브리엘의 입이 굳어졌다.

“그자는 누구든 죽일 수 있는 사내요, 그녀도 그걸 알고 있소. 무장하고 갔을 거요. 하지만 혼자서 가지는 말았어야 했어!”

그가 거친 숨을 토해냈다.

“그 시궁창의 쥐새끼들이 거기 있었다면, 삼 대 일이라구. 그녀석들은 전에도 꼬마한테 손댄 적이 있었소. 빌어먹을! 이봐, 당신도 그 녀석들을 알잖소! 그놈들이 무슨 짓을 할지 알 거 아니오?”

그럼 그녀가 그 얘기도 들은 거로군. 알아내지 못한 게 뭔가 있을까? 처음 만났을 때부터 그녀가 순수하게 날 대한 순간이 있긴 있었을까? 런던에서 내 몸 아래 누워 번득이는 눈빛과 정열로 날 유혹하는 동안에도 그녀는 계속 날 속이고 있었다. 그런데도 난 그녀의 감정이 진실이라고 믿었다. 빌어먹을!

그녀는 그 협박 계획을 성공시키고 나서 떠날 셈이었을까? 아니, 물론 아니었을 거다. 스페인으로 돌아가려면 내가 필요할 테니까. 바다를 건너기 위해 눈먼 얼간이가 필요했을 것이다. 다시 고향땅에 안전하게 도착했을 때……. 그래, 그때 그녀는 떠났을 것이다. 더 이상은 날 필요로 하지 않으니까. 살그머니 한밤중에 도둑처럼 빠져나갈 속셈이었을까? 설명 한마디 없이…….

갑자기 그의 분노를 뚫고 두려움이 관통해 들어왔다. 그 쌍둥이들, 그녀가 무기력해졌다면 그들이 무슨 짓을 벌일까. 그리고 가브리엘은 이미 한 번 그놈들이 그녀에게 손을 댔다고 말했다.

"그놈들이 전에 손을 댔다는 건 무슨 말이오?"

가브리엘이 그 사건을 설명해 주었다.

"하지만 그놈들은 내 거요, 대령. 그 점을 잊지 마시오."

"나도 매듭지을 일이 있소."

줄리앙이 거칠게 중얼거렸다.

"우선 펜할란 녀석들과…… 그 다음에는 탐신과."

가브리엘이 창백한 초승달빛 속에서 힐끗 그를 쳐다보았다. 팽팽하게 일그러져 있는 얼굴, 하지만 그 분노 뒤에는 슬픔에 담겨 있었다. 피할 수 없는 사실에 당면하여 마침내 싸움을 포기한 남자의 슬픔. 가브리엘로서는 그를 달래 줄 방법이 없었다. 이런 상황을 불러일으킨 장본인은 탐신이니 그녀가 직접 바로잡아야 할 것이다.

하지만 우선은 지금 처해 있는 위험에서 그녀를 빼내 와야 한다.

펜할란가의 저택 외곽으로 접근해 가자 가브리엘이 말에 더욱 박차를 가하며 낮게 몸을 숙였다.

"난 먼저 펜할란을 찾아가 볼 거요. 당신도 같이 가겠다면 기꺼이 환영하겠소, 대령."

"절벽을 가로질러 갑시다."

줄리앙이 방향을 틀었다.

"이런 일에 정문으로 들어가기는 싫군."

그들은 불빛도 없이 어슴푸레하게 솟아 있는 회색 건물을 향해 절벽의 낮은 평지를 내달려갔다.

"잠깐!"

줄리앙이 말고삐를 잡아당겼다.

"해변에 불빛이 있는 것 같은데. 이런 시간에 배를 띄울 사람이 누가 있겠소? 게잡이하기엔 너무 어두워."

그들은 절벽 위에서 말을 세우고 아래쪽을 바라보았다. 해변에서 불빛이 깜박깜박 흔들리고 있었다. 부글부글 거품을 일으키는 파도가 바위에 부딪혔다가 다시금 빠져나갔다.

"노다지를 발견했군, 대령."

가브리엘이 중얼거리며 말에서 내려섰다.

"저 아래 기생충들이 있는 것 같소."

줄리앙도 땅으로 내려서서 가시덤불에 말을 묶었다. 그는 이제 냉철한 의지로 똘똘 뭉쳐 있었다. 탐신을 눈앞에 끌어다놓고 이 쓰디쓴 상처를 쏟아내고 싶었다, 그녀의 교활한 영혼에 깊은 경멸을 내보이고 싶었다. 물론 그녀가 해변에 없을 가능성도 있다. 불의의 일격을 성공시켜 펜할란의 다이아몬드를 챙겨서 트레가단으로 돌아갔을지도 모르는 일이었다.

하지만 그는 왠지 그런 식으로 되지 않았을 거라는 걸 확신했다.

　그들은 절벽에서 해변으로 내려갈 수 있는 좁은 관목길을 찾아
냈다. 아래쪽으로 튀어나와 있는 바위 덕분에 해변에서는 보이지
않을 것이다. 소리 없이 그들은 모래사장으로 내려섰다.
　쌍둥이가 모래 위에 앉아 있었다. 그들 사이에 코냑 한 병이
놓였고, 데이비드가 푸른 연기를 내뿜으며 시가를 피웠다. 보트
한 척이 뭍가에 끌어올려져 있었다. 낮은 목소리로 웃고 떠드는
그들을 바라보며 줄리앙은 목덜미의 살갗이 죄어드는 느낌이었
다. 전에도 그런 소리를 들은 적이 있다. 잔디 위에 만신창이로
누워 있는 소녀에게 되돌아가기 전에 그들은 이런 식으로 편안하
고 만족스럽게 휴식을 취하고 있었다.
　그는 섬칫한 두려움으로, 금빛 머리칼에 벌거벗겨진 작은 몸뚱
이와 찢어진 채 흩어진 옷가지들을 찾아보았다.
　하지만 모래 위의 작은 불빛과 미약한 달빛으로는 무엇 하나
찾아볼 수가 없었다.
　가브리엘이 허리춤에서 단검을 빼들고서 말없이 눈짓을 보냈
다. 줄리앙은 고개를 끄덕이며 권총을 움켜잡았다.
　그들은 유령처럼 바위 뒤에서 빠져나와 두 남자에게로 접근해
갔다.
　그때 탐신은 배 안에 누워 치밀어오르는 역겨움과 싸우는 중이
었다. 세드릭이 먹인 약기운은 사라졌지만, 여전히 머리 속이 몽
롱하고 토할 것 같은 느낌을 참아내기가 어려웠다. 하지만 토한
웅덩이 속에 누워 있는 건 끔찍할 터이기에 필사적으로 참아내고
있었다.
　두 손은 등뒤로 묶이고 발목에도 밧줄이 감겼다. 밧줄이 감길
때는 의식을 잃은 상태였다, 하지만 그 후에는…… 그들이 셔츠
를 풀어헤치고 치마를 들어올렸을 때는…….
　그녀는 눈을 질끈 감고 또다시 밀려드는 역겨움을 가라앉히려

애썼다. 지금까지는 그 이상의 일이 벌어지지 않았다. 그들은 그녀가 정신을 되찾을 때까지 즐거움을 미뤄 두기로 결정했다. 찰스가 음탕하게 낄낄대며 죽은 여자 몸으로 들어가는 건 재미가 없다고 지껄였고, 데이비드도 웃음을 터트리며 그녀의 젖가슴을 거칠게 주물럭거렸다. 지금 그들은 해변에 앉아 그녀가 있는 쪽을 홀끔홀끔 보고 있었다. 꼼짝도 않고 누운 채로 그녀는 천천히 머리가 맑아지는 걸 느꼈다. 이 끔찍한 곤경에서 어떻게 벗어나야 할까.

코니쳇과의 상황처럼 해결책이 없는 것 같았다. 강간이 살가죽을 벗겨내는 것보다는 나을 거라고 생각하지 않는다. 이렇게 토할 것 같은 느낌만 아니라면……. 하지만 어쩌면 그 혐오스런 쌍둥이들에게 토해 버린다면, 그들의 강간하고픈 의욕이 사라져 버릴지도 모른다.

기회는 있을 것이다. 그들이 그녀를 배 밖으로 끌어내 모래 위에 눕힐 것이다, 좁은 배 안에서는 느긋하게 즐길 수 없을 테니까. 어쩌면 밧줄까지 풀어 줄지도 모른다. 그때 격하게 구역질을 해 그들의 놀란 틈을 탄다면……. 약간의 기회만 있다면, 무언가 가능한 일이 있을 것이다.

빈약한 계획이긴 했지만, 지금으로서는 다른 방법이 없었다. 그녀는 조용히 누워서 그들의 목소리가 달라지거나 발소리가 다가오는 순간을 조마조마하게 기다렸다.

잠시 후 낮은 신음소리와 쿵쿵, 모래에 질질 무언가가 끌리는 소리가 들렸다. 그 다음에 발자국소리. 탐신은 몸을 비틀어 돌아누웠다. 그녀의 이마에 땀방울이 맺히고 긴장으로 몸이 차갑게 식었다.

그런데…… 그녀를 내려다보고 있는 건 줄리앙이다!

그가 어떻게 여기에 있을까? 그의 몸은 딱딱하게 굳어진 채 파

란 눈동자가 험악하게 질문을 쏟아붓고 있었다. 그의 분노와 원
망이 그녀의 뱃속 깊이까지 스며드는 것 같았다. 가만히 누워 그
를 올려다보면서 그녀의 눈에서 눈물이 터져나왔다. 이제 그가
모든 것을 알게 되었다, 그의 눈에 담긴 경멸이 너무나도 분명했
다.

그때 가브리엘이 옆으로 다가와 걱정스레 고개를 숙였다.

"꼬마야, 나한테 어떻게 이럴 수 있냐?"

그가 탐신을 들어올리려 하자, 줄리앙이 그를 밀쳐냈다.

"여자는 나에게 맡기시오."

거친 숨결로 토해내는 단호한 명령. 가브리엘이 한 걸음 뒤로
물러났다.

줄리앙이 그녀를 안아들었다. 그 움직임에 더 이상 견디지 못
하고 탐신은 그의 몸을 피해 옆쪽으로 돌아 비참하게 토했다. 위
속의 내용물들이 그의 부츠와 모래 위로 떨어져 내렸다.

"미안해요. 움직이면 이렇게 될 줄 알았어요."

탐신이 중얼거렸다.

"상관없소."

그의 부드러운 목소리에 탐신뿐 아니라 줄리앙 자신도 놀라워
했다.

그가 모래 위로 내려 밧줄을 풀어 주는 동안, 그녀는 옆으로
몸을 굴려 뱃속의 나머지도 모두 게워냈다. 그가 손수건으로 그
녀의 입을 닦아주고 나서 코냑병을 집어들었다.

"한 모금 마시라구."

꿀꺽 한 모금 들이켜자, 그 뜨거운 불길이 목구멍을 태우며 요
동하는 뱃속으로 흘러 들어갔다. 그러자 기적처럼 역겨움이 가라
앉았다. 그녀는 손등으로 젖은 이마를 닦아내고 무기력하게 그를
올려다보았다. 화강암 같은 얼굴, 하지만 그의 눈은 혼란스러웠

다.

그녀가 쓰러져 있는 찰스와 데이비드에게로 시선을 돌렸다.

"죽은 거예요?"

"아니, 머리 한 대 얻어맞고 쉬는 중이지. 그놈들이 당신을 건드렸나?"

무심한 척 질문하면서도 그의 눈은 불을 뿜어내고 있었다.

그녀가 조심스레 고개를 흔들었다.

"별로요. 그들은 내가 정신 차릴 때까지 기다리는 중이었어요. 세드릭이 샴페인에 무언가를 넣었어요, 그게 뭔지는 몰라요. 얼마나 오래 기절해 있었는지도 모르겠어요. 하지만 내가 서재에 있었을 때는 어둡지 않았어요."

"지금은 거의 여덟 시가 다 됐소."

줄리앙이 돌아섰다.

"어떻게 생각하나, 가브리엘?"

그가 발끝으로 찰스의 몸뚱이를 툭툭 찼다.

"오래 기절해 있지는 않을 텐데."

"홀딱 벗겨서 배에 태워 바다로 내보내면 어떨까? 내일쯤이나 구조받게 될걸, 더 길어질지도 모르고. 하지만 아주 볼 만한 광경일 거요!"

"하지만 저 배는 노를 저어야 하잖아요. 바다에 나갔다가 어떻게 돌아오죠?"

탐신의 말에, 가브리엘이 씨익 웃어 보였다.

"헤엄쳐서 오면 되지. 배를 갑곶에 놓아두면 아침쯤 조류에 실려 바다까지 떠내려갈 거야."

"해류와 반대 방향으로 헤엄치려면 힘들 텐데. 이 근처는 물살이 강하다오."

줄리앙이 지적했다.

“그 정도는 문제없소. 이놈들 옷 벗기는 것이나 좀 도와주겠소, 대령?”

“기꺼이.”

탐신은 쌍둥이의 하얀 몸뚱이가 모래 위에 드러나는 모습을 지켜보았다. 가브리엘이 부츠를 벗기다가 눈살을 찌푸렸다.

“웃기는군! 똑같은 곳에 상처가 나 있잖아!”

탐신이 대꾸했다.

“내가 빚 좀 갚아 줬어.”

줄리앙의 시선이 그녀에게로 날아가 꽂혔다. 그는 자신의 멍청함에 짜증스러웠다. 배에 누워 있는 그녀를 보았을 때, 그녀가 말없이 애원하는 시선으로 쳐다보았을 때, 그는 그녀가 살아 있다는 기쁨과 안도감에 빠져 버려 모든 분노를 잊어버리고 말았던 것이다.

그가 냉정하게 시선을 돌리며 쌍둥이들을 배에 옮겼다.

탐신의 몸이 부르르 떨렸다. 밤공기는 따뜻했지만 마음속은 너무나 추웠다. 그의 눈 속에서, 펼쳐진 책처럼 그의 생각을 읽을 수 있었기 때문이다.

가브리엘이 대령과 같이 배를 물살 속으로 밀어낸 다음 훌쩍 뛰어올라 노를 붙잡았다. 데이비드가 꿈틀거리며 파르르 눈꺼풀을 움직였다.

“넌 잠이나 더 자.”

가브리엘이 발끝으로 슬쩍 그의 턱을 건드렸다. 아니, 줄리앙에게는 아주 가벼운 접촉으로만 보였다. 하지만 데이비드는 다시 맥없이 기절해 버렸다.

이 예측할 수 없는 거인의 힘을 과소평가해서는 안 되리라.

“그들을 죽일 셈은 아니겠지?”

가브리엘이 고개를 흔들며 쾌활하게 대꾸했다.

　“이놈들이 탁 트인 바다에서 이글거리는 햇빛을 받으며 하루를 보내는 것으로 만족할 생각이오, 대령. 당신이 원한다면, 노도 남겨 두고 오겠소.”

　뜨거운 태양 아래서 벌거벗은 채 발견되길 기다리고 있을 두 녀석의 모습은 줄리앙으로서도 유쾌한 상상이었다.

　“노는 남겨 두시오.”

　가브리엘이 고개를 끄덕였다.

　“그럼 당신은 꼬마를 집으로 데려가시오.”

　“하룻밤쯤 더 내 집을 제공해 주는 건 어렵지 않지. 그 후에 당신들은 할 일이 다 끝났으니 더 이상 나의 호의를 필요로 하지 않을 테니까.”

　가브리엘이 눈살을 찌푸리다가 평온하게 입을 열었다.

　“내 말은 놓아두고 가시오. 내가 돌아와서 타고 갈 거니까.”

　줄리앙은 한 걸음 물러나 양손을 엉덩이에 대고, 힘차게 노를 저어 가는 가브리엘을 지켜보다 돌아섰다. 바위 위에 앉은 탐신은 무릎 위에 손을 올려놓고서 모래에서 무언가를 찾는 사람처럼 고개 숙인 모습이었다.

　그녀가 커다란 눈을 들어올렸다.

　“이젠 모든 걸 알았군요.”

　줄리앙이 한쪽 눈썹을 들어올리며 천천히 입을 열었다.

　“그 점은 의심스럽군. 당신의 음흉한 마음속에 과연 더 이상의 부정한 계획이나 비밀이 없을까? 내가 믿지 못한다 해도 용서해야 할 거요, 바이올렛.”

　“한 가지 비밀이 더 있어요, 그거 하나뿐이에요. 그리고 그건 당신도 알아야 해요. 당신을 사랑해요, 가슴이 아플 만큼 당신을 사랑해요. 평생토록 이런 식으로 누군가를 사랑할 수는 없을 거예요.”

그녀의 두 손이 옆으로 떨어졌다.

"자, 이제 더 이상의 비밀은 없어요. 난 당신을 속이고 이용했어요. 당신에게 거짓말을 하고 내 목적대로 당신을 억지로 스페인에서 떠나게 했어요. 난 펜할란과 산적 바론의 비합법적인 딸이에요. 하지만 당신을 내 마음과 영혼을 다해 사랑해요. 당신이 필요로 한다면 마지막 남은 피 한 방울까지 내줄 거예요."

그녀가 일어섰다.

"하지만 물론 당신은 원하지 않겠죠. 그러니 난 이만 떠나겠어요."

그녀가 몸을 돌려 모래 위를 걸어가기 시작했다.

"지저분한 내용물을 내 부츠에 쏟아낸 것도 빠뜨리면 안 되지."

줄리앙이 말했다.

탐신이 멈춰 서서 천천히 돌아섰다.

"당신에게는 조롱할 자격이 있어요. 당신이 내 사랑을 믿어 줄 이유도 없겠죠. 슬픈 일이긴 하지만, 난 당신에게 한 짓에 대해 핑계를 댈 수도 또 보상할 수도 없어요."

"이런이런, 갑자기 겸손해진 건 아마도 펜할란이 먹인 약 때문이겠지. 난 그 효과가 영원하지 않을 거라는 걸 알고 있소."

이건 너무 심하다! 탐신의 슬픔과 연약함이 모조리 연기처럼 날아가 버렸다. 부러진 갈대처럼 그의 인생에서 걸어나가지는 않으리라. 줄리앙 세인트 사이먼 대령의 기억 속에 평생 남을 만한 것을 만들어 주리라.

"비열한 자식! 화를 풀 줄도 모르는 똥개!"

그녀가 모래를 한 움큼 집어들어 그에게 냅다 던지고는 옆으로 달려가 텅 빈 코냑병마저 던져 버렸다. 술병이 그의 어깨를 스치고 모래바닥으로 굴러 떨어졌다.

“당신은 악녀야! 앙큼한 마녀! 잔소리꾼이야!”

줄리앙이 피하며 씨익 웃었다.

“짐승! 악당! 기사도 정신이라곤 하나도 없는 돼지!”

그녀가 다른 미사일을 찾아 미친 듯이 주위를 둘러보았다.

“우아하게 사과를 받아들일 줄도 모르는 야만인!”

줄리앙이 그녀에게로 달려들어 모래 위로 쓰러뜨렸다. 맹목적인 환희. 그는 다시 태어난 기분이었다. 마음속의 상처와 분노는 이해할 수 없는 안개 속으로 사라져 버렸다. 이 일이 어떻게, 왜 시작되었는지는 더 이상 중요하지 않았다. 중요한 것은 지금이었다.

그녀가 그를 사랑한다. 그는 그녀의 선언 하나하나를 믿었다. 그것이 바로 자신의 감정이라는 걸 알았기 때문에……. 그 사실을 깨닫지 않으려고 지금껏 싸워 왔다, 몇 주 동안이나 몸부림을 쳐 왔다. 하지만 이제 그는 그 전투에서 패배했다. 그녀는 도덕관념도 없고 교활하고 간교하며 비합법적인 혼혈아, 절대로 세인트 사이먼가의 아내로 어울리지 않는 여자였다. 하지만 이젠 아무것도 상관없었다.

그녀의 다리를 깔고 앉으며 그가 그녀의 두 팔을 머리 위로 고정시켰다.

“날 사랑한다는 건 언제 내린 결론이지?”

“몇 주일 전에.”

그녀는 이제 조용하게 그의 밑에 누워 있었다. 그의 눈에서 본 번득임에 믿어지지 않는 한 줄기 희망이 꿈틀거렸다.

“하지만 당신이 똑같은 식으로 날 사랑할 수 없다는 걸 알았어요, 비록 당신의 진짜 마음은 알고 있었지만……. 우리가 같이 스페인으로 가면 당신이 진정한 마음을 깨달을 수 있을 거라고 생각했어요. 하지만 세드릭을 처리해야 할 일이 남아 있었어요. 그건 내가 해야 하는 일이었어요, 세실과 내 아버지를 위해서. 하지만 난 그에게 수치를 주는 계획을 포기했어요, 당신이 그 사실을 알게 되면 나한테 속았다는 생각에 불행해 할 것 같아서."

"불행해 한다고? 대단히 완곡한 표현이군."

그가 입술을 비틀었다.

"그럼 그 공갈협박에도 완곡한 설명을 만들어 낼 수 있을까? 내가 감당할 수 있을 만큼?"

"그건 공갈협박이 아니라 권리상환이었어요."

"조금은 더 낫군. 계속 노력해 보시오."

"그 다이아몬드는 어머니 것이었어요."

그녀가 마침내 모든 이야기를 털어놓았다.

"그러니까 정의의 심판이었어요."

"정의의 심판이라."

줄리앙은 여전히 모래 위에 그녀를 고정시킨 채였다.

"그 정도는 감당할 수 있을 것 같군. 공갈협박범이 아니라 정의의 심판자라……. 그래, 그 정도는 감당할 만하겠어."

"당신 너무 무거워요. 또 토해 버릴 것 같아요."

줄리앙은 즉시 몸을 움직였다.

"난 다시 펜할란 저택으로 가봐야 해요."

탐신이 일어나 앉았다.

"나의 정의감이 아직 만족되지 않았거든요, 세자르도 거기에 있고."

줄리앙이 일어나서 그녀를 일으켜 세웠다.

"그럼 당신 삼촌을 방문하기로 하지."

"당신은 같이 갈 필요 없어요."

"그렇겠지, 하지만 나도 같이 갈 거요. 나에게도 정의감이란 게 있거든."

“나한테 펜할란의 피가 흐르는데도 괜찮겠어요?”

절벽으로 난 길을 걸으며 그녀가 머뭇머뭇 물었다.

“아, 그건 괜찮소. 그 잔인무도한 자작의 친족이라는 게 당신에게서 가장 존경할 만한 부분일지도 모르니까.”

세드릭은 서재에서 브랜디잔을 기울이며 조카들이 돌아오길 기다리고 있었다. 갑자기 과격하게 현관문을 두드리는 소리가 들려왔다.

그가 벌떡 일어나 앉으며 대리석 바닥에 닿는 하인들의 발소리, 문이 열리는 소리에 귀를 기울였다.

다음 순간 서재문이 활짝 열리며 줄리앙 세인트 사이먼이 들이닥쳤다. 세실의 딸이 그 뒤에 붙어 있었다.

“그 얼간이들이 일을 망친 모양이군.”

펜할란 자작이 힘없이 입을 열었다.

“그럴 줄 알았어야 했는데. 하지만 이토록 쉬운 일도 제대로 처리하지 못하다니…… 정말 구제불능들이군.”

그가 바의 술병들을 손짓해 보였다.

“한 잔씩 하게나.”

“이 집에서 다시는 그런 모험을 하지 않을 거예요.”

탐신이 쏘아붙였다.

“아, 코냑이나 포도주는 걱정할 필요 없어.”

그가 의자에 등을 기대며 가느다란 눈으로 그녀를 바라보았다.

“두 녀석들을 죽였나?”

“그럴 가치도 없는 자들이지.”

줄리앙이 코냑 한 잔을 따라냈다.

탐신은 과일 바구니에 있는 사과를 집어들었다.

“펜할란가의 인물이 전부 살인자는 아니니까요, 삼촌. 내 말은 어디 있죠?"

"그 거대한 짐승은 마구간에 있어. 아주 쓸만하더군."

그녀가 사과를 베어먹으며 대꾸했다.

"내 아버지의 선물이죠. 말했잖아요, 세실이 괜찮은 결혼을 했다고."

"그래, 그랬지."

그가 쿠션에 머리를 기대고서 세인트 사이먼에게 나른한 시선을 고정시켰다.

"내가 무얼 도와주면 좋겠소, 세인트 사이먼?"

"곧 알게 될 거요."

줄리앙이 침착하게 말하며, 바에 기대서 코냑을 홀짝였다.

"난 당신에게 다이아몬드를 남겨놓기로 결정했어요."

탐신이 입을 열었다.

"내 아버지의 뜻대로 당신의 파렴치한 행위를…… 나에게 하려던 짓까지 포함해서 모조리 세상에 알릴 거예요. 전에는 대령이 이 사실을 몰랐기 때문에 할 수 없었지만, 이젠……."

그녀가 힐끗 줄리앙의 얼굴을 바라보았다.

"당신도 내가 이렇게밖에 할 수 없다는 거 동의하죠?"

"바론의 지혜와 소망에 내가 무슨 자격으로 의문을 던지겠소?"

"만약 당신이 원하지 않는다면…… 이 일이 당신을 소문에 휩싸이게 하는 거라면 난 포기하겠어요. 그냥 다이아몬드로 만족할게요. 하지만 그것도 공갈협박일 테니, 당신은 찬성하지 않겠군요."

"공갈협박이라고?"

그의 눈썹이 이마 위까지 올라갔다.

"권리상환. 우리가 그렇게 부른다는 걸 깜박했어요."

탐신이 어설프게 중얼거렸다.

“정의감도 있었지, 아마. 내가 기억하기로.”

“맞아요, 그것도 있어요.”

“그러니까, 넌 네 엄마가 이십 년 전에 위협한 그 일을 하려는 거냐?”

세드릭이 빈 잔을 내밀어 보이자, 줄리앙이 술병을 들고 걸어와 잔을 채워 주었다.

“그런 거냐?”

“그래요.”

세드릭이 고개를 젖히며 브랜디를 깊이 들이켰다.

“나한테 볼일이 끝난 거라면, 이제 둘다 내 집에서 나갈 수 있겠군.”

“물론이오.”

줄리앙이 잔을 내려놓고 문으로 걸어갔다.

“한 가지가 더 있소, 형식적이긴 하나 예의를 차린다는 의미에서.”

줄리앙이 비꼬듯이 미소지으며 고개를 숙여 보였다.

“당신이 탐신의 가장 가까운 친척이니, 그녀가 얼마나 그 사실을 유감스러워하든지 간에, 나로서는 당신 조카와의 결혼을 허락받아야겠소.”

“나에게 제단까지 데려가라고만 하지 않는다면…….”

세드릭이 평온하게 대답했다.

“당신 둘이 지옥으로 떨어지든 내 알 바 아니지.”

“고맙소.”

줄리앙이 다시 고개를 숙여 보였다.

“가자구, 미나리.”

그가 그녀를 돌려세워 서재 밖으로 밀어냈다.

“정말 나하고 결혼하고 싶어요?”

복도를 걸어가며 탐신이 난폭하게 다그쳤다.

"물론, 당신을 정직한 여자로 만들어야 한다고 주장하는 나의 사회적 양심에 따라서⋯⋯. 하지만 기대치를 너무 높이 가져서는 안 되겠지."

"똥개!"

"산적!"

에필로그

1812년 크리스마스, 마드리드.

가벼운 눈발이 도시의 구불구불한 길로 떨어져 내리고, 매서운 바람이 쌓인 눈 위로 들이쳐 하얀 가루를 휘몰아갔다.

상등병이 부르르 몸을 떨며 목깃을 올려세우고는 위병소 안으로 고개를 들이밀었다.

"누군가 접근하는 것이 보입니다."

중위가 따뜻한 화로에서 떨어져 나와 밖으로 나섰다. 네 마리의 말 위에 앉은 사람들이 하얀 유령처럼 다가오고 있었다.

"스페인 안장이군. 준장님의 레이디가 틀림없어. 어디서나 저 말은 알아볼 수가 있지."

네 마리의 말이 형체를 드러내며 위병소 앞에서 멈춰 섰다. 일행 중의 한 명은 거구의 사내였고 또 한 명은 거대한 아라비아산 말을 탄 작은 체구였다.

"안녕하세요, 중위."

상상치도 못한 여자의 목소리에 상등병이 화들짝 처다보았지만 중위는 전혀 놀라지 않았다.

"안녕하십니까, 마담. 크리스마스 무도회에 맞춰 도착하셨군요. 한 시간 전에 시작되었습니다."

탐신이 활짝 웃어 보였다.

"완벽한 타이밍이네요."

그들 일행이 도시 안으로 들어서자, 상등병이 물었다.

"누굽니까?"

"준장님 부인이야. 아참, 자넨 모르겠군. 여기 온 지 이 주밖에 안 됐으니까."

중위가 위병소 안으로 돌아가며 설명했다.

"레이디 세인트 사이먼이라네. 게릴라들과 사령관 사이의 연락책을 맡고 있지. 저 큰 덩치는 가브리엘이라는 그녀의 보디가드야. 술이 들어가면 조심해야 한다구. 평소에는 양처럼 순한데, 몇 잔 들이켜고 나면 악마가 되어 버린다니까."

"세인트 사이먼 준장님의 부인이 게릴라라구요?"

"그렇다니까. 우리 부대의 마스코트지. 모두들 그녀의 귀환을 기뻐할 거야. 사 일 전에 도착했어야 했는데 소식이 없는 바람에 준장님 걱정이 대단하셨지. 며칠 사이에 아주 까다로워지셨다구."

그 즈음 줄리앙 세인트 사이먼 준장은 파트너에게 예의를 갖추기 위해 힘겹게 노력하고 있었다. 웰링턴 공작이 주최한 무도회는 열기로 가득 차 있었다. 방 양쪽의 육중한 화로와 무수하게 켜진 촛불, 포마드와 향수 냄새가 깃든 사람의 체온까지 더하여 실내는 숨이 막힐 지경이었다. 페닌슐라 군대의 장교들과 그 부인들은 여름 동안의 전투를 잊어버리고 겨울 캠프의 즐거움을 만끽하는 중이었다.

하지만 줄리앙은 전혀 즐겁지 않았다. 그의 파트너가 부대 안에서 가장 아름다운 미녀 중 한 명임에도 불구하고. 비즐리 양은 파트너의 불편한 분위기와 그 이유를 잘 알고 있었으므로 부담 없는 대화만을 가볍게 건네며 스텝이 엉키지 않도록 일깨워 줄 뿐이었다.

시계가 9시를 알리는 순간, 무도회장 문이 활짝 열리며 몰아치는 찬 바람과 함께 조그만 형체 하나가 쏜살같이 달려 들어왔다.

세인트 사이먼 준장은 파트너의 손을 떨어뜨리고, 환호성을 내지르며 바지 차림으로 그의 허리에 두 다리를 감고 목을 끌어안아 키스를 퍼붓는 아내를 받아들여야 했다.

줄리앙은 어렴풋이 지금 그녀의 자세가 얼마나 얌전치 못한지, 팽팽하게 당겨진 바지로 인해 그녀의 곡선이 얼마나 숨김없이 드러날 것인지 생각했다. 그의 두 손이 엉덩이를 받쳐 주고 있는 동안, 그녀의 입술은 열심히 그를 탐닉하고 있었다. 순간 그의 머리 또한 안도의 기쁨으로 빙글빙글 돌아갔다.

"정열적인 암망아지로군, 그렇지 않나?"

웰링턴이 그 광경에 즐거워하며 중얼거렸다.

"몸매 좋은걸."

"전 줄리앙의 자리를 대신해야겠군요. 비즐리 양이 버림받은 것 같습니다."

팀 오코너가 씨익 웃으며 준장에게 무시당한 파트너를 다시 춤으로 끌어들였다.

줄리앙은 여전히 찰싹 매달려 있는 아내를 안고서 춤추는 사람들 밖으로 빠져나왔다. 그녀가 잠시 입술을 풀어 준 사이에야 그가 간신히 물어 보았다.

"어디에 있었던 거요? 내 정신이 나가 버릴 뻔했다구!"

"눈이 쌓여서…… 길이 몇 군데 막혔어요."

그녀가 그의 손바닥 위에 엉덩이를 실으며 미소지었다.

"전투도 두 번. 아니, 심각한 건 아니구요."

"어떤 전투에도 끼어들지 않겠다고 약속했잖소."

"난 끼지 않았어요. 가브리엘에게 물어 보세요."

"그래야겠군."

그의 목소리는 여전히 험악했지만, 그가 그녀의 게릴라 활동을 얼마나 힘들게 인정해 주었는지 알기에 탐신은 그저 미소지으며 다시 그에게 입술을 눌렀다.

"맙소사!"

줄리앙이 갑자기 주위의 상황을 알아차렸다.

"무도회장에서 이런 차림으로 뭘 하는 거요? 부끄러운 줄도 모르고!"

하지만 그녀의 허리를 감아 땅으로 내려놓으며 그는 웃고 있었다.

"그럼 내가 당신에게 오기 전에 점잖은 옷으로 갈아입느라 한 시간을 더 소비하는 게 나았을까요?"

탐신이 뾰루퉁하게 입술을 내밀었다.

"아니, 일 분이라도 지체했다면 난 당신 목을 비틀어 버렸을 거요."

"나도 그럴 줄 알았다구요."

그녀가 미소지으며 그들에게로 다가오는 남자에게 시선을 돌렸다.

"공작님, 롱가의 소식을 가져왔어요. 그는 습격을 계속하면서 프랑스 국경 쪽으로 움직이고 있어요."

"당신이 안전하고 건강하게 돌아와서 다행이오, 바이올렛. 이젠 당신 남편의 관심을 비교적 확실하게 얻어낼 수 있으리라 믿소."

웰링턴이 안경을 고쳐 쓰며 그녀의 모습을 살펴보았다.

"무도회장에 온 사람치고 흔치 않은 복장이로군요, 마담."

탐신이 피식 웃었다.

"죄송해요, 공작님. 하지만 줄리앙을 한시바삐 만나고 싶었어요. 이 사람이 날 생각지도 않고 즐거운 시간을 보내고 있으니, 저로서는 선택의 여지가 없었답니다. 아름다운 비즐리 양과 춤추고 있는 거 보셨잖아요!"

줄리앙이 고개를 흔들어댔다.

"아슬아슬한 곡예는 그만 두라구, 미나리."

그가 겨드랑이 사이로 그녀의 허리를 끼워 넣었다.

"저흰 이만 실례하겠습니다, 여러분."

"난 이제 대령 나리라고 안 부르는데 당신만 미나리라고 부르는 건 공평치 않아요."

그의 팔에 끼워진 채 무도회장 밖으로 나서며 탐신이 항의했다.

"인생이란 불공평한 거요."

"그리고 이것도 그래요. 난 감자부대처럼 운반되는 게 아주 싫다구요. 전혀 위엄 있는 모습이 아니에요."

"하지만 당신은 위엄을 차릴 만한 여자가 아니잖소."

줄리앙이 그들의 작은 숙소로 들어섰다.

"세인트 사이먼의 적당한 신부감도 아니겠죠."

침실문이 열렸을 때 그녀가 그의 팔에서 빠져나오려고 몸부림쳤다.

"그 반대야. 세인트 사이먼 경을 위한 완벽한 신부감이지."

줄리앙이 그녀를 침대로 툭 내던졌다.

"가장 가까운 친척을 런던에서 가장 엄청난 스캔들로 몰아넣는 여자가요?"

"세인트 사이먼 경은 그보다 더 완벽한 신부감을 상상하지 못하오."

탐신이 두 팔을 활짝 벌렸다.

"레이디 세인트 사이먼도 다른 남편감은 상상하지 못한다는 게 기막힌 우연이로군요. 그리고 이 순간 그녀는 아주아주 사랑에 목말라 있답니다."

그가 미소지으며 그녀의 옆으로 몸을 내렸다.

"내 사랑에는 결코 목말라할 일이 없을 거요."

"평생에 단 하나의 사랑이죠."

그녀의 손가락이 그의 입술을 더듬어 갔다.

"다른 사랑도 있나?"

그가 그녀의 손목을 붙잡아 잇사이로 손가락을 빨아들였다.

"바론과 세실은 없다고 생각했어요."

그 관능적인 애무에 그녀의 눈동자가 나른하게 풀렸다.

"현명한 분들이군, 당신 부모님은."

그가 그녀의 손을 돌려 손바닥에 입을 맞췄다.

"평생에 단 하나의 사랑을 가로막을 건 아무것도 없지, 내 사랑."

그의 혀가 손바닥과 손가락 사이사이를 애무했다.

"가로막을 건 아무것도 없어요."

탐신은 그의 푸른 눈동자에서 미래의 약속을 발견해내며 꿈꾸듯이 중얼거렸다.

"그 말 아주 유혹적으로 들리는데요, 준장 나리."

"우리, 그 동안의 회포를 풀어 보는 게 어떻겠소, 마담?"

< 끝 >

■ 큰나무가 소개하는 새로운 작가

로맨틱 타임스가 추천하는 보석 같은 작가,
제인 페더

달빛 소네트
오현수 옮김 / 384면 / 값 8,500원

연인들의 가슴에 잔잔히 울려퍼지는 사랑 노래

줄리아나는 결혼 첫날 밤 나이 많은 남편이 돌연 죽자
살인자로 몰릴 것을 염려해 런던으로 도망쳐 나온다. 그녀는
한 친절한 부인에게 자신의 과거를 다 털어놓는데,
알고 보니 그 부인은 유명한 매춘굴의 마담이었다!
그녀는 그곳에서 레드메인 공작에게 가문의 재산을 보전하기
위해 다 죽어 가는 자신의 사촌과 허울뿐인 결혼을 하고는
공작의 아이를 낳아 달라는 충격적인 제안을 받는다.
약점을 잡혀 공작의 일방적이고 오만한 제안을 거부할 수 없는
줄리아나는 반발심에 그를 괴롭히기 위해 갖은 애를
다 쓰는데……. 하지만 공작은 그런 천방지축 줄리아나에게
묘한 매력을 느끼며 끌려 들어간다.
갑자기 죽은 첫남편의 아들이 살인범을 찾겠다고 줄리아나
앞에 나타나 그들의 사랑은 새로운 위기를 맞게 된다.

서로의 사랑을 믿을 수 없던 그들이 하나의 가슴으로 부르는 달빛 소네트!

* 제인 페더의 <Valentine Wedding>은 6월 출간 예정입니다.

■ 큰나무 신간 안내 · · · 5월 출간 예정작

설레이는 봄바람처럼 꿈결 같은
아이리스 요한슨의 신작

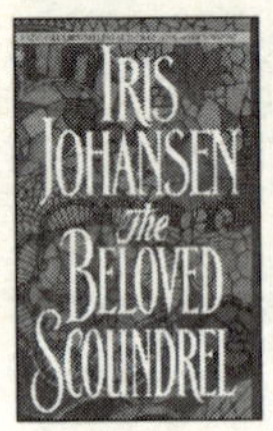

THE BELOVED SCOUNDREL

내가 알지 못한 내 안의 사랑을 눈뜨게 해준 그대!

다이아몬드 공작이라 불리는 캄바론의 악명 높은 바람둥이
조단 드레이크는 온 세상을 위협하는 제국을 파멸시키기
위한 계획을 수년 동안 진행시켜 왔다.
그 승리의 마지막 열쇠는 제국을 무너뜨릴 수 있는 비밀을
간직하고 있는 마리아나 샌더슨, 그녀는 자신의 의지와는
전혀 상관없이 그의 야망에 의해 바다 건너 캄바론까지
끌려가게 된다. 세상사람들은 그를 단순히 그녀의
보호자로만 알고 있지만, 그녀는 그의 계획에 의해 붙잡혀
있는 포로였으며 동시에 그의 즐거움을 위한 노예일 뿐이다.
그러나 자신도 모르는 사이, 조단은 목적을 위한
수단으로만 생각했던 그녀에게 억제할 수 없는
정열을 느끼고, 이제 그 누구에게도 그녀를 내줄 수
없다는 것을 절실하게 깨닫게 되는데······.

이제 남은 건 그의 결단뿐······
과연 그는 이 사랑을 인정할 수 있을까?

우편엽서

보내시는 분

우편요금
수취인후납부담

발송유효기간
1999.3.1~2001.2.28

서대문 우체국 승인
제235호

도서
출판 큰나무

서울특별시 서대문구 홍제동 215
Tel. 736-9653, 736-6960

120-090

독자 여러분의 E-MAIL 주소를 보내 주세요.
여러 유용한 정보를 보내 드리겠습니다. E-MAIL :
큰나무 E-MAIL : BTREEPUB@Chollian.net

구입해 주셔서 고맙습니다.
이 엽서는 좋은 책을 만드는 데 소중한 밑거름으로 활용될 것입니다.

■ 구입하신 책명

■ 구입지역 및 서점

■ 구독신문 및 잡지명

■ 좋아하는 작가, 작품

■ 이 책을 구입하게 된 동기

○ 지은이 이름   ○ 제목   ○ 표지   ○ 신문광고   ○ 출판사 이름
○ 주위의 권유   ○ 신간안내 · 서평
○ 기타

■ 이 책에 대한 소감(내용, 제목, 표지, 편집체재 등)

■ 큰나무에 바라는 말(발간을 희망하는 책 등)

이름   (남 · 여) 생년월일

주소 (-   )

                                        직업

전화   독자회원번호